태릉
좀비촌

3

태릉좀비촌 3

ⓒ임태운 2019

초판1쇄 인쇄	2019년 1월 4일
초판1쇄 발행	2019년 1월 9일

지은이	임태운

펴낸이	박대일
편집	이문영 · 임유리 · 신지연 · 전보라
교정	김미영
마케팅	임유미
디자인	박현주
일러스트레이션	코개

펴낸곳	파란미디어
출판등록	2004년 9월 14일 제313-2004-00214호

주소	03992 서울시 마포구 동교로23길 14 국제빌딩 6층
전화	02.3141.5589 영업부 070.4616.2012 편집부
팩스	02.3141.5590
전자우편	paranbook@gmail.com
카페	http://cafe.naver.com/paranmedia
페이스북	http://www.facebook.com/paranbook

ISBN	978-89-6371-632-9(04810)
	978-89-6371-629-9(전3권)

임태운 장편소설

태릉 좀비촌

3

새파란상상

차 례

61화
매트 위의 불청객

- 감염 4일째. 오후. 11:19.

　록희는 처음에 레슬링 감염자들 사이에서 부주장을 알아보지 못했다. 그러나 복도로 향하는 길을 거의 다 뚫었다고 생각했을 때, 슬링샷에서 날아오는 돌멩이처럼 뭔가가 시야 바깥에서 자신을 향해 돌진해 오는 걸 봤다.

　"크아아아아아!"

　"뭐야? 크으윽!"

　반사적으로 펀치를 날렸지만 상대의 팔은 뱀처럼 얽혀 들어오더니 눈 깜짝할 새에 록희의 어깨를 봉쇄했다. 그리고 짚단을 날리듯 록희를 볼링공 진열대를 향해 집어 던졌다.

　쿠당탕탕.

내던져진 충격에 볼링공이 허리와 엉덩이를 압박하는 통증이 록희의 숨을 막히게 했다. 그러나 비틀거리며 일어나는 록희의 상태를 부주장은 전혀 봐줄 생각이 없어 보였다.

"크으으으."

부주장이 록희의 머리카락을 붙잡아 강제로 들어 올렸다.

"아아아아악!"

머릿가죽이 뜯겨져 나가는 고통 속에서도 록희는 눈을 감지 않고 상대를 주시했다. 그건 타고난 싸움꾼으로서의 천성 같은 거였다. 그러자 비록 창백한 피부에 붉은 눈동자를 하고 있지만 자신이 이 사내를 만난 적이 있다는 게 떠올랐다.

'불암산 트랙에서 내 멱살을 잡았던 새끼.'

그때 중간에서 락구가 말리지만 않았다면 내지르려 했던 일격. 말리는 사람도 없는 지금 이 순간 그것이 발동됐다. 록희가 왼손으로 부주장의 목을 꽉 쥔 다음 메탈 너클 부분으로 상대의 얼굴을 내리쳤다.

"이거나 먹엇!"

퍽. 퍽. 퍼어억.

검게 굳은 피가 여기저기 튄다. 부주장의 벌어진 입에서 잇몸을 빠져나온 치아가 옥수수 알갱이처럼 흘러나왔다.

톡. 톡.

부러진 치아 조각이 단풍나무를 곱게 깔아 만든 볼링 레인의 매끈한 바닥에 부딪혀 또르르 흘러갔다. 그러나 움찔하기는커녕 통증을 모르는 부주장의 턱은 더욱 넓게 벌어질 뿐이었다.

그가 노리는 곳은 무방비하게 노출된 록희의 목덜미.

"캬아악!"

부주장의 억센 턱이 록희의 목을 찢어발기기 직전!

콰직.

매서운 각도로 날아온 인준의 상단차기가 부주장의 뒤통수를 후려갈겼다. 보통 사람이 그 충격을 받았다면 심각한 뇌진탕에 빠졌겠지만 부주장은 기상 명령만이 입력된 로봇처럼 삐걱거리며 다시 몸을 일으켰다.

"록희야, 괜찮니?"

절뚝거리며 다가온 수희가 격한 숨을 몰아쉬고 있는 록희를 일으켜 세웠다. 인준이 등 뒤에서 두 자매를 독려하며 외쳤다.

"뛰어요. 어서!"

록희와 인준이 수희의 양옆에 붙어 마치 3인 4각 달리기처럼 복도를 질주했다. 그러나 곧 레슬링 슈즈가 달려오는 소리가 셋의 귓가에 파고들었다. 인준이 등 뒤를 돌아보니 한번 정한 목표는 놓치지 않겠다는 듯이 간격을 좁혀 오는 부주장이 보였다.

"크아아아아!"

이 속도대로라면 저 괴력의 감염자에게 셋이 붙잡히는 건 시간문제. 인준이 수희를 부축하던 팔을 놓으며 비장하게 말했다.

"록희 양. 언니를 데리고 최대한 멀리 도망치세요."

순간 인준이 죽음을 각오했다는 걸 직감한 수희는 황급히 고개를 가로저었다.

"그러지 마요, 인준 씨. 함께 가요."

"머뭇거리다간 기회를 놓쳐요."

"끝의 끝까지 곁에 있으라면서요!"

수희가 자신의 말에 따라 줄 기색이 없자 인준은 한숨을 짧게 내쉬더니 결국 두 자매의 어깨를 거세게 밀었다.

"내 말 명심해요. 뒤에서 어떤 소리가 들려와도 절대 돌아보지 말아요."

인준의 두 눈은 형용할 수 없는 슬픔을 담고 있었다. 수희가 그를 향해 달려가려는 걸 록희가 간신히 붙잡았다.

"가자, 언니야."

"이렇게 놔두고 갈 순 없어. 저 사람만은 안 돼."

그러나 록희는 이미 수희의 왼쪽 팔을 자신의 어깨에 걸치고 달려 나갈 준비를 하고 있었다.

"나도 언니만은 포기할 수 없어. 달아나자."

록희와 수희가 복도 저편으로 사라지는 걸 확인하고 뒤돌아선 인준은 달려오는 부주장을 노려보며 다리를 천천히 벌렸다. 직감적으로 알 수 있었다.

'찰나에 갈릴 승부.'

달려오는 부주장은 인준과 가까워지자 더욱 속도를 올렸다.

적수의 다리를 박살 내기 위해 인준이 부인각을 찼다. 하나 상대는 아슬아슬하게 그 궤도를 비껴 간 다음 인준의 등 뒤로 돌아갔다. 두 사내는 마치 풍선 꼬리잡기를 하듯 원을 그리며 대치했다. 부주장이 그레코로만 레슬러의 습성대로 자신의 등에 달라붙으려 한다는 걸 깨달은 인준.

그는 자신에게 남은 마지막 기력을 한 번에 뿜어낼 큰 기술을 쓰기로 했다. 상대가 자신의 등에 올라타기 직전 뒤돌려차기로 목을 날려 버리는 것이다. 인준이 일부러 오른쪽 어깨를 내밀어 상대에게 등을 내보였다.

"크르르르르."

작전은 통했다. 부주장이 정확히 그쪽 방향으로 도약해 온 것이다. 자신이 중대한 실수를 했다는 걸 깨달은 것은 이미 최후의 일격을 위해 몸을 띄운 뒤였다.

'아차. 내 신발이……'

상대의 숨통을 끊어야 한다는 생각에 골몰해서였을까. 볼링장에서 밧줄을 잘라 내느라 칼날이 달린 왼쪽 신발을 벗어 버렸다는 사실이 뒤늦게 떠올랐고, 하필이면 공격을 구사해야 하는 다리가 왼발이었다.

이미 회전이 시작된 다리의 축을 공중에서 바꾸는 건 무리였다. 부주장의 양팔이 인준의 등을 거미의 다리처럼 옭아맸다. 그리고 그가 인준의 어깨를 덥석 깨물었다.

푸하아아아악!

왈칵 뿜어져 나온 피가 복도의 벽을 가득 메웠다. 인준은 초인적인 집중력으로 이를 악물고 비명을 참아 냈다. 혹시나 수희와 록희가 자신을 걱정해 돌아오는 일이 없도록.

●　●　·　·

한 감염자가 강철 막대에 복부를 꿰뚫려 괴로워하고 있었다.

"키에에에."

힘으로 그것을 밀어붙이던 두제의 손이 부들부들 떨리고 있었다. 상대가 강철 막대의 가운데를 붙잡고 온몸의 근육을 동원해 밀어붙이고 있었기 때문이다. 그가 재빨리 외쳤다.

"머리를 날려!"

곧 피가 덕지덕지 묻은 성화봉이 두제의 얼굴 왼쪽에서 스윽 등장했다. 락구는 두제의 어깨를 대포 받침대 삼아 조준한 뒤 성화봉의 폭발 장치를 격발시켰다.

꽈아아아아앙!

레슬링 감염자의 머리가 통째로 날아갔다. 그리고 뒤로 밀려나는 힘 때문에 강철 막대에 박힌 복부 또한 쑤욱 빠져서 허물어졌다. 망치로 어깨를 두들겨 맞은 진동에 인상을 찌푸리며 두제가 중얼거렸다.

"크윽. 이 녀석이 마지막이었나?"

"그런 것 같은데요. 허억, 허억."

"정말 징글징글한 놈들이었어. 위험수당은 꼭 챙겨 주길 바라, 후배님."

"시답잖은 말씀 마시고 바깥으로 나가 봐요."

화장실로 향하는 좁은 복도는 두 유도가가 힘을 합쳐 쓰러 뜨린 레슬링 감염자들의 시체 더미로 가득했다. 만약 드넓은 공터 같은 곳에서 이들의 습격을 받았더라면 어땠을까 하는 상상만으로도 등골이 오싹해졌다.

볼링장 전체에 피비린내가 진동했다. 음산한 고요함이 감도는 가운데, 오른팔과 왼쪽 다리만 남은 채 레인을 기어오는 감염자 하나가 있었다.

"끄으으으으."

쏟아져 나온 내장이 4번 레인의 고랑처럼 파인 거터Gutter에 걸려 참혹함을 자아내고 있었다. 입은 복색을 보아하니 레슬링팀이 아니었다. 인질로 붙잡혀 온 부상자 중 한 명이었다. 비통한 심정으로 그를 쳐다보던 락구가 두제에게 부탁을 했다.

"선배님."

"쳇. 알았어. 어지간히 부려 먹는군."

두제는 뚜벅뚜벅 걸어가 강철 막대를 수직으로 부여잡고는 말했다.

"내 원망은 말라고, 친구."

퍼석.

레인을 기어오던 그 부상자의 움직임이 멈추자 더 이상 움직이는 형체는 감지되지 않았다. 오직 락구와 두제 둘만 볼링장에 남은 것이다. 난전 중에 놓쳐 버린 자매가 생각났다. 다행히도 쓰러진 시체들 중에서 여자는 없었다.

"백 선생님이랑 권투소녀는 안 보여요."

"그래? 언니 쪽이 다리를 전다고 하지 않았나."

"그 태권도 코치님도 보이지 않는 걸 보면 무사히 빠져나간 것 같아요."

그런데 순간 두 남자의 귓가에 위화감을 자아내는 소리가 창문 바깥에서 들려왔다.

깡. 까앙.

날붙이와 날붙이가 서로 맞부딪히는 마찰음. 그것은 싸움을 벌이는 양쪽이 모두 인간이라는 의미였다.

"후배님 표정을 보아하니 내가 환청을 들은 건 아닌가 본데."

"네. 발코니 쪽에 누군가가 있는 것 같습니다."

"확인해 볼 가치가 있겠어. 따라와."

말릴 틈도 없이 두제는 활짝 열린 문을 향해 달려 나갔다. 락구는 두제 역시 이 필승관에서 청춘을 보낸 만큼 건물 구조를 꿰뚫고 있다는 걸 새삼 깨달았다.

옥상으로 향하는 계단의 중간에서 멈춰 선 두제는 창문 바깥을 가리키고 있었다. 그곳엔 검은 슈트를 입은 두 명의 남녀가 곡예에 가까운 격투를 벌이고 있었다. 그들의 공격이 서로 충돌할 때마다 굉음이 울려 퍼졌다.

"저들이 리퍼인가?"

락구는 자세히 살펴보고는 고개를 가로저었다.

"남자 쪽은 맞는데, 여자 쪽은 아닙니다. 제가 아는 사람입니다. 아마도 옷을 뺏어 입은 것 같네요."

"여자는 누군데?"

락구는 대꾸하면서도 씁쓸함을 느꼈다.

"안금숙 소좌. 저와 권투소녀를 선수촌으로 데리고 와 준 사람입니다."

"아하! 북한 계급을 가졌고, 목적을 알 수 없다는 그 여자

인가."

두제는 턱을 쓸면서 두 암살자의 싸움을 주시했다.

"후배님 말론 저 여자가 그렇게 무시무시하다며."

"일대일 격투로는 아마 선수촌 내의 누구도 우위를 장담하기 어려울 겁니다."

"그 '누구도'에는 나도 포함되나."

"……."

"그런가 보군. 좀 자존심 상하는데. 여자로 생각하지 말라는 뜻인가."

"그렇다기보다, 아예 인간이라 생각하지 않는 게 좋을 겁니다."

하지만 두제는 창문에서 시선을 뗄 줄 몰랐다.

"설마 끼어드실 생각입니까."

"왜? 그러면 안 되나?"

"권투소녀 쪽을 쫓아가는 게 더 급해요."

그러자 두제는 락구가 답답하다는 듯 고개를 가로저었다.

"내가 한 말 벌써 잊은 거야? 이 선수촌을 탈출하는 키를 저 녀석들이 쥐고 있다면 어떡할 거냐고. 알아볼 가치가 있어."

그리고 다시 계단 아래쪽으로 내려간 두제는 널브러진 시체들의 주머니를 뒤지기 시작했다.

"흠. 이 폰은 죽었고. 이 녀석 건 어떨려나."

"뭐 하시는 겁니까."

결국 두제는 시간을 들여 전원이 들어오는 스마트폰을 찾아

냈다.

"전화는 안 터질 겁니다. 어디에 쓰시려고요?"

액정 불빛으로 환하게 빛나는 얼굴로 두제는 씨익 웃었다. 곧 그는 주머니에 폰을 쑥 집어넣고는 옥상 위를 가리켰다.

"따라오면 알려 주지."

● ● ·

알바레즈는 자신의 만곡도와 검투술에 대단한 자부심을 갖고 있었다.

지금까지 무수히 많은 감염자들의 목을 이 매서운 칼날로 잘라 내었다. 그 이전에 살아 있는 인간의 피 또한 흠뻑 머금었던 바 있는 수족과도 같은 무기였다. 근접 살육전에서 그의 칼을 버텨 내는 적수는 없었다. 하지만 오늘밤 그는 동아시아의 끄트머리에서, 철석같이 믿고 있던 자신의 만곡도에 처음으로 실망감을 느껴야만 했다.

쐐애액!

수평으로 공기를 가르는 일섬. 그러나 상대는 맨발로 훌쩍 뛰어올라 알바레즈의 머리를 넘어서 순식간에 등 뒤를 빼앗았다.

'상식을 벗어나는 민첩함이다.'

알바레즈가 만곡도의 칼자루를 거꾸로 잡고 등 뒤를 찌르듯이 내밀었다. 그러나 치순은 굵직한 다리로 알바레즈의 왼쪽 다리를 걸어차 무릎 꿇린 다음 어깨로 등을 들이받았다.

16

"커헉!"

시속 200킬로미터로 질주하는 유조차에 들이받힌 기분이었다. 바닥을 데구루루 굴러가던 알바레즈가 만곡도를 레슬링 매트 위에 꽂아 스스로의 몸을 멈춰 세웠다. 치순은 틈을 노려 육박전을 걸어온 드미트리를 상대하고 있었다.

"크르르르르."

백병전 훈련교관 출신인 드미트리는 세계 최강의 레슬러들을 배출한 러시아 출신이었다. 하지만 치순의 목을 붙잡기 위해 팔을 내뻗었을 때 거꾸로 손목을 붙잡혀 당겨지고 말았다. 순간 깨달았다. 바이러스를 통해 극대화된 치순의 악력이 본인의 최대치를 훌쩍 상회한다는 것을.

"끄으으음."

버티기를 포기한 드미트리가 치순의 복부를 향해 기중기 같은 니킥을 날렸다. 그러나 치순은 번개 같은 동작으로 드미트리의 무릎 안쪽을 낚아채 상대의 균형을 무너뜨렸다.

곧 보고도 믿기 힘든 일이 벌어졌다. 140킬로그램에 육박하는 드미트리를 치순이 가뿐하게 집어 던져 버린 것이다. 공중에서 팔다리를 허우적대던 드미트리는 구석에 세워진 철제 운동기구들을 모두 무너뜨리며 처박혔다.

콰당탕탕.

원거리에서 레일건을 겨눈 채 빈틈을 살피던 주세페의 입에서 감탄사가 흘러나왔다.

"올림푸스가 말하는 슈퍼솔저의 완성형이 저건가."

알바레즈가 주세페를 지나쳐 달려가면서 외쳤다.

"감탄할 때인가. 잠깐이라도 좋으니 움직임을 봉쇄해!"

"쳇. 알았다고."

주세페가 신중하게 치순의 오른쪽 다리를 노려 레일건의 철사를 적중시켰다.

파지지직.

강력한 전류가 철사를 타고 흘렀으나 치순은 잠깐 움찔하기만 하고 곧 철사를 붙잡아 거칠게 잡아당겼다. 날뛰는 코끼리의 상아를 붙잡는 게 이런 기분일까. 주세페는 급격하게 당겨지는 힘에 압도되어 끌려가다가 바닥에 턱을 부딪힌 다음에야 레일건을 놓았다.

"커흑."

그러나 주세페가 가까스로 만들어 낸 작은 틈이 다른 두 리퍼에게 단 한 번의 기회를 선사했다. 드미트리가 치순의 등 뒤로 접근해 양팔을 휘감은 다음 깍지 낀 손으로 치순의 뒤통수를 누른 것이다.

곧 압박에서 벗어나려는 치순이 용을 쓰기 시작했다.

"크ㅇㅇㅇㅇ."

자연스레 드미트리의 얼굴이 벌겋게 달아올랐다.

"오래는 못 버틴다, 알바레즈!"

리퍼들의 우두머리는 바로 그 순간만을 노리고 있었다. 매트 위를 가로질러 달려온 알바레즈가 만곡도를 양손으로 붙잡은 다음 뒤로 당겼다. 그리고 대각선 아래를 향해 내리치며 치순의 목을 베어 냈다.

아니, 베어 내려 했다.

써어어어억.

분명 칼날이 목덜미를 파고 들어가는 느낌이 있었다. 하지만 목뼈 깊숙한 곳까지 상처를 내기 직전 치순이 고개를 틀어 칼날을 깨물었다.

콰득.

그리고 턱의 힘만으로 알바레즈를 들어 올려 내동댕이쳐 버렸다. 알바레즈가 만곡도와 함께 날아가는 동안 치순이 철봉 운동을 하듯 양다리를 수직으로 차올렸다. 그리고 드미트리의 코를 걷어차 끔찍한 고통을 선사했다.

"우으윽."

드미트리가 피범벅이 된 얼굴을 부여잡고 뒷걸음질을 쳤다. 그리고 그 동작은 치순의 머릿속에 남아 있는 레슬러의 공격 본능을 극도로 자극시켰다.

"크오오오오오!"

치순의 맨 발바닥이 노란 레슬링 매트를 박찼다. 한 점을 향해 돌진한 괴력의 레슬러가 드미트리의 복부 정중앙에 머리를 박았다. 황급히 드미트리가 왼팔을 치순의 목에 걸어 길로틴 그립을 잡았다. 그리고 다리를 뒤로 뻗어 멈춰 세우려 했다. 하지만 피가 눈동자에 튀어 제대로 된 공간 파악이 불가능했고 속수무책으로 밀리는 수밖에 답이 없었다.

치순이 드미트리의 양다리를 붙잡고 들어 올렸다. 힘이 곧 아름다움이라면 그것은 한 폭의 예술화 같은 투 레그 테이크다 운이었다.

꽈아아아아아앙!

드미트리와 치순이 레슬링장의 벽을 뚫고 반대쪽 체육관으로 넘어갔다. 단단한 두께의 벽면이 마치 스티로폼처럼 뻥 뚫린 것이다. 주세페가 레일건을 주워 들고 그 구멍을 타고 넘으면서 이를 북북 갈았다.

"쿤린, 이 자식은 대체 어디서 자빠진 거야!"

리퍼들 중 가장 몸놀림이 잽싼 쿤린이 있었다면 녀석의 팔이나 다리 한쪽에 치명상을 입힐 수 있었을 것이다. 하지만 꽤 시간이 흘렀음에도 불구하고 쿤린은 돌아오질 않고 있었다.

"크르르르르."

그리고 지금 치순은 드미트리의 배 위에 올라타 그의 목을 물어뜯으려 하고 있었다.

"젠장. 이렇게 되면 실탄을 쓰는 수밖에."

주세페는 레버를 돌려 감전용 철사가 아닌 살상용 총탄으로 바꾼 뒤 지체 없이 방아쇠를 당겼다.

타아아앙!

하지만 치순이 주세페의 동작을 보자마자 옆으로 몸을 날리는 바람에 총탄은 옆구리를 살짝 스치고 지나갈 뿐이었다. 뒤쫓아 온 알바레즈가 주세페의 레일건을 타악 걷어차며 부르짖었다.

"실탄은 안 돼! 빗나가서 머리에 상처를 내면 어쩔 셈이야."

레일건은 저 멀리 날아가며 바닥을 미끄러져 갔다. 맨손이 된 주세페의 입맛은 비렸다.

"누가 그걸 몰라. 드미트리를 구하려고 그랬…… 잠깐. 저건 또 뭐야?"

주세페와 알바레즈가 동시에 실랑이를 멈췄다.

그들은 레슬링장과 데칼코마니처럼 생긴 천장 아래 서 있었다. 그러나 바닥에 깔린 매트는 노란색 센터서클이 상징적인 레슬링 매트와는 큰 차이가 있었다. 푸른색과 빨간색으로 타일처럼 나뉜 이색적인 질감의 매트.

그곳은 바로 유도장이었다.

리퍼들의 시선을 끈 것은 그 유도 매트의 한쪽 구석에서 나무 기둥에 매달린 노란 고무줄을 계속 쳐다보고 있는 한 거구의 모습이었다.

"크으으으으으."

그 감염자는 인간이었을 시절 '김장용'이란 이름을 갖고 있었다. 뇌리에 각인된 어떤 패턴에 의해 식당에서 유도 매트로 복귀했던 참이었다. 오전 훈련을 게을리 한 벌로 장용은 종종 고무줄 메치기 100회를 해치워야 했던 것이다.

"저만한 놈이 또 있었나."

이 순간 비틀대며 일어선 드미트리는 일종의 기시감을 느꼈다. 선수촌에 잠입한 이래 자신과 유일하게 체격으로 비등함을 보여 줬던 헐크좀비가 떠올랐던 것이다. 그러나 그는 리퍼들의 수가 일곱이었을 때 협공을 통해 목을 잘라 내 회수한 지 오래였다.

거구의 감염자가 뒤를 돌아본다. 드미트리는 생각했다.

'근육질은 아니지만 사이즈는 이놈이 더 대단하다.'

반면 알바레즈는 상황이 최악으로 돌아간다고 생각했다. 아직 그들의 목표인 치순의 목을 회수하기는커녕 큰 상처를 입히지도 못한 상황에서 그리즐리 베어처럼 커다란 '변수'가 난입한 것이다.

반면에 치순은 유도 매트의 한가운데에 미동 없이 서 있었다. 마치 낯선 공간에 대한 파악을 하고 있는 듯했다.

"주세페. 쏴 버려!"

알바레즈가 장용을 가리키며 소리쳤지만, 주세페는 억울하다는 듯 빈손을 들어 보였다.

"다음부턴 뭘 걷어찰 때는 한 번 더 생각을 하라고, 대장."

주세페의 손에 들려 있던 레일건을 홧김에 날려 버린 것이 바로 알바레즈 자신이었던 것이다.

"귀찮게 됐군. 못 본 것처럼 무시하고 사라져 주진 않겠지."

"안타깝게도 우린 지금 밥통도 벗어 놓고 왔잖나."

알바레즈와 주세페가 중얼거리고 있을 때 장용이 유도 매트 위로 발을 들였다. 곧 그가 리퍼들을 향해 몸을 숙이며 분기탱천한 얼굴로 포효했다.

"크으아아아!"

그 포효에 담긴 메시지는 명확했다. 매트 위의 불청객을 청소하겠다는 뜻이었다.

62화
끝나지 않는 시험

- 감염 4일째. 오후. 11:42.

쿤린의 팔목에 부착된 송곳이 안 소좌의 목젖을 노리고 날아들었다.

카가각.

하지만 안 소좌는 군용 나이프의 날로 송곳의 궤적을 비껴가게 만든 다음 정글도를 대각선으로 쳐 올려 반격했다.

"치잇!"

훌쩍 뒤로 물러나는 쿤린의 뒤를 따라 파고드는 안 소좌. 상대의 자세가 불안정해진 틈을 타 그녀가 맹공을 퍼부었다.

순간의 실수가 곧 죽음을 불러오는 초근접 검투. 네 쌍의 칼날이 허공에서 얽혀 정지 상태를 이뤄 냈을 때 안 소좌가 쿤린의 복부를 걷어찼다. 그리고 인상을 찌푸리며 고개를 숙이는 상대의 눈을 찌르려 했다.

쿤린이 그것을 피해 낸 건 절반은 운이었다. 군용 나이프에 눈을 적출당하는 꼴은 면했지만 어깨를 붙잡힌 쿤린이 바닥에 내동댕이쳐졌다. 천벌처럼 수직으로 내리꽂히는 안 소좌의 정글도. 쿤린이 굴욕적으로 엉덩이를 굴리자 그의 머리가 있던 자리에 정글도가 잔해를 만들어 내며 박혔다.

"빌어먹을 년."

자신이 속수무책으로 밀리고 있다는 걸 쿤린은 인정해야만 했다. 안 소좌는 간격이 다른 두 개의 무기를 상황에 따라 임기응변으로 대처하며 공격과 방어에 사용했다. 저 철벽을 뚫으려면 그녀의 정글도보다 간격이 긴 무기가 필요할 것이다.

'예를 들면 알바레즈의 칼 같은 거.'

자신의 짧은 송곳으로 안 소좌에게 치명타를 가하기란 불가능에 가까웠다. 타고난 민첩성으로 근접 무기의 리스크를 보완해 온 쿤린이었지만 상대의 침착성과 폭넓은 경험이 더 우위에 있었다. 무엇보다 같은 슈트를 입어 방어력이 동등해지자 둘의 격차가 더 벌어진 상황.

"생각이 많아진 얼굴이군."

쿤린이 제자리에서 공격을 들어오지 않자 안 소좌는 정글도 손잡이를 빙글빙글 돌리며 읊조렸다.

"스스로 목숨을 끊을 기회를 줄까? 그 팔목에 달린 날붙이로 네 목을 찌르면 될 것 같은데."

"혓바닥을 잘근잘근 썰어 주마!"

쿤린이 바닥을 박차고 뛰어올랐다. 그리고 안 소좌의 시야를 어지럽히기 위해 오른팔을 휘두른 다음 발코니 난간을 걷어차 태클로 안 소좌를 넘어뜨렸다.

풀써억.

그렇게 안 소좌의 배 위에 올라탔지만 탄력적인 브릿지 동작으로 허리를 튕겨 올리는 상대의 반항 때문에 그의 송곳은 안 소좌의 귓가 아래에 박히며 빗나갔다. 순간 쿤린은 이질감을 느꼈다. 자신의 아래에 깔린 안 소좌의 왼손에 있던 군용 나이프가 보이지 않았던 것이다.

'설마?'

휘리릭!

안 소좌의 다리가 쿤린의 어깨를 타고 넘어왔다. 눈 깜짝할 새 삼각조르기 그립을 잡은 안 소좌가 허공을 향해 오른손을 뻗었다. 그러자 태클 순간 때 그녀가 던져 놓았던 나이프가 제자리를 찾듯 안 소좌의 손바닥 안으로 안착했고, 다음 순간, 그것이 쿤린의 왼쪽 갈비뼈를 꿰뚫었다.

"크아아악!"

슈트의 흉갑 부분과 복부를 잇는 연결고리에 난 작은 틈을 노린 것이다. 그리고 안 소좌가 다음 수순으로 노린 부위는 쿤린의 허벅지였다.

푹! 푹!

"으으으윽."

쿤린이 뒤로 나가떨어져 발코니 위를 데굴데굴 구르는 동안 안 소좌는 침착하게 몸을 일으켜 그에게 다가왔다.

"너무 억울해하지 마라. 네 친구들도 곧 곁으로 보내 줄 테니까."

안 소좌가 쿤린의 정수리를 부술 요량으로 정글도를 내리쳤을 때!

까앙!

갑작스레 난입한 사내가 강철 막대를 휘둘러 그것을 튕겨 냈다.

피 묻은 하얀 셔츠에 구두를 신은 사내. 안 소좌로서는 처음 보는 얼굴이었다. 엄숙한 처형의 순간을 방해받았다는 생각에 그녀의 미간이 일그러졌다. 준비동작 없이 정글도가 튀어 나갔다.

미리 대비하지 않았더라면 그대로 목을 꿰뚫렸을 테지만 두제는 동물적인 반사신경으로 그걸 피해 낸 다음 뒤차기로 힘껏 안 소좌를 날려 보냈다.

퍼억!

뒤로 주르륵 밀려난 안 소좌는 상대가 만만한 적수가 아니라는 걸 깨닫고 대화를 시작했다.

"비켜서세요. 안 그럼 숨통이 끊길 수 있습니다."

두제는 강철 막대를 어깨에 올리고 휘파람을 불었다.

"우리도 이 자식한테 볼일이 있어서 말이야. 잠깐만 빌려주지 그래?"

"그게 무슨 허튼소리……."

두제의 뒤를 따라 발코니에 올라온 청년의 얼굴을 본 안 소좌가 주춤했다.

"도락구 선수."

"안금숙 소좌님."

두제를 가운데에 두고 락구와 안 소좌의 눈빛이 한차례 교차됐다. 안 소좌는 락구의 눈에 깃들어 있는 농밀한 분노의 감정을 직시했다.

"현승미 선수를 찾아냈나 보군요."

"그 입에 승미의 이름을 담지 마세요. 안 소좌님 때문에 그 애를 잃을 뻔한 건 절대 잊지 않을 겁니다."

"사과하진 않겠습니다. 그럴 거였다면 애초에 저지르지도 않았을 테니까."

락구의 앙다문 턱이 부르르 떨렸다.

"가까이 오지 마세요. 다가오셨을 때 제가 소좌님한테 저지를 짓도 사과드리진 않을 테니까."

안 소좌가 씁쓸한 표정을 지으며 두 개의 칼날을 집어넣었다.

일단 당장 덤벼들지는 않을 거란 판단을 내린 두제가 락구 쪽으로 뒷걸음질 쳤다.

"후배님, 그놈 잡아."

락구는 차가워진 얼굴로, 바닥을 기어 달아나고 있던 쿤린의 왼팔을 붙잡아 꺾었다.

우드득.

"끄아아악!"

"허튼수작 부리지 마. 저항하면 팔을 부러뜨리겠다."

쿤린의 왼팔을 밀어 올리면서 동시에 뒤통수를 들지 못하도록 압박하는 락구. 급소에 자상을 세 군데나 입은 쿤린은 국가대표 유도가의 악력을 뿌리칠 여력이 없었다.

두제는 안 소좌와의 거리를 가늠하면서 주머니에 넣어 둔 스마트폰을 꺼냈다.

띠리링.

그리고 카메라 어플을 실행시켜 빨간색 녹화 버튼을 누른 뒤 쿤린의 얼굴에 갖다 댔다.

"어이, 까마귀 같은 새끼. 선수촌에 숨어 든 목적이 뭐냐?"

그러나 쿤린은 발코니 바닥에 안면을 대고 헐떡이며 으르렁거릴 뿐이었다.

"뭐라고 지껄이는 거야. 하나도 못 알아듣겠잖아."

락구와 두제가 난감해하자 안 소좌가 이렇게 제안했다.

"그자들은 한국말을 모릅니다. 통역해 줄 사람이 있어야죠."

두제가 안 소좌를 쳐다봤다.

"댁이 해 줄 텐가."

"도락구 선수와의 옛정을 생각하면 못 할 것도 없죠. 렌즈를 제게 향하지 않는다면."

락구는 잠시 생각하더니 고개를 끄덕였고, 그로 인해 세 남녀의 어색한 합동 심문이 시작됐다.

질문을 던지는 건 두제. 그걸 옮겨 주는 건 안 소좌.

"말해. 이 병균을 선수촌에 퍼트린 게 네놈들이냐?"

"그렇다. 네놈들은 전부 실험실에서 처분되는 생쥐들이지."

"그 말은 네놈들과 미군이 한통속이라는 뜻이지?"

"어디 미군뿐일까. 이 장사에 뛰어든 배후를 알게 되면 깜짝 놀랄걸."

"올림푸스란 놈들이겠지. 그래서 너희 까마귀들이 좀비의 목을 수집해 가면 미군이 뒤를 봐주고 청소를 한다, 그런 시스템이겠지?"

"아무도 빠져나갈 수 없어. 너흰 어차피 다 죽게 돼."

"하지만 태릉에 폭탄을 떨어트려서 불태우면 네놈들 역시 멀쩡히 살아 나간다는 보장이 없잖아. 무슨 방법을 숨겨 둔 거지?"

"큭큭큭큭. 우리가 여기까지 지하철 타고 왔겠어?"

"탈출할 수단이 선수촌 안에 있다는 소리로군."

락구가 두제의 의심을 뒷받침해 줬다.

"일전에 표유나 선수가 해 준 얘기가 있어요. 리퍼라는 자들이 오륜관 근처의 어떤 철제 구조물에서 쏟아져 나왔다고 했어요."

상공의 비행기가 리퍼들을 담은 채 선수촌에 떨궈 놓은 이동식 벙커.

"그래. 그 벙커는 어떤 폭격에서도 안전하지. 마치 방주처럼."

문득 두제는 지나치게 순순히 대답해 주는 쿤린의 말에 의구심이 들었다. 그래서 그걸 물어보기로 했다.

"사실 말해 줘선 안 되는 기밀 같은 거 아닌가? 이렇게 술술 다 불어도 되는 거냐."

쿤린의 온몸이 들썩였다. 그러자 그 등에 무릎을 댄 채 올라타 있는 락구의 어깨도 함께 요동쳤다.

"아둔하기는. 네놈들, 이 바이러스의 이름은 알고 있나?"

"콜롬비아 광견병."

"그래. 맞아. 콜롬비아. 이 바이러스가 처음 살포된 곳의 이름을 땄지. 그런데 콜롬비아에선 너희 같은 놈들이 없었을까? 우리의 정체를 폭로하겠다면서 카메라를 들이댄 놈들은 거기서도 셀 수 없이 많았어."

"……그게 무슨 뜻이냐. 콜롬비아에서도 우리처럼 증거를 모으는 사람이 있었다는 거야?"

"하지만 다 실패했지. 이 일의 배후가 얼마나 지독하고 치밀한 놈들인지 너흰 몰라. 네놈들이 무슨 발악을 하더라도 이미 최소 한 번 이상 실패한 일이라는 소리다."

"흐으음. 그래?"

거기까지 들은 두제는 정지 버튼을 누른 다음 스마트폰을 다시 주머니에 집어넣었다. 그리고 구둣발로 쿤린의 턱을 강하게 후려갈겼다.

"하지만 콜롬비아엔 선수촌이 없었잖아."

"카악, 퉤!"

핏덩이를 뱉어 낸 쿤린이 두제를 노려봤다. 부릅뜬 흰자위에는 핏발이 가득 서 있었다. 단순히 화가 난 표정을 넘어선 섬뜩한 냉기. 두제는 바로 그 눈빛을 정면으로 마주한 적이 있었다. 감염자의 피가 묻어 있던 강철 막대에 어깨를 찔리고 만 박 중사의 눈빛. 그것이 딱 저랬다.

두제가 잠자코 상황을 지켜보고 있는 안 소좌에게 물었다.

"이봐. 이 까마귀 녀석이 댁의 칼에 몇 번 찔린 모양인데. 그걸로 혹시……."

"네. 좀비들의 목을 숱하게 베어 냈죠. 당신이 걱정하는 대로 그 남자는 곧 숨통이 끊어질 겁니다. 그리고 변이한 채 돌아다니겠죠."

안 소좌의 말이 진실이라는 걸 락구 또한 느낄 수 있었다. 분명히 온 힘을 다해 꺾은 팔을 내리누르고 있는데 조금씩 그것이 버거워지고 있었던 것이다.

'취조에 응해 주는 척하면서 시간을 끌고 있었구나.'

바이러스가 쿤린의 온몸을 타고 돌아다니면서 인간의 신체한계를 돌파할 수 있도록 빗장을 열고 다니는 덕분이었다. 안 소좌는 바로 이 타이밍을 기다리고 있었다.

"도락구 선수."

"뭡니까."

"절 증오하는 거야 백번 이해합니다. 하지만 점차 쿤린을 붙잡고 있는 게 불가능해질 겁니다. 감염이 되면 숨이 멎기 전에 근육이 팽창하면서 폭주에 가까운 힘을 내니까요. 제게 넘기세요."

그녀의 정글도가 달빛 아래 그 매끈한 도신을 드러냈다.

"물러나면 소좌님은 이 사람을 죽이겠죠. 아닌가요?"

"그렇습니다. 저렇게 잽싼 암살자가 좀비가 되면 얼마나 무서워질지 생각해 보세요. 선택의 여지는 없습니다."

두제 역시 안 소좌와 뜻이 같았다.

"내 생각도 그래, 후배님. 괴물이 되기 전에 처리하는 게 맞아."

쿤린은 락구와 록희의 목숨을 장난감처럼 다루며 악랄하게 굴었던 장본인이었다. 지금까지 얼마나 많은 사람의 목숨을 빼앗았는지도 능히 짐작이 가능했다. 하지만 그럼에도 불구하고 안 소좌의 요구대로 따른다면 살인 행위에 가담하는 것과 다를 바 없다는 거부감이 끝까지 락구를 괴롭혔다.

안 소좌의 군화가 한 발짝 앞으로 내딛어졌다.

"여전히 도락구 선수는 우유부단하군요."

또다시 한 발짝.

"모두를 구할 순 없습니다. 언젠가 한 번은 손을 더럽혀야 하죠."

"그렇다고 살아 있는 사람을 죽일 순 없어요."

"이 선수촌에 뛰어든 순간부터 우리 모두는 시험에 든 겁니다. 그따위 나약한 마음이 언젠가 도락구 선수가 소중하게 생각하는 동료의 목숨을 위태롭게 만들 거예요."

실제로 그 말은 락구의 가슴을 아프게 후벼 팠다. 이미 승미가 그녀의 손에 죽을 뻔하지 않았는가.

안 소좌의 입술은 멈추지 않고 계속 달싹였다.

"아무래도 제가 사람을 잘못 골랐나 보군요, 도락구 선수. 더 이상 당신에겐 아무런 기대도 되지 않을 것 같아요."

반면 자신의 목을 따려는 안 소좌가 가까이 오자 쿤린의 심정도 다급해졌다.

"빌어먹을! 날 놓아줘. 물어보는 것에 다 대답해 줬잖아. 내 동료들이 앰풀을 갖고 있다. 지금 풀어주면 변하지 않을 수도 있어!"

정확히 무슨 뜻인지는 이해할 수 없었지만, 락구도 쿤린이 전달하고자 하는 바는 어렴풋이 알아들을 수 있었다. 감정적 동요는 반드시 신체에 영향을 준다.

"이이이익!"

락구의 힘이 살짝 느슨해진 것을 느낀 쿤린이 격하게 요동쳐서 락구의 품을 빠져나가는 데 성공했다. 탁 트인 옥상 발코니에서 쿤린을 도망치게 둘 수 없었던 안 소좌는 즉각적인 행동에 돌입했다. 정글도를 몸에 붙인 다음 두제의 정면으로 뛰어든 것이다.

상황이 자신의 통제를 벗어나는 순간은 두제에게 늘 짜증을 안겨다 줬다.

"쳇."

두제가 반사적으로 강철 막대를 휘둘렀다. 하지만 안 소좌는 그와 힘겨루기를 할 생각이 애초에 없었다. 고개를 숙여 막대를 흘려보낸 안 소좌는 두제의 뒷덜미를 잡아 점프한 다음 상대의 널찍한 등판을 밟고 도약했다.

"큭."

전직 유도 국가대표답게 나가떨어지면서도 금방 낙법을 취한 두제였다. 그런데 그가 몸을 일으키는 순간 옆구리에 턱 하고 걸리는 것이 있었다.

"앗, 차거! 뭐야?"

바로 쿤린이 벗어 두었던 '밥통'이었다. 락구와 안 소좌는 여러 번 그것을 목격했지만 두제는 처음이었다. 그것이 마치 자석처럼 두제의 시선을 사로잡았다.

반대편에선 쿤린이 난간을 밟고 뛰어내리려 했다. 그 순간 락구의 몸을 휙 지나치며 쿤린의 발목을 붙잡는 데 성공한 안 소좌. 그녀의 어깨가 격하게 회전했고 쿤린은 곧 다시 바닥에 내동댕이쳐졌다.

콰당탕탕.

안 소좌가 정글도를 거꾸로 잡고 쿤린의 목을 겨누었다.

"네놈의 질긴 목숨도 끝이다."

하지만 그 순간 쿤린이 전혀 예상치 못한 행동을 했다. 슈트의 가슴팍에 부착된 코어를 오른손으로 뜯어내 버린 것이다. 그리고 그 안쪽에 달린 버튼을 누르자 불길한 소리가 공기를 가득 메웠다.

우우우우웅.

그 굉음은 쿤린의 밥통에서 흘러나오고 있었다. 두제는 밥통을 둘러싼 케이블이 마치 소방차의 경광등처럼 붉게 빛나는 것을 멍하니 보고 있었다.

쿤린이 중얼거렸다.

"나 혼자서는 안 죽어. 다 같이 가자."

안 소좌가 노성을 일갈하며 정글도를 휘둘렀고⋯⋯!

"위험해요!"

락구는 두제에게 달려들어 그의 허리를 감싸 안은 뒤 몸을 날렸다. 두 사내의 몸이 레슬링장의 아치형 천장 위로 붕 떠오르자마자 쿤린의 밥통이 굉음과 함께 터져 나갔다.

콰아아아아아앙!

용의 입에서 토해 낸 불길이 발코니를 덮친 것 같았다. 바닥이 산산조각 나며 안 소좌와 쿤린을 동시에 멀리 날려 보냈다.

후두두둑.

폭발의 여파에 강제로 날려 보내진 락구와 두제. 두 사내는 레슬링장의 천장을 부우욱 찢어트리며 아찔한 높이에서 추락하고 있었다. 아무리 바닥에 매트가 깔려 있다 해도 낙하 높이가 13미터로, 충분히 살인적이었다. 이대로 바닥에 떨어질 경우 절대 육체가 성할 수 없다.

"저거 잡아요!"

허공에서 허우적대던 두 사내의 시야에 그것이 들어왔다. 레슬링장 천장에 매달려 있는 수십 개의 밧줄. 그리고 이들은 숨쉬는 것처럼 반복적으로 밧줄타기 훈련을 소화하는 국가대표였다.

하지만 안전하게 밧줄을 낚아챈 다음 속도를 줄이고 있는 두제와 달리 락구는 심각한 상황에 처해 있었다. 멀리 떨어진 쪽에서 밧줄을 붙잡아 추락을 간신히 면했으나 무심코 10여 미터 아래의 바닥을 보고야 만 것이다.

"어허억."

아찔한 높이가 선사하는 공포가 락구로 하여금 발작을 일으키게 만들었다. 시야가 노랗게 변하고 호흡 곤란이 일어난다. 결국 손에 힘이 빠져 빠른 속도로 주르륵 떨어지는 락구. 그가 관성에 의해 시계추처럼 지면과 충돌할 위기에 처했다.

그런데 그 순간 레슬링장의 매트 위에는 두 거한이 혈투를 벌이고 있었으며, 락구의 엉덩이가 날아간 곳은 그 거한 중 한 명인 드미트리의 뒤통수였다.

퍼어어어억!

"끄흐음!"

불의의 일격을 맞아 매트 위로 튕겨 나간 드미트리. 그의 주변에 포진해 있던 알바레즈와 주세페는 황당하기 그지없다는 표정을 지었다.

"뭐야, 이놈들은?"

세 리퍼들은 치순을 사냥하는 와중에 난입한 장용의 존재로 인해 골치를 썩이고 있었다. 장용의 괴력이 드미트리를 집어 던질 정도로 굉장했기 때문이다. 그런 상황에서 천장이 찢어지고 락구와 두제가 떨어진 것이다.

이 순간 레슬링장에 있는 자들 중 '살아 있지 않은 자'에 속하는 두 형체는 조금도 당황하지 않고 각기 다른 방향으로 돌격했다.

"크워어어어어!"

먼저, 싸우던 대상을 잃어버린 장용은 가까이에 있던 알바레즈를 향해 돌진했다.

반면에 치순은 불타오르는 레슬링장의 발코니 쪽에 시선을 빼앗기더니 냉풍기를 밟고 뛰어올라 밧줄을 붙잡아 오르기 시작했다.

"젠장. 달아난다!"

당황한 주세페가 레일건을 감전 모드로 놓고 치순을 향해 내쏘았지만 때마침 치순이 다른 밧줄로 훌쩍 점프하는 바람에 빗나가고 말았다.

난장판이 된 레슬링장에서 두제가 매트 위에 착지한 것이 바로 이 순간이었다. 그가 제일 먼저 한 것은 일단 유일한 아군의 의식을 확인하는 것이었다.

"정신이 드나, 후배님?"

"아으으으으."

다행히 락구는 낙하의 충격에 비틀대고 있을 뿐 의식을 잃지는 않은 모양이었다. 그가 락구를 부축하며 귓가에 이렇게 속삭였다.

"빨리 정신 차리라고. 아무래도 후배님의 친구가 우릴 따라다니기라도 하는 모양이니까."

"네? 친구요? 그게 무슨……."

발작의 후유증으로 얼굴을 찌푸리고 있던 락구가 황급히 주변을 둘러보았다. 그리고 그의 눈에 일종의 화인처럼 레슬링장 한가운데에서 리퍼들과 싸우고 있는 익숙한 덩치가 포착되었다.

"장용아."

락구는 아무리 쳐 내도 다시 달라붙는 깃잡기처럼 운명의 지독한 손아귀를 느꼈다. 방금 전 들었던 안 소좌의 말이 환청처럼 귓가에서 재생된다.

　— 언젠가 한 번은 손을 더럽혀야 하죠.

　시험은 아직 끝나지 않은 것이다.

63화
조금 아픈 추억

- 갑염 5일째. 오전. 12:17.

"내가 말했지? 혼자 가진 않는다고."

쿤린은 폭발의 여파로 멀리 튕겨져 나갔다가 비틀비틀 몸을 일으켰다. 한 발짝 내딛을 때마다 우레탄 슬레이트는 불안하게 삐걱댔지만 그는 멈춰 설 수 없었다. 그가 향하는 곳에 의식을 잃고 쓰러진 안 소좌가 있었기 때문이다. 쿤린의 눈은 이미 붉은 광기에 사로잡혀 있었다. 코어가 떨어져 나가 허전해진 가슴팍을 매만지며 중얼거리는 암살자.

"진심이야. 이 방법만은 쓰고 싶지 않았어. 득보다 실이 너무 크니까. 인정해. 내가 그만큼 널 죽이고 싶었나 봐."

쿤린의 비틀대는 걸음이 안 소좌의 머리 위에서 멈췄다. 그녀는 머리칼을 흐트러뜨린 채 누워 있었고, 화마를 정통으로 맞은 어깨와 등의 슈트는 그을려 있었다.

"결국은 마지막에 서 있는 놈이 이기는 거야. 듣고 있나?"

쿤린이 바닥에 무릎을 꿇고 한 손으로 안 소좌의 뒷머리를 붙잡은 다음, 다른 손으론 주먹을 쥐어 송곳이 아래로 향하게 했다.

"이 개 같은 년아!"

섬광처럼 안 소좌의 목젖을 향해 돌진하는 송곳.

하지만 그 순간 안 소좌가 눈을 번쩍 떴다.

"헉?"

덫이 발동하는 것처럼 휘리릭, 쿤린의 팔을 휘감는 안 소좌의 양팔. 우드득 소리와 함께 쿤린의 팔목을 꺾은 다음 그녀가 무릎을 가슴까지 당겨 상대의 팔목에 군홧발을 갖다 댔다.

"이이이익. 아, 안 돼."

"이런 개간나가 주둥아리만 놀리고 기래. 역겨워서리 내래 못 들어 주갔써."

안 소좌가 군홧발로 업킥을 날리듯 밀어내자 쿤린의 부러진 손목이 그 주인의 턱을 향해 솟구쳤다. 턱 밑을 뚫고 뇌수까지 돌파하는 쿤린의 송곳.

"꾸에엑!"

"내 목아지를 딸라문 백 번은 다시 태어나야지 안캇써."

숨이 끊어진 쿤린의 옆머리를 붙잡아 바닥에 쓰러트린 뒤 안 소좌는 몸을 일으켰다. 락구와 두제는 찢어진 레슬링장의 천장

아래로 떨어진 모양이었다. 지금 당장은 신경을 꺼도 될 듯 보였다. 그런데 폭발이 일어난 발코니의 화염 속에서 거대한 푸른 형체가 튀어나오는 것이 보였다.

"크오오오오오!"

불길에 이끌려 천장까지 올라온 왕치순이었다. 그의 붉은 눈과 공기를 압도하는 듯한 카리스마. 지금껏 본 어떤 감염자보다도 살상력이 뛰어나 보이는 육체를 보자 숨이 멎는 기분이었다. 리퍼들이 왜 저 녀석에게 목을 매는지 단번에 이해되는 순간.

'지금 붙잡히면 꼼짝없이 당한다. 일단 피해야겠어.'

안 소좌는 쿤린의 겨드랑이에 양팔을 넣어 단단히 붙잡았다. 그리고 최대한 소리를 내지 않도록 은밀하게 어둠 속으로 이동했다.

그녀가 택한 쪽은 물론 왕치순으로부터 멀어지는 방향이었다.

●● ●

동생은 그곳에 5일 만에 온 것이었다. 그리고 언니는 무려 3년 만이었다.

바닥에 깔려 있는 오래된 녹색 매트. 한쪽 벽면에 도열한 알록달록한 열 개의 샌드백. 아이돌 연습생들이 군무를 맞춰 볼 만한 크기지만 사실 쉐도우 복싱을 위해 붙어 있는 대형 거울. 그리고 숱한 국가대표들이 서로를 때리고 얻어맞곤 하는 세 개의 링. 록희는 그 가운데에 있는 링 위에 수희를 앉혔다.

"허억. 허억. 여기서 잠깐만 쉬자."

인준을 뒤로하고 전속력으로 도망친 자매가 도착한 곳은 복싱장이었다. 수희가 텅 빈 복싱장을 둘러보며 물었다.

"다들 무사히 탈출했나 보네. 한 명도 남아 있지 않은 걸 보니."

하얀 링 줄에 이마를 대고 씩씩대던 록희는 참담하다는 듯 대꾸했다.

"아냐. 다 죽었어."

"한 명도 빠짐없이 다?"

록희는 감염된 복싱팀의 동료들에게 쫓겨 냉동 탑차 안에 갇혔던 기억과 수영장에서 머리가 박살 난 채 널브러져 있던 그들을 마주해야 했던 기억을 떠올렸다.

"나만 살아남았어, 씨발. 이럴 줄 알았으면 좆같은 선발전 따위에 그렇게 목숨 걸 필요도 없었던 건데."

"록희야, 입."

정수기 앞에서 종이컵에 물을 따르고 있던 록희는 언니의 훈계에 실소가 터져 나오는 걸 참을 수가 없었다.

"지금 이런 상황에서 욕도 못 해?"

"내 앞에선 안 돼. 복싱장이기도 하고."

수희는 록희가 갖다 준 물을 조금 들이켠 다음 회한이 담긴 목소리로 읊조렸다.

"그 긴 시간 동안 어떡해서든 이곳만은 피해 왔는데."

록희는 언니가 상념에 빠지는 것이 싫었다. 복싱장에 있을수록 올림픽 로드에서 강제 이탈당한 운명을 복기할 테니까.

"챔피언 하우스로 가자, 언니. 거긴 사람들이 많아. 선수촌에서 제일 안전하고."

"안 돼. 인준 씨를 기다려야지."

"그 빨갱이 좀비를 이기면 우릴 찾아오겠지. 하지만 아닐 경우엔 어떡할 건데?"

"……코치님은 꼭 올 거야."

"안다니깐. 그래도 일이 잘못됐을 경우를 생각해 봐야 하잖아. 응?"

"나한텐 정말 소중한 사람이야."

넋이 나간 듯 중얼거리는 언니의 말에 대꾸하다가 록희는 머릿속에 박혀 있던 어떤 볼트가 터져 나가는 기분에 말을 쏟아냈다.

"제발 내 말 좀 들어, 이 망할 백수희! 언니 다리 나 때문에 그렇게 된 것도 평생을 숨 막히게 했는데, 그보다 더한 꼴은 나 못 견뎌. 알아?"

기관총처럼 상대를 몰아붙이는 록희의 말에 수희는 한동안 대꾸를 하지 못했다. 그러다가 수희가 흠칫 눈썹을 파르르 떨었다. 록희의 말에서 그냥 넘길 수 없는 부분을 짚어 냈기 때문이다.

"그게 무슨 말이야, 백록희? 내 다리 이렇게 된 게 왜 너 때문인데. 그건 교통사고 때문이었잖아."

얼굴이 벌게진 록희는 고개를 떨궜다.

"……미안. 그 얘기는 하면 안 됐는데."

하지만 수희는 집요하게 그 부분을 파고들었다. 록희의 팔목을 덥석 붙잡더니 격앙된 목소리로 물었다.

"지금까지 너 때문이라고 생각해 온 거니? 그런 거야?"

"……."

"대답해, 백록희!"

이를 악문 록희가 수희의 손을 뿌리쳤다.

"그만! 나, 나 사실 다 알고 있어. 언니 다리가 왜 그렇게 됐는지."

두 자매의 눈에 동시에 물기가 차올랐다.

"그리고 그게 누구 때문인지."

●. •   •

록희가 방황을 시작했던 것은 이혼의 충격으로 가산을 탕진한 아버지가 두 딸을 버리고 사라진 뒤의 일이었다. 수희는 자신이 성공할 수 있는 길은 운동뿐이라 여기고 복싱에 매진했다. 하지만 록희에겐 매달릴 것이 없었다. 학교에도 잘 나가지 않았고, 어렸을 적 언니를 따라 무작정 배웠던 복싱과도 차츰 멀어졌다.

"니 언니를 좀 봐라. 어떻게 돼먹은 애가 끈기가 없어."

불같은 성격에 툭하면 발끈하는 록희를 그 어떤 코치도 가르치기 어려워했다.

"도망간 니네 아빠 완전 꼴통이래매?"

누군가 가족사를 걸고넘어진다면 말보다 먼저 주먹이 튀어 나갔다. 경찰이 출동해서 뜯어말릴 때까지 상대를 두들겨 팼다.

"다시 한 번 지껄여 봐. 조져 버릴라니까."

만약 언니인 수희가 태릉선수촌에 입소만 하지 않았더라도 방황하는 록희를 곁에서 붙잡아 줬을지도 모른다. 하지만 주말 도 반납한 채 혹독한 훈련을 이겨 내느라 동생과 멀어지는 건 불가피했다.

그렇게 국가대표 선발전에서 승리하고 석 달 만에 집에 돌아 온 수희는 냉담한 현실과 마주해야 했다. 록희가 집을 나가서 한 달 넘게 들어오지 않고 있었던 것이다. 어디로 갔는지 행방 을 아는 이도 없었다.

수희는 할머니가 뜯어말리는 걸 뿌리치고 전국의 쉼터를 샅 샅이 뒤지기 시작했다. 그중 위성도시 번화가에 있는 쉼터의 한 원장이 록희의 사진을 보더니 묘한 이야기를 했다.

"이거 그 여자앤가? 인상착의가 비슷한데."

"제 동생이 여기 왔었나요? 록희가요?"

"아니, 아니. 여기에 들르진 않았어요. 하지만 이 애를 찾아 다니는 친구들이 요새 늘었어요."

"어떤 애들인데요?"

"가출팸 중에서도 힘 쓰는 애들을 모아 돌아다니는 남자애들 이 있어요. 사실 조폭이나 다름없는 일을 하면서 온갖 범죄를 일으키고 다니죠."

수희는 가슴이 철렁 내려앉았다.

"그런 애들이 왜 록희를 찾아다녀요?"

"그건 저도 모르죠. 친구는 아닌 것 같았어요. 다들 얼굴들이 살벌했단 말예요?"

대체 뭘 하고 돌아다니는 거니. 수희가 이대로 록희를 내버려 둬선 안 되겠다고 결심한 순간이었다.

그 도시에서 사흘을 머물면서 수소문하고 돌아다닌 끝에 수희는 록희를 찾기 위해 혈안이 돼 있다는 가출팸의 존재를 알아냈다. 그리고 그 소년들이 모여 있는 사무실을 혼자서 찾아가게 된다.

그날은 수희가 다시 선수촌으로 돌아가야 하는 복귀 일을 하루 앞둔 날이었다.

"친구들이 록희를 찾아다닌다고 들었어요. 무슨 일인지 설명해 줄래요?"

허름한 빌딩의 꼭대기 층에 있었던 그 사무실엔 스무 명에 달하는 가출 청소년들이 팸을 이루고 있었다. 낡은 행색들을 하고 있었으나 눈빛만은 당장이라도 덤벼들 것 같은 승냥이 같았다.

"걔 이름이 록희야? 어딨는지 알아?"

"제 동생입니다. 어디에 있는지는 저도 몰라요."

그중에서 제법 체구가 큰 소년이 수희를 노려보며 말했다.

"그 씨발년, 우리 구역에서 너무 설치고 다녔어. 잡히면 누구 하나 초상 치르는 거고."

그들의 설명을 들은 수희의 얼굴이 점점 창백해졌다.

소년들은 그 도시에 모이는 가출 소녀들을 꼬드겨 거대 매춘 사업을 벌이고 있었다. 그런데 어느 날 갑자기 나타난 록희가 감시역인 소년들을 자꾸 때려눕히고 소녀들을 풀어주는 바람에 장사에 큰 차질이 생겨 버렸던 것이다.

"그러니까 누님, 우리가 걜 잡으면 어떻게 해야겠어? 팔다리를 부러뜨려서 벌벌 기어 다니게 할 거라고. 죽이는 건 그 다음."

"록희는 제가 설득해서 집으로 데려가겠습니다. 그러니 그냥 물러서 주세요."

"지난주면 그럴 수도 있었겠지. 그런데 그 쌍년 밑으로 애들이 하나둘 붙더니 덩치가 제법 커졌단 말이야. 우리로서도 그냥 놔둘 수가 없어요."

"그 애는 이제 겨우 중3이에요. 다시 생각해 주세요."

"누님. 내가 그런 애들 하루 이틀 본 줄 알아? 거리로 나온 애들은 여기저기서 포기하고 내다버린 애들이야. 경찰에 신고해도 데려갈 새끼 하나 없는 연놈들이라고."

수희는 차오르는 역겨움을 꾹 참고 마지막으로 협상을 시도했다. 그녀는 천천히 무릎을 꿇어 머리를 조아렸다.

"만약 필요한 게 돈이라면 제가 마련해 드릴게요."

"알았어. 죽이진 않을게. 근데 걔가 우리한테 끼친 손해는 몸으로 때워야지. 걔 때려잡으려면 반병신 만들어 놔야겠지만. 병신도 잘 팔려. 은근히 그런 취향 가진 변태들이 좀 많아야지? 킥킥킥."

가출팸의 리더로 보이는 소년이 웃자 수희를 둘러싸고 있던 열 명이 넘는 소년들이 함께 폭소했다. 수희의 입은 굳게 다물어져 열리지 않았다. 천천히 꿇었던 무릎을 펴서 일어난 그녀는 문을 향해 뒷걸음질을 쳤다.

"어이쿠. 겁 먹었쩌요? 누님도 얼굴 반반해서 괜찮은데. 나이가 좀 걸린단 말이지? 우린 미자들만 취급해서. 암 쏘리."

소년은 수희가 문을 박차고 도망칠 줄 알았건만 상황은 다르게 흘러갔다. 문에 등을 기댄 채 수희가 한 행위는 사무실의 안쪽 잠금쇠를 덜컥 잠그는 것이었다. 그리고 그녀는 선반 위에 굴러다니던 수건을 주워 오른손에 빙빙 감기 시작했다. 마치 링에 오르기 전 밴디징을 하듯이.

"쟤 지금 뭐 한대니? 손 시렵나?"

영문도 모른 채 수희가 수건으로 주먹을 한 바퀴 감쌀 때까지 소년들은 멍하니 지켜보고만 있었다. 이 정도라면 주먹을 아무리 꽉 쥐어도 괜찮겠다는 생각이 들었을 때, 수희가 참았던 분노를 모두 담아 읊조렸다.

"니네, 분리수거도 안 되는 쓰레기구나. 내 동생한테 절대로 얼씬 못 하도록 해 줄게. 조금 아픈 추억이 될 거야."

"……뭐?"

가출팸의 리더는 뭐라고 더 대꾸하고 싶었지만 그럴 수 없었다. 총탄처럼 앞으로 튀쳐나온 수희가 그의 턱을 부숴 버렸기 때문이다.

"이게 죽을라고!"

"쳇!"

거리에서 생활하는 소년들은 절대 빈손으로 다니지 않았다. 야구배트에서 각목, 몽키스패너와 나이프까지 갖고 있었다. 물론 동생을 두고 협박을 해 온 소년들에 대한 분노로 이성을 잃은 수희의 눈에 그런 것들이 들어올 리 만무했다.

20여 분의 시간이 흐른 뒤.

사무실의 문이 끼이익 열리고 피범벅이 된 수희가 복도로 빠져나왔다. 그녀의 등 뒤에는 의식 불명의 중태에 빠진 가출 소년들이 이곳저곳 부러진 채 나뒹굴고 있었다.

"……록희야. 어딨니."

절뚝이며 복도를 걷던 수희는 꼭대기 층을 빠져나오지도 못한 채 기절했다. 왼쪽 다리에 박힌 두 개의 식칼이 뼈에 박혀 과다 출혈을 일으켰기 때문이다.

록희가 그 사실을 알게 된 건 사건이 터진 지 닷새나 흐른 뒤였다. 황급히 집으로 돌아갔을 때 록희를 기다리고 있던 건 병상에 누워 있는 언니였다.

단순한 부상이 아니었다. 선수 생활은커녕 일상생활이 가능할지 여부도 알 수 없었다. 의사는 아마도 한쪽 다리를 영구적으로 절어야 할지 모른다고 했다. 그러면서 최근엔 다양한 의족과 보조기가 출시됐다며 록희를 위로하려 했다.

"우리 언니 올림픽 나가야 되는데요? 국가대표란 말이야. 저렇게 누워 있으면 안 된다고. 고쳐 내, 이 새끼들아!"

병원에서 온갖 난리를 피운 록희와 달리 할머니와 수희의 반응은 덤덤했다.

"달려오던 트럭에 치인 거야. 부서진 유리창이 다리에 박혔어. 죽지 않은 것만 해도 어디니."

그렇게 해서라도 수희는 동생을 지켜 주고 싶었던 것이다.

방황으로부터.

그리고 죄책감으로부터.

• • •

"정말 내가 모를 줄 알았어? 그게 교통사고일 리가 없잖아."

"어떻게 안 거야? 설마 할머니가……."

"아니. 유치장에서 나온 동생들이 알려 줬어."

수희는 한숨을 내쉬고 다시 말을 꺼냈다.

"백록희, 분명히 말해 두는데 그건 사고였어. 게다가 언니 발로 간 곳이었고."

"내가 집을 나가지 않았더라면 일어나지 않을 일이었어."

"록희야."

뭐라 말을 꺼내려던 수희는 목이 메는 기분에 잠깐 숨을 골라야 했다.

평생 잘 숨겨 왔다고 생각했는데. 두 번 다시 꺼낼 일이 없다고 믿어 왔는데. 왜 우린…… 이런 이야기를 이제 와서야 하게 되는 걸까.

"록희, 네가 다시 복싱을 시작한다고 해서 난 너무 기뻤는

데. 언니가 못 딴 메달에 집착하는 건 싫었지만 네가 다시 마음을 잡는 것 같아 마음이 놓였어. 그런데 그게 다 속죄 때문이었다고?"

"……언니는 착해 빠져서 날 원망하지도 않잖아. 나는 평생 못 갚을 빚을 졌다고 생각하는데. 언니는 뭔가를 받을 생각도 안 하니까."

"이 못난아. 그렇다고 그걸 꾹꾹 눌러 담고 태릉에 온 거야?"

"좀비들이 이 난리를 피우지만 않았어도 평생 안고 갈 거였어."

수희가 울먹이며 록희의 어깨를 얼싸안았다. 동생은 언니의 팔에 자신의 팔을 겹쳐 놓으며 애원했다.

"그러니까 우리 먼저 가자. 언니는 내가 어떻게든 지킬 거야."

수희가 눈물을 닦고 록희에게 뭔가를 말하려 했다. 하지만 그때!

새빨간 타이즈를 입은 형체가 샌드백을 고정시킨 철봉에 올라타 있는 것이 보였다. 그가 훌쩍 뛰어오르더니 자매가 앉아 있던 링 바로 앞까지 날아와 착지했다. 흠칫 물러서는 록희. 그리고 그보다 더욱 창백해지는 안색의 수희.

"으르르르르."

부주장의 으르렁거림은 평소보다 나지막했다. 입에 뭔가를 물고 있었기 때문이다.

툭!

어깨에서부터 뜯겨 나간 성인 남자의 팔이 부주장의 턱에서 흘러나와 바닥을 뒹굴었다. 회색과 붉은색이 섞인 트레이닝 상의. 인준이 입고 있던 옷이었다.

"안 돼에에에에!"

수희가 비명을 지르며 인준의 잘린 팔을 향해 다가가려 하는 걸 록희가 간신히 붙잡아 말렸다.

"가까이 가지 마, 언니! 미쳤어?"

하지만 수희의 다리에는 묵직한 의족 보조기가 달려 있었고, 결국 휘청이다 바닥에 쓰러지고 말았다.

록희가 그녀를 일으키려고 링에서 엉덩이를 뗀 순간!

"캬아아아아아!"

부주장이 록희의 숨통을 노리고 맹렬히 돌진해 왔다.

급한 대로 록희는 손에 잡히는 아무거나 집어 던졌다. 바로 연습용 헤드기어였다. 부주장은 가슴팍을 향해 날아온 헤드기어를 팔꿈치로 내려쳐 찌그러트렸다.

수희는 넋을 잃고 중얼거리고 있었다.

"인준 씨, 안 돼요. 안 돼……."

이를 본 록희는 부주장의 시선이 오직 자신을 향하도록 만들어야겠다는 생각에 사로잡혔다. 그래서 링 줄을 붙잡아 뛰어 오르며 발악하듯 외쳤다.

"이리 와, 개새끼야! 끝장을 보자."

록희가 펄쩍 뛰어 링 안으로 발을 들여놓았다. 그리고 재빨리 수희의 반대쪽 코너로 달려가 부주장을 도발했다.

"날 뜯어 먹고 싶은 거잖아. 도망치지 않을 테니까 올라오라고!"

"크르르르."

먹혀들었다. 부주장이 다리를 개구리처럼 굽혀 웅크리더니 무서운 도약력으로 링 줄을 한 번에 넘어 날아온 것이다.

콰앙.

지겨울 만큼 땀을 흘려 온 링 위에서 록희는 붉게 빛나는 탐식의 눈빛을 마주했다. 그리고 슬그머니 가드를 올렸다.

"덤벼."

그녀의 각오는 단 하나.

"널 죽이기 전까진 여기서 안 내려가."

64화
창문 없는 감옥

- 감염 5일째. 오전. 12:33.

"크르아아악!"

부주장이 록희를 붙잡기 위해 팔을 휘둘렀다. 록희는 피커브 스타일로 가드를 턱 밑에 붙인 뒤 덕킹으로 부주장의 손아귀를 피해 냈다. 이미 그의 무지막지한 괴력을 한 번 겪어 봤다. 덜미를 잡히는 순간이 곧 죽음에 가까워진다.

레슬러의 태클은 가공할 위력을 가진 대신 직선적이라는 단점이 있었다. 더군다나 좁은 공간인 사각의 링에서 가속도를 만들어 낼 돌격 거리가 만들어지기도 힘든 상황. 하지만 가젤처럼 폴짝폴짝 옆으로 뛰어 피해 내는 록희의 체력에는 한계가 있었다.

'빈틈. 한 번이라도 좋으니 틈이 생겨야 해.'

그렇게 사력을 다한 술래잡기를 몇 번 견뎌 내자 록희가 기다렸던 찬스가 비로소 다가왔다. 부주장이 록희를 깨물려고 덤벼들었다가 링의 가운뎃줄에 왼쪽 팔이 휘감겨 버린 것이다. 오른쪽 팔 하나만 피해 내면 되는 상황.

'지금이야!'

록희는 공포감을 이겨 내고 부주장의 왼쪽 품으로 파고들었다. 그리고 허리를 튕기며 커다란 궤적의 훅을 던졌다.

퍼억!

록희의 메탈 너클이 지이잉 울릴 정도의 막대한 타격이었다. 거기에 그치지 않고 권투소녀는 메트로놈처럼 좌우를 오가며 부주장의 관자놀이만을 노리며 연타를 퍼부었다.

퍽! 퍼억! 퍼어억!

부주장의 머리카락과 살점이 동시에 떨어져 나갔다.

'한 방. 한 방만 더 때리면 끝낼 수 있어.'

숨을 참고 훅 연타를 날리던 록희의 오른쪽 주먹에 바짝 힘이 들어갔다. 하지만 그 순간 코너에서부터 팽팽히 당겨져 있던 링 줄이 부주장의 괴력에 의해 뜯어지고 말았다.

으드드득!

그리고 봉쇄에서 해방된 그의 왼쪽 팔이 록희의 안면 전체를 감싸 쥐었다.

"으으으읍!"

한 팔의 괴력만으로 록희를 번쩍 들어 올린 부주장은 그대로 링의 매트 바닥 위에 소녀의 뒤통수를 메다꽂았다.

꽈아앙!

바닥에 튕겨져 새우처럼 휘어지는 록희의 등.

"크허어억."

괴로워하는 록희의 비명 소리가 링 밑에서 얼이 빠져 있던 수희의 정신을 가까스로 되돌려 놓았다.

"록희야?"

하나뿐인 동생이 링 위에서 괴물과 맞서고 있었다. 부주장은 마치 갖고 놀다 지친 장난감을 부수는 아이처럼 록희의 얼굴을 붙잡은 채 반복해서 매트 위에 박아 대고 있었다.

"크아아아아!"

동생을 놔 달라고 소리치고 싶었지만 말이 통하지도 않는 괴물에게 호소하느라 시간을 낭비할 수 없었다. 3년 전 그날 가출팸에 둘러싸였을 때도 그랬었다.

'말이 통하지 않는 놈들에겐 힘을 행사할 수밖에.'

하지만 가운을 뒤져 봐도 의료용 가위는 잃어버린 지 오래였다. 주변을 둘러봐도 감염자의 두개골을 한 방에 뚫을 수 있는 날붙이가 보이지 않았다. 푹신한 글러브와 나무 손잡이의 줄넘기뿐.

철커덕.

순간 수희의 눈에 들어온 것은 자신의 왼쪽 다리였다. 3년 동안 자신의 다리를 지탱해 준 카본 '장하지 보조기'.

'무기로 쓰지 말란 법은 없잖아?'

수희는 잽싸게 벨트를 풀어내 카본 보조기를 거꾸로 붙잡았다. 신발 부분을 꽉 쥔 다음 바닥에 있는 힘껏 내리치자 발목 부분을 고정시킨 드라이버가 조금씩 튕겨 나오듯 풀리기 시작했다. 수희가 노리는 부분이 바로 거기였다.

깡! 깡!

보조기의 발목 부분은 강철보다 경도가 높은 티탄 합금이었기 때문이다.

'부서져라, 제발 부서져!'

한편, 후두부에 가해지는 거듭된 충격으로 록희는 흐려지는 의식을 가까스로 붙잡고 있었다. 하지만 록희의 턱 밑을 완전히 감싸 쥐고 있는 부주장의 손을 아무리 때려도 놓아줄 생각이 없어 보였다.

"푸허어억."

그러다 록희의 코와 입을 통해 갑자기 산소가 쏟아져 들어왔다. 부주장이 그녀의 얼굴을 붙잡은 손을 푼 것이다. 하지만 결코 좋은 신호는 아니었다. 부주장이 록희의 복부에 무릎을 올려놓고 지그시 눌렀다.

"끄으으악. 냐, 이 개새끼야!"

니 온 밸리 포지션. 상대를 마음껏 요리할 수 있는 자세였다.

"크르르르."

부주장의 턱에서 흘러나온 핏방울이 록희의 이마에 떨어졌다. 이제 장난은 끝난 모양이다. 록희는 어떤 순간에서도 상대로부터 시선을 거두지 않는 복서였지만 이번만은 자신도 모르게 두 눈을 질끈 감게 되었다.

그런데 순간 누군가 링 위에 기어 올라온 듯한 느낌이 들더니 수희의 앙칼진 고함 소리가 들려왔다.

"내 동생한테서 떨어져!"

수희가 성한 오른쪽 다리에 힘을 주어 뛰어올라 부주장을 밀쳐 냈다. 그러자 부주장의 등이 매트에 닿았고, 수희는 엉거주춤 탑 포지션을 얻어 냈다. 그러나 부주장은 누워 있는 상태에서 수희의 목을 붙잡아 졸랐다.

"ㅇㅇㅇ윽."

복부를 누르던 존재가 치워지자 록희는 링 바닥 위에 쭈그려 엎드려 격하게 기침을 토해 냈다.

"쿨럭. 쿨럭! 어, 언니?"

황급히 옆을 바라봤지만 어떤 상황인지 알 수가 없었다. 부주장이 흘린 피가 눈가를 덮어 시야가 뿌옇게만 보였다.

퍼억! 퍽! 퍼억!

불길하기 짝이 없는 소리. 단지 수희가 부주장의 몸 위에 올라탄 것만 알아볼 수 있었다.

"언니! 위험해. 무슨 짓이야!"

재빨리 후드 점퍼를 눈에 비벼 피를 닦아 냈다. 그러자 록희의 눈에 들어온 풍경이 선명해졌다.

"꾸르르륵."

부주장의 이마 한가운데 티탄 합금으로 만들어진 철근이 꽂혀 있었다. 몇 번을 내리쳤는지 뇌수가 흘러나와 링 바닥을 적

셔 나가고 있었다. 볼에 튄 피를 닦을 생각도 못 하는 수희가 록희를 향해 미소지었다.

"괜찮아, 록희야. 내가 다 끝냈어."

"언니."

탈진했는지 보조기를 놓고 스르르 허물어지는 수희. 록희는 달려가 그녀의 몸을 얼싸안았다.

핏물이 번져 가는 링 바닥 위에서 자매는 그렇게 한참을 말 없이 안고 있었다.

● ● ●

드미트리가 20킬로그램짜리 바벨 원판을 집어 들고 유도 매트 위를 질주했다. 그가 돌진하는 곳엔 우두커니 선 장용의 뒷모습이 있었다.

"흐으읍!"

원심력을 이용해 드미트리가 휘두른 묵직한 원판이 장용의 등을 내리쳤다.

"크으으으으."

한쪽 무릎을 꿇고 주저앉고 만 장용. 장용의 앞에서 공격을 피하며 시선을 교란하던 알바레즈는 이 기회를 놓치지 않고 자세를 낮춰 돌격했다.

"후우읍!"

그리고 바닥에 스치듯이 휘둘러지는 매서운 만곡도.

써거억!

장용의 왼쪽 무릎 밑이 깔끔하게 잘려 나갔다.

"크워어어어."

기울어지는 몸을 버티지 못하고 엎드리는 장용. 분노로 일그러진 얼굴은 여전히 알바레즈의 전신을 노려보고 있었다.

알바레즈는 양손으로 만곡도의 손잡이를 붙잡은 다음 수직으로 세웠다. 단숨에 목을 베어 내기 위한 준비동작이다.

"덩치는 크지만 3단계가 아니야. 척살한다."

순간, 알바레즈의 옆쪽에서 무서운 속도로 육박해 오는 존재가 있었다.

"안 돼!"

그는 어깨로 알바레즈를 들이받는 듯하더니 바깥다리를 걸어 내동댕이쳐 버렸다. 하마터면 만곡도를 놓칠 뻔했던 알바레즈는 노성을 터트리며 일어섰다.

"뭐냐, 네놈은!"

락구에겐 원래 하려던 말이 있었다.

'내 친구를 건드리지 마!'

하지만 그 말을 뱉을 여유 따윈 없었다. 엎드린 채로 바닥을 기어온 장용이 락구의 다리를 잡아채려 팔을 휘둘렀기 때문이다.

"크와아악!"

락구는 알바레즈를 밀쳐 내자마자 자신도 몸을 굴리며 낙법을 쳐야 했다. 그래서 무의식중에 튀어나온 말은 상황과 도무지 맞지 않았다.

"하지 마, 김장용! 가만히 좀 있으면 안 되냐."

그러는 와중에 두제는 존재감을 죽인 채 슬금슬금 주세페의 등 쪽으로 접근하고 있었다. 주세페의 시선이 왕치순이 사라진 천장에 고정돼 있던 걸 본 것이다. 그러나 상대의 주의력은 습격을 못 알아차릴 정도로 흐트러져 있진 않았다.

"무슨 꿍꿍인지는 몰라도, 거기 멈춰."

주세페가 레일건을 등 뒤로 돌려 정확히 두제의 가슴팍을 겨눴다. 두제는 강철 막대를 쥔 채 돌처럼 굳어 버릴 수밖에 없었다.

"젠장. 귀신같이 알아채는군."

주세페는 이 상황이 극도로 마음에 들지 않았다.

의료동을 습격해 미끼가 될 생존자를 공수하고, 그것으로 레슬링 감염자들의 시선을 유인해 보스 좀비를 고립시키자는 건 그의 아이디어였다.

처음엔 순조로웠다. 그런데 치순은 예상보다 훨씬 강력했던 데다 힘을 보태야 할 쿤린이 돌아오지 않았다. 설상가상으로 드미트리를 압박할 정도의 덩치를 가진 장용이 아수라장에 난입하질 않나, 성가셔 보이는 두 녀석이 이번에는 천장을 뚫고 떨어져 자신들을 방해했다.

가장 마음에 들지 않는 점은 이 생고생을 해서 붙잡으려 했던 치순이 결국 밖으로 달아났다는 점이다.

'일이 꼬여도 더럽게 꼬여 가는군.'

투덜대던 주세페의 눈앞에 장용과 실랑이를 하는 락구의 얼굴이 포착됐다. 그는 오륜관에서 승미를 처음 봤을 때와 비슷한 느낌에 인상을 찌푸렸다.

"저 녀석도 낯이 익어. 그 양궁 선수처럼. 뭐지? 내가 어디서 녀석들을 본 거야?"

하지만 그건 여유가 있을 때 해도 늦지 않다. 주세페는 허리춤에서 작고 동그란 물체를 꺼낸 다음 두 리퍼에게 소리쳤다.

"타깃이 사라졌어! 장난질은 그만 하고 녀석을 쫓자!"

알바레즈와 드미트리가 거기에 동의했는지 재빠른 속도로 장용과 락구에게서 몸을 빼냈다. 그걸 확인한 다음 주세페는 동그란 물체에서 핀을 뽑아 낸 다음 두제를 향해 던졌다.

"뭐엇?"

자신을 향해 반절 정도 날아왔을 때 두제는 그것이 동그란 수류탄이란 것을 알아챘다. 몸을 날려 피한다 한들 숨겨 줄 지형도 없었다.

그의 동물적인 판단력이 빛을 발했다.

"에라잇!"

다이빙해서 피하는 대신 오히려 날아오는 수류탄 앞으로 뛰어간 것이다. 그리고 그의 구둣발이 지면을 떠나 우아하게 날았다.

타아악!

두제의 미들킥이 허공에서 수류탄을 걷어찼다. 공중에서 궤적이 바뀐 서류탄은 주세페의 머리 위를 훌쩍 넘겨 포물선을 그리더니 바닥에 떨어져 데굴데굴 굴러…… 장용의 앞까지 다다랐다.

"크으으?"

수류탄을 보고 고개를 갸웃하던 장용은 그것을 붙잡아 눈앞으로 가져왔다. 사색이 된 락구가 애타게 외쳤다.

"내려놔, 김장용! 어서!"

장용의 다음 행동은 락구를 더욱 아연실색하게 만들었다. 녀석이 입을 쩌억 벌려 수류탄을 꿀꺽하고 삼킨 것이다.

살면서 얼마나 자주 락구는 그 대사를 장용에게 퍼부었을까.

"그걸 왜 삼켜, 이 돼지야아아!"

원래도 산처럼 솟은 장용의 배가 불룩해지더니 바닥에 크레이터를 만들며 터져 나갔다.

꽈아아아아앙!

락구는 턱을 덜덜 떨고 있었다.

자신도 모르게 앞으로 허물어지는 무릎. 시야를 가득 메운 것은 그야말로 끔찍한 광경이었다. 마치 거인의 망치가 장용의 등을 내리치기라도 한 듯 참혹한 타격이 그의 육체를 반파시켰다.

'도대체 어디까지……. 어디까지 내 친구를 비참하게 만들셈이야.'

세 명의 리퍼는 치순을 다시 붙잡기 위해 레슬링장을 빠져나갔다. 두제는 녀석들이 사라진 방향을 확인한 다음 락구에게로 걸어왔다.

"다친 덴 없나, 후배님."

락구는 대구하지 않고 한참을 멀리 날아간 장용의 상반신을 향해 무릎으로 기어갔다. 두제는 한숨을 내쉰 다음 그 뒤를 쫓아갔다. 앞지르는 데에 시간이 많이 필요하지도 않았다.

장용은 유도장 벽면에 노란 고무줄을 매달아 놓은 기둥까지 날아가 있었다. 남아 있는 것은 머리와 가슴 일부분, 그리고 오른팔뿐이었다.

"크으으으으."

그럼에도 불구하고 장용은 몸을 일으켜 세우려 애를 쓰고 있었다. 붉은 눈동자는 락구에게 꽂힌 채 흔들리지 않았다. 아무리 심성이 독한 두제라 하더라도 맨정신으로 보고 있기 어려운 장면이었다. 그가 강철 막대를 꼬나 쥔 채 장용을 향해 뚜벅뚜벅 걸어갔다.

"내가 마무리를 하지, 후배님."

그런데 그가 장용의 머리를 내리치려 하기 직전 락구가 입을 뗐다.

"안 됩니다."

"그럼 이대로 두겠단 말이야? 보고 있자니 내가 심란해서 그래. 이 친구도 아마 고마워할……."

"제가 하겠습니다."

어느덧 두 다리로 일어선 락구가 두제의 옆까지 다가와 있었다. 신체의 대부분을 잃었어도 여전히 눈을 감지 못하는 친구를 내려다보는 락구의 입술은 부들부들 떨리고 있었다.

"제가 할게요."

그가 오른손에 낀 장갑을 당길 준비를 했다. 철컥하고 장전되는 성화봉. 그 표정에 담긴 진심을 본 두제가 한 발짝 물러났다.

망설이지 않는 걸음으로 락구가 장용의 코앞까지 걸어갔다.

"ㅇㅇㅇㅇㅇ."

장용이 락구의 왼쪽 발목을 움켜쥐었다. 엄청난 악력이었기에 락구의 얼굴은 일그러질 수밖에 없었다. 하지만 두 눈에 차오르는 눈물은 그 고통 때문이 아니었다.

장용의 얼굴에 성화봉의 분사구를 가져다대는 락구.

매일 아침 기숙사의 침대에서 눈을 뜨자마자 녀석에게 건네는 한마디는 늘 똑같았다.

— 김장용! 너 안에 있냐?

— ······.

— 화장실에 없는 척하지 마! 똥냄새 다 풍겨 나오거든.

— 헤헤. 걸렸냐. 곧 나가 줄 테니까 참거라, 도깨비.

— 나도 급하단 말이야! 빨리 튀어나와. 어젯밤에 또 뭘 몰래 처먹은 거야, 이놈쉬키.

늘 그렇게 티격태격하는 날이 끝나지 않을 줄 알았다. 그래서 소중하다고 말해 본 적도 없다. 이렇게 잃어버리고 나서야 뼈에 사무칠 줄도 모르고······. 도대체 어디서부터, 무엇이 잘못돼 우릴 여기까지 이끌고 온 걸까.

"ㅅㅇㅇㅇㅇ."

장용의 입에서 흘러나오는 신음은 의미가 불분명했다. 폐와

울대가 날아가 형태 있는 소리를 만들어 내지도 못했다.

과연 죽었다가 일어나서 걸어 다니는 이들의 눈에는 무엇이 보이는 걸까. 무엇을 말하고 싶어 하며, 어떤 생각을 하고 있는 걸까. 어쩌면 그 주인의 영혼이 저 썩어 가는 뇌 속에서 '창문 없는 감옥'에 갇힌 죄수처럼 울부짖고 있는 건 아닐까.

락구의 입술이 힘겹게 벌어졌다.

"……김장용. 너 안에 있냐?"

늘 그런 녀석이었다. 애타는 부름에도 늘 장난을 친답시고 한 번에 대꾸하는 법이 없었다.

"있으면 빨리 튀어나와, 이 자식아. 응?"

아무리 불러 보아도 대답은 들리지 않았다. 락구는 눈을 질끈 감고 미안하다는 말을 수없이 외친 다음 장갑에 달린 케이블을 있는 힘껏 당겼다.

다시 한 번 묵직한 진동이 락구의 오른팔을 강타했으며, 발목을 꽉 잡고 있던 무지막지한 손아귀가 스르르 풀려났다.

한참의 시간이 지난 뒤 눈을 떴을 때 락구의 눈은 분노로 일렁이고 있었다.

"반드시 벌을 받게 할 거야."

차갑게 식은 장용의 손을 붙잡으며 락구는 다짐했다. 앙다문 입술에서는 피가 새어 나오고 있었다.

"너를 이렇게 만든 사람들, 모두 천벌을 받게 만들 거야."

65화
백일몽

- 감염 5일째. 오전. 12:52.

복싱장의 공기는 무겁게 가라앉아 있었다.

"언니, 내려올 수 있겠어?"

부주장의 참혹한 시체로부터 멀리 떨어지자는 뜻으로 록희는 링 줄을 들어 올렸다. 수희는 인상을 찌푸리긴 했지만 묵묵히 동생의 부축을 받아 링 줄을 통과해 바닥으로 내려왔다. 그러다 수희의 걸음이 우뚝 멈췄는데, 그러는 바람에 록희의 눈길도 자연스레 언니의 시선이 닿는 곳에 정지했다.

차가운 코트엔 수희가 선수촌에서 유일하게 의지했던 한 남자의 잘린 팔이 나뒹굴고 있었다. 외면도, 부인도 할 수 없는 명백한 상실의 증거. 인준의 손은 핏기 하나 없이 창백했고 손가락도 피가 조금 묻었을 뿐 깨끗했다.

'반지라도 맞춰 둘걸.'

역류하는 위산처럼 쓰라린 후회가 수희의 가슴 내벽을 치고 돌아다녔다. 미래를 기약하는 그 어떤 것도 그 남자와 해 두질 못한 것에 대한 망망한 미련. 록희는 무어라 위로의 말을 꺼내야 할지 도무지 감이 오질 않았다.

그때, 천천히 수희의 입이 열렸다.

"챔피언 하우스로 가자, 록희야."

"정말 괜찮겠어?"

"응. 대신 그 전에 저길 먼저 들르고 싶어."

수희가 한 팔을 들어 가리킨 곳은 입구 쪽이 아닌 정반대의 빨간 철문이었다.

"라커룸?"

"응. 마지막으로 들어가 보고 싶어. 괜찮겠니?"

록희는 망설였다. 자매가 힘겨운 싸움을 벌인 끝에 부주장의 숨통을 끊어 놓는 데는 성공했지만 필승관에서 시간을 끄는 것은 위험한 일이었으니까.

"다시 여기 올 일 없잖니. 한 번이라도 선수로 뛰었을 때로 돌아가 보고 싶어."

"……알았어. 그럼 대신 빨리 보고 나와야 해?"

록희는 수희의 오른팔을 자신의 어깨에 들쳐 메고 여자 라커룸의 문을 열었다. 정돈의 손길이 닿지 못해 물통과 세면도구가 바닥에 어지럽게 뒹굴고 있었다. 오래된 철제 캐비닛엔 이미 세상을 뜬 선수들의 이름이 붙어 있었다. 메달리스트의 소망을 담아 인쇄된 이름들이 지금은 묘비에 새겨진 석 자가 되고 말았다.

동생에게 그곳은 칙칙하고 땀내 나는 장소일 뿐이었지만 언니에겐 달랐다. 수희는 철제 캐비닛 위에 좌르륵 도열한 트로피 중에서 하나를 집어 들었다.

"여기 내 전국체전 트로피 있다."

"그게 언니 거라고? 왜 여기에 뒀어?"

"마지막으로 딴 거거든. 코치님이 가져가도 된다고 했는데 내가 사양했어. 어차피 메달은 내가 갖고 있었으니까."

사실은 선수 시절의 흔적을 하나라도 남겨 두고 싶어서. 수희는 마지막 말을 안으로 삼켰다.

"어휴. 먼지 잔뜩 낀 것 좀 봐. 이 자식들, 좀 잘 닦아 놓지. 록희야, 바깥에서 수건 좀 갖다 줄래?"

"수건? 이 상황에?"

록희의 심경은 착잡했다. 늘 침착하기만 했던 언니의 행동이 어딘가 이상했다. 추억의 장소에 와서 마음이 싱숭생숭해진 걸까. 어쩌면 인준의 죽음이 가져온 충격이 어떤 퇴행을 가져온 건 아닐까.

"알겠어."

그래도 록희가 내린 결론은 일단 수희가 원하는 대로 장단을 맞춰 주자는 것이었다. 라커룸 밖으로 나와 언니가 말한 대로 수건을 찾으려는데…….

철커덕.

록희의 등 뒤에서 예상치 못했던 소리가 들려왔다. 라커룸의 손잡이를 내부에서부터 잠그는 소리였다.

"언니? 뭐 했어, 방금?"

빨간 철문으로 성큼성큼 다가가 당겨 본다. 절그덕, 절그덕. 그러나 문은 꿈쩍도 하지 않았다.

"뭐야. 왜 문을 잠갔어. 어?"

라커룸의 철문엔 마치 병실 문처럼 내부를 확인할 수 있는 유리창이 있었는데, 거기에 서글픈 수희의 얼굴이 스르륵 나타났다.

"내 말 잘 들어, 백록희. 만약 여기서 살아 나간다면 복싱 같은 거 안 해도 돼."

"아까부터 무슨 뚱딴지같은 소리야. 이거 열기나 해."

"언니 때문에 사랑하지도 않는 꿈을 쫓지는 마. 그냥 다른 사람들처럼 평범하게 살았으면 해."

수희의 말에 담긴 뉘앙스가 유언의 그것과 흡사하다는 걸 직감한 록희의 심장이 쿵쿵 뛰기 시작했다.

"알았다고. 올림픽도 안 가고, 복싱도 관둘게. 그러니까 이 문 좀 열라고, 쫌! 어?"

한참을 망설이던 수희가 결국 눈을 떨구고 말았다.

"어깨를 물렸어. 아마 10분 정도밖에 못 버틸 거야. 벌써 체온이 떨어지고…… 어지러워."

록희의 동공이 커졌다. 가슴이 철렁 내려앉았다. 권투소녀의 뇌리가 빠르게 기억을 훑었다.

조금 전 링 위에서 부주장에게 목이 졸리는 바람에 시야가 흐릿해진 찰나가 존재했다. 눈을 뜨고 몸을 일으켰을 때 상황은 이미 종료돼 있었다. 보조기의 철심으로 부주장의 얼굴을 피범벅이 되도록 내려치던 수희의 악귀 같은 모습. 실은 부주장의 이빨에 물린 상처를 동생에게 감추기 위해서 과도하게 시체의 머리를 내리친 것이었다.

"록희야, 꼭 살아 나가야 해. 알았지?"

"그러지 마, 쫌! 내가 언니 죽는 꼴 눈앞에서 보려고 여기까지 기어 들어온 줄 알아?"

"그래도 마지막에 본 얼굴이 우리 동생 얼굴이라서 다행이다."

"뭐라고 웅얼웅얼 대는 거야. 뭔가 방법이 있을 거야. 부탁할 테니까 문 열고 얘기하자, 응?"

수희는 어쩔 줄 몰라 하는 록희의 눈을 마주 보면서 고개를 천천히 가로저었다.

'언니도 이 문을 열고 싶어. 그래서 더 큰일이야.'

죽음 앞에서 마음이 약해지는 게 더욱 무서워지는 수희였다.

언제부터였을까. 사실은 록희가 복싱으로 돌아온 게 행복하면서도, 자신이 가지 못한 길까지 이룩해 낼 수 있는 동생에 대한 묘한 질투가 있었다. 그 감정이 언젠가 '동생에게 내 다리를 빼앗겼다'는 피해의식으로 몸집을 불릴까 봐 두려움에 떨어야 했다. 그렇게 몇 년을 괴로워했다.

"록희야. 왜 우리는 서로를 원망하지 않으려고 애를 써야만 할까. 참 웃기는 자매다. 그치? 크으윽."

수희가 입에서 왈칵 피를 토해 냈다. 록희는 움찔하고 놀란 반면 수희의 눈빛은 더더욱 침착해졌다.

"때가 됐어. 어서 가!"

"웃기지 마. 내가 이 문 부숴 버릴 거야!"

살벌하게 외치는 록희의 말과 달리 수희는 그것이 일어나지 않을 것임을 확신했다. 그만큼 라커룸의 빨간 철문의 강도는 단단했다. 어설픈 말로 동생을 속여 가면서까지 이 장소를 고집했던 이유였으니까. 하지만 자신이 변하고 나서도 이 복싱장을 떠나지 못할 가능성이 머리를 가득 채웠다.

'변하기 전에 내 손으로…….'

철문으로부터 뒷걸음질 친 수희는 오른손에 들린 묵직한 트로피를 붙잡고 심호흡을 했다. 일격에 머리를 부숴야 한다. 실패하면 동생도 위험해진다.

황금색 트로피에 수희의 눈동자가 반사되고 있었다. 이미 섬뜩할 정도로 붉게 충혈된 모습. 자신의 몸이 용광로가 된 것처럼 뜨거운 반면 형언할 수 없는 힘이 양팔에서 용솟음치고 있었다.

'할 수 있어. 이 힘이라면 한 방에 머리를 부술 수 있어.'

눈을 질끈 감은 수희가 트로피를 쥔 양팔에 힘을 줬을 때!

우르르르르릉!

라커룸의 욕실 쪽 벽을 부수고 푸른 형체가 난입했다. 그 여파에 수희는 트로피를 놓치고 바닥에 넘어지고 말았다.

"꺄앗."

넘어진 수희를 내려다보는 것은 선수촌 최흉의 포식자 왕치순이었다.

"크르르르."

우람한 팔로 기중기처럼 수희의 목을 붙잡아 들어 올리는 왕치순. 그가 버둥대는 수희를 벽에 밀치고 얼굴을 들이댔다.

"커허억."

록희는 바깥에서 철문을 쾅쾅 두드리고 있었지만 그녀가 할 수 있는 일이라곤 아무것도 없었다. 다만 수희의 숨통이 끊어지는 순간을 지켜보는 것밖엔.

"언니를 놔줘, 이 씨발놈아!"

발을 동동 구르던 록희의 시야에 치순의 등 뒤 부서진 벽면이 들어왔다. 사람 두 명은 너끈히 들락날락할 수 있는 구멍. 어쩌면 녀석은 복도 어딘가에서 맨몸으로 벽을 뚫고 라커룸까지 온 것일지도 모른다. 그렇다면 어딘가에 저 구멍으로 통하는 길이 있을 거란 뜻이었다.

"조금만 버텨, 백수희!"

목을 강하게 졸리고 있는 수희에겐 록희의 외침을 들을 겨를이 없었다. 다만 동생이 치순을 보고 결국 도망을 쳤다고 믿었다. 제발 그러기를 바란 것이다. 수희는 처음에 본능적으로 치순의 팔을 떨쳐 내려 했지만 곧 포기한 뒤 온몸에 힘을 뺐다.

'그래. 차라리 잘된 거야.'

그런데 당장이라도 수희를 집어삼킬 듯이 굴던 치순의 행동이 이상했다. 본능에 따라 행동하는 그에게 있어 수희는 분명 뜯어 먹어야 할 먹잇감이었지만 어느 순간부터 그 경계가 불분명해진 것이다.

수희의 얼굴을 코앞에 두고 고개를 갸웃하는 치순.

이때, 수희의 몸 속엔 이미 바이러스가 퍼질 대로 퍼져 팽창한 검은 혈관이 목까지 치고 올라와 있었다.

"크으으."

털썩.

느닷없이 해방된 수희가 엉덩방아를 찧으며 바닥에 떨어졌다. 치순은 마치 수희가 보이지도 않는다는 듯 무심하게 돌아서서 구멍 속으로 사라졌다.

●● •

"헉헉. 허억."

복싱장을 빠져나와 필승관 일층의 복도를 전력 질주하던 록희. 그녀가 뭔가를 목격하고 질겁해서 뒤로 펄쩍 뛰었다. 언니를 구해야 한다는 일념에 사로잡혀 있는 상황에서도 '그것'만은 그냥 지나칠 수가 없었던 것이다.

건물 바깥 콘크리트 땅바닥에 한 사내의 시체가 엎드려 있었다. 그런데 그 구도가 기이했다. 바닥에서 튀어나온 철근이 등을 뚫고 튀어나온 것이다. 마치 높은 곳에서 일부러 뛰어내려 철근 위로 몸을 던진 것처럼. 그 사내의 익숙한 회색 트레이닝

복. 그리고 뜯겨져 나간 한쪽 팔에 시선이 가 닿자 록희는 눈을 질끈 감을 수밖에 없었다.

인준의 시체였다.

'코치 아저씨, 미안해요.'

자매가 도망칠 시간을 벌기 위해 혈혈단신으로 감염자와 맞섰던 그는 죽어서까지도 그들을 지키고 있었다. 변이하기 전에 스스로 매듭을 지은 것이다. 때문에 록희는 이미 물려 버리고 만 수희에게 달려가는 행위가 과연 옳은 것인지 혼란스러워졌다.

'그럼 이대로 도망치겠다고? 제정신이야, 백록희?'

하지만 인준의 등이 묵묵히 말하고 있었다. 남겨진 사람은 최선을 다해 살아날 방도를 찾아야 한다고. 슬픔에 주저앉아 있다가 멍하니 희생되지 말라고.

하지만 동시에 괴물 같은 왕치순의 손에 이리저리 집어 던져지는 수희의 모습이 자꾸만 눈앞에 아른거렸다. 생각만으로도 격분에 주먹이 불끈 쥐어진다.

'달려가서 그 레슬링 괴물을 언니로부터 뜯어낸다 치자. 그 와중에 나까지 물려 버리면 언니는 좋아할까? 이대로 안전하게 도망치길 바라지 않을까?'

언니를 구하고 싶은 갈망과 언니의 유언을 따라야 할 것 같은 이성이 록희의 머릿속에서 양보 없는 포격전을 벌이고 있었다.

그것은 아마도 백록희라는 인간이 태어나 겪은 갈등 중에 가장 치열한 것일 터였다.

"콜록콜록."

이제 수희는 호흡을 하는 건지 피거품을 내뿜는 건지 모를 단계에 이르렀다. 본능적으로, 그리고 동시에 경험적으로 알 수 있었다. 자신의 숨이 곧 멎을 것임을. 그리고 직후에 숨을 쉬지 않는 시체로 일어나 생고기를 열망하며 돌아다니게 될 것임을.

의료동에서 숱한 감염자들에게 안식을 선사했던 가위가 지금 그녀의 손에 없다는 것이 몹시도 안타까웠다. 변이를 막을 방도가 도무지 떠오르질 않았다.

'록희야? 인준 씨? 할머니?'

뇌리 속으로 여러 사람의 얼굴이 스쳐 지나갔다. 그러나 그들이 어떤 의미를 갖는지는 와 닿지가 않는다. 멍해지는 수희의 눈빛. 마치 백일몽을 꾸는 것처럼 생각들이 한데로 모이지 않고 조각조각 나는 기분이었다.

그래서 눈앞에 검은 슈트를 입은 자들의 다리가 보였을 때도 수희는 어떤 상황인지 단번에 알아차리지 못했다. 다만 이제는 완전히 붉어진 두 눈이 허공을 배회할 뿐이었다.

"어떻게 된 거야, 주세페. 여기로 온 게 맞아?"

알바레즈가 왈칵 짜증을 내자 주세페는 억울하다는 듯 어깨를 으쓱였다.

"대장도 저 구멍을 봤잖아. 저걸 아무나 만들어 낼 수 있다고 생각해?"

둘의 언쟁을 말리려 드미트리가 끼어들었다.

"이미 떠난 모양이다."

주세페가 수희를 내려다보며 그녀의 상태를 살폈다.

"왜 이 여자를 놔두고 떠난 거지? 아하, 이미 물렸구나. 그놈이 인간 냄새를 맡고 뛰어들었겠지만, 이래서야 사자 앞의 당근이나 다름없지."

상황을 살펴본 알바레즈가 주세페의 어깨를 툭 쳤다.

"여기선 더 볼일 없다. 가지."

그렇게 세 명의 리퍼가 라커룸을 떠나려 하는데 수희의 입에서 메마른 목소리가 흘러나왔다.

"Kill me(죽여 줘)."

수희의 조각난 이성이 가까스로 움켜쥔 한마디였다.

그걸 들은 알바레즈의 걸음이 멈췄다. 무심하게 뒤를 돌아봤을 때 수희의 붉은 눈동자가 정확히 그의 눈을 향해 있었다.

"Please(제발)."

알바레즈가 주세페의 손에 들려 있던 레일건을 가만히 받아들었다. 그리고 수희의 심장을 겨눈 다음 방아쇠에 손가락을 올렸다. 그런데 주세페가 황급히 끼어들었다.

"잠깐만, 대장."

"왜 그래. 총알이 아까운 건가."

"아니, 아니. 때마침 좋은 생각이 떠올라서 말이야."

"좋은 생각?"

"쿤린 녀석이 돌아 버려선 자기 밥통을 터트리는 바람에 우리 노획물이 날아갔잖아? 그런 상황에서 이 여자의 머리는 어떨까?"

주세페가 말하는 뜻을 알바레즈가 모를 리 없었다. 그러나 그의 얼굴엔 여전히 의구심이 깃들어 있었다.

"글쎄. 이 여자가 좀비가 된다 한들 3단계로 변이할 거라는 생각은 들지 않는데."

주세페는 어깨를 으쓱였다.

"뭐, 그건 그렇겠지. 하지만 한쪽 다리를 오랫동안 절어 온 여자야. 좀비가 되면 벌떡 일어설 수 있을까? 바이러스가 망가진 신경과 근육까지 되살릴 수 있다면 어때?"

그 말에 알바레즈의 눈썹이 꿈틀댔다. 생존자를 구하기 위해 주저 없이 알바레즈의 칼 앞을 막아섰던 수희의 눈빛은 쉽게 잊어버릴 수 있는 성질의 것이 아니었다.

"……3단계는 아니더라도 수집할 가치가 있을지도."

그러는 동안 수희의 눈이 스르르 감겼다.

털썩하고 바닥에 쓰러지고 만 그녀의 몸에 더 이상 맥박은 뛰지 않았다. 변이 직전에 찾아오는 죽음이다. 주세페는 수희로부터 한 발짝 뒤로 물러나 거리를 두면서 말했다.

"대장도 구미가 당기지? 자, 한번 기다려 보자고. 변이하고 나면 이 여자가 우릴 잡아먹으려 할 텐데, 과연 두 다리로 일어서서 덤벼들 것인지, 아니면 기어와서 우릴 실망시킬 것인지."

잠시 생각하던 알바레즈는 결국 고개를 끄덕였다.

"좋아. 몇 분 정도 투자할 의미는 있겠어."

그리고 주세페에게 레일건을 넘겨주고는 등 뒤에서 자신의 만곡도를 꺼내 들었다.

스르릉.

"대신 두 다리로 못 일어나면 그냥 버리고 간다."

주세페의 입가에 미소가 지어졌다.

"칼 집어넣지 마. 곧 그걸 휘두르게 될 거란 예감이 들어. 난 저 여자가 기적처럼 두 발로 일어난다는 가능성에 베팅할 거거든."

66화
손잡이와 몸통

- 감염 5일째. 오전. 01:27.

"미안하다, 장용아."

락구가 장용의 얼굴 위에 캐비닛에서 들고 온 큼지막한 유도복을 덮어 주었다. 그럼에도 불구하고 시신의 참혹함은 가려지지 않았다. 장용 앞에 망부석처럼 서서 중얼거렸다.

"네 마지막 기억이 물리기 전의 순간이었다면 좋겠다."

그러면 훗날 저세상에서 다시 만났을 때 너에게 조금 덜 혼날 수 있을 것 같아.

반면 두제는 유도장에서 복싱장으로 이어지는 복도를 살펴보러 갔다가 질겁해서 돌아왔다. 그의 손에 들린 강철 막대에서 뚝뚝 떨어지는 핏방울은 그가 직전까지 처치한 감염자들의 수를 짐작케 했다.

"후배님, 저쪽은 틀렸어. 좀비들이 소리를 듣고 몰려오고 있거든. 꼭 마트 정육 코너의 세일타임처럼."

두제가 시니컬한 농담을 던져도 락구에게서는 아무런 반응이 없었다. 장용의 시체 앞에서 발이 떨어지지 않는 락구의 어깨를 두제가 거칠게 붙잡았다.

"내 말 듣곤 있는 거야? 당장 튀어야 한다고. 응?"

"예? ……아, 예."

"그 주먹 쓰는 여자애랑 언니는 못 찾았어."

두 자매와 엇갈린 지금, 그녀들의 행방을 무작정 쫓아 필승관을 헤매고 다닐 시간적 여유는 없었다. 무사히 탈출했을 거라 믿고 집결 장소인 챔피언 하우스로 돌아가는 수밖에.

"그렇군요. 못 찾았군요."

그런데 이 중요한 상황에서 락구는 나사 풀린 로봇처럼 맹한 대답만 뱉어 내고 있었다.

두두두두두두.

어느새 유도장 바깥에서 감염자들이 달려오는 발소리가 매트 위에 서 있는 두제의 구둣발에도 느껴질 정도가 됐다.

"크르르르르."

첫 번째 감염자의 무리가 유도장 안에 들어섰을 때 두제는 멍한 얼굴의 락구를 질질 끌다시피 재촉하며 움직이게 하고 있었다. 아무래도 장용의 숨통을 직접 끊은 충격을 몸이 감당하지 못하고 있는 것 같았다.

'확 버리고 혼자 튈까.'

냉혹한 생각이 순간적으로 떠올랐으나 두제는 주저 없이 그 방안을 폐기해 버렸다. 갑작스레 후배에 대한 뜨거운 동지애가 생겨난 것은 아니다. 다만 락구를 감염자에게 던져 줬을 때 만들어질 생존의 기회보다, 그를 옆에 두고 등을 맡겼을 때 확보되는 안전함이 더 크다고 판단한 것이다.

'그래. 혼자서 챔피언 하우스로 돌아간다는 것은 위험 부담이 너무 높아. 가뜩이나 살아남은 선수들한테 점수를 왕창 잃은 판국에.'

악취와 포효가 지척까지 다가왔다.

"캬아아아아!"

두제가 락구에게서 팔을 떼고 강철 막대를 양손으로 꽉 붙잡았다. 그리고 그들을 향해 달려오는 감염자의 머리를 야구 배트처럼 휘둘러 격파했다.

퍼어어억!

"매트 위에 신발 신고 들어오면 죽은 목숨이다."

두제의 입에서 나온 말은 사무룡 감독의 선수 시절 말버릇이었다. 그러나 허물어지는 감염자의 몸뚱이에 대고 폼을 잡아봤자 그에게 남는 건 없었다. 오히려 계속 이렇게 혼자서 고군분투하다간 유도장에서 락구와 함께 끝장이 날 판국이라는 위기감이 들었다. 그러다 두제는 락구 역시 몇 년 동안 사무룡 감독 밑에서 훈련을 받아 왔다는 사실을 떠올렸다.

사 감독이 늘 후배들에게 군기를 잡을 때 쓰던 한마디. 사람의 훈육 방식은 잘 변하지 않으므로 두제는 그것을 믿어 보기로 했다.

락구의 뺨을 찰싹 때리며 외치는 두제.

"미쳐 있지?"

사 감독은 언제나 중요한 대회에서 결전을 앞둔 선수를 다독이며 이 말을 하곤 했다. '미쳐 있지? 미쳐 있어야 이긴다!'라며. 시합에 미쳐 있으면 절반을 빼앗겨도, 지도 세 개를 연달아 받아도 흐트러지지 않고 몰입할 수 있다는 그만의 철학이었다.

다행히 반응이 있었다. 통조림에 담긴 맹한 꽁치 같았던 락구의 눈에 초점과 생기가 돌아온 것이다.

"네. 미쳐 있습니다!"

자세도 임전 태세로 돌아왔다. 두제는 그제야 안도의 한숨을 내쉬며 락구에게 등을 보였다.

"그럼 저 괴물들을 뚫고 빠져나가자고. 피크닉은 실패했어도 집에는 돌아가야지."

●. ·

두제가 무의식중에 내뱉은 '집'이란 단어는 정확히 진실을 꿰뚫고 있었다.

챔피언 하우스는 암담한 상황의 생존자들에게 있어 유일한 안식처나 다름없었다. 몇몇 생존자들은 바닥에 침낭을 깔고 잠을 청하고 있었지만 대부분은 이층 로비에 모여 두런두런 얘기를 나누고 있었다. 따로 떨어져 있으면 금세 불길한 생각이 온 몸을 좀먹고 들어오기 마련이기 때문이다.

그런 챔피언 하우스의 로비 한구석에서 연두는 홀로 부지런 히 손을 놀리고 있었다.

끼리릭. 끼리릭.

그녀는 바닥에 깔아 놓은 화살촉을 커터로 정밀하게 깎고 있었다. 굳은살이 잔뜩 박인 손은 기계적으로 감염자의 뼈를 뚫을 수 있는 무기를 만들어 내고 있었지만 눈빛은 그녀가 다른 무엇에 골몰해 있다는 걸 여실히 드러내고 있었다.

연두는 락구와 승미를 떠올리고 있었다.

'정말로 구하러 올 줄은 몰랐어.'

그 둘이 바늘과 실처럼 붙어 다니는 걸 몇 년이나 옆에서 지켜봤음에도 불구하고 막상 락구가 오직 승미를 구하기 위해 '좀비굴'에 되돌아온 걸 목격한 연두의 충격은 대단했다.

'나라면 누군가를 위해 불구덩이 속으로 뛰어들 수 있을까.'

승미는 또 어땠나. 달튼과 진검을 데리고 양궁장의 동료들을 구출해 낸 다음 아무도 생각지 못했던 탈출 루트를 생각해 내 일행을 이끌었다. 그렇게 환한 빛을 내뿜는 둘을 볼 때마다 눈이 부심과 동시에, 자꾸만 자신은 그늘 속에서 초라해지는 것 같아 심경이 복잡했다.

'그래. 난 꼼짝없이 갇혀서 벌벌 떨고만 있었지.'

옥상에서 록희와 다인을 도와 활약했을 때 사람들이 보여 준 경탄의 눈빛이 더욱 연두의 마음을 무겁게 했다. 연두는 누군가 자신에게 의지하는 것에 익숙해져 본 적이 없기 때문이다.

처음 선수촌에 입소했을 때부터 연두가 속한 여자 양궁팀에는 자타가 공인하는 '슈퍼스타'가 있었다.

현승미.

올림픽 메달리스트도 다음 시즌에는 똑같이 제로에서 출전권 싸움을 해야 하는 '무한 경쟁' 시스템 속에서도 승미는 가장 굳건한 존재감을 과시하는 에이스였다. 연두에게 있어서는 단연 동경의 대상이었다.

열일곱 살의 어린 나이에 세계선수권에 처음으로 출전했을 때 연두는 이탈리아 선수에게 앞서 나가다가 대역전극을 허용하며 무너졌다. 잔뜩 풀이 죽은 연두를 다독여 준 건 승미였다.

— 질 것 같다는 생각 했지? 이러다간 질지도 모르겠다. 어떡하지. 이런 생각.

— 네. 맞아요, 언니. 어떻게 아셨어요?

— 그게 패인이야. 질 수도 있다고 생각한 순간 이미 절반은 패배한 거야. 양궁은 누가 더 순간에 완벽히, 깨끗하게 집중하느냐의 싸움이라고.

— 네에. 전 왜 이 모양이죠? 흐윽.

— 울지 마. 울면 과녁이 뿌얘지잖아. 우리는 이 체스트가드를 걸쳤을 때는 눈물 흘릴 자유도 없어. 지금부터 하는 말 잘 들어.

— 아, 알겠어요.

— 활줄을 볼에 앵커링하는 순간 이 우주는 다 정전이 되고

너와 화살, 그리고 과녁에만 불이 들어온다고 생각해 봐. 물론 실제로는 안 그렇겠지. 관중들의 시선, 카메라의 플래시, 변덕 심한 바람까지. 리모컨에 음소거 버튼 있잖아? 그걸 누른 것처럼 다 꺼 버리는 거야. 난 그게 순간집중력이라고 생각해.

— 으음, 좀 어려운 것 같아요.

— 하긴 그럴 법도 하지. 그럼 내가 아는 유도 선수가 가르쳐 준 방법 알려 줄까? 이렇게 하면 돼. 미쳐 있지?

— 꺄악! 아파요, 언니. 왜 갑자기 뺨을 때려요?

— 내 방법이 어렵다면서. 미쳐 있어야 이긴데. 좀 무식한 스타일이긴 하지만, 꺾고 던지는 유도팀에선 나름 먹히는 모양이더라고. 이리 와 봐. 한 번 더 때려 줄게.

— 아아악! 살려 주세요. 미쳐 있기 싫어요.

그렇게 세계 대회에 나갈 때마다 껌딱지처럼 승미 옆에 찰싹 붙어 다녔던 시절이 지금은 너무나 오래되어 마치 지난 세기에 있었던 일처럼 느껴진다.

연두는 아직도 승미가 알려 준 방법을 다 터득하지 못했다. 온 우주를 정전시키기는커녕 자신의 어지러운 마음 하나도 평온하게 가라앉히기 버겁다.

"진짜 최악이야. 재수 없어."

그때, 연두의 주변을 감싸고 있던 침묵을 깨며 전혀 예상치 못했던 소녀가 씩씩대며 걸어왔다. 바로 오로라였다.

짜증을 내면서 연두 옆에 털썩 주저앉았다. 화살촉을 깎아 내면서 일종의 명상을 하고 있던 연두는 순간 기분이 언짢아졌으나 그걸 드러낼 기회조차 없었다.

로라는 연두에게 등을 보인 채 한쪽을 노려보며 소리쳤다.

"이쪽 쳐다도 보지 마요! 나도 내가 무슨 짓을 할지 모르니까."

"아, 알았어. 미안."

음성이 탄환이 되어 치명상을 입은 듯한 얼굴로 재일이 저 멀리 사라졌다.

"어떻게 그렇게 감쪽같이 모두를 속여."

선수촌에 갇힌 내내 백발백중의 사격 선수인 척 굴었던 재일의 연기를 떠올리면 오로라는 소름이 돋았다.

그런데 연두는 오히려 재일을 옹호했다.

"살고 싶어서 그랬겠지. 필요한 사람인 걸 납득시켜야 자신을 버리지 않을 거라 믿는 사람 많아. 그런 경우 보통 필사적이기도 하고."

연두의 말에 비로소 로라는 화살촉 무더기 앞에 앉아 있는 그녀를 쳐다봤다.

"그쪽은 어때요? 필사적인지 아닌지 모르겠네."

"나?"

연두의 목에 남아 있는 붉은 상흔을 가리키는 로라.

"그거 실패한 거죠? 보통 살아남으려고 필사적인 사람들은 그런 선택을 하지 않으니까."

"……그땐 탈출할 가능성이 없다고 생각했어. 지금은 달라."

목덜미가 서늘해진 듯 한 번 쓰다듬은 연두는 다시 화살촉을 묵묵히 깎아 냈다. 그런 연두에게 흥미를 느낀 듯 로라가 재차 말을 걸어왔다.

"원래 멀쩡히 살아 있는 한 사람을 죽이는 건 어려워요. 사람들이 잘 모르는데, 거기엔 자기 자신도 포함돼요."

연두는 칼질을 멈춘 뒤 로라의 얼굴을 지그시 바라봤다. 큼지막하고 또렷한 눈동자 속에서, 차세대 국민요정의 가면 아래 자리한 심연을 들여다볼 수 있었던 것이다.

"너도 있었구나. 죽으려고 했던 적."

"한참 전에. 뭐, 결국 잘 안 됐지만. 덕분에 깨달은 게 있죠."

"……."

"한 번 자신을 죽이려고 했던 사람 안에는 비뚤어진 악마가 자라게 돼요."

"악마?"

"그거 알아요? 무차별 학살범들은 보통 경찰 손에 잡히기 전에 스스로 목숨을 끊어요."

"더 이상 누굴 죽일 수 없어서 마지막에 남은 한 사람, 자기 자신을 죽인 거겠지."

연두의 대꾸에 로라는 어깨를 으쓱했다. 다분히 연극적인 동작이었지만 그녀가 구사하니 자연스럽게 느껴질 정도였다.

"그것도 말은 되네. 하지만 난 다르게 생각해요. 비뚤어진 악마한테 잡아먹힌 거죠. 자기 목숨을 버리기로 결심한 사람은 다른 사람도 쉽게 죽일 수 있어요."

"무서운 얘길 아무렇지도 않게 하는 재주가 있구나, 너."

"일곱 살 때부터 곤봉을 잡아 왔어요. 내 두 번째 코치는 멍들게 하지 않으면서 여자애를 때리는 기술이 있었는데, 내가 곤봉 손잡이를 놓칠 때마다 때리면서 이렇게 말하더라고요."

그러면서 로라는 비어 있던 양손을 들어 '단단한 무언가'를 쥐는 시늉을 해 보였다.

"인간은 두 종류로 나뉜다. 손잡이와 몸통. 던지는 사람이 될래, 휘둘러지는 사람이 될래."

"일곱 살짜리한테 그런 말을 했다고?"

"내 말이. 완전 싸이코패스 같죠? 그런데 10년 정도 지나고 나니까 그 말뜻 알겠더라고요. 어차피 세상은 이용하는 쪽과 이용당하는 쪽으로 나뉠 뿐이라는 걸. 그리고 절대 이용당하는 쪽은 되지 말아야 한다는 걸."

로라의 말을 경청하고 있던 연두의 눈에는 이제 리듬체조 국가대표의 빈손에 들린 '곤봉'이 보이는 듯했다.

연두가 뭐라 한마디 꺼내려 했을 때.

"연두야!"

복도 저편에서 승미가 황급히 달려오고 있었다.

"정말이니? 락구가 건물 바깥으로 나갔다고?"

"네, 언니."

연두는 의문의 총성을 듣고 불안해진 록희가 옥상에서 벌인 일과 생존자들이 록희를 도운 것, 그리고 뒤늦게 깨어난 락구가 두제를 풀어준 뒤 따라간 것 등 자초지종을 설명했다.

연거푸 고개를 끄덕이며 연두의 설명을 듣던 승미의 얼굴은 점점 차가워졌다. 그리고 승미의 룸메이트로 오랜 세월을 쌓아

온 연두는 그녀가 끓어오르는 화를 삭이고 있다는 걸 눈치챌 수 있었다. 겉으론 평온해 보이지만 승미는 지금 자신이 잠든 사이 락구가 제멋대로 나간 것에 대해 잔뜩 화가 나 있을 것이다.

"같이 살아 나가자고 약속한 지 얼마나 됐다고 제멋대로 튀어 나가? 사내놈이 조신한 맛이 있어야지."

"언니, 화났어요?"

"화는 무슨. 그냥 도깨비 녀석이 돌아오면 한번 혼쭐을……."

우르르르릉.

그때, 선수촌 어딘가에서 아스라이 폭음이 들려왔다. 그것은 쿤린의 밥통이 폭발하면서 낸 충격파였지만 챔피언 하우스 내의 생존자들이 자세한 사정을 알 방법은 없었다. 다만 승미를 두 배로 초조해지게 만들기에는 충분히 불길한 소리였다.

"아무래도 가만히 기다리고만 있으면 안 될 것 같은데."

그렇게 말하면서 승미는 연두가 촉을 깎아 놓은 화살 한 뭉텅이를 집어 들었다.

"이것 좀 빌려 갈게, 연두야. 내가 직접 도깨비를 붙잡아 오든가 해야겠어."

마음을 정한 승미는 뒤도 돌아보지 않고 달려갔다. 연두는 황급히 자리에서 일어나 컴파운드 보우를 어깨에 들쳐 메면서 외쳤다.

"어어? 언니! 같이 가요."

아직 체력을 다 회복하지는 못한 모양인지 승미의 뜀박질은 느렸다. 그래서 연두는 꽤 오랜 시간 동안 승미의 흔들리는 뮤은 머리를 바라볼 수 있었다.

'언니는 왜 내가 옥상에서 해낸 일은 묻지 않는 거지.'

얼마 만일까. 승미의 등이 낯설다고 느껴진 건. 무리도 아니었다. 락구가 선수촌에 있다는 사실을 알고 난 다음부터 승미의 신경이 온통 그에게 집중돼 있다는 걸 가장 민감하게 느껴 온 연두였기 때문에.

"그거 엄청 고생해서 만든 거 아녜요? 그런데 선배랍시고 그냥 막 가져가 버리네."

로라가 콧노래를 흥얼거리듯 비웃자 연두의 눈썹이 치켜 올라갔다.

"말 함부로 하지 마, 너. 승미 언니는 날 구해 준 사람이라고."

"음. 그럼 취소할게요. 구해진 쪽은 그렇게 말할 수밖에 없으니까."

로라는 천연덕스럽게 미안하다는 표정을 구사했다. 하지만 연두는 그 표정에 진심은 많이 담기지 않았을 거라는 걸 짐작할 수 있었다.

"그쪽이 손잡이와 몸통 중에서 어느 쪽인지는 확실히 알겠네요."

"뭐라고?"

"휘둘러지는 쪽이 되지 않으려면 방법은 하나뿐이에요. 먼저 휘두르는 거죠."

연두는 화살을 다 주워 퀴버에 쓸어 담은 뒤 로라를 한번 노려보았다.

'소문대로 이상한 여자애야. 계속 헛소리나 지껄이고.'

　그러나 마음먹은 것과 달리 승미의 뒤를 따라 복도를 달려가는 내내 로라의 말은 좀처럼 귓가를 떠나지 않았다.

67화
영혼이 머무는 곳

수도방위사령부의 전차 탄약수인 황익준 상병의 온몸은 땀으로 범벅이 돼 있었다.

출동 명령을 받고 태릉선수촌에 뛰어든 것이 벌써 닷새 전. 그는 2차 진압 작전 때 감염자 무리에 포위돼 전우들이 모두 물리는 가운데 가까스로 살아남은 남자였다.

전차에서 빠져나오는 과정에서 팔을 접질리는 바람에 며칠 동안 초여름의 날씨에도 불구하고 목욕 한 번 하질 못했다. 때문에 그의 몸에서는 악취가 풀풀 풍기고 있었다. 만약 그가 지금 상태로 2호선 지하철 안에 탑승한다면 그 칸에 남아 있는 사람은 비염 환자뿐일 것이다.

그런 연유로 황 상병은 억울했다.

"이렇게 꼬린내가 나는데, 왜 좋다고 달려드는 거냐."

악취 따위는 신경도 쓰지 않는다는 듯 그를 잡아먹기 위해 덤벼드는 감염자들 때문이었다.

"캬아아아아!"

휘이익, 퍼억.

묵직한 탄약의 무게를 감당해야 하는 탄약수답게 그는 강인한 팔뚝을 휘둘러 덤벼드는 감염자의 머리를 부쉈다. 필승관에서 챙겨 온 볼링핀이 거듭된 충격을 이기지 못하고 바스러졌다.

"아 씨, 이젠 어떡하지."

선수촌 내부 깊숙한 곳에 고립된 그에겐 두 가지 선택지가 있었다. 감염자들을 피해 일단 가까운 건물 안으로 피신하는 것. 아니면 당초 목표했던 챔피언 하우스에 도착할 때까지 전력 질주하는 것.

그는 잠시 걸음을 멈춰 고민한 끝에 후자를 밀어붙이기로 했다. 사방을 둘러싼 어둠 속에서 여전히 많은 수의 감염자 무리가 돌아다니고 있었지만 '확실한 안전지대'가 단 한 곳뿐인 이상 체력이 남아 있는 지금 도박을 걸어야 한다.

"크르아악!"

무척 가까운 곳에서 감염자의 포효 소리가 들려오자 그걸 신호로 황 상병의 군홧발이 땅을 박찼다. 하지만 필사적으로 다리를 놀렸음에도 불구하고 100미터도 달리지 못한 상황에서 무서운 속도로 그를 따라잡는 감염자들이 있었다. 황 상병은 뒤

돌아서서 가장 먼저 덤벼든 여자 감염자를 마주 봤다. 간편한 반바지 차림에 스니커즈를 신고 있는 그 감염자는 아마도 육상 선수인 것 같았다. 체중도 가벼워 보였다.

"키야아아아아!"

황 상병이 자신의 몸에 올라타려고 훌쩍 뛰어오른 육상 감염 자의 턱에 볼링핀 조각을 푸욱 찔러 넣었다. 그 감염자는 맥없 이 나가떨어졌지만, 질주를 멈춘 탓에 예닐곱 명의 감염자들이 무척 가까이 접근해 왔다. 주변을 둘러본 황 상병은 푸르스름 한 빛을 발하는 자판기 쪽으로 달려갔다.

"으이이이입!"

그리고 다치지 않은 오른쪽 어깨로 자판기를 힘껏 밀어 달려 오는 감염자들 쪽으로 넘어트렸다. 먼저 달려오던 두 감염자가 자판기에 깔린 뒤 버둥댔다.

시간을 번 황 상병이 다시 그들로부터 거리를 벌리기 위해 달 려 나갔다. 그런데 하필 옆으로 쓰러진 자판기 배출구에서 튀어 나온 음료수 캔을 밟아 데굴데굴 구르고 말았다.

"크으윽."

부목에서 전해지는 충격에 비명을 지르고 만 황 상병. 이번 엔 위압적인 체구를 가진 감염자가 자판기를 우그러트리며 박 차 올랐다. 아직 충격에서 헤어나지 못한 황 상병은 그의 이빨 을 막아 낼 힘이 없었다.

병사가 달려오는 적의 공격으로부터 시선을 피한다는 건 있을 수 없는 일이다. 하지만 자신의 살점이 뜯어 먹히는 순간을 견뎌

낼 자신이 없었던 황 상병은 그만 눈을 질끈 감고야 말았다.

그런데 의외의 구원이 바람을 가르는 소리와 함께 날아왔다.

쐐애액! 퍼억!

황 상병 오른쪽 바닥에 감염자가 앞으로 쓰러졌다. 그의 관자놀이를 꿰뚫은 채 여전히 파르르 떨리고 있는 것은 날카로운 화살이었다.

"뭐지?"

마치 명부를 코앞에 내밀었던 저승사자가 '잠깐 착오가 있었군. 자네 차례는 아직인가 보네' 하며 머쓱하게 돌아가는 걸 배웅하는 기분이었다.

쐐액! 쐐애액!

이번엔 두 발의 화살이 동시에 날아오더니, 쓰러진 자판기 너머의 감염자들의 미간에 날아가 박혔다. 누군지는 몰라도 그 화살을 날려 보낸 자들이 '신궁'의 솜씨를 지녔다는 걸 알 수 있었다.

가까스로 몸을 일으켜 뒤를 돌아본 황 상병의 눈에 기이한 광경이 들어왔다. 저 멀리 하늘과 땅에 두 개의 달이 위아래 데칼코마니처럼 떠올라 있고, 그 달들 사이에 큼지막한 활을 든 여자 둘이 공중에서 그를 내려다보고 있었다.

초현실적인 그림 속에 강제로 던져진 기분이었다. 하지만 한 번 눈을 비비고 다시 보니 어떤 상황인지 정확히 이해할 수 있었다. 그가 본 두 번째 달은 호숫가에 비쳐 일렁이는 것이었고, 두 여자 궁사들이 서 있는 곳은 물가에 지어진 정자의 지붕 위였다.

"양궁 선수들이십니까? 구해 주셔서 정말 고맙습니다."

가까이 다가가서 보니 지붕 밑에도 두 명의 남녀가 사주를 경계하고 있었다. 한 명은 불곰처럼 덩치가 크며 아이스하키 스틱을 든 흑인 남자였고, 다른 한 명은 바닥에 펜싱 칼을 꽂은 채 반대쪽을 노려보고 있는 차가운 인상의 여자였다.

황 상병은 선수촌 지리에 대해 숙달돼 있지 못했으나 방향 감각만은 살아 있었다. 필승관에서부터 그 감을 믿고 달려온 보람이 있었던 것이다.

"저쪽이 챔피언 하우스입니까?"

황 상병의 질문에 흑인 아이스하키 선수가 고개를 끄덕였다.

"맞다. 우리, 기다린다. 여기서."

묻지 않았지만 그들이 누굴 기다리는 것인지 단번에 감이 왔다.

"혹시 한쪽 팔에 성화봉을 단 유도 선수를 기다리시는 거 아닙니까."

그때, 지붕 위에서 한쪽 무릎을 꿇고 앉아 있던 여자의 얼굴이 돌변했다.

"락구를 만났어요? 어디서요? 걘 멀쩡해요? 누구랑 있었죠? 안 다쳤어요? 대체 무슨 생각으로 그랬대요?"

만약 황 상병이 그 양궁 선수가 '속사의 여왕'으로 불린다는 것을 알았다면 별명이란 것이 괜히 붙여지는 것이 아니라며 고개를 끄덕였을 것이다. 하지만 지금 상황에서 그것을 알 방법은 없었기 때문에 그는 조금 당황한 채 자초지종을 설명했다.

"우리는 검은 복장을 한 용병들에게 협박당해 의료동에서 필승관으로 붙잡혀 갔습니다. 좀비들에게 당하기 직전에 세 명의 선수가 나타나서 우릴 구해 줬지 말입니다."

"그런데 왜 혼자예요? 같이 있지 않고?"

"레슬링 선수로 보이는 좀비들이 필승관에서 날뛰었습니다. 수가 너무 많았습니다. 그 유도 선수는 저보고 일단 건물 바깥으로 도망친 다음 챔피언 하우스로 가라고 방향을 알려 줬습니다. 그리고 여러분을 만난 겁니다."

황 상병의 말을 잠자코 듣던 양궁 선수가 등 뒤를 가리켰다.

"저기 꼭대기 층에 불 켜진 건물 보이죠?"

"보입니다."

"저기가 챔피언 하우스예요. 생존자들이 모여 있죠. 하지만 지금 당장은 못 돌아가요. 그 녀석이 돌아올 때까지 여기서 우리랑 있는 게 나을 거예요."

황 상병은 불만 없이 고개를 끄덕였다.

그런데 정자 지붕 위의 두 궁사 중 키가 작고 어려 보이는 쪽이 주저하듯 말했다.

"언니. 그런데 좀비들이 계속 튀어나오잖아요. 만약 화살이 다 떨어지면 어떡해요?"

"그럴 땐 어쩔 수 없지. 다들 챔피언 하우스로 돌아가요."

"언니는요?"

"난 여기 남을 거야. 혼자 어떻게든 할 수 있어."

그러자 여자 펜싱 선수가 기다렸다는 듯 받아쳤다.

"턱없는 소리 하지 마세요. 약속했던 대로 갑니다. 화살이 다 떨어지면 들쳐 업어서라도 돌아갈 거예요. 그러려고 이 남자를 데려온 거고."

흑인 남자도 고개를 끄덕였다.

황 상병이 보기에 아마도 이런 실랑이가 계속 벌어지고 있었던 모양이다. 그래서 그도 잠자코 정자 의자 위에 엉덩이를 안착시키며 이 네 명의 선수들 사이에서 풍기는 묘한 긴장감 속에 편입되고야 말았다. 자신을 구해 주었던 그 유도 선수, 제발 그가 제시간에 돌아와 주길 바라면서.

4인분의 기도가 5인분으로 늘어나는 순간이었다.

● ● · ·

이곳까지 달려오면서 록희가 대체 몇 번이나 신의 이름을 불렀을까. 난생처음으로 간절한 바람을 담아 기도란 것을 해 보았지만…….

"아니야."

결국 응답은 없었다.

먼 길을 돌아 복싱장 라커룸의 부서진 벽면으로 넘어온 록희를 기다리고 있던 건 '신이 부재한 풍경'이었다.

"이럴 리가 없어."

벌벌 떨리는 다리로 록희가 앞으로 나아갔다.

수희가 입었던 가운이 넓게 펼쳐진 채 라커룸 바닥을 가득 채우고 있었다. 원래 하얀색이었던 가운은 선홍색 액체로 젖어 있었다.

찰박.

록희가 무릎을 꿇었을 때 피 웅덩이와 마찰하며 낸 소리다.

"언니."

속삭이듯 이름을 불러 보았지만 미동도 없다.

"언니야. 일어나 봐. 응?"

어깨를 흔들어 봐도 차가운 나무토막을 건드리는 기분만 든다. 앙다물어진 록희의 입술에서 주르륵 피가 새어 나왔다. 고개를 들라고 말하고 싶은데 그럴 수가 없었다. 수희에겐 지금 들어야 할 '고개'가 없었기 때문이다.

"어딨어?"

록희의 고개가 뻣뻣하게 좌우로 움직이며 라커룸 구석구석을 살폈다. 마치 어딘가 흘려 놓은 지갑을 찾을 때의 반사적인 동작처럼.

"누가 이런 거야. 어떤 새끼야아!"

중얼거림은 결국 절규가 되어 록희의 기도를 타고 넘어와 터져 나갔다. 수희의 등에 허물어지듯 엎어지며 록희는 울부짖었다.

"으아아아아아!"

내지르는 비명 소리가 천장에 부딪히며 메아리를 만들어 냈고, 소녀의 단발머리가 쓸쓸하게 위아래로 요동쳤다.

인간에게 영혼이 있다면 거기가 머무르는 곳은 어디일까. 흔한 미신처럼 심장일까.

그러나 한 명의 인간이 불의의 사고로 숨졌을 때 부름을 받은 유가족들이 마지막으로 확인하는 곳은 어디인가. 만약 영혼이 저장되는 곳이 심장이 아니라 머리라면 지금 수희의 영혼은 어디를 헤매고 있는 것일까.

그토록 살리고 싶었던 언니가 목이 잘린 시체로 자신의 품안에 안겼을 때 록희는 이미 제정신으로 사유할 수 없었다.

인간이 소중한 사람의 상실을 직면하는 첫 번째 순간은 그의 감긴 눈이다. 그런데 록희는 이 순간 그럴 기회조차 강탈당한 것이다.

'누군가 언니의 넋을 훔쳐 갔다.'

록희가 수희의 가운을 움켜쥐자 남색 실로 단단하게 박음질된 세 글자가 밴디징을 한 손가락 너머로 만져졌다.

백수희.

언니의 이름이었다. 이제 다시는 불러 볼 수 없을, 불러도 대답이 없을 이름이었다.

말이라 붙일 수 없는 괴이한 소리가 록희의 입에서 터져 나왔다.

●
   ●   ●

그 어느 때보다 촉각을 곤두세우고 있었기 때문이기도 했지만, 정자에 포진하고 있던 네 명의 국가대표 선수와 한 명의 군인은 동시에 그 소리를 들었다. 데이브 달튼과 표유나는 자신의 수족과도 같은 스틱과 사브르를 반사적으로 움켜쥐었고 승미와 연두 또한 허벅지의 퀴버에 손을 가져가며 벌떡 일어섰다.

단순한 비명 소리가 아니었다. 듣는 이로 하여금 본능적으로 등골을 곧추세우도록 만드는 힘이 거기에 있었다. 인류가 한데 모여 맹수를 사냥하던 수렵 시절부터 전해져 내려온, 유전자에 깊숙이 박혀 있는 가르침.

저런 소리가 나는 곳에 절대 다가가지 마라.

황 상병 또한 그 괴이한 소리가 난 방향으로부터 최대한 멀리 도망치고 싶은 욕망과 싸워야만 했다.

잠시의 침묵이 있고 나서 연두가 입을 열었다.

"제가 잘못 들은 거 아니죠?"

"아니야. 나도 들었어."

승미가 퀴버에 넣은 손가락에서 화살 하나를 반쯤 꺼내 들며 답했다.

"사람이 낸 소리일까요?"

"글쎄. 아니었으면 좋겠는데."

지붕 아래의 달튼 역시 그 어느 때보다 표정이 굳어져 있었다.

"하울링Howling."

달튼의 지적은 사실 정확했다.

"이거, 하울링이다. 어미나 새끼, 죽으면, 울지. 딱 저렇게."

그렇게 몇 분의 시간이 흘렀을까. 다시 한 번 흐느낌과 까무

러침의 중간에 있는 절규가 선수촌에 쩌렁쩌렁 울려 퍼졌다.

"으아아아아아악!"

연두는 들고 있던 화살을 그만 놓치고 말았다. 정자 지붕 위를 툭툭 구르다가 떨어지는 화살에 달튼과 유나가 흠칫 물러날 정도였다. 반면 승미는 화살을 꺼내 훅킹하면서 소리가 들려온 방향으로부터 시선을 떼지 않았다.

"아까보다 훨씬 가까운 곳에서 들렸어."

그 소리를 내는 존재가 무엇인지 몰라도 챔피언 하우스 쪽으로 다가오고 있었다. 승미는 머지않아 육안으로 '그것'을 볼 수 있을 것이라 짐작했고, 그 짐작은 맞아떨어졌다.

"이쪽으로 오고 있는데."

승미의 말에 달튼과 유나가 정자 밖으로 걸어 나왔다. 아직 그들의 눈에는 잘 보이지 않지만 높은 곳에서 내려다볼 수 있는 데다가 시력까지 좋은 승미의 말이 틀릴 리가 없기 때문이다.

연두의 눈에도 보였다. 머리를 쥐어뜯으며 비틀비틀 걸어오는 붉은 형체가.

'붉은 형체'라 표현한 것은 달리 수식할 말을 찾기 어려워서였다. 대형 욕조에 붉은 물감을 들이부은 다음 몸을 적신 사람처럼 머리끝에서부터 발끝까지 온통 핏빛이었다.

"끄으으아아아아아아!"

꿩음.

승미는 자칫 현기증이 느껴질 정도로 아찔해지는 자신을 다잡았다. 정체를 알 수 없는 저 여자가 내는 소리에는 그만큼의

'강렬한 감정'이 실려 있었다.

어떤 '한과 설움' 같은 것.

아직 보이지 않고 들리기만 하는 유나는 답답했다.

"현승미 선수, 좀비예요?"

유나의 말에는 '좀비라면 쏴 버려야 하지 않느냐'는 말이 생략돼 있었지만 승미는 그걸 알아들었다.

"모르겠어요. 사람일 수도 있어요."

승미는 최대한 눈을 가늘게 뜨며 판별해 보려 했지만 그 여자는 가로등 밑이 아닌 어두운 화단 위를 걷고 있었고, 눈도 뜨고 있지 않았다.

"연두야. 제정신인지는 모르겠지만 일단 사람 같지 않니?"

"저, 저도 그런 것 같기는 한데. 만약 아니면요?"

"속도는 느려도 계속 이쪽으로 오고 있어. 대응해야 해."

"한 마리 정도라면 50미터 안쪽이면 육안으로 좀비인지 확인할 수 있어요."

"하지만 저렇게 계속 소리를 지르면 먼 곳에 있는 좀비를 무더기로 끌어들이고 말 거야. 우린 화살이 부족하고."

"저기 묻은 건 자기 피일까요?"

"게다가 맨손이잖아. 만약 사람이면 뭐든 무기를 들고 있지 않을까."

"걷는 것도 이상해요. 사람이면 저 정도로 휘적휘적 걷진 않을 텐데. 물린 지 얼마 안 된 좀비들이 딱 저렇게 걷던데요."

순간 두 궁사의 대화를 단절시키며 또 한 번 비명 소리가 들려왔다.

"끄하아아아아아아!"

선수촌 전체의 감염자들을 한곳에 불러 모을 수 있는 데시벨이었다. 승미는 결단을 내렸다.

"연두야. 저 여자 옆에 나무 보이지?"

"네에."

"저길 쏴 봐. 만약 사람이라면 반응할 거야."

좀비라면 아니겠지만.

연두는 침을 꿀꺽 삼킨 다음 훅킹을 했다. 사람의 형체에게 직접 사격하는 게 아니니만큼 일종의 안도감마저 들었다.

"쏘, 쏠게요."

티이잉!

연두의 컴파운드 보우가 도르래를 강하게 회전시키며 화살을 쏘아 보냈다. 한없이 직선에 가까운 포물선이 그려지다가 가로수의 나무껍질을 우그러트리며 미약한 소리를 냈다.

콰득!

승미는 그 '괴형체'의 일거수일투족에 온 신경을 집중했다. 제발 화들짝 놀래라. 아니면 겁이라도 먹고 엎드려. 그러면 구해 주러 달려갈 테니.

하지만 승미의 바람은 어긋났다. 그 여자는 화살이 바로 옆을 지나가는데도 아무런 반응을 보이지 않은 것이다. 마치 오감이 차단된 생명체처럼.

더 이상 위험을 감수할 순 없다.

"좀비야. 내가 쏠게."

탐색의 시간은 끝났다. 승미는 확신을 가졌고, 동시에 자신의 컴파운드 보우를 들어 올렸다. 저 피투성이 형체가 다시 한 번 절규를 내지르기 전에 머리를 맞혀 떨어트린다.

원래 승미의 화살이 컴파운드 보우의 스트링에 머무는 시간은 극히 짧다. 그것은 이번에도 마찬가지. 때마침 모든 풀벌레가 어찌 된 영문인지 숨을 죽였고, 밤하늘을 노략하던 바람도 뚝 멈추며 승미의 저격에 힘을 실어 줬다.

티이잉.

승미가 내쏜 화살이 정적을 찢어발기며 호수 위를 날았다.

68화
바닥까지 너와 함께

- 갑염 5일째. 오전. 02:14.

승미가 내쏜 화살이 목표물에 적중되기 직전에 무언가 이상한 일이 일어났다.

팅.

불발을 알리는 타격음과 함께 마치 과녁이 갑자기 어둠 속으로 사라진 것처럼 보였다. 그러나 곧 어찌 된 영문인지 알 수 있었다. 검은 슈트를 입은 또 다른 여자가 붉은 여자 앞을 막아서며 오른손에 든 날붙이로 화살의 궤도를 튕겨 낸 것이다. 비록 입고 있는 옷은 펜싱복이 아니었지만 승미에게는 익숙한 실루엣이었다.

'날 죽이려 했던 그 여자?'

불타는 오륜관에서 승미에게 마비독 주사를 놓고 달아났던 안금숙 소좌였다. 어째서 안 소좌가 자신을 방해한 건지 알 수 없었기에 승미는 다음 행동을 결정하지 못하고 망설였다.

승미는 듣지 못했지만 화살을 튕겨 내자마자 안 소좌는 이렇게 중얼거렸다.

"어디 화살을 마구 날리고 기리네? 내래 이 애미나이는 둑게 놔두디 아이하갔서."

자신이 방금 목숨을 잃을 뻔했다는 것을 록희는 전혀 눈치채지 못하고 있었다. 자신에게 다가오는 안 소좌의 얼굴 역시 알아볼 수 있는 정신 상태가 아니었다.

"괜찮습니까, 백록희 선수? 제가 불러 세워도 계속 달려 나가더군요. 그 건물에서부터 뒤를 쫓아…… 웃!"

안 소좌가 록희에게 가까이 다가가자 부비트랩의 발동처럼 주먹이 날아왔다. 그것도 정확히 얼굴을 노리고. 아슬아슬하게 록희의 스트레이트 펀치를 피해 내긴 했지만 안 소좌는 뒤로 몇 발짝 물러나야만 했다. 그만큼 록희에게서 느껴지는 살기가 매서웠기 때문이다.

"으아아아아!"

반면 안 소좌가 리퍼 사브리나에게서 빼앗아 입은 검은 슈트와 방금 전의 백스텝이 록희의 무의식에서 공격 본능을 끄집어냈다. 갈피를 잡지 못하고 비틀대던 두 발이 똑바로 섰다. 그리고 땅을 박차고 앞으로 돌진했다.

록희의 폭풍 같은 연타를 흘려 내던 안 소좌는 오른손에 들고 있던 정글도를 바닥에 던졌다. 혹시나 반사적으로 그것을 휘두를까 걱정됐기 때문이다. 양손이 자유로워지자 안 소좌는 뻗어 오는 록희의 주먹을 왼손으로 틀어쥐고 오른 팔꿈치로 상대의 명치를 가격했다.

"커억!"

숨이 막히는 듯한 통증에 록희가 한쪽 무릎을 땅에 꿇으며 얼굴을 찡그렸다. 하지만 시선은 여전히 안 소좌를 향해 있었다.

"안금숙입니다. 록희 선수, 저를 못 알아보는 겁니까."

안 소좌는 차분한 목소리로 록희를 달래 보려 했다.

"저도 록희 선수가 뭘 봤는지 알아요. 그걸 보고 어떤 마음이 들었는지도."

자신이 하는 말이 록희의 귀에 들어가긴 하겠으나 주의를 끌 수 있는지는 확신할 수가 없었다. 기절시킨 다음 들쳐 메고 갈까.

안 소좌의 손이 허벅지에 매 놓은 짧은 군용 나이프에 가 닿았다. 나이프 손잡이의 단단한 끄트머리로 뒷목을 후려친다면 항거 불능 상태로 만들 수 있을 것이다. 하지만 곧 그 방안은 안 소좌의 머릿속에서 폐기 처분됐다.

"크르르르르."

전후좌우, 사방팔방에서 포식자들이 그녀들을 발견하고 달려오고 있었기 때문이다. 아직은 먼 거리에 있었지만 금세 지척까지 육박해 올 것이 틀림없었다. 이런 상황에서 록희를 기절시키는 데 성공한다 한들 재빠르게 몸을 빼낼 수 있을 턱이 없다.

안 소좌는 신중하게 꺼낼 말을 생각한 다음 툭 하고 내뱉었다.

"백록희. 언니를 되찾고 싶지 않아?"

권투소녀의 어깨가 움찔했다. 안 소좌는 이 순간 가장 정답에 가까운 단어를 고른 것이다.

"……언니. 불쌍한 우리 언니."

"네 언니의 머리를 잘라 간 녀석들이 누군지 난 알고 있다. 기꺼이 녀석들이 있는 곳으로 안내해 줄 수도 있지."

몇 마디를 나누는 동안 감염자들의 포위망이 원래의 절반으로 좁혀졌다. 시야에 닿는 범위에만도 스물이 넘었다.

"캬아아아아아!"

안 소좌는 던져 놓았던 정글도를 집어 들었다. 그것을 어떤 용도로 휘두를지는 아직 정해 놓지 않은 채.

"언니가 당한 만큼 갚아 줘야 하지 않겠어?"

록희가 천천히 몸을 일으켰다.

"나를 따라오면 그렇게 만들어 주지. 대신 지금 당장 정신을 똑바로 차리고 내 말에 복종해야 해. 내가 원하는 건 함께 복수를 이룰 전우이지, 울며 보채는 짐짝이 아니니까."

주먹을 꽉 쥔 채 록희가 입을 열었다.

"어디 있어요? 그 새끼들."

메마른 미소가 안 소좌의 입가에 피어났다. 록희의 눈에서 복수에 대한 갈망과 주체할 수 없는 분노를 감지한 것이다. 그것은 마치 심지의 끝까지 태워 먹으며 먼지로 만들 목표물을 찾고 있는 포탄이나 다름없었다.

"정신을 차린 모양이군요. 좋습니다."

안 소좌의 정글도가 어느새 코앞까지 달려온 감염자의 복부를 푹 하고 찔렀다.

"키에에에."

그 감염자는 찢어진 배에서 내장을 쏟아 내면서도 안 소좌에게 손을 뻗어 왔다. 안 소좌는 슬쩍 뒤로 물러나면서 군용 나이프를 대각선으로 뿌렸다. 썩둑 잘린 감염자의 목이 록희의 발앞으로 데구루루 굴러갔다.

'실은 너보다 도락구에게 기대를 걸었는데……. 뭐, 만사가 첫 번째 계획대로 흘러가는 건 아니지.'

안 소좌가 록희에게 손짓했다.

"따라오세요. 제가 길을 뚫겠습니다."

미약했지만 분명하게, 록희가 고개를 끄덕였다. 그 반응에 만족한 안 소좌가 감염자들을 베어 나가며 풍랑에 맞서는 복엽기처럼 튀쳐나갔다.

'예상치 못했던 곳에서 수확을 거두게 됐군. 도락구는 나를 실망시켰지만 넌 아니길 바라. 물러 터진 그 녀석보다는 훨씬 도움이 될 수 있을 거라 믿어.'

목표물이었던 정체불명의 여자를 데리고 사라지는 안 소좌, 그녀를 바라보는 승미의 심경은 복잡했다.

"좀비가 아니었어, 연두야."

"그, 그런가 봐요. 하마터면 쏠 뻔했는데, 다행인 거죠?"

다행이라 할 수 있을까.

승미는 불과 몇 시간 전에 락구를 만나게 해 주겠다는 안 소 좌의 말을 믿었다가 문자 그대로 죽을 뻔했다. 안 소좌의 뒤를 따라 달려간 저 여자가 누군지는 모르겠지만, 오륜관 복도에 버 려진 자신처럼 희생양이 되는 건 아닐까 두려웠다.

"슌미! 정신 차려라."

그러나 달튼의 짤막한 외침이 승미의 관심을 다시 가까운 동 료들에게 향하도록 만들었다.

"왜 그래요?"

승미의 질문에 달튼은 대답 대신 아이스하키 스틱을 내밀어 한 방향을 가리켰다. 황익준 상병이 도망쳐 온 곳. 그리고 락구 가 돌아오길 애타게 기다리던 방향. 그 방향의 모든 길목에서 감염자들이 튀어나와 달려오고 있었다. 멀리서도 그 붉은 눈들 의 흉포함이 느껴진다. 빨간 빛을 내는 반딧불 수십 마리가 갑 자기 여기저기서 날아오른 것처럼.

연두의 목소리는 습기 없이 바짝 말라 있었다.

"어떡해요, 언니. 수가 너무 많아요."

승미는 이미 화살 한 개를 훅킹하면서 대꾸했다.

"할 수 있는 데까지 버텨 보자."

정자 지붕 위의 두 컴파운드 보우가 바쁘게 움직였다. 그녀 들이 쏘아 내는 화살이 가장 가까이서 달려오는 감염자들을 하 나둘 쓰러트렸다. 그러나 쓰러진 감염자들은 곧 뒤따라 나타난 감염자들에게 밟혀 처참한 최후를 맞이하게 될 뿐이었다.

승미와 연두가 감염자들에게 안식을 선사하는 속도보다 새로운 감염자들이 나무와 자동차, 건물 뒤에서 등장하는 속도가 비교할 수 없을 정도로 빨랐다. 결국 감염자 무리가 80미터 이내로 가까워졌을 때 두 궁사의 퀴버는 완전히 바닥을 드러냈다.

승미의 귓가에 유나의 사브르가 아스팔트를 긁는 소리가 들려왔다.

"때가 됐어요, 현승미 선수. 내려와요."

승미는 입술을 질끈 깨물며 연두를 바라봤지만 돌아오는 반응은 달갑지 않았다. 연두는 절레절레 고개를 흔들었다. 그녀의 퀴버 역시 텅 빈 것은 마찬가지였기 때문이다.

"돌아가자, 연두야."

승미는 연두가 달튼의 부축을 받아 지붕에서 내려갈 수 있도록 컴파운드 보우를 대신 들어 주었다. 그리고 자신은 달튼에게 두 활을 맡긴 다음 훌쩍 뛰어내렸다.

'유나 씨의 말이 옳아.'

애초에 화살이 다 떨어지면 즉시 철수하기로 약속이 돼 있었다. 고집을 부리다가 승미를 걱정해 위험 속으로 뛰어든 동료들의 목숨을 위태롭게 만들 순 없었다.

그래도 미련이 남는 것은 어쩔 수 없는 일. 다른 네 명이 챔피언 하우스를 향해 등을 돌렸을 때 오직 승미만이 뒤를 돌아 필승관 쪽을 안타깝게 쳐다봤다.

때문에 승미는 그 남자들의 등장을 놓치지 않을 수 있었다.

"다들, 잠깐만요."

그것은 기이한 움직임이었다.

자연적으로 생긴 어떤 소용돌이가 감염자 무리의 끄트머리에서 발생한 것이라면 납득하기가 더 쉬울 것 같았다. 그러나 바람도 거의 불지 않는 평온한 여름밤에 난데없이 소용돌이가 생겨날 리 없었다.

그것은 특출하게 뛰어난 인간의 운동력이 만들어 내는 현상이었다. 감염자들의 살점이 폭풍에 휘말리는 것처럼 떠오르고 있었다.

승미의 얼굴이 환해졌다.

"왔어요!"

도락구와 강두제. 현 유도 국가대표와 전 유도 국가대표.

두 명의 사내가 감염자들을 문자 그대로 '때려 부수면서' 챔피언 하우스 쪽을 향해 달려오고 있었다. 승미 일행을 노리고 뛰어오던 감염자들의 절반 이상이 그들이 내는 소란에 이끌려 뒤돌아섰다. 때문에 승미는 동료들을 설득해 볼 수 있는 시간을 벌었다고 생각했다.

"저기, 이제 와서 이런 말 하긴 미안하지만……."

하나 그들의 두 동료는 애초에 절약정신이 투철한 사람들이었다.

"됐어요. 무슨 말인지 아니까."

달튼과 유나는 두 유도가들을 돕기 위해 지체 없이 뛰쳐나갔다. 승미는 급변하는 형국에 어쩔 줄 몰라 하는 황 상병을 붙잡고 재빨리 말했다.

"우리도 도와야 해요. 갈 수 있겠어요?"

"하지만 저는 팔이 이렇고, 두 분은 화살도 없지 않습니까?"

"맞아요, 언니. 우리가 가 봐야 무슨 도움이 되겠어요."

하지만 승미는 참호 속에서 웅크린 채 포화가 지나가길 기다리는 성미가 아니었다. 참호 바깥으로 뛰쳐나가 어떻게든 반격할 방법을 찾아 불리한 전황을 바꿔야만 직성이 풀리는 여자였다.

승미가 팔을 뻗어 한 방향을 가리켰다. 정면이었다.

"화살이 없긴 왜 없어요. 달튼과 유나 씨의 뒤에 바짝 붙어 따라가면 포위되지 않을 수 있어요. 그렇게 시체들의 머리에 꽂힌 화살을 다시 거두는 거예요. 상병님, 할 수 있겠어요?"

짧은 시간에 계획을 수립하는 과감함과 그것을 밀어붙이는 결단력. 무엇보다 망설이지 않고 사람을 살리자고 말할 수 있는 그 '용기'에 황 상병은 탄복했다. 자신이 타고 있던 전차가 모두 승미 같은 병사로 채워져 있었다면 어땠을까 싶은 생각이 들 정도로.

"알겠습니다. 최대한 화살을 많이 회수해서 두 분께 전달해 드릴게요."

"후리야압!"

태릉선수촌에서도 다섯 손가락 안에 꼽히는 거구가 민첩하게 팔을 휘두르는 모습은 그 자체로 경이롭다.

달튼은 수족과도 같은 아이스하키 스틱을 휘둘러 감염자의 갈비뼈를 으스러뜨리면서 날려 보냈다. 아이스하키 선수 특유의 강력한 허리 힘을 보여 주는 일격이다. 그러나 불도저처럼 상대들을 튕겨 내는 엄청난 위력에 비해서 감염자의 머리를 일격에 명중시킬 수 있는 섬세함은 부족했다. 락구와 두제에게 향하는 길을 뚫는 데에만 전념하고 있기 때문이다.

하지만 달튼의 뒤에는 이미 뛰어난 운동능력을 가진 체조 감염자들을 일거에 청소한 바 있는 펜싱 선수가 따라붙어 있었다.

"타아아!"

유나는 마치 달튼의 그림자처럼 따라붙어 그의 빈틈을 상쇄시켜 줬다. 아이스하키 선수의 스윙에 충격을 입고 비틀대는 감염자들의 숨통을 한 합에 거둬 버리는 그녀였다.

차라랑.

빠르고 경제적인 유나의 동작. 심지어 달튼이 한 감염자의 옆구리를 올려 쳐 허공에 붕 떠오르게 하자, 그 머리를 꿰뚫은 다음 사브르를 거두는 묘기까지 보여 줬다.

그들의 사각지대로 달려드는 감염자들은 승미와 연두가 원거리에서 화살을 날려 보내 쓰러트렸다. 그러면 황 상병은 쓰러진 감염자의 목을 군홧발로 누르고 두개골에 박힌 화살을 뽑아내 승미와 연두에게 던져 줬다.

그렇게 다섯 명이 마치 각각 촉과 몸통, 그리고 깃이라도 되는 것처럼 '하나의 화살'이 되어 감염자들을 물리쳐 나갔다.

"이봐, 후배님. 우릴 마중 나와 준 모양인데?"

수십 년 동안 극한의 훈련으로 다져진 두제였지만 쉴 틈 없이 싸워 온 터라 숨이 턱까지 차올라 있었다. 그리고 그건 락구도 마찬가지였다. 때문에 구원의 손길을 멀리서도 느낄 수 있었다.

락구가 성화봉을 휘둘러 한 감염자의 턱을 박살 냈다. 그리고 그가 허물어지자마자 감염자의 사타구니에 팔을 집어넣어 마치 쌀가마니처럼 들어 올렸다.

"이야아압!"

그리고 달려오는 감염자들을 향해 집어 던져 넘어뜨리는 데 성공했다. 얼마 없는 근력을 쥐어짜는 바람에 머리가 핑 도는 기분이었지만 락구는 멈추지 않고 감염자들로부터 거리를 벌렸다. 먼발치서 컴파운드 보우를 든 채 분전하고 있는 승미를 봤기 때문이다.

"따라와라, 보이!"

달튼의 아이스하키 스틱이 공사장의 야광봉처럼 허공에 휘둘러지고 있었다. 락구와 두제는 서로를 바라보며 고개를 끄덕인 다음 이를 악물고 뛰었다.

승미와 연두가 질주를 멈추고 동료들의 귀환을 기다린 것이 바로 그 타이밍이었다. 락구가 가까워지자 승미는 반가움에 온몸이 허물어질 것 같았지만 꾹 참고 입을 다물었다. 다만 눈빛으로 말할 뿐이었다.

'나한테 말도 없이 떠났겠다? 각오는 돼 있겠지, 도깨비.'

땀에 흥건히 젖은 채 숨을 헐떡이면서도 락구는 승미의 눈빛을 정확히 읽을 수 있었다. 자연스레 등골이 서늘해진다.

하지만 초조하게 승미와 락구를 기다리고 있던 현택이 극적으로 챔피언 하우스의 철문을 열어 주어 감염자들을 따돌리는 데 성공한 뒤에도 승미가 락구를 닦달하는 일은 벌어지지 않았다.

챔피언 하우스의 로비에 모두가 엎어져 가쁜 숨을 몰아쉬고 있을 때에야, 승미는 벌떡 일어나 벽에 등을 대고 멍하니 앉아 있는 락구에게 성큼성큼 걸어갔다. 꿀밤이라도 한 대 쥐어박지 않고서는 화가 풀리지 않을 것 같았다.

"야, 도락구! 너 이리 안 와? 이게……."

락구의 볼을 한 움큼 꼬집으려고 내뻗은 손이 멈칫하고야 말았다. 다시 만나면 능청스럽게 미안하다고 싹싹 빌 줄 알았던 녀석의 얼굴이 전혀 예상 밖의 모양을 하고 있었기 때문이다.

한없이 슬픈 얼굴을 하고 턱을 파르르 떨고 있는 락구. 그리고 피가 잔뜩 튄 속눈썹 아래로 눈물이 송골송골 맺혀 있었다.

"승미야."

"……너 지금 우는 거니? 왜 그래. 무슨 일이 있었던 거길래."

승미의 두 손이 락구의 양 볼을 감싸 쥐었다. 얼마나 힘들게 이곳까지 달려온 건지 능히 짐작될 만큼 뜨거운 체온이 느껴진다.

락구는 벽에 대고 있던 등을 떼고 앞으로 몸을 기울였다. 자연스레 승미의 배에 얼굴을 파묻는 모양새가 됐다.

"그 녀석을 만났어."

"그 녀석이라니, 설마 장용이?"

"둔한 자식이 어이없게 날 알아보지 못하더라고."

"······그래서?"

락구의 어깨가 불규칙하게 들썩였다. 승미는 온몸에 뻗은 모든 혈관이 일제히 수축하는 것처럼 느껴질 만큼 무거운 슬픔에 휩싸였지만 가까스로 참아 냈다. 이렇게 허물어져 기대 오는 눈앞의 남자가 자신보다 두 배는 더 괴로워하는 것을 알고 있기에.

"처음엔 도망쳐 보려고 했는데 그게 맘처럼 되지 않더라. 내 친구가······ 사람을 뜯어 먹는 괴물로 변해서 선수촌을 돌아다니고 있었어."

락구의 오른팔에 벨트로 감긴 성화봉이 승미의 눈에 들어왔다. 그 사출구는 연거푸 시도된 발화로 새카맣게 그을어 있었다. 승미의 입술도 파르르 떨리기 시작했다. 락구와 장용의 만남이 어떻게 끝났는지 짐작되었던 것이다.

"내가 했어."

"말하지 마. 그러지 않아도 돼."

"······내가 해야만 했어. 내 손으로 장용이를 멈추게 했어. 그런데 아직도 그게 잘한 일이었는지 모르겠어."

락구가 승미의 외투 자락을 꽈악 붙잡았다. 고개를 푹 숙이고 있지만 승미는 락구가 숨을 죽여 통곡하고 있는 것을 알 수 있었다. 녀석을 달래 줄 그 어떤 말도 떠오르질 않았다.

보통 위로는 한쪽이 멀쩡해야 가능한 행위다. 가라앉는 보트에 탄 두 사람이 서로에게 구명줄을 던져 주는 게 의미 없는 것처럼, 상실을 함께 겪은 동반자라면 어설픈 위로는 감히 꺼낼 수 없다.

"이해해 줄 거야. 장용이는 늘 그랬으니까. 마음이 넓은 애잖아."

다만 함께 가라앉아도 서로를 부둥켜안는다면 조금이라도 아픔을 덜어 내 줄 순 있을 것이다. 그리고 락구는 승미에게 있어 그런 남자였다. 삶의 마지막 순간이 온다 해도 잡은 손을 놓지 않고 싶은 남자.

'괜찮아. 가라앉는 널 꺼내 줄 수 없다면…….'

그녀는 왼손으로 락구의 뒤통수를 쓰다듬어 주었다. 오른손으로는 자신의 입을 틀어막아야만 했다. 울음소리를 안으로 밀어 넣어야 했다.

'내가 바닥까지 같이 가 줄게.'

69화
쥐덫 속의 치즈

- 감염 5일째. 오전. 03:30.

새벽의 포문이 어슴푸레 열리기 직전.

밤이슬이 촉촉이 내린 미군 진영 풀숲더미에서 속닥거리는 두 남녀가 있었다. 바로 까를로스 황과 나탈리 쿡이었다.

"으으으, 추워. 나탈리, 이렇게 메이나드란 남자가 막사에서 나오기만 기다리는 게 과연 최선일까?"

"아직 우릴 전혀 눈치채지 못했어. 이렇게 빈손으로 돌아가면 또다시 원점에서 시작해야 돼."

군수업체 미티카스의 간부 칼 메이나드의 막사에는 푸르스름한 불이 켜져 있었다. 황 조사관과 나탈리는 그곳에 올림푸스와 미티카스의 흉계를 밝혀낼 자료가 있을 거라 확신했다. 그러나

한 시간 전부터 그 안에 틀어박힌 메이나드는 좀처럼 밖으로 나올 생각을 하지 않았다.

그렇게 둘이 납작 엎드린 자세 그대로 젖은 생쥐 꼴이 되었을 무렵, 그토록 고대했던 순간이 찾아왔다.

"그게 무슨 말이야! 놓쳤다니."

메이나드가 막사의 문을 밀어젖히며 갑자기 뛰쳐나왔다. 그의 얼굴에 부착된 수신기에 대고 고함을 지르면서.

"이 빌어먹을 자식들. 우리가 너희한테 들인 액수가 얼마인데 그따위 말을 변명이라고 하고 있나?"

잔뜩 상기된 얼굴의 메이나드가 분통을 터트리자 경계를 서고 있던 미군들의 시선이 모두 그에게로 집중됐다.

나탈리로서는 다시 오지 않을 이 기회를 놓칠 수 없었다. 그녀가 몸을 낮춘 다음 메이나드의 막사를 향해 슬금슬금 기어갔다. 황 조사관이 움찔하며 뒤를 따라가려 하자 단호한 눈빛으로 거절하는 나탈리. 그녀는 신속한 손동작으로 막사와 자신, 그리고 황 조사관의 두 눈을 가리켰다. 황 조사관은 곧바로 그녀의 속내를 이해했다.

'당신이 안에 들어가 있는 동안 내가 망을 보라는 거야?'

말릴 새도 없이 나탈리는 메이나드의 막사 뒷문을 열고 들어갔다. 황 조사관은 다시 풀숲에 납작 엎드리며 주변을 살폈다. 시야에 닿는 범위에 무장한 미군 병사가 적어도 여덟 명은 되었다.

어느덧 추위는 안중에도 없어졌다. 지금 황 조사관의 몸이

오들오들 떨리는 건 나탈리가 목적을 마치고 막사를 떠나기 전에 메이나드가 되돌아올지도 모른다는 걱정 때문이었다.

'서둘러야 해, 나탈리.'

막사 안에 숨어든 나탈리는 재빨리 주변을 살폈다.

급조된 시설인 만큼 단출하게 구성된 막사 안에는 누운 흔적이 보이지 않는 침대, 그리고 이동식 테이블 위에 두 개의 금속 케이스와 한 개의 랩탑이 놓여 있었다.

'열리지 않아.'

묵직한 금속 케이스들은 지문 인식으로 열리는 시스템처럼 보였다. 나탈리는 그 안에 담긴 내용물을 추측해 보았다. 감염된 미군에게 투여되었지만 극심한 거부반응만 일으키고 사망하게 했던 문제의 약물이 담겨 있을 가능성이 높았다. 육안으로 그걸 확인하지 못한 것이 못내 아쉬웠지만 금세 미련을 버린 나탈리는 랩탑 화면에 눈길을 돌렸다.

'이럴 수가!'

콜롬비아 광견병의 배후를 캐내려 애쓰는 동안 FBI 내부에서도 그녀를 비웃는 동료들이 적지 않았다. 시대착오적인 음모론에 매몰된 괴짜라면서. 때문에 본토로부터 무척이나 먼 대한민국까지 날아온 나탈리가 짊어진 부담감과 고립감은 결코 작지 않았다. 하지만 지금 푸른 눈동자에 점점이 박혀 들어오는 사진과 활자들은 그녀의 직감이 옳았음을 여실히 증명해 주고 있었다.

'역시 자연 발생한 바이러스가 아니었어.'

콜롬비아 광견병은 올림푸스가 비밀리에 진행하던 실험에서 만들어진 인공 바이러스였다. 노화의 비밀을 풀기 위해 단백질을 변형시키는 시도 가운데에서 우연히 발견된 병원균. 세포가 괴사하는 것을 막아 내지만 동시에 바이러스가 뇌를 좀먹어 들어가는 부작용 때문에 폐기된 합성 바이러스였다. 그러다가 스테로이드와 결합하면 마법과 같은 육체 강화를 이뤄 낸다는 것이 발견된 것이 지난해에 일어난 일이었다.

'그래서 콜롬비아 메데인에 이것을 살포했던 거야.'

지금까지는 나탈리와 황 조사관의 의심을 확인해 주는 문서들이었다. 문제는 이 대한민국의 태릉선수촌이 두 번째 감염 구역으로 탄생한 것이 우연인지, 아니면 의도된 공작인지에 대한 증거가 있냐는 점이었다. 하지만 랩탑에서 그녀가 확인할 수 있는 문서는 제한적이었고, 이리저리 트랙패드를 움직이다가 이미지 파일이 든 폴더를 발견하게 됐다.

그것은 잘린 머리를 얼린 뒤 마치 탑처럼 쌓아 놓은 실험실의 사진들이었다. 푸른 피부와 눈두덩 주변에 불거진 혈관들로 미루어 보아 그 머리들은 순수한 인간의 것이 아니었다.

'엄선한 감염자들의 뇌를 연구하려는 걸까.'

그렇게 나탈리가 액정 안으로 빨려 들어갈 것처럼 몰두해 있을 때 막사의 문을 빼꼼 열어젖히며 황 조사관이 들어왔다. 기겁하며 돌아본 나탈리는 그의 얼굴을 확인하고 입술을 깨물었다.

"당신까지 여기에 들어오면 어떡해, 까를로스? 미쳤어?"

"밖에서 아무리 신호를 줘도 대꾸가 없었던 건 누군데."

랩탑에 담겨 있는 내용에 충격받은 나머지 황 조사관의 부름이 귀에 들어오질 않았던 모양이다. 황 조사관은 성큼성큼 다가와 나탈리의 팔을 붙잡았다.

"당장 몸을 피해야 해. 메이나드란 남자가 곧 통화를 끊을 기세야."

하지만 나탈리는 잡아당겨지지 않고 버텼다.

"그건 곤란해. 내가 뭘 알아냈는 줄 알아? 여기에 담겨 있는 자료를 카피라도 하지 않으면……."

"그게 뭐가 됐든 이제는 쥐덫 속의 치즈야! 탐을 내다가 모든 걸 망칠 거라고."

나탈리와 황 조사관이 실랑이를 벌이고 있을 때 바스락하는 소리와 함께 막사 안으로 두툼한 손이 쑥 하고 들어왔다.

"메이나드 씨? 수상해 보이는 남자가 이곳으로 들어오는 걸 본 것 같습니다. 들어가도 될까요?"

막사 안의 두 남녀는 질겁한 채 입을 다물고 서로를 쳐다봤다. 민첩하게 움직인 나탈리와 달리 황 조사관의 무거운 엉덩이는 목격자를 달고 온 것이다.

"안에서 이상한 소리도 들리는 것 같은데요. 대답이 없으면 들어가겠습니다."

황 조사관의 얼굴은 완전히 사색이 돼 있었다.

"어쩌지, 나탈리? 이쪽으로 나가면 메이나드에게 들키고 말 텐데?"

나탈리는 어두운 얼굴로 생각에 잠겨 있었다.

진흙이 묻은 군홧발이 먼저 막사 안으로 들어섰다. 도망칠 곳도, 숨을 곳도 없는 상황. 나탈리는 순간 결심한 듯 비장한 표정을 짓더니 황 조사관의 옷깃을 잡아챘다.

"미안. 이런 식으로 훔치고 싶진 않았어, 까를로스."

"뭘 훔쳐? 무슨 소리…… 읍읍!"

백인 미군 병사가 M4 카빈 소총을 든 채 막사 안으로 들어왔을 때 그가 목격한 것은 퍽 이상한 광경이었다. 치렁치렁한 금발의 미녀가 한 남자를 책상에 밀어붙인 채 격렬한 키스를 나누고 있었던 것이다.

"뭐야, 당신들!"

나탈리가 입술을 떼자 황 조사관은 영혼을 빨린 얼굴로 멍하니 비틀거렸다. 그리고 FBI 특수공작부 요원은 어깨를 으쓱이며 태연한 얼굴로 미군 병사에게 다가갔다.

"아, 뭐야. 분위기 좋았는데. 왜 이리 눈치가 없어?"

나탈리의 셔츠 앞섶은 활짝 열려 있었다.

두 침입자에게 무기가 없는 걸 확인한 미군 병사는 노골적으로 귀찮다는 표정을 하며 손을 내뻗었다. 나탈리의 어깨를 붙잡은 그는 이렇게 경고했다.

"여긴 군사 기밀 구역입니다. 신분을 밝히고, 지시에 따라…… 끄악!"

미군 병사의 손가락이 우드득 꺾여 나갔다. 나탈리가 자신의 어깨에 놓인 손을 낚아채 있는 힘껏 비틀어 버린 것이다. 그리고 그의 손목을 놓지 않은 채 구두 뒷굽으로 그의 사타구니를 걷어찼다.

"우우욱!"

한 손으로 중요 부위를 붙잡고 바닥을 구르던 병사는 분노에 가득 찬 얼굴로 나탈리를 노려봤다. 그리고 한 손으로 카빈 소총을 들어 방아쇠를 당겼다. 그러나 한 손으로 휘두르는 바람에 명중률은 형편없이 떨어졌다.

타라라락!

총구에서 뿜어져 나간 총알들이 나탈리의 왼쪽, 막사의 천막을 세로로 부욱 찢고 지나갔다.

"쳇!"

나탈리는 미군 병사의 카빈 소총을 걷어찬 다음 그의 턱을 무릎으로 찍어 기절시켰다. 뒤를 돌아보니 황 조사관은 테이블 밑에 엎드려 벌벌 떨고 있었다.

"정신 차려, 까를로스!"

"으, 으응? 괜찮은 거야, 나탈리?"

"이런 심약한 남자 같으니. 곧 총소리를 듣고 메이나드가 군인들을 잔뜩 데리고 여길 포위할 거야."

"으, 응."

"내가 남아서 시선을 끌 테니까, 당신은 그 틈에 어떻게든 달아나서 남은 선수들의 탈출을 도와."

멍해 있던 황 조사관의 눈빛이 번뜩이며 원래대로 돌아왔다.

"그게 무슨 소리야?"

"난 FBI 요원이야. 신변은 묶이겠지만 메이나드가 아무리 막 나가도 당장에 날 처분하진 못해."

"그럼 나도 같이 남겠어!"

"택도 없는 소리 마. 입술은 오늘 뺏었으니까 무사히 살아서 다음 단계나 기다리고 있도록 해."

까를로스가 뭔가 반박하려 하는데 천막 주변이 환해졌다. 방금 전의 총소리를 듣고 병사들이 몰려오고 있는 것이다. 나탈리는 황 조사관의 가슴을 거칠게 밀어 내보냈다. 자초지종을 설명할 시간이 없었기 때문이다. 그녀는 메이나드의 금속 케이스 중 하나를 집어 들더니 황 조사관에게 의미심장한 한마디를 남겼다.

"까를로스. 어떤 사건의 배후를 파고 들어갈 때 사사건건 얼쩡대며 눈에 거슬리는 놈이 있다면 그게 누구겠어?"

"무슨 말을 하는 거야?"

나탈리는 한쪽 눈을 찡긋하더니 막사를 빠져나갔다.

"그놈이 바로 범인이야."

메이나드는 자신의 막사에서 빠져나오는 나탈리의 태연한 얼굴을 확인하고는 어처구니없는 기분에 휩싸였다. 방금 전에 3단계 감염자의 포획에 실패했다는 리퍼들의 보고를 받은 터라 머리끝까지 화가 나 있었는데, 통신을 끊고 돌아오니 더욱 분통 터지는 상황이 그를 기다리고 있었던 것이다.

철컥, 철컥, 철컥.

수십 개의 총구에 포위된 그 금발의 여자는 천천히 자신의 막사에서 걸어 나오고 있었다.

'당장 머리를 쏴!' 하고 외치고 싶었지만 그럴 수가 없었다. 그 여자가 가슴께에 끌어안은 금속 케이스 안에 들어 있는 액체가 그만큼 중요했기 때문이다.

"뭐 하고 있어? 저거 빼앗고 붙잡아."

저항을 포기한 듯 여자는 순순히 케이스를 넘겨준 뒤 바닥에 무릎을 꿇었다. 메이나드가 뚜벅뚜벅 걸어올 때까지 시선을 피하지 않고 그를 노려보기까지 했다.

"겁도 없이 여길 숨어 들어왔군. 어디 소속이지?"

"맞혀 봐. 힌트를 주자면, 적어도 시시한 곳은 아니야."

"내가 지금 안 좋은 소식을 들은 참이라 짜증이 많이 나 있어. 수수께끼 놀이를 할 기분이 아니라고."

"그래? 그렇다고 여기서 날 죽이기라도 할 거야? 이렇게 목격자가 많은데."

틀린 말은 아니었다. 곰곰이 생각하던 메이나드는 병사들에게 그녀를 데려가 감금하라는 지시를 내렸다.

"어차피 이곳을 쓸어버리는 데까지 여섯 시간도 안 남았어. 네 꿍꿍이가 무엇이든지 상관없이, 아침이면 저 안에서 불탄 좀비들과 같이 발견되게 해 주지."

무시무시한 협박을 들으면서도 태연한 척했지만 나탈리의 등에서는 식은땀이 흐르고 있었다.

"이제 여섯 시간도 남지 않았어, 락구야."

현택의 말에 락구는 무겁게 고개를 끄덕였다.

"네. 그런 것 같네요."

하지만 과연 자신의 말을 알아듣기나 하는 것인지 현택은 의구심이 들었다. 락구가 극심하게 풀이 죽은 채 승미 옆에서 바닥에 주저앉아 땅만 쳐다보고 있었기 때문이다.

남아 있는 생존자들은 모두 챔피언 하우스의 강당에 모여 있었다. 락구와 두제가 돌아왔으니 이제 비로소 '탈출 계획'에 대해 이야기를 나눠야 할 때라고 현택은 생각했다. 하지만 중심이 돼 줄 것이라 철석같이 믿은 락구가 이렇게 텅 빈 목각인형 꼴로 돌아온 것이다. 그가 답답함에 머리를 긁적였다.

'대체 무슨 일이 있었던 거야.'

그때, 옥상에서 록희를 도와줬던 멀리뛰기 소녀 다인이 락구와 승미에게 다가왔다.

"저기, 오빠. 록희 언니는 왜 같이 안 왔어요?"

맑은 목소리는 미세하게 파르르 떨리고 있었다. 아마 록희의 안부에 대한 호기심과 불길한 대답을 회피하고 싶은 본심이 내면에서 싸우고 있기 때문이리라.

락구는 차마 다인의 눈을 마주 보지 못했다.

"미안. 그 애를 따라잡아서 붙잡는 건 성공했는데, 필승관에서 헤어지고 말았거든."

다인은 침을 꿀꺽 삼킨 다음 물었다.

"혹시…… 물리거나 죽었어요?"

그러자 이번엔 락구 옆에 있던 승미가 고개를 가로저었다.

"아니. 살아 있어. 내가 두 눈으로 봤거든."

승미의 증언에 다인의 얼굴이 환해졌다.

"저, 정말요? 록희 언니, 무사한 거죠?"

"응. 언제 우리 쪽으로 돌아올지는 모르겠지만. 엄청 대단한 사람이랑 같이 있으니까 너무 걱정은 하지 마."

다인은 안도의 한숨을 내쉬고는 자기 자리로 돌아갔다. 승미는 그 모습을 물끄러미 지켜본 다음 락구의 팔뚝을 어루만졌다.

"괜찮아?"

"권투소녀가 혼자 있었다고? 피투성이가 된 채?"

"응. 먼발치에서 대치한 거라 대화는 못 했어. 아마 우리가 발견했을 때의 상황을 보면 백 선생님은…… 잘못되셨을 가능성이 높아."

락구는 눈을 질끈 감았다.

"내가 말렸어야 했던 게 아닐까. 백 선생님이 붙잡혀 갔을 때 어떻게든 설득해서 여기로 데려오는 것도 방법이었을 텐데."

"가족이 납치됐던 거잖아. 네가 말한다고 듣지는 않았을 거야. 너무 자책하지 마."

승미의 말이 옳았다.

장용의 머리를 자신의 손으로 날려 버린 충격. 게다가 설상가상으로 안금숙 소좌가 록희를 데리고 어디론가 사라졌다는 말을 듣고 실의에 빠진 락구였지만 이곳 챔피언 하우스에서는 오직 그와 두제가 돌아오기만을 오매불망 기다린 생존자들이 있었다. 억지로라도 기운을 차려야 했다.

무엇보다 그의 손에는 생존자들의 유일한 희망인 무전기가 들려 있었다. 하지만 약속 시간이 지났는데도 까를로스 황 조사관에게선 아무런 연락이 없다.

"어떻게 해서든 탈출할 방법을 찾아야 하는데. 챔피언 하우스 주변엔 좀비들이 너무 많아."

"그리고 미군들도 있고."

그 어떤 생명체도 내보내지 않겠다는 군인들의 의지를 직접 확인한 승미의 대답이었다. 락구의 머리는 터질 듯이 복잡했다.

'어떻게 해야 할까. 어떻게 해야 좀비들을 따돌리고 이곳을 빠져나갈 수 있는 걸까.'

반면, 두제는 락구와 상황이 조금 달랐다. 그는 불과 몇 시간 전에 무전기를 들고 남은 생존자들을 이끌었던 강당에 다시 돌아오고 말았다는 생각에 입맛이 썼다.

"성공할 수 있었는데. 젠장할."

하지만 이미 지난 일이었다. 다른 이들과 힘을 합쳐 이곳을 빠져나가야 한다는 압박감에서 그 역시 도망칠 수는 없었다. 두제가 고개를 돌려 몸을 배배 꼬고 있는 오로라에게 말을 걸었다.

"어떻게 생각하시나, 내 전 고용인?"

로라는 악어 옆에 선 임팔라처럼 끔찍한 기분이었지만 애써 태연한 척 대꾸했다.

"뭐가요?"

"그때, 헬기에 타자마자 네가 날 배신하고 튀지 않았더라면 상황이 좀 달라졌을 수 있을까 물어보는 거야."

"그건 알 수 없죠. 생각해 봤자 의미도 없고. 지금은 우리끼리 빚을 따질 때가 아니잖아요?"

두제는 턱을 쓸어내리며 고개를 끄덕였다.

"그 말은 맞아. 하여간 똑똑한 아가씨야. 내 눈에 띄는 게 실은 꽤나 겁날 텐데도 도망가지 않을 정도로 용감하고."

"그, 그건 이렇게 지켜보는 사람이 있어야 아저씨가 날 죽이지 않을 테니까 그렇죠."

"죽이다니, 무서운 소릴 하는구만. 난 살인자가 아니야. 지금까지 내가 선수촌에서 숨통을 끊은 건 모두 이미 뒈졌다가 깨어난 놈들이었어."

두제의 말대로 로라는 상황 판단이 빠른 소녀였다. 그래서 '손에 직접 피를 묻히지 않았다 뿐이지, 사실 많은 사람들의 탈출을 실패로 몰아가서 목숨을 잃게 했잖아요'라고 솔직하게 대답해서 두제의 분노를 살 생각은 없었다.

"그, 그 말 꼭 지키셨으면 좋겠네요."

그녀에겐 다행히도, 두제의 관심은 로라보다 재일에게 가 있는 모양이었다.

"그래도 저기 처박혀 있는 뚱땡이 자식은 손을 안 봐 주고 넘어가기 힘들겠어. 옥상에서 다른 군인한테 나를 고자질한 놈."

두제가 손을 툭툭 털며 자리에서 일어났다.

"게다가 저 녀석, 사실은 국가대표도 아니었다고? 태릉에 숨어 들어온, 아가씨의 사생팬이었단 말이지."

로라가 떨떠름하게 고개를 끄덕였다.

두제는 메마른 미소를 짓더니 강당 커튼 뒤에서 음침하게 쭈그려 있는 재일을 향해 터벅터벅 걸어갔다. 모두에게서 소외된 재일은 어디서 구했는지 태블릿을 양손으로 붙잡고 뚫어져라 쳐다보고 있었다. 재일이 들고 있는 태블릿 액정에 그림자가 스으윽 드리워졌다.

"히이익!"

두제의 인간병기 같은 실루엣을 확인한 재일이 엉덩방아를 찧으며 뒤로 물러났다. 그러나 금방 벽에 부딪히며 머리를 찧을 수밖에 없었다.

"용케도 모두를 속였구만. 그렇지? 총은 잡아 본 적도 없으면서 사격 국대라고 대형 구라를 쳤어."

최대한 의연한 척했던 로라와 달리 재일은 그야말로 사시나무 떨듯 떨고 있었다.

"죄, 죄송합니다. 살아 보고 싶어서 그랬습니다. 한 번만 용서해 주세요."

"알아, 안다고. 여기 있는 모두가 다 살아 보고 싶다는 마음은 똑같은 거 아니겠나."

두제가 재일 앞에 쭈그려 앉았다. 그리고 그가 떨어트린 태블릿을 주워 들고는 한숨을 내쉬었다.

"하지만 모두가 목숨을 걸고 선수촌을 탈출해야만 하는 이 상황에서, 이렇게 여자애 직캠이나 돌려 보는 사생팬께서는 대체 무슨 도움이 되실 수 있을까. 응?"

재일은 입 속에 뭔가를 되새김질하듯 오물거렸다.

"할 말이 있으면 해 봐. 꾸물대지 말고."

"……저, 직캠 같은 건 안 찍습니다."

"그래? 그러면 이 태블릿으로 뭘 하고 있었던 거야. 설마 이 판국에 퍼즐게임이라도 하고 있었던 건 아닐 테고."

"그, 그냥 이것저것 생각을 정리하고 있었습니다. 수상한 짓은 안 했습니다. 믿어 주세요."

물론 두제는 재일을 믿을 수 없다는 듯 코웃음을 쳤다. 하지만 태블릿 액정을 터치해서 재일이 조작하고 있던 화면을 확인한 두제의 표정은 곧 딱딱하게 굳어질 수밖에 없었다.

한참을 들여다보던 두제는 흥미롭다는 태블릿과 재일의 얼굴을 번갈아 본 다음 신중한 말투로 물었다.

"이거, 정말 네가 생각한 거야?"

"네? 그, 그러믄요."

"뭐 하는 놈이길래 이런 걸 짜 놓은 거야. 선수촌에 대해서 잘 알지도 못하는 놈이."

"지, 지도랑 시설 목록은 여기 박물관에 다 있으니까요. 사실 사람들이 저한테 뭘 기대하거나 시키는 게 없어서 시간은 많았거든요."

두제는 자못 심각해진 얼굴로 뭔가를 생각하더니 태블릿을 재일의 가슴팍에 툭 던지며 일어섰다.

"들고 따라와."

"네?"

"멱살 잡고 끌고 가기 전에 따라오라고."

그리고 둘은 단상 위에서 고민에 빠진 락구와 승미, 그리고 현택에게 다가갔다. 두제를 발견한 현택과 승미는 경계의 눈빛을 보냈지만 락구는 선배의 얼굴에서 이채로운 기색을 읽어 낼 수 있었다.

"무슨 할 말이라도 있으신가요, 선배님?"

"응. 내가 아무래도 저 구석탱이에서 노다지를 발견한 것 같아서 말이지."

"노다지요? 뭘 말입니까?"

두제는 재일이 품고 있는 태블릿을 가리키며 답했다.

"우리 모두가 염원하고 있는 거. 바로 '탈출 방법' 말이야."

락구가 흠칫하며 몸을 일으켰다. 그리고 긴가민가하며 재일에게 다가섰다. 재일은 주변의 시선이 모두 자신에게 모아진 것에 극도로 당황했지만 눈치는 있었고, 그래서 공손한 동작으로 락구에게 태블릿을 넘겨주었다.

"이게 탈출 방법이라고요?"

잠시 후.

좀 전의 두제와 데칼코마니라 할 수 있는 표정이 락구의 얼굴에 전염되었다. 이번에 락구는 재일의 얼굴을 봤다가, 두제의 얼굴을 봤다가, 태블릿을 다시 확인했다가, 마지막으로 승미의 얼굴을 보았다.

"승미야, 어쩌면 할 수 있을지도 몰라."

"정말? 나갈 수 있어?"

승미의 얼굴에도 기대감이 돌자 재일은 부담이 된다는 기색으로 재빨리 제동을 걸었다.

"너, 너무 그러면 큰일인데요. 사실 그거 반쯤 장난삼아 만들어 본 거고, 또 제일 중요한 전제 조건이 있단 말입니다."

"전제 조건이요?"

"여기 있는 모두가 목숨을 걸어야 한다는 거요."

강당 안에는 단단한 침묵이 내려앉았다. 그러나 이번의 것은 절망과 탄식의 침묵이 아니었다. 그것은 이미 자신의 안에 똬리를 튼 결심을 들여다보는 침묵이었다.

락구의 눈동자 속에서 다시 불씨가 타오르기 시작했다.

"그건 걱정 말아요. 탈출에 목숨을 거는 걸 이제 와서 두려워한다면, 지금까지 이 악몽 속에서 버텨 온 의미가 없으니까."

70화
최후의 만찬

- 감염 5일째. 오전. 04:12.

누가 먼저 그 얘길 꺼냈는지는 불분명하다.

챔피언 하우스의 온갖 곳을 누비며 생존자들을 살피는 현택이 먼저 떠올렸을 수도 있고, 무거운 체중 때문에 상대적으로 허기를 더 많이 느꼈을 데이브 달튼의 생각이었을 수도 있다.

꼬르르륵.

어쩌면 살아남은 이들의 위장이 동시다발적으로 자기주장을 펼친 것일지도 모른다.

누가 먼저 말을 꺼냈는지는 사실 중요하지 않다. 어쨌든 그들은 챔피언 하우스의 옥상에서 '밥을 지어 먹기로' 했다.

서늘한 바람이 부는 옥상에는 건물 곳곳에서 뜯어 온 조명과 전구들이 불규칙적으로 늘어서서 불빛을 비추고 있었다. 미리 깨끗하게 치워 놓은 옥상 바닥에 락구와 두제가 두툼한 나무토막들을 와르르 쏟았다. VIP 응접실의 비싼 원목 가구들을 달튼이 괴력을 발휘해 이렇게 산산조각 내 놓은 것이다. 비록 몇 시간 뒤면 선수촌 전체가 흔적도 없이 날아간다는 것을 머리로는 알고 있지만, 수백만 원을 호가하는 가구들이 일회용 장작으로 변하는 걸 지켜보는 심정은 묘했다.

"이렇게 좋은 나무로. 뭔가 나쁜 짓을 저지르는 것 같아요."

락구의 말에 두제는 어깨를 으쓱했다.

"이 가구를 만든 장인이 여기 와서 이 꼴을 봤다면 십중팔구 비명을 질렀겠지."

"아무래도 그렇겠죠? 우리한테 엄청 삿대질을 했을지도 몰라요."

"그럼 난 좀비들이 수백 마리 우글대는 이곳에 갇힌 처지가 먼저 되어 보라고 받아칠 거야."

그들의 뒤를 이어 옥상에 올라온 것은 현택과 정욱이었다. 현택은 큼지막한 하얀 천을 품에 안고 있었다. 장작더미 위에 현택이 내려놓은 그것은 박물관 입구에 걸려 있던 초대형 태극기였다.

"끄아, 이거 먼지가 엄청 쌓여 있어서 뜯어내느라 혼났네. 에취!"

정욱이 손에 들고 있던 88년 서울올림픽 기념 성화봉을 작동시켜 불길을 일으켰다. 원래도 깡마른 정욱의 얼굴이었지만 지금은 더욱 주눅이 들어 있었다.

"이거 괜찮겠죠? 태극기 불태우거나 찢으면 감옥에 간다고 들었는데. 아닌가?"

락구가 정욱을 위로했다.

"걱정 말아요. 비밀 지킬 테니까."

"하하. 제가 괜한 소릴 했죠? 태극기 불태운 걸로 붙잡혀 가도 좋으니, 지금 당장 누가 연행해 주면 얼마나 좋을까요."

불길이 잘 타오를 수 있도록 멀쩡한 오른팔로 장작을 던져 넣던 황익준 상병이 거기에 대답했다.

"국장훼손죄는 대한민국을 모욕하려는 목적이 있어야 합니다. 여러분은 국가대표 운동선수들 아닙니까. 올림픽 용사들의 위장을 채워 줄 일용할 양식에 이용되는 거니까 허물은 되지 않을 겁니다."

그렇게 옥상에서 모닥불과 함께 쓸데없는 걱정들을 피워 내고 있을 때 달튼과 여자 선수들이 합류했다.

활활 타오르는 모닥불 위에 대형 냄비가 얹어졌다. 그 안에는 스팸과 꽁치통조림, 옥수수콘, 김치들이 뭉텅뭉텅 썰려 들어가 있었다. 이름을 붙이기 애매한 잡탕찌개였지만 보글보글 끓기 시작하자 제법 그럴싸한 냄새가 났다. 특히 창고에 쌓여 있던 스팸을 죄다 썰어 넣은 것 같았다. 게다가 그 크기가 들쑥날쑥하기 짝이 없다. 현택이 그걸 지적했다.

"이 스팸은 손으로 뜯은 건가?"

멀리뛰기 상비군 소녀 다인이 키득거렸다.

"그거 유나 언니가 자른 거래요. 상태가 너무 심각해서 중간부터는 연두 언니가 나섰지만요."

내심 찔려 하던 유나가 모두의 시선을 살짝 외면하며 대꾸했다.

"펜싱 선수가 세상의 모든 칼을 잘 다룬다고 믿는다면 그건 편견이야."

생존자들은 곧 모닥불을 빙 둘러앉아 승미가 전자레인지에 데워 온 햇반을 받아 들었다. 일회용 햇반의 플라스틱 용기에서 느껴지는 온기가 손바닥을 통해 전해진다.

"이러니까 꼭 캠핑이라도 온 것 같네요. 그죠?"

승미의 말에 이곳저곳에서 메마른 웃음이 피어났다.

락구는 모락모락 김이 오르는 찌개의 국물을 플라스틱 숟가락으로 퍼먹으며 식도를 따고 내려가는 찌릿함을 느꼈다. 자각하지 못하고 있었지만 락구는 24시간이 넘게 굶고 있었던 것이다. 그러자 지난 대낮에 삼겹살 냉동 트럭에 갇혀 있었던 순간이 떠올라 못내 아쉬웠다.

"모닥불엔 역시 삼겹살인데. 그때 냉동팩 몇 개라도 챙겨 놓을 걸 그랬죠, 정욱 씨?"

"하지만 십중팔구 상했을걸요. 원래 재난 상황에선 통조림부터 바닥난대요."

혼자서 햇반 다섯 개를 쌓아 놓고 먹던 달튼이 엄지를 치켜세웠다.

"이거, 맛 우수하다. 올려야 한다, 미슐랭 가이드에."

달튼의 엉덩이 옆에서 그를 졸졸 쫓아다니던 포유류 한 마리가 이때다 싶어 자신의 존재감을 알렸다.

월! 월월!

달튼은 이미 깨끗하게 비운 햇반 용기에 찌개를 퍼 소치 앞에 내려놓았다. 녀석은 꼬리를 맹렬히 흔들며 그릇을 싹싹 비워 나갔다.

"엄청 잘 먹네, 우리 소치."

소치를 쓰다듬는 승미의 손길을 물끄러미 바라보던 락구가 툴툴댔다.

"원래 저 녀석은 사료 빼고 다 환장하잖아. 네가 버릇을 잘못 들여 놨다고."

"내가 소치 덕분에 살아난 거 벌써 까먹은 거야? 투덜대지 마, 도깨비."

승미는 소치가 먹기엔 너무 염분이 높지 않을까 걱정했지만 곧 생각을 고쳐먹었다. 모두가 입 밖으로 꺼내진 않았지만 다들 알고 있었다. 이것이 평범한 식사가 아니라 '만찬'임을. 그리고 보통 '만찬'이란 단어는 그것이 마지막이 될지도 모른다는 의미가 숨어 있기 마련임을.

그때, 두 명의 남녀가 현택에게 붙들려 옥상으로 끌려왔다. 바로 생존자 무리에 잘 끼지 못하고 겉돌고 있던 오로라와 하재일이었다.

"자, 너희들도 먹어 둬."

현택은 부러 그 둘을 위한 자리를 마련해 주며 말했다.

"난 원래 먹는 양이 적다니깐요."

로라는 퉁명스럽게 대꾸했지만 재일은 사정이 달랐다. 그는 사실 건물 전체에 풍기는 잡탕찌개의 얼큰한 냄새에 계속 발을 동동 구르고 있던 참이었기 때문이다. 하지만 태연스럽게 다른 선수들 사이에 파고들 염치가 없었을 뿐.

락구가 로라와 재일에게 햇반을 내밀었다.

"현택이 형 말이 맞아요. 그리고 스팸은 서두르지 않으면 금방 없어질걸요."

넘겨주는 햇반의 밥알 속에는 그런 의도가 담겨 있었다.

'과거야 어쨌든 지금 우리는 한배에 탔어요.'

재일은 말없이 숟가락을 놀려 밥알을 떠 입 안으로 가져갔다. 그 속도는 소치와 좋은 승부가 될 정도로 빨랐다. 하지만 삶의 절반 이상을 체중 조절 노이로제에 시달려 온 로라는 몇 번 깨작거릴 뿐이었다. 그녀는 락구와 두제가 마치 경쟁하듯 햇반을 여섯 개째 비워 내는 걸 보며 눈살을 찌푸렸다.

"어떻게 다들 이런 상황에서 태평하게 엄청난 양을 먹을 수 있죠?"

두제가 로라 쪽은 보지 않으면서 설명해 주었다.

"먹는 기술은 유도 국가대표가 되면 제일 처음 배우는 것 중에 하나지. 생존을 위해 영양분을 섭취하는 거, 자신의 몸을 비싸고 섬세한 기계처럼 다루는 거에 빨리 익숙해져야 하거든."

●   ●   •

"이게 뭐예요?"

록희는 안 소좌가 자신의 품에 한 움큼 안겨 주는 초코바를 보며 물었다.

"오륜관을 돌아다닐 때 발견해서 챙겨 놓은 겁니다. 드세요. 당분이 필요할 겁니다."

그러면서 모범을 보이듯 안 소좌는 초코바의 황금색 봉지를 뜯어 씹어 먹기 시작했다. 무심하고 기계적이며 전투적인 동작으로.

둘이 몸을 숨긴 곳은 관리동 삼층 예배당이었다. 록희가 락구와 함께 가라데카 좀비를 만난 곳. 그리고 쿤린과 오마르와 싸웠던 건물이기도 했다.

"입맛이 없는데. 이게 들어가요? 전 당장이라도 언니를 그렇게 만든 새끼들 쳐 죽이러 가고 싶다고요."

"동감입니다. 그렇기 때문에 더더욱 열량을 비축해 두셔야죠."

안 소좌의 말이 옳았다.

록희는 잠시 망설이다가 안 소좌를 따라 초코바를 깨물었다. 달달하고 쫀득한 초콜릿 안의 아몬드를 씹을 때마다 처참하게 죽은 언니 수희의 마지막 모습이 떠올랐다.

"아줌마. 뭐 하나 물어봐도 돼요?"

"뭡니까."

"이렇게 될 줄 알고 있었어요? 유치장에 갇힌 우릴 빼내서 선수촌에 같이 숨어들자고 했을 때부터."

록희의 눈동자 안에는 강렬한 분노가 활화산처럼 열기를 내

뽑고 있었다. 안 소좌는 세 번째 초코바를 깨물려다가 관두고 권투소녀의 눈을 제대로 직시했다.

"글쎄요. 저는 점쟁이가 아닙니다."

"그럼 간첩이라고 불러야 되나. 낮에 마주쳤을 때 나랑 유도 아재 보고 '복수의 총알'이나 뭐니 한 사람의 말이라 설득력이 없는데요?"

"이제 와서 제가 록희 선수한테 뭔가를 숨긴다 한들 무슨 이득이 있겠습니까. 그리고 전 간첩도 아닙니다. 남조선에는 올 기회가 별로 없었습니다."

"정말 솔직하게 모든 걸 털어놓을 수 있어요? 애초에 한국 군인인 척 우릴 속였잖아요. 남편을 찾으러 태릉에 왔다는 것도 거짓말이었고."

남편이란 말에 안 소좌의 동공이 미세하게 흔들렸다. 그녀는 예배당 의자에 몸을 기댄 채 십자가에 매달린 예수 상을 처량하다는 듯 바라봤다.

"그래요. 두 분을 유치장에서 꺼내 주었을 시점에 제 남편은 이미 저 용병들의 손에 죽임을 당한 지 한참 뒤였습니다."

록희는 잠자코 안 소좌의 입에서 나오는 말에 귀를 기울였다.

"쏙독새란 이름은 원래 그의 것이 아니었습니다. 블랙마켓에서 제가 쓰던 코드네임이었죠."

안금숙은 북조선인민공화국 소속임을 숨기고 세계 첩보계에서 암약하며, 자국의 병력 증강에 도움이 될 수 있는 모든 정보를 수집하는 스페셜리스트였다. 그러나 남편을 만나게 되면서 그녀의 왕성하던 활동력은 점차 떨어지게 되었고, 상부는 쏙독새의 역할은 그대로 유지하면서 일해 줄 대타로 남편을 지명했다.

"부부가 둘 다 킬러였단 말이잖아요. 무시무시하네."

"일선에서 물러선 저는 공화국의 재원들을 훈련시키는 일을 했죠. 엄선된 최고 무력부대의 인민전사들을 혹독하게 담금질하는 일. 그중 최고와 결혼했습니다."

"역시 북한은 살벌하네요. 결혼도 그놈의 인민전사를 만들려고 하는 건가 보죠."

잠시 침묵하던 안 소좌는 고개를 가로저었다.

"제가 앞뒤를 잘못 설명한 것 같군요. 함께 살고 싶은 남자가 생겼기에, 그가 죽지 않도록 최고의 전사로 만들어 낸 겁니다. 저의 손으로 직접."

우지직.

표정의 변화가 없었지만 안 소좌의 손에 들려 있던 초코바가 구겨지면서 퍽 하고 터져 나갔다.

"그런데 그런 남편을 저자들이 척살했습니다."

척살이란 단어에 록희가 움찔했다. 그 두 글자를 입에 담을 때 안 소좌의 목소리에 담긴 살기가 예배당의 온도를 영하로 낮추는 듯한 느낌이었다.

"제 고향은 함경남도 요덕군이란 곳입니다. 낭림산맥이라는 거대한 줄기 옆에 붙은 작은 마을이었지요. 낭림산맥은 그 이름에서 알 수 있듯이 야생 늑대의 오랜 서식지였습니다. 제가

어릴 적, 버섯을 캐던 할머니가 늑대 무리에게 물려 돌아가시
고 말았어요. 그러자 할아버지는 낫과 쟁기를 어깨에 걸치고 6
개월 동안 산맥을 헤매며 늑대들을 추적한 뒤 끝내 죽이고 돌
아오셨지요."

"아니, 들개도 아니고 야생 늑대가 돌아다닌단 말예요?"

"하지만 만약 할머니를 물어 죽인 게 늑대가 아니라 번개였
다면 어땠을까요. 홍수였다면 또 어땠을까요. 할아버진 하늘이
나 강에 보복을 할 순 없으니 설움을 가슴에 담아 두고 사실 수
밖에 없었겠지요. 그러나 번개를 내리는 것이 신의 일이 아니
고, 살아 있는 어떤 인간이 그 단추를 누른 것이었다면 할아버
지는 결국 그 단추를 누른 사람의 목을 잘라 오셨겠죠."

록희의 얼굴이 찌푸려졌다.

"아줌마. 무슨 이야기인지 솔직히 잘 모르겠는데요."

"록희 선수. 흔히 하는 오해와 달리 복수는 절대로 능동적인
행위가 아닙니다. 무척 수동적인 삶의 태도지요. 끓는 기름을
머리에 뒤집어쓰면 넝마가 된 거죽으로 살아가야 하듯, 복수도
그냥 안고 살아가는 겁니다."

안 소좌가 오른손에 들린 터진 초코바를 다시 입으로 가져
갔다.

"이렇게 될 줄 알았느냐고 물으셨나요. 아닙니다. 매일 아침
눈을 뜰 때마다 저는 소원합니다. 과거로 돌아가 공화국이 남
편에게 제 임무를 넘긴다고 했을 때 그것을 말릴 수 있게만 해
달라고."

록희는 누군가 자기 몸 속으로 손을 집어넣어 내장을 쥐어짜는 것 같은 고통을 느꼈다. 안 소좌의 말은 곧 자기 자신의 심정을 그대로 읊는 것 같았기 때문이다.

'나도 돌아갈 수만 있다면 언니를 절대 그 라커룸에 혼자 들여보내지 않았을 거야.'

오득오득 초코바를 씹어 삼킨 뒤 입술을 스윽 닦아 내자 안 소좌의 눈에 일렁이던 감정은 다시 차분하게 가라앉아 있었다.

"내 남편이 누군가에게 살해되었고, 때마침 난 땅 위에 발붙인 모든 자들의 목숨을 노릴 수 있는 능력이 되었기 때문에 여기까지 온 겁니다. 할아버지가 늑대들의 목을 베었듯이 저도 그 용병들을 다 죽이기 전까진 안식을 취할 수 없어요. 입맛이 없다고 했나요, 록희 선수? 제 입맛은……."

예배당에 가라앉아 있는 어둠 속에서 안 소좌가 마지막 말을 맺었다.

"남편이 죽은 날부터 단 한 번도 돌아온 적이 없습니다."

●● •

냄비는 깨끗하게 비워졌지만 누구도 모닥불 앞을 떠나지 않았다.

꼭 장작이 넘쳐 나기 때문은 아니었다. 일렁이는 불길이 주는 온기가, 그리고 맞은편에 앉아 있는 사람들의 표정에서 느껴지는 '아직 죽지 않았다는 안도감'을 박차고 떠나기가 어려웠기 때문이다. 원목 가구가 타닥타닥 소리를 내며 타 들어갔다.

입을 여는 사람은 많지 않았다.

드르렁. 드르렁.

그래서 승미의 종아리에 턱을 댄 채 꿇아떨어진 소치의 코고는 소리가 음악처럼 옥상에 울려 퍼지고 있었다. 그렇게 적막이 자박자박 주변에 깔렸을 때 달튼이 물끄러미 승미를 바라보다가 말했다.

"슾미. 얼굴 달라졌다."

"내가요? 어떻게 달라졌는데?"

달튼은 머리를 긁적였다. 어떤 단어를 골라야 하는지 퍼뜩 떠오르지 않는 모양이다.

"불안, 없어졌다. 아마, 저놈, 돌아왔기 때문."

승미의 시선이 달튼이 가리킨 곳으로 향했다. 거기엔 생존자들이 먹고 남은 햇반 용기를 탑처럼 정리하고 있는 유도 국가대표 도락구가 있었다.

"그래요? 도깨비가 옆에 있으면 내 얼굴이 바뀌는 건가."

아마도 달튼의 말이 옳을 것이다. 귀화선수답게 한국말을 배우는 데 열심이기도 했지만, 그 전에 한국 사람의 표정을 읽는데에도 도가 튼 남자였으니까.

"달튼은 종교가 있어요?"

"나, 카톨릭."

"오, 신앙인이구나. 난 종교 없어요. 교회든, 절이든, 성당이든, 한 번도 가 본 적 없어. 일요일도 쉬는 날이 아니었어요. 활을 들어야 했으니까."

락구는 승미가 자신의 얼굴을 빤히 쳐다보는 줄도 모르고 종이컵에 생수 물을 따라 사람들에게 나눠 주는 데 정신이 팔려 있었다.

여전해, 저놈의 오지랖은.

언제였을까. 언젠가 리본에 묶인 삶은 달걀을 잔뜩 구해 온 락구에게 승미가 이렇게 물은 적이 있다.

— 뭐야, 이건. 양계장이라도 차린 거야?

— 아니. 오늘이 부활절이라고 예배당에서 나눠 준 거야. 번개처럼 달려가서 줄을 선 덕분에 이만큼이나 챙겼지. 후후후.

— 못됐어. 평소엔 교회도 안 나가면서.

— 쩝쩝. 뭐, 어때. 부활절 달걀이야말로 나 같은 사람을 위해 나눠 주는 거 같은데.

— 흐음. 그러고 보니 넌 왜 교회 안 나가? 유도 선수들 중에서 은근 독실한 신앙을 가진 사람 많은데. 메달 따면 매트 위에서 기도 드리고 그러면 멋있던데.

그때, 승미는 몰랐지만 락구는 자신의 손에서 빠져나가 목숨을 잃어야 했던 여동생의 얼굴을 떠올리고 있었다.

— 그냥. 저 위에 계신 분이 내 얘기를 잘 안 들어주실 것 같아서. 그러는 넌?

— 관심 없어. 선수들 엄마랑 아빠가 백일기도, 천일기도 다니는 것도 이해 안 돼. 점수를 올리려면 내가 활을 한 번이라도 더 들어야지, 신에게 빈다고 되니.

— 그래도 마음은 편해질 거 같은데. 엘리트 스포츠는 결국 멘탈게임이잖아. 특히나 니네 양궁은 더 그럴 거 같고. 마음의 평화를 얻을 수 있다면 기도 드리는 게 뭐 어려운 건 아니……음, 사이다! 사이다 없나?

— 내 마음의 평화는 내가 다스려. 자, 물은 있어. 여기.

— 꿀꺽꿀꺽. 참 현승미다운 얘기구만. 불안함 따위 없다는 거냐.

— 왜 없겠어. 하지만 불안함도, 막막함도, 나약함도 다 내 거야. 아무한테도 안 넘겨줘.

— 그거 좀 멋지면서도 무서운데.

— 너도 명심해, 도깨비.

— 뭘?

— 난 내 거라고 생각한 거면 절대, 누구한테도 빼앗기지 않는다는 거.

— ……알았어, 마지막 달걀은 너 줄게. 그냥 달라고 하지.

— 어휴, 멍충이. 달걀 얘기가 아니잖아. 하여간 눈치는 빵점이야.

과거 회상에 잠겨 있던 승미가 다시 현실로 돌아왔다. 자신도 모르는 사이 그녀의 입가에는 반달 같은 미소가 걸려 있었다. 그 변화를 잠자코 지켜보던 달튼은 납득했다는 듯이 고개를 끄덕였다.

"알겠다, 순미."

"응? 알겠다니, 뭘요?"

"인간. 종교, 없어도. 신앙, 가질 수 있다."

승미가 고개를 갸웃했다.

"그게 무슨 소리예요? 캐나다 속담 같은 건가."

이번엔 달튼이 대답을 하지 않고 씨익 웃었다. 그의 시선이 락구의 얼굴을 슬쩍 스쳐 지나갔다. 승미의 얼굴에서 불안이 없어진 이유가 거기에 앉아 있었다.

'현승미. 너의 신앙이 무엇인지, 아니 누구인지 알겠다는 뜻이지.'

모닥불이 잦아들다가 곧 완전히 꺼져 버렸고 미약한 불씨만이 위태롭게 남아 있었다. 불씨가 전해 주는 마지막 온기를 느끼면서, 살아남은 생존자들은 저마다 비슷한 생각을 했다.

닥쳐올 우리의 운명이 이 불씨와는 같지 않길.

그렇게 종교는 없어도…… 신앙은 갖고 있는 자들의 최후의 만찬이 끝이 났다.

71화
당근인 건가

- 갑엽 5일째. 오전. 05:33.

선수촌이 맞이하는 마지막이 될 태양이 떠올랐다.

어두운 보라색 장막에 뒤덮여 있던 하늘이 서쪽 언덕에서부터 밝아져 온다. 모닥불은 완전히 꺼졌고, 검은 부스러기들이 저마다 허공에 흩어지며 슬픈 웅변을 했다.

불타고 남은 재. 멍하니 그것을 바라보던 락구는 불길한 생각이 떠오르는 걸 멈출 수가 없었다.

'태릉을 불태우고 나면 이 일대는 모두 저렇게 되겠지.'

8년.

그동안 한 해의 절반 이상을 이곳에서 땀을 흘리며 보내 왔다. 락구는 눈에 익은 건물들을 새삼 훑어봤다. 잊어버리지 않도록 눈에 담아 두려 한다.

삐리릿. 삐리릿.

현택과 유나의 손목시계에서 동시에 알람이 터져 나왔다. 그 둘은 황급히 알람을 껐으나, 데칼코마니 같은 그 모습을 지켜보던 이들의 얼굴에는 웃음이 번져 갔다.

멋쩍은 표정의 현택이 낡은 전자시계를 툭툭 쳤다. 시간은 5시 40분을 가리키고 있었다.

"뭐, 평소엔 지금 일어나서 새벽운동을 준비하니까."

그것이 신호가 됐다. 다른 선수들도 모두 자리를 박차고 일어났다. 황 상병이나 재일, 정 피디 등 외부인들의 눈에는 괴이하게 보였지만 선수들의 눈에는 활력과 생기가 돌고 있었다.

태릉의 생체시계에 맞춰진 그들은 모두 새벽형 인간들인 것이다.

멀리뛰기 상비군 소녀 다인이 말했다.

"저는 작년에 처음 왔는데요, 그래도 여기가 통째로 없어진다고 하니 아쉬워요."

연두가 다인의 어깨를 툭툭 두드리며 대꾸했다.

"다인아, 풍수지리 믿어?"

"네? 그게 뭔데요?"

"여기가 왕릉 옆에 있잖아. 아마 다시는 이런 곳에 선수촌을 짓는 일은 없겠지."

"그런 게 풍수지리예요?"

"터가 너무 좋으면 밤새 폭우가 내려도 아침이 되면 뚝 그치는 기가 막힌 일이 너무 자주 일어나."

그러자 현택과 유나, 데이브 달튼이 동감한다는 듯 격하게 고개를 끄덕였다.

"딱 훈련 시작 시간만 되면 비가 그치는 게 너무 얄미워서 투덜댔더니 우리 코치님이 그러셨지. 이게 다 왕족 조상님들의 보살핌이라고."

소소한 웃음들이 꺼진 모닥불 주변으로 번져 갔다. 달튼은 연두의 이야기를 다 이해하진 못했지만 우렁차게 고했다.

"그 조상님. 오늘도 지켜 주기를. 우리."

바이오리듬에 활력이 불어넣어진 이들은 생존자들뿐만은 아니었다. 드넓은 선수촌의 산책로로 뚜벅뚜벅 걸어 나오는 감염자들의 수가 기하급수적으로 많아진 것이다.

생존자 무리에서 조금 떨어져 냉정하게 그 모습을 주시하는 사내가 있었다. 바이애슬론 국가대표인 권일중은 자신의 상의로 저격소총에 묻은 밤이슬을 닦으며 감염자들이 몰려나오는 걸 지켜보고 있었다.

락구가 그에게 다가가 물었다.

"그 총이 제대로 된 주인을 찾았네요."

"어쩌다가 제가 맡게 된 거죠. 다행히 총알은 충분하네요."

옥상에서 죽음을 맞이한 시체들을 치우면서 그들이 여분으로 갖고 있던 탄약을 모두 회수할 수 있었다. 두제의 솜씨 덕분에 사지가 멀쩡한 시체들은 별로 없었다. 그들의 품을 뒤지는 일은 끔찍했지만 한 발이 아쉬운 상황이라 도리가 없었다.

"일중 선수가 있어서 다행이에요."

안도의 말을 건네는 락구에게 일중은 어두운 표정으로 고개를 내저었다.

"저도 사실 저 하재일이란 분과 다를 바 없습니다. 챔피언 하우스에 숨어든 내내 겁이 나서 숨어 있었지요. 용기 있게 나서는 사람이 가장 먼저 좀비한테 물리는 걸 며칠 동안 질리도록 봐 왔거든요."

개선관 바깥으로 절대 나가지 않겠다고 버티던 펜싱팀의 두 남자들을 떠올린 락구는 그의 말을 이해할 수 있었다.

"그런데 어린 소녀가 그 앙상한 몸에 밧줄을 묶고 옥상 난간에서 뛰어내리는 모습이 절 부끄럽게 만들었습니다. 조금 더 빨리 나서지 않은 게 후회될 뿐이에요."

총은 활과 다르다. 일격에 감염자의 머리를 부술 수 있는 화력을 갖춘 대신 요란한 총성으로 주변의 모든 감염자들을 불러 모으게 될 것이다. 탄창이 충분하다고 한들 재장전 시간 동안 엄호해 줄 동료 저격수도 없다.

위험하고 고독한 싸움이 될 것이다. 일중과 락구 모두 그 사실을 잘 알고 있었다.

이때, 두 남자 쪽으로 승미가 다가왔다.

"연두와 제가 있잖아요. 이번엔 화살 떨어지지 않도록 잔뜩 준비해 놨으니까 걱정 말아요."

승미의 말대로 그녀가 등에 맨 백팩은 등이 불룩 나와 있었다. 몇 시간 동안 연두와 함께 촉을 깎아 낸 화살이 잔뜩 들어 있는 것이다.

"잘 부탁해요. 멀리서 좀비를 상대할 수 있는 건 우리 셋뿐이니까."

모두가 땅 위에 시선을 빼앗기고 있었을 때, 그것을 가장 먼저 발견한 것은 오로라였다. 로라는 가녀린 팔목을 들어 하늘 위를 가리켰다.

"저게 뭐예요?"

별무리가 먼동의 빗질에 쓸려 나간 자리.

오색 빛깔의 동그라미들이 그들의 머리 위를 흘러 다니고 있었다. 승미와 일중을 비롯한 몇몇 시력이 좋은 선수들이 그것의 정체를 알아보는 데에는 오랜 시간이 걸리지 않았다.

"풍선 같은데요."

바람에 따라 상공에서 춤을 추고 있는 것은 수십 개의 풍선들이었다. 하나같이 바람을 빵빵하게 넣은 듯 보인다. 안에는 뭔가가 채워진 것처럼 바닥쪽 색깔이 어두웠다.

일중이 자신의 소총을 툭툭 두드렸다.

"제가 한 번 쏴 볼까요?"

승미가 그를 제지하며 자신의 컴파운드 보우를 꺼내 들었다.

"큰 소리 낼 필요는 없을 것 같아요. 저한테 맡겨요."

퀴버에서 화살 하나를 꺼내 들고 장전하자 옥상의 모두가 승미를 주목했다.

펑. 펑.

수직에 가까운 포물선을 그리며 날아간 승미의 화살이 두 개의 풍선을 꿰뚫고 저 멀리 날아갔다. 그러자 하늘에서 노란 포스트잇이 파사사삿 쏟아져 내리기 시작했다. 은행잎 크기의 포스트잇이 화사하게 떨어져 내리는 걸 손 빠른 선수들이 홀린 듯이 낚아챘다.

거기에는 누군가가 손글씨로 꾹꾹 눌러 담은 문구들이 새겨져 있었다.

'꼭 무사 귀환하세요.'

'우리는 기다립니다.'

'절대 포기하지 말아요.'

락구의 손바닥에도 한 장의 포스트잇이 이끌리듯 들어왔다.

'금메달은 필요 없다. 살아서만 돌아와 다오.'

누가 이것을 쓴 걸까.

무척이나 멀리 떨어진 상황에서도 가족이 돌아오길 바라는 마음을 담아 풍선을 띄워 날려 보낸 것일 테지. 간절한 마음들이 담긴 노란 쪽지들이 생존자들의 머리와 어깨, 콧잔등을 툭툭 스치며 내려앉았다.

누구도 쉽게 입을 열지 못했다.

다만 몇 장의 쪽지들이 저마다의 사연을 안고 누군가의 주머니 속으로 구깃구깃 접히며 들어가는 소리만이 옥상을 가득 메울 뿐이었다.

● ● •

안 소좌와 록희가 있는 예배당에도 조금씩 어둠이 물러가기 시작했다.

"해가 떴어요, 아줌마."

그 말에 담긴 의미는 이러했다.

'이제 그 녀석들과 결판을 지으러 가야죠.'

록희의 부름에 예배당 의자에 앉아 명상을 하고 있던 안 소좌는 천천히 눈을 뜨고 자리에서 일어났다. 그리고 자신의 배낭 옆에 뭉쳐져 있던 검은 꾸러미를 집어 록희에게 건넸다.

"뭐예요, 이게?"

"그 용병들이 입는 강화복입니다. 제가 입고 있는 것과 같은 거죠."

그것은 죽은 쿤린이 입고 있던 슈트였다. 그와의 사투에서 승리한 안 소좌가 만일을 위해 챙겨 놓은 것이었다.

"저보고 이걸 입으라고요?"

"큰 도움이 될 겁니다. 기본적으로 방탄 재질에다, 어설픈 날붙이로는 베어 내지도 못해요."

그럼에도 불구하고 록희의 얼굴은 거부감이 역력히 드러나 있었다. 쿤린의 슈트에는 피 냄새가 진득이 배어 있었기 때문이다. 안 소좌는 이해한다는 듯 차분하게 설명을 시작했다.

"남은 리퍼는 이제 셋입니다. 총기를 다루는 주세페란 남자는 제쳐 두고서라도 우두머리인 알바레즈와 거구의 드미트리와는 결국 근접 육탄전을 벌여야 할 거예요."

"그 알바레즈란 새끼가 우리 언니 머리를 자른 거죠?"

안 소좌는 고개를 끄덕였다.

"슈트를 입지 않은 맨몸이라 하더라도 그들은 위협적인 인간 병기입니다. 사람을 무력화시키는 데 평생을 바쳐 온 사내들이죠. 지금의 록희 양 복장으로 그들에게 덤비는 건 자살행위일 뿐입니다."

입든 입지 않든 자유라는 식으로 쿤린의 슈트를 넘기는 안 소좌였다.

결국 록희는 입술을 질끈 깨물고 후드의 지퍼를 내리고 벗어 던졌다. 죽은 자의 옷을 훔쳐 입는다는 것은 영 껄끄러웠지만, 안 소좌의 말에는 충분한 설득력이 있었다.

록희가 슈트에 팔다리를 모두 집어넣고 허리의 버클을 채우자 안 소좌는 흡족하다는 듯 고개를 끄덕였다.

"다행히 남는 부분은 없군요. 그자가 록희 양과 체구가 비슷했던 모양입니다."

록희가 주먹을 불끈 쥐자 손등 부근에서 피슉 하며 송곳이 튀어나왔다. 그 송곳에 머리카락을 잘려 본 경험이 있는지라 누구보다 그 날카로움을 잘 아는 록희였다.

'그래. 어쩌면 이건 도움이 될지도 몰라.'

안 소좌는 자신의 수족과도 같은 두 자루의 날붙이를 양손에 들고 예배당 문 쪽으로 걸어 나가며 말했다.

"자. 그럼 악연을 정리하러 가 볼까요."

길고 길었던 그녀의 사냥도 막바지에 이르고 있었다.

"다들 강당으로 모이세요. 제가 실행 전에 한 번 더 설명을 해 드릴게요."

쭈뼛대며 이 말을 남기고 재일이 옥상 계단 아래로 사라지자 선수들이 모두 그 뒤를 따랐다.

마지막으로 남은 것은 락구와 승미, 단둘뿐이었다.

승미는 달튼이 부숴 버린 옥상 난간 바깥으로 상체를 내밀어 아래를 내다보고 있었다. 그 모습은 락구를 꽤나 초조하게 만들었다.

"현승미. 좀 뒤로 물러나. 보는 내가 다 아찔하다고."

승미는 잠깐 바깥으로 발을 헛디디는 척하며 녀석을 약 올려 볼까 하는 생각이 들었지만 곧 그만두기로 했다. 선수촌에 감염이 확산되던 그날의 기억이 떠올랐기 때문이다.

"도깨비. 왜 그랬어?"

"응? 뭐가."

"왜 고소공포증 있는 거 나한테 말 안 했어?"

날카롭게 캐묻는 승미의 기습을 허용한 락구의 말문이 막혔다. 그 사실만은 누구에게도 말하지 않은 것이었다. 심지어 룸메이트인 장용에게조차도 애써 숨겨 온 상처였다.

"약한 모습은 보여 주고 싶지 않았으니까."

의외로 락구가 웃음기를 쏙 뺀 얼굴로 진지하게 대답하니 움찔한 것은 승미였다.

"피. 웃겨. 우리 사이에 서운한데, 도락구 씨. 나한테 감춰서 좋을 게 뭐 있다고."

락구가 앞으로 한 걸음 내디뎠다. 그것은 그로서는 무척 대단한 용기를 낸 것이었다.

"그러는 넌? 나한테 하고 싶었지만 못 한 말 없었니? 다시 못 만나게 될 수도 있었잖아. 미리 해 둘걸 하고 후회했던 말 같은 거."

잠시 둘의 시선이 공중에서 맞닿았다. 그리고 이번엔 승미가 두 걸음 앞으로 내딛었다.

"응. 있었어."

"그게 뭔데?"

"말 안 해 줄 건데. 이렇게 다시 만났으니까."

"엑! 치사하잖아, 현승미 씨. 그러다가 탈출 작전이 잘못돼서 앞으로······."

"영영 못 하게 되면 어쩌냐고?"

"어, 어."

"그러니까 듣고 싶으면 절대 죽지 마. 여기서 나가면 뭐든지 다 대답해 줄 테니까."

둘 사이가 더욱 가까워졌다.

승미가 락구의 뒤로 돌아가 그의 어깨에 손을 올려놓으며 말했다.

"나랑 하나만 약속해, 도깨비."

"약속?"

"난 여기서 빠져나가서 올림픽에 나갈 거야. 그리고 무조건 금메달을 딸 거고. 이 처참한 곳에 갇혀 있었던 충격으로 메달을 못 땄다는 꼬리표가, 평생 따라다니게 놔둘 순 없어."

선수촌에 들어온 것도 8년. 승미와 함께 지내 온 시간도 8년이었다. 락구는 그녀의 말이 불순물 하나 없는 진심이라는 것을 알 수 있었다.

"그러고 나면 난 그 자리에서 은퇴할 거야. 선수로서 이룰 건 다 이루게 되는 셈인 거지. 그러니까 도쿄 올림픽이 내 은퇴전이야."

은퇴라니. 몇 번 암시는 준 적 있었지만 승미가 이 단어를 직접 입에 올린 것은 처음이었다.

"승미야."

"그때 나를 보러 와. 내가 마지막 과녁에 텐을 꽂을 때 관중석에 있어 줘."

승미가 경기할 때 락구는 언제나 관중석 한편을 지키고 서 있었다. 그 반대도 마찬가지였고. 그것은 둘 사이의 무언의 약속 같은 것이었다.

"아, 빈손으론 안 돼. 목에 금메달 걸고 와."

"아니, 왜 그래야 돼? 금메달이 쉬운 줄 알아?"

락구는 자신의 등을 쿡 찌르는 손가락의 감촉을 느꼈다. 화살로 찌르지 않는 걸 다행으로 여겨야 하나.

"은퇴하면 난 드디어 민간인이야. 그럼 참아 왔던 연애도 찐하게 할 건데, 이 나이에 군인 남친 뒀다고 고무신 신고 싶지 않으니까."

"나, 남친? 고무신?"

이게 다 무슨 소리야. 내가 제대로 들은 게 맞는 걸까.

락구가 뒤를 돌아 승미와 똑바로 마주 섰다.

막 떠오른 햇빛 때문일까. 그녀의 얼굴이 살짝 붉어진 느낌이다. 곧 목숨을 걸어야 하는 절박한 상황 때문일까. 이제까지였더라면 절대 내지 못했을 이상한 용기가 락구의 단전에서부터 치솟아 올라왔다.

사나이, 도락구. 밀당에서 박력을 발휘할 때라면 지금이다!

승미의 양손을 턱 잡더니 자기 쪽으로 이끄는 락구.

"뭐, 뭐 하는 거야?"

미는 건 몰라도 당기는 거라면 평생을 훈련해 왔다고.

"어차피 금메달 따고 그 찐한 뭐시기를 할 거라면 미리 해 두는 방법도 있어. 어때, 현승미."

락구의 입술이 우물쭈물 움직였다. 승미는 머리가 지끈거린다는 듯 눈을 감고는 손을 뻗어 락구의 입술을 밀어냈다.

"난 또. 무슨 소릴 하나 했더니."

"아니, 왜? 안 될 건 또 뭐야."

"헛소리하지 마. 여기서 살아 나갈 이유가 하나라도 줄어들면 안 되잖아, 바보."

"음. 역시 그렇게 흘러가고 마는 건가."

락구가 승미의 손을 놓으며 시선을 딴 데 돌리며 툴툴대고 있을 때, 그 일이 일어났다.

쪽.

락구의 볼에 뭔가 부드러운 것이 흔적을 남기고 떠났다.

"어어? 어어어? 어어어어어어!"

승미는 홱 하니 돌아서서 옥상 문의 턱을 넘어서며 말했다.

"하지만 이 정도는 뭐, 괜찮겠지."

"너어, 현승미. 어어어어? 으아으어?"

"어때, 도락구? 당해 보니 내 뽀뽀가 당근 같아, 채찍 같아?"

유도 매트 위에서 상대에게 영문도 모르는 기술을 당해 한판으로 메쳐진 기분이었다. 그리고 락구가 보통 그렇게 매트 위에 던져질 때면 늘 하는 생각이 있다.

한참을 멍하니 있던 락구가 입을 열었다.

"한 번 더 당해 보면 알 수 있을 것 같은데."

"어휴, 멍청이."

승미는 피식 웃고는 계단 아래로 모습을 감췄고, 볼을 감싸 쥔 락구는 헐레벌떡 그 뒤를 쫓아갔다.

자신을 뛰게 만드는 게 당근인지, 채찍인지는 끝내 알지 못한 채.

72화
개미굴 작전

생존자들은 그것을 '개미굴 작전'이라 부르기로 했다.

가장 먼저 손을 들어 '좀비 점령지의 일거 소탕에 따른 필사의 탈출 작전'이란 명칭을 제시한 현택의 의견은 쓸데없이 길고 지나치게 비장하단 이유로 일언지하에 묵살됐다.

"개미굴 작전 어때요?"

천진하게 손을 들어 의견을 꺼낸 것은 다인이었다. 그 누구도 반대하는 이는 없었다.

"딱 좋네. 우리가 하려는 짓이 개미굴에 물을 부어 모두 빠져나오게 만들려는 거니까."

승미는 다인의 아이디어가 마음에 들었다. 무엇보다 상대가 인간을 산 채로 뜯어 먹는 '좀비'가 아니라 우르르 몰려다니기만 할 뿐인 '개미'라고 생각하면 모두에게 드리운 공포와 불길함을 많이 덜어 낼 수 있을 거라 믿었던 바도 있었다. 실제로 챔피언 하우스 이층 창문에서 보이는 바깥 풍경은 개미굴의 여러 구멍에서 개미들이 끝도 없이 쏟아져 나오는 것과 흡사했다.

'뭐, 그냥 개미들이 아니라 몽땅 병정불개미들이란 점이 다르지만.'

계획의 초안이 시작된 것은 재일의 태블릿 속에서였으나, 이후 챔피언 하우스의 모든 생존자들이 달라붙어 아이디어를 추가했다.

선수촌 곳곳으로 흩어진 후 동시다발적으로 모든 선수들이 자신의 역할을 수행해야 하는 작전. 여기에 필요한 기술적 허점을 보완하고 디테일을 불어넣은 것은 정욱의 역할이 컸다. 그리고 '조'를 나누고 간결하게 동선을 압축한 것은 핸드볼팀의 주장이자 최고령 생존자인 현택의 공이었다.

현택은 지금 황 상병이 넘겨준 수류탄을 손에 쥐고 있었다. 그 수류탄이 창문 밖으로 던져지게 되면 더 이상 물러설 곳은 없게 된다.

"락구야."

하지만 현택은 이 모든 탈출 작전의 시작이자 끝인 남자에게 바통을 넘기기로 했다.

"마지막으로 모두에게 할 말 없니."

"제가요?"

갑작스럽게 지목당한 락구는 복도에 모여 있는 생존자들을 둘러봤다.

모두들 스타디움에 나서기 직전 입장 통로에 모여 필승을 다짐하는 선수들의 얼굴을 하고 있었다. 하나같이 엄숙한 얼굴로 락구의 입을 주목하고 있었다. 그들의 전의를 북돋는 것이 무척 중요한 일임을 알고 있기에 락구는 자신의 말주변 없음이 새삼 원망스러워졌다.

"어, 밖에 나가면……."

결사 항전, 임전무퇴, 배수의 진 등 온갖 비장한 단어들이 머릿속을 스쳐 갔지만 결국 락구가 꺼낸 말은 이거였다.

"다 같이 회식 한번 해요. 복분자에 삼겹살로."

얼어붙은 눈송이를 뚫고 토독토독 피어나는 동백꽃처럼 생존자들의 입가에 피식하는 웃음이 터져 나왔다.

다인이 씩씩하게 그 말을 받았다.

"콜! 그럼 단톡방은 제가 팔게요. 막내니까."

연두가 어이없다는 듯 다인에게 농을 던졌다.

"너, 중학생 주제에 술자리가 기대된다는 눈빛이다. 건방지게."

"씨, 잡아가라 그래요. 좀비들 때려잡고 탈출한 사람들이 알콜 몇 방울 마시는 게 뭐 어때서."

그러자 느닷없이 소치가 앙큼한 목소리로 짖었다.

컹!

그 말을 해석해 주는 건 데이브 달튼이었다.

"소치가 다인, 너. 콜라나 마시라고 한다."

모두가 한바탕 웃음을 터트리는 가운데 두제는 쓴웃음을 지었다.

"난 단톡 같은 거 잘 모르는데. 그럼 삼겹살 회식에 초대 못 받는 건가?"

잠자코 있던 유나가 어깨를 으쓱했다.

"나도 그래요. 이번 기회에 스마트폰 하나 장만하세요. 협찬 받으시든가."

모두가 너무 당연하게도 탈출 이후의 상황을 구체적으로 그려 대고 있었다. 락구는 자신이 내뱉은 한마디에 다들 지나치게 긴장을 풀고 있는 건 아닌가 걱정했지만…….

"아니야. 잘했어. 딱 도깨비 너답고."

승미는 그런 락구의 옆구리를 툭 찌르며 격려했다. 물론 모두가 실실 웃고 있기만 한 건 아니었다.

"난 삼겹살 같은 거 안 먹어."

팔짱을 낀 채 오로라는 한마디로 찬물을 끼얹었다. 급속도로 냉각되는 분위기에 락구가 어버버 댔으나 로라는 곧바로 입을 열어 말을 덧붙였다.

"한우 특등심이라면 모를까. 괜찮다면 내가 살 테니 메뉴는 좀 바꾸는 게 어때요?"

눈치 빠른 현택이 로라를 향해 엄지를 치켜세웠다.

"역시 CF계의 국민요정. 통이 크시구만."

순간 락구는 가슴 한편이 아려 오는 것을 느꼈다. 복도 양쪽을 가득 메운 인파에 꼭 있어야 할 사람 한 명이 없다는 점을 떠올린 것이다.

'권투소녀. 너도 여기에 있었다면 어땠을까.'

하지만 오래 생각하고 있을 수만은 없었다. 현택이 창문을 드르륵 열고 수류탄의 핀에 손을 가져간 다음 락구의 신호를 기다리고 있었기 때문이다.

작전타임은 끝났다. 이제는 필드로 나가야 한다.

락구는 주먹을 불끈 쥐며 선언했다.

"자. 그럼 합시다."

핸드볼 국가대표의 풀 스매싱이 창틀을 넘어 뿌려졌다.

팽그르르 돌며 주차장으로 날아간 수류탄은 투척자가 정확히 노린 곳에 떨어졌다. 바로 승용차 네 대가 서로 마주 보고 있는 주차구역의 한가운데였다. 모두가 초조하게 지켜보는 가운데 6초 정도가 흐르자……

꽈아아아아앙!

소리와 함께 수류탄이 폭발했다. 아스팔트가 움푹 파이며 파편을 사방으로 날려 보냈다. 보닛을 맞대고 있던 승용차들의 창문이 일제히 터져 나갔다. 앞바퀴가 붕 떠오르며 요란한 경보음을 울려 댔다.

삐융-삐융-삐융-삐융!

주변의 감염자들이 모두 그 소리에 자극을 받는 것이 보였다. 하지만 현택이 진짜로 노렸던 효과는 전혀 일어나질 않았다.

"이런. 왜 불타질 않지?"

감염자들의 시선을 한곳으로 유인하려면 소리만으로는 부족하다. 고열의 불덩이가 힘을 보태 줘야 한다. 상황을 지켜보던 황 상병이 머리를 긁적였다.

"소이수류탄이 아니라서 그런가 봅니다. 어쩌죠? 옥상을 뒤져서 찾아낸 것 중에 저게 마지막이었는데."

그러자 현택과 황 상병에게 비키란 손짓을 하며 승미가 자신의 컴파운드 보우를 들었다. 그리고 퀴버에서 화살 하나를 꺼내 찢어진 천을 촉에 감았다.

"누구 라이터 있는 사람 없어요?"

약속이나 한 것처럼 모두 고개를 저었다. 올림픽 시즌의 국가대표 운동선수들이 모여 있는 곳엔 그 흔한 라이터조차 구하기가 쉽지 않은 것이다. 다행히 정욱이 락구의 귓가에 뭔가를 속삭였다.

"아, 그런 것도 돼요?"

락구가 자신의 성화봉과 연결된 장갑에서 중지만 안쪽으로 당기자 엄지손톱만 한 불이 토치라이터의 그것처럼 솟아올랐다. 승미는 침착하게 화살촉에 불을 붙인 다음 반파된 승용차들 중 하나를 목표로 삼았다. 하얀색 세단은 조금 전의 충격으로 주유구 뚜껑이 부서져 날아간 상태였고, 그 구멍에서 휘발유가 흘러나오고 있었다.

현택이 걱정스럽게 물었다.

"꽤나 먼데 맞힐 수 있겠어?"

대답 대신 승미는 시위를 놓았고, 잠시 후 자동차 네 대를 한 꺼번에 집어삼키는 거대한 불기둥이 일어났다.

쿠아아아아앙!

승미는 컴파운드 보우를 내리며 무덤덤하게 말했다.

"요 며칠 새 미친 듯이 뛰어다니는 과녁만 상대했더니, 멈춰 있는 건 이제 우습지도 않아요."

또 한 번의 폭발이 검붉은 숨결을 토해 내며 감염자들을 불러 모으고 있었다. 붉은 눈동자에 어른거리는 불길이 백을 넘어서는 감염자들을 마법처럼 집결시키는 순간이었다. 하지만 곧 불길은 가라앉을 것이다. 자동차 폭발은 단순한 미봉책. 진짜 목적을 위한 시간 끌기였다.

실로 오랜만에 챔피언 하우스 정문이 앞으로 활짝 열렸다. 각자 필요한 장비와 물품을 챙긴 생존자들이 한꺼번에 건물 바깥으로 쏟아져 나왔다. 잠금쇠가 풀려 활짝 열린 철문이 낯설기만 하다.

그러나 그 문을 닫을 필요는 없었다. 감염 사태 내내 안락한 보금자리가 되어 주었던 챔피언 하우스지만, 이제 다시는 돌아올 일이 없는 것이다.

"온다."

비록 대다수의 감염자들이 주차장 쪽으로 몰려가긴 했지만 여전히 무시할 수 없는 수의 감염자들이 생존자들을 발견하고 뜀박질을 시작했다.

"크르르르르!"

락구와 두제, 그리고 연두가 각자의 무기를 꺼내 들며 전방으로 나섰다. 금방 스위치가 켜진 두제가 쩌렁쩌렁 울리도록 소리쳤다.

"자, 이쪽은 신경 쓰지 말고 흩어져!"

그것이 신호였다. 생존자들이 미리 합을 맞춘 대로 세 무리로 나눠졌다.

먼저 '탈취조'라 이름 붙인 네 명이 언덕길 위로 달려갔다.

펜싱 여자 국가대표팀 주장 표유나.

대한체육회 소속 공익요원 김정욱.

수도방위사령부 전차 탄약수 황익준 상병.

올림픽 특집 다큐멘터리 제작 2팀 정 피디.

이 중 유일하게 선수라 할 수 있는 표유나가 나머지 셋을 이끌며 전장의 여신처럼 사브르를 높이 세워 들었다.

"활로는 내가 뚫을 테니 뒤처지지만 말아요."

그리고 두 번째인 '유인조'가 그들과 반대 방향인 선수촌 정문 방향을 향해 달려 나갈 준비를 했다.

여자 양궁 국가대표이자 에이스 현승미.

아이스하키 귀화선수 데이브 달튼.

멀리뛰기 국가대표 상비군 정다인.

락구는 승미의 손을 꽉 잡았다가 놓으며 말했다.

"절대 정면으로 맞서지 마. 다치지 말고 도망치는 것에 집중해."

승미는 그 말에 혀를 내밀었다.

"어디 감히 양궁 선수 앞에서 '집중'을 논하니. 너나 잘하셔."

승미의 양옆에는 달튼과 다인이 딱 붙어 서 있었다. 아니, 서 있다고 말하기엔 계속 앞뒤로 조금씩 흔들리고 있긴 했지만. 달튼과 다인은 네 개의 바퀴가 일렬로 달린 신발을 신고 있었다. 둘째 날에 희생된 스피드 스케이팅 선수들이 갖고 있던 '인라인 스케이트'였다.

"승미, 걱정 마라. 안 붙잡힌다, 나는."

인라인 스케이트를 신은 상태에서도 안정적으로 무릎을 굽힌 달튼이 말했다. 그는 가뿐한 듯 승미를 업었고, 그와 다인은 곧 산책로 반대편으로 사라졌다.

이제 챔피언 하우스 앞에 남은 자들은 총 일곱 명과 한 마리.

유도 국가대표 은메달리스트 도락구.

여자 양궁팀의 막내 장연두.

유도 대표팀의 전설이자 프로 파이터 강두제.

남자 핸드볼팀의 주장이자 최고령 생존자 주현택.

바이애슬론 남자 국가대표 권일중.

리듬체조의 국민요정 오로라.

선수촌 경비실의 마스코트인 퍼그 소치.

그리고 그런 소치를 품에 안은 오로라의 사생팬 하재일.

락구가 두제 쪽을 살펴보니 그는 연두와 힘을 합쳐 달려들고 있는 감염자들을 차근차근 척살해 나가고 있었다. 적일 때는 상대하기 버겁지만 이렇게 아군일 때는 든든하기 짝이 없다.

낑낑. 월?

반면, 전투력이 0에 수렴하는 재일은 버둥거리는 소치를 감당하기 힘든 듯 투덜댔다.

"좀비들이 동물들은 안 문다는데, 얘를 꼭 이렇게 들고 가야 돼요?"

락구는 단호하게 손가락을 까닥거렸다.

"소치한테 무슨 일이 생기면 승미의 화난 모습을 보게 될 거예요. 경험자로서, 그것만은 절대 권장하고 싶지 않네요."

그들은 세 조가 다시 한곳에 뭉칠 수 있는 집결지를 미리 정리해 놓아야 하는 '청소조'였다.

동서남북 전후좌우. 예측할 수 없는 타이밍에 모든 방향에서 구멍을 뚫고 뛰쳐나올 수 있는 개미떼에 둘러싸여 있다면 어떻게 포위당하지 않고 그곳을 탈출할 것인가.

생존자들이 가장 먼저 부딪히게 된 과제가 바로 그것이었다. 재일이 생각해 낸 방법은 단순하면서도 효과적이었다.

'개미굴을 깊숙이 관통하는 거대한 구멍을 뚫은 뒤 주변부에서부터 물을 흘려보낸다.'

그러면 숨어 있던 개미들까지 몽땅 끄집어내 한곳에 모을 수 있다. 자그마치 육백을 넘어서는 감염자들을 모두 모을 수 있는 장소를 선수촌에서 찾아야 한다면 오직 한 곳뿐이었다.

포켓볼 공을 있는 힘껏 던져 달려오는 감염자의 머리 절반을 날려 버린 현택이 슬그머니 뒷걸음질을 쳤다.

"락구야, 남은 공이 얼마 없어. 여기 오래 있으면 안 좋다."

현택의 말대로 감염자들의 수는 빠르게 늘어나고 있었다.

"크르아아아아!"

락구가 짓쳐 들어오는 감염자들을 향해 바로 섰다.

본디 유도 선수에겐 상대가 낙법을 칠 수 있도록 하는 기술이 몸에 배어 있다. 하지만 그 낙법을 치지 못하도록, 머리를 붙잡거나 팔을 봉쇄해 두개골을 직접 땅에 메다꽂아 버릴 수 있다면 유도는 무시무시한 무술이 된다. 이 감염 구역에 들어온 이래 스포츠화되느라 사장되어 온 실전 무도 성격의 살인기가 조금씩 락구의 몸에 스며 들어왔다.

"하아압!"

빠르게 달려오는 감염자의 손목을 낚아채는 락구. 상대의 속도가 매서울수록 편하다. 락구가 감염자의 관절을 가동 범위 바깥으로 부러뜨린 다음 뒤통수를 잡아채 지면으로 내리꽂았다. 감염자의 치아를 우수수 부숴 버리는 것이다.

이런 기술은 그야말로 중력가속도를 자유자재로 증폭시키는 마법과도 같았다. 그걸 가능하게 만든 것은 매트 위에서 평생을 길러 온 기술과 감각들 덕분이었다. 신체가 얽혔을 때 상대의 다음 동작을 반사적으로 예측하는 육감과 꺾고 던지는 동작에 극한까지 특화된 탈인간적인 근육이 만들어 낸 파괴력. 락구가 무기 없이 빈손으로 선수촌에 들어왔다는 것은 이제 틀린 사실이다.

모든 인간이 그 위에서 숨 쉬고 있기에 잊어버리곤 하지만, 능숙하게 사용할 수만 있다면 경이로운 살상무기로 탈바꿈하는 존재.

락구의 무기는 지구라는 행성이었다.

"바짝 붙어 따라오세요. 필드하키장까지 한달음에 갈 겁니다."

● ● •

당연한 말이지만 유나의 사브르엔 비반사 처리가 돼 있지 않았다.

쉬익, 쐐애액!

그래서 새벽 햇살 아래 그녀의 팔이 유연하고 빠르게 휘둘러질 때마다 손잡이와 칼날은 선연한 광채를 내뿜고 있었다. 마스크와 펜싱복을 입고 있지 않은 덕분에 아이러니컬하게도 그녀의 공격력은 한층 증가돼 있었다. 시야는 넓어지고 검속은 더욱 빨라졌다. 원래도 전진 일변도인 스타일을 갖고 있던 유나는 스스로 맹렬한 드릴이 되어 감염자들을 헤쳐 나갔다.

피슉!

"크으워어어."

유나의 사브르가 한 감염자의 미간을 뚫었다. 그 감염자의 뇌수를 구경하고 나온 칼날에는 소량의 피만 묻어 있었다.

'내가 빨라져서 그런 걸까. 아니면 좀비들의 피가 굳어져 가기라도 하는 걸까.'

한숨 돌린 유나는 뒤따라오는 두 남자를 쳐다봤다. 황 상병은 왼팔의 거동이 불편했지만 두 다리는 멀쩡했고 현역 군인답게 준족이었다. 문제는 땀범벅이 된 채 따라오고 있는 정 피디와 공익요원 정욱이었다. 그리고 그중에서도 문제 인물을 한 명으로 좁힐 수 있었다.

유나는 결정을 내려야 했다.

"안 되겠어요. 그거, 버리고 가요."

사브르가 겨눠진 곳은 정 피디의 어깨에 대포처럼 짊어져 있는 오래된 비디오카메라였다. 두제의 손에 의해 박살 난 디지털캠을 대신해 준 고마운 녀석이었다. 그걸 버리라는 유나의 말에 정 피디의 얼굴이 사색이 됐다.

"제, 제발요. 이것마저 버리면 앞으론 아무것도 남길 수가 없는데."

카메라를 다루는 능력 하나만으로 지옥 같은 방송계에서 악착같이 버텨 온 그였다. 함께 영상원을 졸업한 동기들이 모두 껍질을 찢고 뛰쳐나가는 완두콩처럼 앞서 나갈 때, 정 피디는 방치된 콩 껍질처럼 머물러 있어야 했다. 능동적이지 못한 소심한 성격과 어설픈 재능 탓이었다.

그런 그에게 있어 마지막 기회가 찾아왔다. 바로 재난에 맞서 목숨을 거는 국가대표들의 탈출 작전을 '실황'으로 담을 수 있는 기회.

"사, 살아만 나간다면 제 목숨과도 같은 영광이 될 거라구요."

이 순간 유나의 머릿속에 스쳐 가는 것은 한 남자의 웃는 얼굴이었다. 지금은 싸늘한 시체가 되어 묻어 줄 이도 없이 개선관에 남겨진 약혼자의 얼굴. '남기고 온 자'를 떠올린 유나의 얼굴이 더욱 차가워졌다.

"그걸 버리지 않으면 기동력이 너무 떨어져요. 우리가 피디님을 두고 가지 않도록 해 주세요."

또 한 무리의 감염자가 저 멀리서 포효를 지르고 있었다.

정 피디의 머릿속으로 국제영화제의 레드카펫을 밟고 환히 웃는 스타 연출자의 모습이 산산조각 났다. 그는 한숨을 내쉬며 무거운 카메라를 땅바닥에 내려놓았다. 그리고 땀에 젖은 이젝트 버튼을 눌러 8밀리 비디오테이프를 품에 집어넣었다.

'안녕. 그동안 찍은 거라도 건져 두자.'

유나는 고개를 끄덕였고, 다시 체력 단련실 쪽을 향해 달려갔다. 곧 일군의 감염자들이 그들의 뒤를 쫓았고, 버려진 카메라는 무수히 밟혀 내장이 터진 두꺼비 꼴이 됐다.

잠시 후.

'탈취조'의 발걸음이 멈춘 곳은 체력 단련실 옆의 대형 주차장이었다. 건물마다 모두 주차장이 딸려 있는데도 불구하고 그들이 여기까지 달려온 이유는 단 하나. 그들이 '탈취'해야 할 물건이 몹시 특수한 목적으로 제작된 대형 트럭이었기 때문이다.

황 상병이 헐떡이며 정 피디에게 물었다.

"어딨습니까?"

그러자 대답 대신 정 피디는 직접 안내하겠다는 듯 주차장의 한복판으로 달려갔다. 거기엔 5톤에 달하는 하얀색 윙바디 트럭이 세워져 있었다. 정 피디가 그 트럭 옆면으로 돌아가 버튼을 누르자 무당벌레의 겉날개가 열리듯 뚜껑이 활짝 열렸다.

"이거면 되겠지요?"

트럭 안에 실려 있는 것은 경유로 돌아가는 대형 발전기였다. 정욱은 꼼꼼히 그 장비들을 만져 보며 작동 여부를 확인했다. 대형 콘서트장에 비치돼도 다섯 시간은 버틸 수 있는 막강한 스태미나를 가진 놈이었다. 정욱은 발전기 옆에 몸을 숨긴 채 고개를 끄덕였다.

"뚜껑 닫아요. 출발해도 될 것 같아요."

스스로 전력을 만들어 낼 수 있는 대형 발전차에 시동이 걸렸다. 주차장의 출구는 멀리 있었지만 감염자들이 계속 따라다니는 판국에 1초를 낭비할 순 없는 노릇. 운전석에 앉은 정 피디는 카메라를 내던진 분을 풀겠다는 듯 거칠게 핸들을 놀렸다.

"에라, 모르겠다!"

발전차의 육중한 덩치가 주차장의 철책을 통째로 찌그러트렸다. 얇은 실개천에서 고래가 날뛰듯 주차장을 빠져나온 발전차는 이내 포장도로를 만나면서 점차 속력을 내기 시작했다.

조수석에 앉은 황 상병이 물었다.

"피디님도 저처럼 외부인이신데, 어디로 가야 할지 알고 계십니까?"

"표지판을 따라가면 됩니다. 만약 잘못된 길로 들어서면……."

그러자 정 피디는 운전석의 천장을 가리켰다.

"저 무서운 분이 바로잡아 주시겠죠. 아까처럼."

가로 1.7미터, 세로 3미터에 달하는 윙바디 트럭의 지붕 위에 사브르가 꽂혀 있다. 그리고 그것을 움켜쥔 채 매달려 있는 유나는 심리적 피로감에 휩싸여 있었다. 등을 지켜 주던 두 명은 이미 사라진 뒤. 혼자서 360도 반경을 사수해야만 했기 때문이다.

"크르르르악!"

불평을 하고 있을 틈이 없었다. 육중한 무게 때문에 아직 제속도를 내지 못하고 있는 트럭 뒤를 감염자들이 바짝 따라오고 있었다. 그중 한 감염자의 손이 지붕 위로 스윽 올라왔다. 준비하고 있던 유나는 번개처럼 사브르를 휘둘러 그 손목을 꿰뚫어 떼어냈다.

끼이이이익.

"꺄앗!"

그 순간 발전차가 왼쪽으로 커브를 돌았고, 튕겨 나갈 뻔한 유나는 튀어나와 있는 환풍구에 발을 걸어 가까스로 추락을 면할 수 있었다. 그러는 바람에 한 감염자가 트럭 위로 올라타는 것을 미처 발견하지 못했다.

"꺄아아아아아!"

유나의 등 뒤로 다가온 감염자가 입을 쩌억 벌렸으나!

타아아앙!

곧 입천장을 관통하는 총알에 직격당한 채 나가떨어지고 말았다.

유나는 조수석 창문을 통해 내밀어진 권총을 쳐다봤다. 황상병이 멀쩡한 오른팔로 발사한 것이다. 유나는 백미러를 통해 황 상병과 시선을 마주했다. 그리고 고개를 한 번 끄덕인 다음, 그 다음엔 거꾸로 고개를 가로저었다.

해석하자면 이렇다.

'고마워요. 하지만 이제부턴 총알을 아껴요.'

유나의 웨이브 진 머리가 맞바람에 거친 모양으로 나부꼈다. 그녀의 눈에 저 멀리 필드하키장이 보이기 시작했다. 사브르를 쥔 손에 다시금 힘이 들어갔다.

"어떻게든 살아 나간다."

그러면서 아무도 듣지 않지만 한마디를 덧붙였다.

"영광 따위, 죽어 버리면 무슨 소용이람."

73화
피리 부는 아가씨

- 감염 5일째. 오전. 06:18.

감염 사태가 일어난 첫 스물네 시간 동안 군인들에게 있어 가장 치열한 전장이었던 곳.

태릉선수촌의 정문 산책로는 참혹한 혼돈에 쓸쓸함이 더해져 보는 이로 하여금 절로 탄식을 자아내게 만들고 있었다. 가로수를 들이받아 전면이 박살 난 구급소방차, 안쪽에서부터 사체와 피가 범벅이 돼 운전석 내부를 들여다볼 수조차 없는 지프 트럭, 두개골이 박살 난 시체들 주변으로 덧없이 쌓여 있는 무수한 탄피들.

"크으으으으으."

그리고 아직 잠들지 못한 이들이 그 잔해들 사이를 배회하고 있다. 이 모습을 카메라에 담아 현상한다면 아마도 그 사진이 수납될 앨범의 이름은 '종말 이후의 풍경'이 될 것이다.

승미는 달튼의 등에 업힌 채 그 모든 광경에 넋을 잃을 뻔했다.

"며칠 새 이 지경까지 돼 있었던 거야?"

성인 여성을 등에 오랫동안 업고서도 달튼의 운동량은 떨어지지 않고 있었다. 그의 인라인 스케이트는 유려하게 빈 공간들을 찾아다니며 속도를 냈다. 곧 승미는 자신이 찾아 헤매던 물건을 발견했다.

"저기에 내려 줄래요, 달튼."

승미가 내려선 곳은 연쇄충돌을 일으킨 자동차들의 맞은편이었다. 그곳에 자신의 애마 '로빈훗'이 옆으로 쓰러진 채 주인을 기다리고 있었다.

"어디 좀 볼까."

승미가 로빈훗을 살피는 동안 달튼은 천천히 숨을 골랐다. 낼 수 있는 최대 속력을 냈음에도 불구하고 아직 쌩쌩한 체력을 자랑하는 그였다. 스무 해가 넘도록 스케이트를 탄 데다가 경기 때는 20킬로그램이 넘는 장비를 몸에 걸친 채 3피리어드 60분을 뛰어온 몸이었기 때문이다. 오히려 달튼은 자신 못지않게 속도를 내며 따라붙는 다인을 기특해했다.

"따인, 너의 탤런트, 굿이다. 어디서 배웠나."

"작년에 쇼트트랙 상비군 오빠랑 사귄 적 있었거든요. 스케이트를 가르쳐 주겠다고 으스대는 바람에 질리게 탔어요."

"음. 생각나겠군. 사랑이었나."

달튼의 진지한 질문에 다인은 미간을 찌푸리며 대답했다.

"아뇨. 진작 헤어졌어요. 그 오빠 태릉에서 반년도 못 버티고 짤렸거든요."

피 끓는 청춘들의 집합소답게 태릉 안에서는 계절이 바뀌는 동안 무수히 많은 사랑놀음이 벌어지고, 또 슬프게 갈무리된다. 모두가 해피엔딩을 맞이하진 못하는 것이다.

"나중에 진짜 국대가 되면 좀 제대로 된 놈을 만나고 싶네. 락구 오빠랑 승미 언니 같은 그런 사이."

"훗. 그 둘, 썸띵 스페셜. 너도 만날 수 있을 거다, 따인."

그사이 승미는 백미러와 프론트팬더, 윈드 스크린이 모두 처참하게 박살 난 붉은 바이크를 일으켜 세웠다.

"키가 빠져 있어."

승미의 목소리에 초조함은 없었다. 바이크가 없었다면 모를까, 이 난리통에 누군가 시동키만 주워 달아날 리는 만무했으니까. 분명 멀지 않은 곳에 키가 떨어져 있을 거라 확신한 승미는 바이크를 세워 놓고 고개를 홰홰 돌렸다.

"찾았다."

승미는 코를 막고 옆구리에서 창자가 삐져나온 한 시체 옆으로 다가섰다. 그의 주변에 고인 피 웅덩이에 키가 떨어져 있었던 것이다.

다인이 정문을 가리키며 말했다.

"지금 저기로 도망치면 우린 살 수 있겠죠?"

인라인 스케이트의 속도로 땅을 박차면 한 호흡에 도달할 수 있는 가까운 거리에 정문의 두 기둥이 있었다. 그 위에는 '올림픽 전사의 입소를 환영합니다'란 현수막이 거꾸로 매달려 있었다.

승미는 바이크의 스로틀을 점검하면서 고개를 저었다.

"미군들이 아무도 못 나가게 지키고 있어. 우리 셋만으로는 끔찍하게 죽을 뿐이야. 언니 말 믿어."

다인의 얼굴이 다시 시무룩해졌다. 코앞에 탈출구가 보이는데도 다시 선수촌 깊숙한 곳으로 돌아가야 하는 상황이 얄궂었다.

그들이 맡은 역할은 '유인조'. 10분이라는 짧은 시간 동안 선수촌 곳곳에 진을 치고 있는 감염자의 대다수를 필드하키장으로 '몰아넣어야' 하는 막중한 임무를 띠고 있었다.

"쑨미, 따인. 좐뚝 온다."

곧 세 명의 존재를 알아챈 감염자들이 먼지를 일으키며 달려오고 있었다. 아직 멀리 보이지만, 전력으로 뛰어오고 있기 때문에 포위되는 건 시간문제일 것이다. 그런데 승미의 얼굴은 흙빛으로 물들어 있었다. 어처구니없게도 시동키가 구멍에 들어가질 않았던 것이다.

"뭐야, 이게?"

닷새 동안 피 웅덩이에 잠겨 있던 바람에 시동키에 달라붙은 피가 딱딱하게 굳어 버린 것이다.

"버리자, 쑨미. 위험하다, 여기!"

수십 명의 감염자들이 얼굴을 알아볼 수 있을 정도의 거리까지 육박해 들어왔다. 하지만 유인조가 목적을 이루기 위해서는 이 바이크의 기동력이 절대적으로 필요했다.

"언니, 이걸 써 봐요."

그때, 다인이 자주색 승용차의 찌그러진 트렁크 속에서 500 밀리 생수통을 주워 왔다. 뚜껑을 열자 그 안에서 찰랑이던 미지근한 물이 시동키 위로 쏟아져 나왔다. 승미가 시동키에 붙은 피를 떨궈 내고 자신의 체스트가드에 물기를 닦아 내는 동안, 다인은 인라인 스케이트의 바퀴를 바닥에 긁어 대며 초조해했다.

"빨리. 빨리. 빨리."

철컥.

다행히 시동키 자체에는 아무런 문제가 없었다. 주인이 다시 올라탄 것을 반기는 것처럼 부르릉 소리와 함께 로빈훗의 차체가 진동했다. 달튼과 다인은 언덕 위를 향해 먼저 달려가며 외쳤다.

"가자!"

승미가 스로틀을 뒤로 당기자 로빗훗이 급발진으로 튕겨 나가며 요란한 소리를 냈다. 붉은 바이크가 떠나간 자리를 메우며 감염자들이 그 뒤를 따라 달렸다.

도합 열여덟 개의 바퀴가 실어 주는 힘 덕분에 세 명의 국가 대표 선수들은 남자 기숙사가 있는 언덕 꼭대기까지 단숨에 질주해 왔다. 헬멧 없이 거친 바람을 헤치며 오느라 승미의 앞머리는 터프한 느낌으로 말려 올라가 있었다. 열심히 그 뒤를 따라온 달튼과 다인의 얼굴도 땀으로 축축해져 있었다.

마치 뜨거운 냄비의 뚜껑 위로 거품이 올라오듯, 산책로를 가득 메운 감염자들이 우글대며 달려오고 있었다. 담력이라면 그 누구에게 내놓아도 뒤지지 않을 승미였지만 살벌한 압박감에 입천장이 바싹 마르는 기분이었다.

하지만 무섭다고 해서 그만둘 수는 없었다. 오히려 더욱 과감해지기로 했다.

빠라바라바라밤!

승미의 손가락에서 시작된 경적 소리가 ㄷ자 모양의 남자 기숙사 벽면을 쩌렁쩌렁 때리며 널리 퍼져 나갔다. 그러자 높은 층의 베란다 창문이 약속이나 한 듯 깨져 나가며 감염자들이 바닥을 향해 곤두박질 쳤다. 현관을 향해 쏟아져 나오는 감염자의 수는 말할 것도 없었다.

미리 준비한 대로 승미는 달튼과 다인을 향해 고개를 끄덕였다.

"저는 얘들을 데리고 양궁장 쪽을 한 바퀴 돌게요. 둘은 반대쪽 길로 내려가서 오륜관을 훑어 줘요."

둘은 비장하게 고개를 끄덕인 뒤 오륜관으로 향하는 샛길로 질주해 내려갔다. 승미는 다시 한 번 경적을 누르면서 소리쳤다.

"빨리 뎌나와, 이것들아! 국대에게 늦잠이 웬 말이야!"

그리고 승미는 샤워를 하던 도중에 물린 모양인지 실오라기 하나 걸치지 않은 알몸의 근육질 감염자가 덤벼들기 직전에 로빈혼을 발진시켰다. 언덕 위에서 올라온 감염자와 남자 기숙사에서 뛰쳐나온 감염자의 숫자를 합치니 어느덧 이백을 훌쩍 넘어서 있었다.

"크르르르르!"

"캬오오오오!"

그 소름 끼치는 행진의 선두엔 빨간 바이크가 있었다.

'단 한 번만 넘어져도 끝이야. 정신 바짝 차려.'

승미는 절대로 뒤돌아보지 않을 것을 맹세하며 필드하키장까지 나아갔다. 공중에서 그 모습을 보았다면 하멜른의 피리 부는 사나이가 저절로 연상됐을지도 모른다. 하지만 그 피리 부는 사나이와 승미 사이에는 무시할 수 없는 큰 차이점이 있었다.

하멜른의 쥐들은 적어도 피리의 주인을 산 채로 뜯어 먹으려 하지는 않았다는 점이다.

승미에게만큼은 아니었지만 달튼과 다인의 뒤에도 엄청난 수의 감염자들이 꼬리처럼 따라붙었다.

다인은 결승선이 눈앞에 보이는 선수처럼 전력으로 다리를 놀렸다. 달튼은 평지에서 마음먹고 속도를 낼 때면 시속 60킬로미터를 넘어설 수 있었지만 차량을 발견할 때마다 멈춰 서야 했기에 그럴 수는 없었다.

"으흠!"

멀쩡한 차량이 발견되면 달튼은 아이스하키 스틱을 휘둘러 보닛이나 앞 유리를 거세게 내리쳤다. 그러면 도난방지 장치가 돼 있는 자동차들이 경보음을 울리며 가까이 있는 감염자들을 끌어모으곤 했다.

"좀 어때, 다인?"

멀리뛰기 선수인 다인의 지구력에 한계가 온 듯했다. 달튼이 느끼기에 따라붙는 속도가 미세하게 느려진 것 같았다. 물론 그럼에도 불구하고 아직 감염자들이 달려오는 속도보다는 우위에 있었지만.

"괘, 괜찮아요, 아저씨. 바로 따라갈 테니까 멈추지 마요."

"굿 걸. 아라따."

달튼은 또 다른 희생양이 될 자동차를 찾아 앞서 달려 나갔다.

한 번 속도를 늦췄다가 다시 바퀴를 굴리는 다인. 허벅지에 가해지는 둔중함이 버거워지며 온몸의 근육들이 탄식을 내뱉기 시작했다. 그래서 순간 집중력이 떨어진 소녀는 그만 바닥에 풍경처럼 깔려 있는 '그것'을 제대로 포착하지 못하고 말았다.

"크르아아아."

그 감염자의 신체는 복부 밑이 완전히 날아가 버리고 없었다. 오직 양팔로, 부서진 척추를 바닥에 끌어 지면을 모독하면서 기어 다니는 것만이 그 감염자에게 허락된 유일한 행위였다. 바로 그 감염자의 오른쪽 팔꿈치에 다인의 인라인 스케이트가 걸리고 말았다.

"꺄아아앗!"

공중에 붕 떠오른 다인은 균형을 잃고 허우적댔다. 그러다가 추락 직전 본능적으로 얇은 두 팔로 머리를 감쌌다. 덕분에 뇌진탕은 일으키지 않았지만 달리던 속도 그대로 바닥을 구르면서 숨이 턱 막혀 오는 걸 느꼈다.

"다, 달튼 아저씨."

큰 소리를 내 보려 했지만 누군가 성대를 움켜잡고 있는 것처럼 바람만 새어 나올 뿐이었다. 왼쪽 팔꿈치가 아스팔트에 쓸리면서 찢어진 피부에서 피가 흘러나오고 있었다.

몸을 일으키는 다인의 흐릿한 시야에 감염자의 쩍 벌린 턱이 포착됐다. 그 감염자는 마치 늪 속의 악어처럼 양팔로 땅 위를 헤엄치듯 거리를 좁혀 오고 있었다.

"크아아아아!"

눈 깜짝할 새에 다인의 드러난 정강이를 움켜쥔 감염자.

"꺄악!"

차마 자신의 다리가 감염자의 아침식사가 되는 꼴을 볼 수 없어 눈을 질끈 감은 다인이었다. 그런데 한참의 시간이 흐르고 나서도 다리가 뜯어 먹히는 고통은 찾아오지 않았다. 감염자의 손가락도 압박하는 힘이 무척이나 느슨해져 있었다.

"뭐지?"

눈을 뜨니 이해할 수 없는 광경이 다인의 눈에 들어왔다. 왼쪽 귀 뒤에 구멍이 뚫린 채 죽어 있는 감염자. 그리고 저 멀리 풀숲으로 사라지는 검은 옷을 입은 형체.

"따인! 일어나라, 따인!"

뒤늦게 사태를 알아채고 다가온 달튼이 서둘러 다인의 겨드랑이에 팔을 넣고는 단숨에 소녀를 일으켜 세웠다. 그런 와중에도 다인은 오직 자신을 구해 준 주인공이 누굴까에만 신경이 쏠려 있었다.

"넘어진 건가, 따인?"

"네. 네에. 물리진 않았어요. 그런데 좀 전에 누굴 본 것 같아요."

달튼의 눈썹이 치켜 올라갔다. 그가 주변을 둘러보았지만 저 멀리 해일처럼 몰려오는 감염자 무리를 제외하면 눈에 띄는 것은 없었다.

"아무도 없다, 따인. 달아나자, 늦기 전에."

그러나 다인은 바퀴로 땅을 박차기 직전 풀숲을 바라보며 용기를 내 외쳤다.

"언니? 록희 언니? 맞죠!"

물론 아무런 대꾸도, 대답도 없었다. 다인은 아예 손나팔을 만들어 빼액 소리를 질렀다.

"우리 곧 여길 나갈 거예요, 언니! 듣고 있으면 꼭 하키장으로 와요. 알았죠?"

소녀의 절박한 외침이 메아리를 만들지 못하고 공기 중에 사라져 갔다.

달튼과 다인이 지축을 울릴 정도의 감염자들을 데리고 오륜관 저편으로 사라지자 풀숲에서 두 여자가 걸어 나왔다.

안금숙 소좌와 백록희.

마치 쌍둥이처럼 칠흑의 슈트를 몸에 두른 그들이었지만 록희 쪽의 가슴에는 코어가 박살 나 있었다. 록희는 한참을 서서 그들이 사라진 쪽에 시선을 던지고 있었다.

"왜 가만히 보고만 있었어요, 아줌마?"

"그 소녀를 제가 구해 줘야 했단 말인가요. 록희 양 혼자서도 충분하던걸요."

무정한 말투에 록희는 고개를 저었다.

"그거 말고. 그 애가 나를 불렀을 때 왜 그냥 보고만 있었냐고요. 내가 뛰쳐나가지 못하게 말릴 줄 알았는데."

안 소좌의 입꼬리가 미세하게 올라갔다. 본인 말고는 그 누구도 알아보지 못할 만큼만.

"마지막 시험이었다고 해 두죠. 그 소녀의 부름에 마음이 흔들렸다면 지금부터 우리가 시도할 일에 오히려 방해만 되었을 테니까."

다시 고개를 돌린 록희의 눈빛은 차갑게 가라앉아 있었다.

"가요. 이제 미련은 없어."

록희에게 비로소 목숨을 던질 각오가 섰다는 걸 안 소좌의 날카로운 직감이 놓칠 리 없었다. 검은 옷을 입은 두 여인은 무수한 발자국으로 어지럽혀진 산책로에서 곧 유령처럼 자취를 감추었다.

●　•　•

필드하키장의 코트는 파란색이다.

그리고 그 주변을 적갈색의 육상 트랙이 빙 둘러싸고 있다.

총 여섯 개의 레인이 그려진 육상 트랙 바깥쪽에는 초록이 무성한 잔디밭이 다시 한 번 필드하키장을 감싸고 있다. 하늘에서 내려다보면 필드하키장의 명징한 파란색 코트는 선수촌의 중심에 자리한 '푸른 심장' 같은 느낌을 준다.

그 푸른 심장 위에서 한숨을 토해 내는 한 남자가 있었다.

"이런 빌어먹을. 내가 이 짓을, 끄응. 다시 하게 될 줄은, 흐아아. 꿈에도 몰랐는데!"

두제의 셔츠는 앞뒤로 푹 젖은 채 그 주인이 현재 얼마나 용을 쓰고 있는지를 여실히 드러내고 있었다. 가만히 있어도 터질 것처럼 보이는 그의 구릿빛 근육이 극한까지 팽창하며 성인 남성의 세 배 크기인 대형 고무 타이어를 들어 올린다.

그 무게는 무려 300킬로그램. 유도와 레슬링 등 투기 종목 국가대표들이 애용하는 이 대형 타이어는 언제나 필드하키장 트랙 바깥에 고대 유적처럼 자리 잡고 있었다.

"뜨아압! 선배님. 투덜대실 시간에 하나라도 더 옮기세요."

두제 옆을 굴러가는 또 하나의 대형 타이어가 락구의 목소리로 말을 하고 있었다. 다시 보니 뒤에서 그것을 밀고 있는 락구가 타이어에 가려 보이지 않았던 것이었다.

락구와 두제는 은퇴한 선수들이 '다시 하고 싶지 않은 훈련'으로 늘 순위권에 꼽는다는 타이어 굴리기를 하고 있었다. 다행히도 한 번 들어 올렸다가 쓰러트리기를 무한 반복하면서 운동장을 가로지르는 본래 훈련의 사악한 조건과 달리, 그들은 한 번 타이어를 들어 올린 뒤엔 굴려서 이동시키는 꼼수를 쓸 수 있었다.

그렇게 두 유도가들은 잠시 후 총 열 개의 대형 타이어를 필드하키장 중앙으로 가져오는 데 성공했다.

"이렇게 쌓아 놓으니 꼭 케이크 같구만."

타이어는 각각 여섯 개, 세 개, 한 개로 층을 이루며 피라미드처럼 쌓여 있었다. 두제의 말대로라면 이 케이크는 이층 높이에 육박하는 높이와 3톤을 넘어서는 무게를 가진 초특급 케이크일 것이다.

기진맥진한 락구가 총알도 튕겨 낼 것 같은 검은색 고무 표면을 툭툭 치며 대꾸했다.

"이게 우리 목숨줄이니까요. 이 짓을 해 본 선수가 한 명도 없었으면 정말 곤란했을 겁니다."

"본 게임 시작하기도 전에 이렇게 힘을 뺀 건 안 곤란하단 말인가, 후배님?"

한편, 저 멀리서 뭔가를 질질 끌며 걸어오는 한 사내가 있었다. 숨을 헐떡이는 육중한 몸매의 소유자는 재일이었다. 목장갑을 낀 그의 손에는 철망 무더기가 바닥을 질질 끌며 따라오고 있었다.

락구는 그 모습을 보고 고개를 끄덕였다.

"고생했어요. 그 정도 양이면 충분하겠네요."

"이, 이걸 이제 주변에 둘러치면 되겠죠?"

락구도 재일도 이 철망이 결정적인 힘을 발휘해 줄 거라고는 기대하지 않았다. 그러나 감염자들이 타이어의 탑으로 몰려올 때 조금이나마 속도를 늦춰 줄 수 있기를 바랄 뿐.

다행히도 선수촌 전체를 둘러싼 울타리에 빠짐없이 올라가 있는 것이 바로 이 철망이었다. 가장 손쉽게 구할 수 있는 재료를 무척 가까운 곳에서 공수해 오는 것이 재일의 임무였다. 그럼에도 불구하고 마치 호랑이 세 마리와 격전을 벌이고 온 것처럼 헐떡대는 모습이 두제의 눈에는 몹시 거슬렸다.

"이봐, 삼촌팬. 생각보다 오래 걸린 건 그렇다 치고, 왼쪽 팔은 왜 시뻘개?"

두제의 말마따나 재일의 왼팔과 옆구리에는 붉은 생채기가 여럿 나 있었다. 락구도 그제야 그의 팔에 관심을 보였다.

"그 팔, 괜찮은 거예요?"

순수하게 걱정돼 물어본 것이었는데 지레 겁을 먹은 재일은 호들갑을 떨었다.

"아닙니다! 이, 이거 좀비한테 물린 거 아녜요! 철망을 자르다가 넘어져서 긁힌 거라고요."

락구와 두제는 어깨를 으쓱였다.

"지, 진짜라고요. 믿어 주세요!"

그들 옆에서 소치를 쓰다듬고 있던 로라가 대신 설명해 줬다.

"……알아요. 여기 오빠가 좀비랑 마주쳐서 멀쩡히 살아 돌아오리라 기대하는 사람은 없으니까 소리치지 말아요."

재일은 힘쓰는 것도 없이 자신을 조롱하는 로라가 얄미웠지만 입 밖으로 불평을 꺼낼 수는 없었다. 그리고 자신의 품에 안겨 있을 때는 온갖 발버둥을 치던 소치 녀석이 로라의 손길 밑에서는 순종적이기 짝이 없는 강아지처럼 구는 것도 약이 올랐다.

락구가 재일의 마음을 읽은 듯이 대답했다.

"쟤는 원래 예쁜 여자만 따라요. 암컷인데도."

그 말이 로라의 귀를 스쳐 지나가자 그녀는 물끄러미 락구의 뒤통수를 쳐다보았다.

물론 락구는 '소치가 승미에게 복종하는 이유는 승미가 겁나 예뻐서 그런 것'이라는 의미로 한 말이었지만 로라가 그런 것까지 꿰뚫어 볼 수는 없었다.

그녀가 소치를 품에 안은 뒤 락구에게 다가왔다.

"얘는 어떻게 할 거예요? 버릴 건 아니죠?"

컹!

기가 막힌 타이밍에 짖어 대는 소치. 락구는 황급히 손사래를 쳤다.

"버리다뇨. 그럴 리가요."

그러면서 락구는 미리 품에 숨겨 놓았던 목줄을 꺼냈다. 다행히 미녀의 품에 안겨 있어서인지 소치는 목줄을 감는데도 얌전히 굴었다. 목줄의 버클을 채우면서 락구는 소치를 한 번 쓰다듬었다.

"이 녀석도 엄연히 우리 청소조예요. 그것도 막중한 임무를 맡고 있는 몸이죠."

74화
도미노 블록

앞다리와 가슴 전체로 연결되는 목줄을 채우자 소치는 답답한지 버둥거리기 시작했다.

끼잉. 끼잉.

녀석이 앞발로 락구의 팔목을 거세게 쳐 댔지만 유도 국가대표의 강인한 팔뚝엔 전혀 타격을 입히지 못했다.

"다 널 위해서얌마. 여기 얌전히 엎드려 있어."

락구가 소치를 묶어 놓은 곳은 필드하키장 골대로부터 꽤나 멀리 떨어진 금속 기둥이었다. 녀석은 락구가 뒤로 물러서자 처음엔 뒷발로만 일어서서 낑낑대다가 결국 포기하고 제자리에 넙죽 엎드렸다.

어느새 다가온 현택이 물었다.

"정말 좀비들이 얘는 안 건드린다고?"

"네. 동물은 물지 않아요."

현택은 며칠 동안 면도를 하지 못해 덥수룩해진 턱을 어루만졌다.

"생각해 보면 되게 이상하잖아. 사람만 물어뜯는다는 게."

락구는 두제의 심문에 털어놓았던 쿤린의 말과 까를로스 황 조사관의 설명을 동시에 떠올렸다. 자연적인 병원균이 아니라 살상용으로 설계된 인공 바이러스라고 한다면 말이 안 될 것도 없다. 하지만 중대한 작전을 앞두고 괜한 가설을 꺼내 현택의 머리를 어지럽히고 싶진 않았다.

"사람만 맛있어 보이나 보죠. 어쨌든 소치가 제 역할을 해 주려면 우리가 좀비를 상대하는 동안 여기 딱 버티고 있어 줘야 해요."

생존자들이 세운 작전은 일종의 도미노 블록 쌓기와 같았다. 단 한 명이라도 각자의 자리에서 정해진 위치에 완벽하게 블록을 세워 놓지 않으면 결코 목적을 달성할 수 없는. 작은 덩치에 엉덩이를 실룩거리는 이 퍼그 역시도 중요한 도미노 블록이었다.

그때, 타이어 요새 위에서 일중과 함께 망을 보고 있던 연두가 소리쳤다.

"숫자가 늘어났어요!"

락구와 현택은 서로를 마주 보고는 황급히 제자리로 달려왔다. 수십 명의 감염자들이 하키장으로 향하는 세 곳의 산책로에서 쏟아져 들어오고 있었다.

"현택이 형, 몇 분이에요?"

"35분. 우리가 예상했던 대로야."

6시 30분.

태릉선수촌의 모든 입소자들이 새벽운동을 위해 필드하키장으로 모여드는 시간이다. 언제나 잠이 덜 깬 장용을 억지로 끌고 나오면서 여자 양궁팀의 승미가 언제 나오려나 기다리곤 했던 설렘 가득한 시간.

하지만 지금은 쏟아져 들어오는 탐식자들을 정면으로 마주 보면서 도망치고 싶은 마음을 애써 다스려야 하는 공포의 시간이 됐다.

타아앙!

일중의 저격소총이 불을 뿜자, 앞서 달려오던 감염자 둘이 허물어졌다. 엎드려 쏴 자세로 헤드샷을 노리는 일중 위에는 똑바로 선 채 컴파운드 보우로 화살을 날리는 연두가 있었다. 거리가 더욱 가까워지면 락구와 두제가 앞으로 나가서 시간을 끌어야 한다. 다행히도 그들의 고민을 단번에 줄여 주는 존재가 필드하키장에 난입했다.

쿠르르릉.

5톤 윙바디 트럭이 언덕 위에서 벤치를 박살 내며 날아들었다. 정 피디가 모는 발전차는 필드하키장에 내려선 뒤에도 속도를 늦추지 않고 감염자들을 깔아뭉갰다.

우드드드득.

발전차 위에 올라탄 유나가 엄지를 세워 올리는 걸 보고 비로소 락구의 얼굴이 밝아졌다.

"탈취조가 성공했나 봐요. 정말 커다란 놈을 가져왔네요."

육상 트랙 바깥에 멈춰 선 발전차에서 황 상병과 정 피디, 유나가 뛰어내렸다. 그리고 옆문이 개봉되자 검은색 전류케이블을 허리에 칭칭 감은 정욱이 모습을 드러냈다. 그의 양손은 마치 킹크랩을 연상시킬 만큼 부풀어 있었는데, 분홍색 고무장갑을 각각 다섯 겹씩 끼고 있었기 때문이다.

"저 좀 도와주세요, 여러분!"

락구와 현택이 달려 나가 정욱이 시키는 대로 하키장 곳곳에 전류케이블을 흩뿌려 놓았다.

피복이 벗겨진 케이블을 붙잡고 달리는 동안 락구는 괜스레 머리털이 쭈뼛쭈뼛 서는 기분이었다. 잠시 후 전력차의 전원 스위치가 켜지면 이 전류케이블에 닿는 자는 전기통구이와 같은 신세에 처하게 될 것이다.

총 여덟 갈래의 케이블을 정확한 간격으로 배치한 정욱은 만족한 듯 고개를 끄덕였다.

"리허설을 해 보지 못하는 게 너무 아쉽네요."

지나친 염려는 오히려 손을 느리게 할 수도 있다. 락구는 정욱의 어깨를 두드려 용기를 불어넣어 줬다.

"정욱 씨는 이 방법으로 혼자서 예배당을 지켜 낸 대단한 사람이잖아요. 자신감을 가져요."

"대, 대단할 것까지는……. 그때에 비하면 규모가 너무 커져서 쉽진 않아요."

얼굴이 벌게진 정욱은 당황했는지 속사포처럼 말을 내뱉었다.

"사실 이 전력차의 파워는 440볼트 규격이라 고전압이 아녜요. 하지만 지금 상황에서 전신주의 케이블을 끌어올 전문 장비도 없고, 너무 위험도가 크죠. 그래서 생각해 낸 게 전류량과 통전 시간을 극대화시켜서 좀비들을 붙잡아 놓는 거예요. 그러기 위해선 통전 경로가……."

밑도 끝도 없이 늘어지는 설명을 두제가 단호하게 잘라먹었다.

"그만! 여기가 공대 실험실도 아니고. 단순하게 설명해, 척척박사님. 그러니까 좀비들을 여기로 몰아와서, 딴 데로 도망 못 가게 한 다음, 번갯불로 확 지져 버린다는 거잖아."

투박했지만 두제의 말은 이 모든 작전을 짧고 굵게 설명하는 한마디였다. 정욱은 눈을 부라리고 있는 두제를 외면한 채 락구에게 살금살금 다가와 물었다.

"그나저나 좀비들을 떠나지 못하도록 묶을 수 있는 비장의 노래란 게 뭐예요?"

그러자 락구는 정욱을 데리고 필드하키장 북쪽에 있는 대형 단상 밑으로 갔다.

"태릉의 오랜 전통을 생각해 봐요, 정욱 씨. 우리는 팀별 새벽운동을 하기 전에 다 같이 모여 에어로빅으로 몸을 풀잖아요? 그 노래는 2년 동안 한 번도 바뀌지 않았어요."

"에어로빅 노래라면 설마……."

락구가 멈춰 선 곳에는 오래된 CD 데크가 네 개의 대형 스피커에 연결돼 있었다.

감염 사태가 일어났던 첫날.

로라가 미니 갈라쇼를 선보이던 필승주체육관, 그곳으로 몰려들었던 레슬링팀 감염자들을 떠올렸다. 그곳에서 선수촌이 떠나가라 울려 퍼졌던 노래.

"네. 부러진 쌍쌍바를 틀 겁니다."

하지만 데크를 살펴본 정욱의 안색은 급속도로 창백해졌다. 애초에 데크 주변으로 플라스틱 조각들과 어지러운 발자국이 신경 쓰이던 참이었다.

"이거, 망가졌어요. 락구 선수."

어댑터와 연결된 데크의 뒷면이 누군가의 발에 밟혀 완전히 박살 나 있었다. 그것은 락구조차 전혀 생각지 못했던 사태였다.

"이게 어째서? 대체 왜!"

"좀비가 그랬든지, 도망치던 사람이 그랬든지, 암튼 누가 밟고 지나갔어요. 전원이 아예 안 들어오는데, 어쩌죠?"

큰일이다.

락구의 머릿속으로 불길한 하나의 그림이 펼쳐졌다. 기다랗게 이어진 도미노 블록 세트에서 중간에 하나가 바람에 날아가 버리는 풍경이었다.

하나둘 늘어 가는 감염자의 수에 발을 동동 구르던 로라가 답답하다는 듯 소리쳤다.

"누구 스마트폰 없어요? 유튜브에 노래 검색해서 틀면 되잖아요."

락구의 입이 동그랗게 벌어졌지만 정욱의 얼굴은 더욱 딱딱하게 굳어졌다.

"인터넷 망이 차단됐잖아요. 그 방법은 쓸 수 없어요."

락구와 정욱이 박살 난 데크 앞에서 어쩔 줄 모르고 있을 때, 그 경적 소리가 울렸다.

빠라바라바라밤!

원래라면 가장 반겨야 할 소리건만 지금은 락구의 가슴을 철렁 내려앉게 만들 뿐이었다.

필드하키장으로 이어지는 가장 넓은 도로 끝자락에서 자욱한 먼지바람이 일어나고 있었다. 붉은 바이크에 올라탄 승미, 인라인 스케이트를 타고 그 옆에 붙어 있는 달튼과 다인. 마지막으로 오백을 넘어서는 초대형 감염자 무리가 그 뒤를 전력으로 추격해 오고 있었다.

필드하키장의 모두가 같은 풍경을 보고 있었고, 그중에서 누가 가장 겁이 많은지가 드러나게 됐다.

타이어 요새 뒤에 숨은 재일이 찢어지는 비명 소리를 질렀다.

"조, 좀비 떼다아!"

쓰러지는 로빈훗을 아무렇게나 내던지고 달려온 승미는 락구의 말에 잠시 생각에 빠졌다.

"그 노래, 나한테 있어."

"뭐? 어디에?"

승미는 바지에서 자신의 스마트폰을 꺼내 락구에게 건넸다.

"며칠 동안 꺼 둬서 배터리가 조금은 남았을 거야. 어서 뛰어!"

락구는 일단 승미가 타이어 위로 올라서는 동안 스피커가 있는 단상으로 내달렸다. 그러는 동안 한곳에 모두 모인 생존자들은 대형 타이어로 쌓은 요새 위에서 재일이 미리 구상한 대로의 방어진을 갖췄다.

꼭대기인 삼층엔 일중이 저격소총을 잡고 엎드려 있다.

그 밑인 이층엔 컴파운드 보우로 무장한 승미와 연두, 그리고 포켓볼 투척이 가능한 현택, 비록 한 팔이지만 권총을 다루는 황 상병이 부채꼴 영역을 커버하며 상대를 요격할 것이다.

가장 넓은 일층엔 재일과 로라, 다인, 정욱 같은 비전투 요원들이 타이어 안에 들어가 숨어 있다. 나머지 락구와 두제, 유나와 달튼은 원거리 포격을 버텨 낸 감염자들이 접근하면 목숨을 걸고 싸운다.

그것이 전투 대형의 설계도였다. 모두가 자신의 자리를 잡고 몰려드는 감염자의 해일을 지켜보고 있었다.

단 한 명의 열외였던 락구는 단상 위로 뛰어오르며 승미의 폰 전원을 켰다. 네 개의 비밀번호를 입력하라는 문구가 떴다.

"현승미! 비번이 뭐야?"

그러자 승미는 컴파운드 보우에 화살을 메기며 소리쳤다.

"공오이륙!"

숫자 0526을 눌러 잠금이 해제되는 동안 락구는 흠칫했다. 이 네 개의 숫자가 지나치게 익숙했기 때문이다.

"이거 내 생일 아니야?"

열심히 시위를 튕기던 승미는 얼굴이 벌게져서 화를 냈다.

"지금 그딴 거 생각할 때야, 멍충아! 동영상 앨범을 봐."

락구는 데크에 연결된 3.5파이 핀을 뽑아 승미의 폰 단자에 꽂았다.

연습벌레답게 승미의 동영상 앨범에는 자신의 사격 기록을 담은 영상들로 가득했다. 양궁 과녁에 고정된 앵글. 다행히 그것들은 쉽게 쉽게 건너뛸 수 있었다. 그리고 작년도 영상까지 스크롤을 넘기던 락구는 그것을 발견했다. 파일명은 '도깨비 재롱잔치_힘들 때 볼 것'이었다.

그것을 누르자 익숙한 건물 내부가 액정 화면에 가득 찼다. 몇 시간 전까지 생존자들이 모여 작전을 짰던 챔피언 하우스의 행사용 강당이었다. 멀쑥한 정장을 빼입은 사회자가 힘차게 외치고 있었다.

"그럼 다음 순서는 남자 레슬링팀입니다! 그들이 야심차게 준비한 차력쑈오쑈오쑈!"

그것은 훈련 시즌이 끝나면 선수촌장이 상금 오백만 원을 걸고 벌이는 '태릉 장기자랑' 동영상이었다. 영상 속의 치순과 부주장은 레슬링 타이즈 위에 분홍색 고무장갑을 닭벼슬처럼 머리에 쓰고 어설픈 차력쑈를 벌이고 있었다.

'그래, 맞아. 이런 행사가 있었지.'

지금 정욱의 양손을 감싸고 있는 다섯 개의 고무장갑이 어째서 챔피언 하우스에 뒹굴고 있었는지에 대한 대답이기도 했다.

다리 가랑이 사이에 젓가락 한 묶음을 넣고 괄약근의 힘으로 그것을 부러뜨리려 시도하는 레슬링팀의 동영상을 휙휙 넘겼다. 스케이트 헬멧을 쓴 채 비보잉을 선보이는 쇼트트랙 소녀들을 지나, 컬링 선수들이 페인트통을 엎어 놓고 펼치는 난타 공연도 지나칠 때쯤, 필드하키장 안으로 진입한 감염자들의 무리가 락구를 포위하려 하고 있었다.

상황을 눈치챈 승미가 답답하다는 듯 또 한 번 소리를 질렀다.

"38분 12초! 틀어 놓고 얼른 켜와!"

영상을 5초 단위로 넘기고 있던 락구는 그 말을 듣고 단번에 손가락을 오른쪽으로 넘겨 그토록 원하던 지점을 찾아냈다. 그러자 선수촌에서 구슬땀을 흘려 본 사람이라면 누구나 귀에 익을 EDM 음악이 스피커에서 뻥 하고 터져 나왔다.

어느새 끝나 버린 사랑의 유통기한~!
차가운 냉동고에 나 홀로 독수공방~!

벌떡 일어나서 뒤로 내빼려던 락구의 발걸음이 우뚝 멈춘 것은, 액정 속에서 해맑은 율동을 펼치는 친구의 얼굴을 봤기 때문이었다.

취객처럼 머리에 검은 띠를 동여맨 장용이 고양이를 연상케할 만큼 사뿐사뿐한 댄스를 추고 있었다. 그 옆의 자신은 장용의 날렵함과 센스를 따라가지 못해 엉거주춤해하고 있었다.

"캬아아아아아!"

감염자 하나가 락구의 등을 노리고 뛰어들었다.

퍼뜩 정신을 차린 유도 국가대표는 감염자의 공격을 훌쩍 피해 낸 다음 그의 뒷덜미를 잡아 단상의 철봉에 내려쳤다.

부러진 쌍쌍바~ 아직도 녹질 않아~
버려진 나를 봐~ 아무도 찾질 않아~

모두가 기다리고 있는 타이어 요새로 락구가 돌아가야 다음 작전이 실행될 수 있다. 장용이 내민 엉덩이에 튕겨 나가는 자신의 우스꽝스러운 모습을 외면한 채 락구는 필드하키장의 하프라인으로 질주했다. 재일이 깔아 놓은 철조망의 강을 메뚜기처럼 뛰어올라 전방 낙법으로 일어선 락구.

그러자 락구의 자리를 비워 놓았던 두제가 그를 이끌었다.

"그러니까 이 노래가 좀비들을 묶어 놓을 거라 이 말이지?"

물론 반쯤은 도박을 거는 것이나 마찬가지였지만 락구는 힘차게 고개를 끄덕였다.

"확실해요. 이제 버티기만 하면 됩니다."

다른 냉장고가 생겼다고~ 이제는 날 떠나겠다고~
삼중냉방 바람처럼 싸늘해진 오빠~ 너무해, 너무해~

필드하키장의 파란색 바닥이 어느덧 절반을 넘게 가려지고 말았다. 그 자리를 가득 메운 것은 푸른 피부와 붉은 눈동자를 가진 육식생물.

기분 탓일까.

육백을 넘어서는 감염자들은 실제로 음악 소리에 홀린 듯 성큼성큼 가시 철망 안으로 뛰어들었다. 무릎 뼈가 드러날 정도로 살점이 썰려 나가면서도 감염자들은 타이어 위의 생존자들을 뜯어 먹기 위해 버둥거렸다.

총알과 화살이 감염자들의 머리 위를 날았다. 락구와 두제, 유나와 달튼은 정면으로 달려드는 감염자들의 머리를 후려쳐 댔다. 그러나 하나를 처리하면 그 시체를 밟고 둘이 덤벼들었고, 동료의 도움을 받아 그 둘을 쓰러트리면 어느덧 네 명의 감염자가 목을 물어뜯기 위해 다가왔다.

부러진 쌍쌍바~ 아직도 녹질 않아~
내 심장 가져간 오빠 아직도 못 잊나 봐~

노래는 이제 2절의 후렴으로 넘어가고 있었다.

두제의 강철 막대에 목젖을 관통당한 감염자가 힘겹게 팔을 휘두르던 찰나!

"이야아아!"

락구는 성화봉을 휘둘러 그 감염자의 머리를 박살 낸 다음 철망에 찢기며 기어와 자신의 다리를 붙잡는 감염자를 가까스로 떨궈 냈다.

"괜찮아요?"

유나의 사브르가 그 감염자의 팔을 베어 냈기 때문이다. 참다못한 두제가 발악하듯 외쳤다.

"아직이야? 이대로 간다면 물리기 전에 압사당하겠어!"

그의 말은 틀리지 않았다. 뒤에서 꾸역꾸역 밀려드는 감염자들의 출렁임 때문에 그들의 공격 궤도가 점점 높아지고 있었다. 쌓여 있는 시체들은 어디로도 사라지지 않고 다른 감염자들의 도약대가 되어 주고 있었던 것이다.

바로 그 순간, 정욱은 시야에 닿는 모든 감염자들이 필드하키장 안으로 진입한 것을 확인하고 상체를 일으켰다.

"다 들어왔어요. 해요!"

달튼이 심호흡을 한 다음 양손으로 아이스하키 스틱을 쥐었다. 그리고 감염자들을 뒤로 넘어뜨리는 경이로운 괴력을 발휘했다.

"으랴아아아아!"

잠시 틈이 생기자 지면에 내려서 있던 네 명의 근접전 싸움꾼들이 재빨리 타이어 위로 올라섰다. 그와 동시에 승미는 따로 챙겨 놓았던 '특별한 화살'을 컴파운드 보우의 시위에 얹었다.

그 화살의 촉 아랫부분에는 두툼한 비엔나소시지 두 개가 꼬챙이처럼 매달려 있었다.

"간식 먹을 시간이다, 소치야."

승미의 시선이 닿는 곳은 꼬리를 만 채 벌벌 떨고 있는 소치의 등 뒤 벤치였다.

쐐애애액!

퍼그의 민감한 코가 발동했다.

킁킁.

녀석이 가장 사랑해 마지않는 육즙 가득한 소시지가 저 멀리 벤치에서 자신을 기다리고 있었다.

월월!

뒷다리에 팽팽하게 힘을 주며 땅을 박차고 일어선 소치. 녀석이 벤치를 향해 맹렬히 뛰어가자 목줄을 걸어 놓았던 금속 기둥이 덜컹였다.

끼이이익.

소치가 용을 써서 그 금속 기둥 끄트머리의 밸브를 시계 방향으로 돌리게 만들었다. 그리고 자유의 몸이 된 소치가 벤치 위로 뛰어오르던 그 순간, 녀석이 묶여 있던 금속 기둥의 정체가 밝혀졌다.

필드하키장의 동서남북 네 방향의 바닥에서 스프링클러 헤드가 올라왔다. 그리고 소방 호스 못지않은 막강한 압력으로 물줄기를 내뿜기 시작했다.

쏴아아아아아!

원래는 하키장의 청결을 담당해야 하는 스프링클러였지만 지금은 영문도 모른 채 모여든 감염자들의 온몸을 흠뻑 적시고 있었다.

"캬아아아아아."

"크르르르르."

스프링클러와 가까이 있던 감염자들은 물줄기의 힘에 밀려 나동그라질 정도였다.

그녀에게도 쌍쌍바를 나눠 주니~

밤길에 뒤통수 조심해~

그리고 당뇨병도 조심해~

키스할 때 알았는데, 오빠 충치 좀 있더라~

노래는 이제 절정을 향해 달려가고 있었다.

물이 닿지 않는 타이어 위에서 양팔을 허우적대는 감염자들을 내려다보며 생존자들은 모두 비슷한 생각을 하고 있었다.

'마치 락 페스티벌을 즐기는 파티 피플 같다.'

스프링클러의 맹활약 덕분에 감염자들의 신발, 혹은 맨발은 한 명도 빠짐없이 젖은 필드 위에서 철벅거리고 있었다. 락구는 정욱의 눈을 쳐다보며 고개를 끄덕였다.

드디어 도미노 블록을 한 번에 무너뜨릴 순간이다.

정욱이 발전차의 제어판과 연결된 벽돌 사이즈의 원격 조종기를 꺼내 들었다. 그리고 눈을 질끈 감은 다음 넓적한 노란색 스위치를 덜컥 하고 내리눌렀다.

그 순간 발전차에 실린 콤프레셔의 모터가 굉음을 내며 가동됐고……

파지지지지지직!

440볼트의 해방된 전류가 감염자들의 젖은 몸을 타고 순식간에 퍼져 나갔다. 그것은 마치 지금껏 모욕당한 신의 분노가 땅 위에 강림한 것처럼 보였다.

75화
쳇바퀴와 다람쥐

- 감염 5일째. 오전. 07:11.

락구의 왼쪽 어깨가 아파 왔다.

승미의 핏기 없는 손이 거기에 얹혀 있었다. 그녀는 침착한 얼굴을 하고 있었지만 코앞에서 수백의 감염자들이 감전돼 쓰러지는 모습에 태연할 수는 없었을 것이다.

반면 두제는 강철 막대를 응원봉처럼 휘두르며 즐거워했다.

"몽땅 타 죽어라, 이 지긋지긋한 놈들!"

그러나 정욱은 안경을 고쳐 쓰며 두제의 말에 담긴 오류를 지적했다.

"주, 죽진 않습니다. 고압 전선이 아니라서 얼마 후면 멀쩡히 깨어날 거예요."

"뭐? 그냥 잠깐 기절만 시키는 거야?"

정욱이 고개를 끄덕이자 두제는 김이 샜는지 머리 위로 흔들던 강철 막대를 천천히 내려놓았다. 그러고 보니 이렇게 막대한 숫자의 감염자들이 감전되어 쓰러지는 와중에도 생각보다 살 타는 냄새가 심하지 않았다.

"크으으으으."

유독 체구가 커다란 감염자들은 온몸을 부들부들 떨면서도 장시간 버티는 듯했으나, 결국 하키장의 젖은 바닥 위에 코를 박아야 했다.

시야에 들어오는 모든 감염자들이 꿈틀대며 잠들자 현택이 재촉했다.

"그럼 이놈들이 깨어나기 전에 빨리 튀자구."

하지만 위압감이 큰 감염자들에게만 신경을 쏟고 있었던 것이 그들의 실수였다. 깡마른 팔다리를 가진 소년 감염자가 밑에 깔린 성인 감염자들의 등과 머리를 밟고 천천히 일어선 것이다.

"끼이이이."

그 소년 감염자가 다가오는 것을 가장 먼저 눈치챈 것은 다인이었다.

"꺄아아악!"

그 감염자의 뜀박질은 빠르고 경쾌했다. 거리가 급속도로 좁혀진다. 승미와 연두가 화살을 메길 시간적 여유가 없었다. 락구는 숨을 들이마신 뒤, 아직 전류가 통하고 있는 코트를 뛰어

넘어 옆 타이어로 넘어갔다. 그리고 달려오는 소년 감염자의 턱을 붙잡아 들어 올렸다.

"선배님!"

락구가 그렇게 외치기 한참 전에 두제는 이미 이층 타이어로 올라가 풀스윙을 날릴 준비를 하고 있었다.

"히랴앗!"

그가 강철 막대를 있는 힘껏 휘두르자 소년 감염자의 위턱과 아래턱이 분리되었다. 그런데 소기의 목적을 달성한 뒤에도 관성에 의해 휘둘러진 두제의 강철 막대가 엉뚱한 곳으로 날아갔다. 움츠러들어 있던 정욱의 원격 조종기를 타악, 건드리고 만 것이다.

"어어어?"

그의 손을 벗어난 조종기가 포물선을 그리며 허공에 떠올랐다. 질겁한 정욱은 앞으로 튀어 나가 그것을 잡아채기 위해 양팔을 허우적대다 균형을 잃었다.

"무슨 짓이야?"

다행히 현택이 정욱의 뒷덜미를 붙잡아 멈춰 세워 준 덕분에 감전되는 꼴은 면했지만…….

파지지직.

젖은 감염자의 품에 떨어진 조종기는 푸른 스파크를 일으키며 망가져 버렸다.

그 누구도 방금 일어난 사태에 대해 입을 열지 못했다. 유나의 품에 안겨 있던 다인이 염원을 담아 물었다.

"저게 유일한 리모콘은 아니었죠? 제발 하나 더 만들어 놨다고 해 줘요, 오빠."

그러나 굳이 답변은 필요 없었다. 이미 정욱은 자신의 머리를 쥐어뜯으며 괴로워하고 있었기 때문이다.

"끄아아. 안 돼에!"

차마 받아들이고 싶지 않은 무서운 깨달음이 엄습했다. 그들은 빠져나갈 수 없는 전류의 바다에 갇혀 버린 것이다.

"누군가 발전차로 건너가서 끄면 안 될까요?"

락구가 이 말을 외친 것은 절반은 반사적인 행동이었다. 생존자들의 눈빛에서 패닉의 기운을 읽었기 때문이다. 좁은 고무 타이어 위에서 위태롭게 서로를 부둥켜안고 지탱하는 이때, 누군가 발작이라도 일으킨다면 모두의 목숨이 위험해진다.

하지만 거리감이 뛰어난 승미가 계산을 해 보더니 고개를 가로저었다.

"저기까지 20미터가 넘어. 발을 땅에 딛지 않고 그 거리를 넘어갈 수 있는 사람은 없어."

타이어 요새는 하키장의 센터라인 중앙에 만들어져 있었고, 탈취조가 몰고 온 발전차는 사이드라인 바깥인 육상 트랙 위에 세워져 있었던 것이다.

밧줄을 매고 용감하게 옥상에서 뛰어내렸던 다인의 표정도 어둡긴 마찬가지였다. 이 중에서 가장 먼 거리를 뛸 수 있는 이 소녀도 10미터 이상을 건너가는 것은 불가능했다. 게다가 도움

닫기를 할 수 있는 물리적 공간도 없다.

유나가 정욱에게 물었다.

"저 발전차의 배터리가 무한하지는 않을 거 아녜요. 방전돼서 꺼지길 기다리는 건 어때요?"

"저 정도 출력이라면 아무리 못 가도 다섯 시간은 넘게 버틸 겁니다. 그때면 이미 우린……."

두제가 정욱이 얼버무린 말을 대신 해 주었다.

"새카만 잿더미가 돼 있겠지."

태릉선수촌에 미군의 항공모함이 폭격기를 띄워 불태우기로 한 시간은 이제 두 시간도 남지 않았다. 방전을 기다리는 건 어불성설.

연두가 한숨을 내쉬었다.

"감전돼 죽는 거랑 불타 죽는 거 중에 선택해야 되는 거예요, 지금?"

감염자들의 육체가 만든 언덕 너머에서 소치는 어쩔 줄 몰라 하며 울부짖고 있었다.

아우우우우!

락구는 순간 소치가 사람의 말을 알아들을 수 있다면 얼마나 좋을까 하는 생각을 했다.

'소치야. 저기 자동차 위로 뛰어 올라가서 앞발로 전원 좀 내려 줄래?'

하지만 현실은 녀석이 이쪽으로 가까이 다가오지 않기만을 바라는 것이 최선이었다.

그때, 아무도 주목하지 않았던 생존자가 활동을 개시했다.

"저기요. 그 손에 낀 것 좀 내놔 봐요."

모두의 시선이 오로라에게 집중됐다.

로라는 정욱에게서 여러 겹의 고무장갑을 건네받아 자신의 손에 겹쳐 끼우고 있었다. 아침 햇살을 받아 더욱 현란하게 반짝이는 레오타드와 분홍색 고무장갑의 조합은 우스꽝스러웠지만 아무도 웃는 사람은 없었다.

용기를 내서 질문한 것은 재일이었다.

"뭐, 뭘 하려고 그래?"

"뭘 하긴요. 기껏 좀비들 다 쓰러트린 판국에, 여기서 옴짝달싹 못 하는 건 우습지 않아요?"

그리고 난 뒤 로라는 가장 꼭대기에 세워진 타이어에 서 있는 승미와 연두에게 물러서란 손짓을 했다.

"내가 신호하면 이걸 세워서 멀리까지 굴려 줘요. 그걸 타고 발전차까지 가 볼 테니까."

연두는 로라의 말대로 비켜서 주면서도 걱정되는 듯 물었다.

"그러다가 잘못되면?"

생존자들이 있는 하프라인에서 발전차까지의 공간엔 발 디딜 틈 없이 감염자들이 널브러져 있었다. 지금 로라는 예측할 수 없는 울퉁불퉁한 언덕길을 대형 타이어 위에 올라탄 채 건너가겠다고 한 것이다.

"한번 기대를 걸어 보자고. 국민요정님이 활약할 기회를 줘야지."

두제가 달튼에게 신호를 보내며 타이어를 세웠다.

그 두 장정이 타이어의 양옆을 지탱하고 있었고, 락구가 뒤쪽에 붙어 밀어낼 자세를 취했다. 로라는 마치 쳇바퀴 위에 올라서는 다람쥐처럼 사뿐히 뛰어오르더니 한쪽 무릎을 꿇었다.

로라를 올려다보는 락구.

"괜찮겠어요? 발가락 하나라도 옆으로 잘못 내딛으면 그대로 끝나는 거예요."

그러자 로라는 입꼬리만 들어 올리는 특유의 냉소로 화답했다.

"내가 어떤 종목 국대인지 새삼 말해 줘야 돼요? 지금 그쪽이 설명한 게 바로 리듬체조의 사전적 정의예요."

그렇게 받아친 로라는 마지막으로 남은 고무장갑 한 짝을 입에 문 다음 정면을 향해 고개를 끄덕였다.

그것이 출발 신호라는 걸 락구는 깨달았다.

"부디 조심해요."

세 국가대표의 근육과 관절을 동력 삼아 대형 고무 타이어가 바닥을 향해 굴러갔다.

덜커덩, 덜커덩.

높은 곳에서 굴러떨어진 타이어에 조금씩 속도가 붙었다. 로라는 그 위에서 상체를 극도로 낮춘 채 뒷걸음질로 균형을 맞췄다. 마치 발바닥으로 타이어를 앞으로 밀어내듯, 거꾸로 작동되는 러닝머신 위에 올라탄 느낌으로.

으드득. 으득.

감전돼 쓰러진 감염자들의 뼈와 관절을 300킬로그램의 타이어가 짓밟아 부수는 소리만이 적막한 필드하키장을 채워 나갔다. 비록 생존자들은 로라의 뒤통수만 볼 수 있을 뿐이었지만 그녀가 무서운 집중력을 발휘하고 있다는 걸 모두 느낄 수 있었다.

덜컹거리던 타이어가 중반을 넘어서자 조금씩 느려졌다. 그러자 재일은 자신의 손톱을 깨물며 발을 동동 굴렀다.

"모, 못 가겠는데, 저러다가."

덜컥.

설상가상으로, 한데 뭉쳐 있던 감염자들 무리 때문에 제동이 걸린 대형 타이어가 전진을 멈췄다.

지켜보던 생존자들이 호흡마저 멈춘 가운데, 오히려 로라는 더욱 차가워진 눈빛으로 정면을 주시하고 있었다. 그리고 웅크리고 있던 다리를 폭발적으로 튕겨 물 위로 다이빙하듯 뛰어내렸다.

"으아아아악!"

재일이 참지 못하고 비명을 지른 가운데 로라는 산처럼 쌓인 감염자의 등을 양손으로 짚었다. 겹겹이 손에 끼운 분홍색 고무장갑이 그녀가 전기통구이가 되는 것을 막아 주었다. 플라스틱 스프링을 계단 아래로 튕겼을 때 볼 수 있는 아름다운 곡선이 로라의 전신을 통해 발현됐다.

거꾸로 물구나무를 선 채 그녀가 뱉어 낸 고무장갑이 먼발치에 누운 감염자의 가슴팍에 떨어졌다. 발가락 끝을 세워 정확하게 그 지점에 착지한 로라는 굉장한 도약력으로 결국 안전한 육상 트랙에 발을 내딛었다. 천천히 몸을 일으키는 로라의 이마에는 땀이 송골송골 맺혀 있었다.

누가 보더라도 그것은 감히 점수를 매길 수 없는 경이로운 묘기였다.

"저걸 진짜 해냈어."

생존자들이 입을 쩍 벌리고 있는 가운데 로라는 뒤돌아서서 이렇게 소리쳤다.

"어떻게 꺼요?"

"운전석 핸들 옆에 빨간 레버가 있을 겁니다! 그걸 내리면 배터리가 차단돼요!"

정욱이 손나팔을 만들어 소리치자 로라는 성큼성큼 발전차의 운전석으로 다가가서 문을 열었다. 정욱이 말한 대로 큼지막한 레버가 그녀의 손길을 기다리고 있었다. 모두가 안도의 한숨을 내쉰 것은 바로 이때였다.

"그런데 말예요. 내가 이 차를 타고 탈출하면 여러분은 꼼짝없이 고립되는 꼴이 되겠네요?"

생존자들의 얼굴에 피어 있던 웃음꽃이 태풍에 날아가듯 일제히 사라졌다. 하나같이 안색이 창백해지는 선수들. 락구 또한 당황을 숨기지 못했다.

"오, 오로라 선수. 이제 와서 설마 그럴 거라고는 믿지 않아요. 지금까지 잘해 왔잖아요. 부디 마음을 고쳐먹고……."

더듬더듬거리며 로라를 설득해 보려는 락구의 목소리에 국민요정은 생긋 웃으며 레버를 붙잡았다.

"하여간 농담 못 받아먹는 건 알아 줘야 돼. 저 아직 열여덟이라 면허도 없거든요? 롯데월드 범퍼카도 아니고, 이렇게 큰 차를 어떻게 몰아."

그녀가 빨간 레버를 잡아당기자 부들부들 떨리던 감염자들의 몸짓이 뚝하고 멎었다. 잠깐의 시간이 흐른 뒤 현택이 자신의 전자손목시계를 풀어 바닥에 던져 보았다.

툭.

그러나 아무런 이상 징후가 없었다. 전류가 차단된 것이다. 현택은 다시 손목시계를 주워 차면서 타이어 위의 생존자들에게 소리쳤다.

"됐어. 이 좀비들의 섬을 빨리 빠져나가자."

모두가 최대한 조심하며 필드에 내려서는 가운데 연두는 한심하다는 듯 두제의 얼굴을 노려봤다.

"아저씨, 좀 전에 뭐라고요? 도망 못 가게 쏴서 맞힐 수 있겠냐고요?"

두제는 머쓱해하면서 대꾸했다.

"저대로 튀게 놔둘 생각이었어, 그럼? 최악의 상황을 미리 준비해서 나쁠 건 없잖아."

"내가 보기엔 아저씨가 이 중에서 최악이에요. 사람을 믿어 본 적은 있기나 한지 원."

중얼거리는 연두 옆에서 두제는 코웃음을 쳤다.

"사람을 왜 믿나. 우리는 강한 놈만 남기는 태릉 출신인 것을. 거기 발 조심해. 아직 꿈틀대고 있군."

두제가 가리킨 방향에서 연두가 흠칫하며 물러섰다.

"넘버포가 넘버원이 되려면 어째야겠어. 동메달 밀치고, 은메달 제끼고, 금메달은 죽여야지."

연두는 두제의 말에서 냄새가 난다는 듯 손사래를 쳤다.

"역겨운 소리 좀 그만 해요."

"의외군. 친구는 날 이해해 줄 줄 알았는데. 양궁이야말로 단 한 번도 멈추지 않고 서바이벌을 시키는 무시무시한 종목 아니었던가. 내가 없는 동안 양궁 군기가 약해지기라도 한 건가."

그렇지 않았다. 여전히 양궁은 서로가 서로를 추격하는 적자생존의 스포츠였다. 그 끝나지 않는 극한 경쟁에 벌써 몇 번이나 진저리를 쳐 온 연두는 쉽사리 대꾸할 말을 찾지 못했다.

"내 말에 동의하나 보군."

"아니거든요? 전 그래도 동료를 믿어요. 같은 팀을 신뢰한다고요. 승미 언니는 제 영웅이란 말예요."

"영웅이라. 뭐, 나한테도 그런 존재는 있어. 최배달이라고. 하지만 내가 너라면 쟤를 영웅으로 삼진 않겠어."

"왜요? 승미 언니가 어때서요."

두제가 바라보고 있는 승미는 락구 옆에 바짝 붙어 달리고 있었다.

"일단 살아 있는 데다, 너무 가까이 있는 사람이잖아. 그런 사람의 후광 밑에 있다 보면 자기 위치에 만족해 버리게 된단 말이지."

때마침 앞서 달리던 승미가 연두를 향해 손짓하고 있었다. 두제는 연두 앞에서 비켜서며 의미심장한 한마디를 남겼다.

"내 말을 믿어. 넘어서지 못할 사람 곁에 있으면 너 자신이 영웅이 될 기회는 평생 오지 않아."

감염자를 한군데에 몰아넣고 '마비'시킨 덕분에 생존자들은 마음껏 넓은 대로를 달릴 수 있었다. 그런 와중에 승미는 쓰러진 감염자들의 머리에서 화살을 뽑아 퀴버에 채우고 있었다.

"언니. 이제 좀비랑 싸울 일도 없는데, 그럴 필요 있어요?"

"혹시 모르잖아. 내가 돌아다니다가 놓친 좀비가 있을 수도 있고."

"어. 그건 그러네."

연두도 승미의 반대쪽에서 같은 작업을 시작했다. 재수가 없으면 화살과 함께 썩어 가는 안구가 같이 뽑혀 나오는 불쾌한 일이었는데, 그보다는 이런 상황에 어느덧 익숙해져 가는 자신이 더욱 무서웠다.

오직 락구만이 승미가 임전 태세를 풀지 않는 진짜 이유를 짐작하고 있었다.

"승미야. 아까 거기에 없었지?"

화살을 거두던 승미의 손짓이 잠시 멈췄다.

두 남녀는 닷새 전 자신들의 탈출을 막아섰던 '괴물'의 존재를 절대로 잊지 않고 있었다.

"응. 가장 무서운 녀석이 보이질 않았어."

선수촌 어딘가에 아직 '왕치순'이 돌아다니고 있다. 그러니까 아직 안심은 이르다. 그것이 락구에게만 드러낸 승미의 속마음이었다.

잠시 후.

생존자들이 우르르 달려 도착한 곳은 개선관으로부터 조금 떨어진 공터였다. 그곳에 방치된 채 서 있는 파란색 45인승 대형 관광버스. 그것이 생존자들을 이 고통의 장소에서 빠져나가게 해 줄 '노아의 방주'였다.

운전석에 조심스럽게 올라탄 현택은 곧 환해진 얼굴로 희소식을 알려 왔다.

"아무도 없어. 열쇠는 그대로 꽂혀 있고. 어서 타!"

아직 습한 데다 열기가 남아 있는 버스였지만 각자의 자리를 찾아가는 생존자들의 얼굴은 밝았다. 널찍한 좌석과 익숙한 등받이의 냄새가 안도감을 주기 때문이었다.

반면 락구와 두제, 황 상병은 언덕 위를 바라보고 있었다.

"의료동까진 그리 멀지 않을 겁니다."

아직 그들에게는 마지막 '숙제'가 남아 있었기 때문이다.

이대로 버스에 모두가 올라타 선수촌을 빠져나가면 사실 간단한 일이었다. 하지만 단단한 바리케이드를 치고 주저 없이 민간인에게 총구를 들이대는 미군들이 있다.

승미와 달튼, 연두는 직접 그들이 가진 기관총의 위력을 목격하기도 했다. 감염자들을 뿌리치는 것은 첫 번째 단계에 불과했다. 군인들의 방벽을 뚫고 안전지대까지 달리기 위해서는 또 다른 단계의 준비가 필요하다.

그런데 락구의 시선에 의아한 그림이 잡혔다. 승미가 버스에 올라타지 않고 오히려 자신들 쪽으로 걸어오고 있는 것이다.

"뭐 하는 거야, 현승미? 왜 안 타."

"왜긴. 너랑 같이 있을 거야. 유인조에 있을 때는 어쩔 수 없이 떨어졌으니까."

"아직 저 위에 뭐가 있을지 몰라. 위험하다고."

락구의 만류에 승미는 코웃음을 쳤다.

"그러니까 널 옆에 두고 눈을 부릅뜨고 있어야지, 내가. 무슨 덜렁거리는 짓을 할지 모르니."

승미가 애초부터 이럴 작정이었음을 깨달은 락구는 그저 한숨만 내쉬었다. 열불 터지게도 두제마저 등 뒤에서 깐족댔다.

"그럼 난 빠져도 되는 건가? 버스에서 에어컨 좀 쐬고 싶은데."

"시끄럽습니다, 선배님. 작전대로 갈 거예요."

관광버스 운전석에서 현택이 시동을 걸었다.

락구는 그런 현택에게 고개를 한 번 끄덕인 다음 언덕 위를 손가락으로 가리켰다. 미군들의 바리케이드를 뚫을 수 있는 유일한 '수단'이 언덕 너머에서 그들을 기다리고 있을 터였다.

"그럼 사이좋게 달려가 볼까요. 탱크를 주우러."

76화
모래 속의 바늘

- 감염 5일째. 오전. 07:29.

락구와 두제, 황 상병과 승미는 탱크를 구하기 위해 언덕을 달려 올라갔다.

관광버스 안에 올라탄 생존자들의 얼굴은 포근한 안도감에 휩싸여 있었다. 재일은 넓은 뒷좌석에 앉으려고 버스 통로를 획획 지나쳐 갔다. 그런데 좌석에 가려 보이지 않았던 형체가 그의 시야에 갑자기 튀어나왔다.

"으악! 좀비다."

재일이 기겁하며 뒤에 따라오던 사람들을 밀치고 물러섰다. 물벼락을 맞은 고양이들처럼 버스 안의 생존자들이 신경을 곤두세우는 가운데.

"비켜!"

유나가 재일의 어깨를 옆으로 밀친 다음 일순간에 불청객의 머리를 찔렀다. 유나의 사브르가 쾌속으로 뿌려져 인간 형체의 머리를 관통했다. 하지만 뻐그덕거리는 소리가 이상했다.

"뭐야, 이거?"

알고 보니 그것은 감염자가 아니라 태권도 호구 위에 헬멧을 올려놓은 것이었다. 스펀지에는 머리뿐 아니라 팔까지 달려 있어서 사람처럼 보인 것뿐.

"깜짝 놀랐네. 이거 태권도 애들 버스였나 본데."

운전석에서 미어캣처럼 상황을 지켜보다가 가슴을 쓸어내리는 현택이었다.

"좀비는 없어. 우리가 다 전깃불로 지지고 왔잖아."

로라는 아직도 굳어 있는 재일을 보고 놀렸다.

"남자가 무슨 겁이 그렇게 많아요? 자기만 믿으라고 큰소리 뻥뻥 칠 땐 언제고."

"그, 그 얘긴 그만 해. 반성하고 있다구."

통로를 마주 보고 로라의 옆자리에 앉은 재일의 표정이 심각해졌다.

"사람은 바뀔 수 있어. 난 여기서 배운 게 많아. 여기서 무사히 나가면 좀 괜찮게 살아 보고 싶어."

"본색은 변하지 않죠. 숨길 순 있겠지만. 난 그런 거 절대 안 믿어."

"그, 그렇게 생각하면 어쩔 수 없지만."

"……그래도 고생했어요. 오빠가 만든 탈출 작전 때문에 이렇게 살아서 나가게 됐으니까. 이미 어느 정도 괜찮은 일을 한 거야."

할 말을 잃고 로라의 얼굴을 쳐다보는 재일. 그건 로라가 처음으로 그를 인정해 준 한마디였다. 로라는 창문 바깥으로 시선을 던진 채로 재일을 향해 손바닥을 내보였다.

"그렇다고 가까이 올 생각 마요. 아직 징그러우니까. 싸인 같은 것도 안 해 줄 거예요."

버스 안에 남아 있는 생존자들은 락구 일행이 돌아오길 초조하게 기다리는 수밖에 없었다. 감염자들이 하나도 보이지 않는 고요한 풍경이 오히려 을씨년스러움을 더해 주고 있었다. 아무 말 없이 의자에 앉아 있다 보니 자연스레 신경이 곤두세워진다.

이때, 다인의 품에 안겨 있던 소치가 느닷없이 짖어 댔다.

월월! 월!

"어머? 얘가 왜 이래. 조용히 해."

다인이 목덜미를 쓰다듬는데도 소치는 멈추지 않고 컹컹 울부짖었다. 가장 앞쪽 좌석에 앉아 있던 바이애슬론 선수 일중이 소치가 짖는 원인을 발견했다.

주차장 입구 쪽에서 근육질의 사내가 맨발로 버스를 향해 뛰어오고 있었다. 방향도, 속도도 생존자들을 노리는 것이 명백했다. 붉은 눈에 검은 타이즈. 왼팔에 감겨진 붕대. 마주치면 절대 상대하지 말아야 할 대상 1호인 왕치순이었다.

"이쪽으로 오고 있어요!"

일중의 경고에 현택은 반사적으로 핸들에 손을 갖다 댔다.

"한 놈뿐이잖아, 그대로 밀어 버려요!"

생존자들이 입을 모아 외쳤다. 결심을 한 현택이 액셀을 밟자 버스가 굉음을 내며 앞으로 튀어 나갔다.

"크아아아아아!"

15톤의 쇳덩어리가 자신을 깔아뭉개려고 달려오는데도 치순은 아랑곳없이 달리기에 박차를 가하고 있었다.

"죽어라, 이 자식!"

속도계의 바늘이 가파르게 치켜 올라간다. 공중으로 뛰어오른 치순이 버스의 정면과 그대로 맞부딪쳤다.

콰아앙!

버스의 앞 유리에 거미줄처럼 금이 가며 치순을 지붕 위로 날려 보냈다.

"어떻게 됐어?"

운전에 집중하는 현택이 묻자 생존자들은 일제히 뒤를 쳐다 봤지만 치순이 바닥으로 나가떨어지는 모습은 없었다.

"어디로 간 거죠?"

생존자들이 겁에 질려 우왕좌왕하고 있었지만 달튼만큼은 치순이 아직 버스에 달라붙어 있다는 것을 확신했다.

으르르, 월!

소치가 머리를 수직으로 꼿꼿이 세워 짖어 대고 있었기 때문이다. 달튼이 일어서 있는 생존자들에게 다급히 경고했다.

"위다. 숙여라, 머리!"

그 순간 강철로 된 뒷좌석 쪽의 지붕이 헝겊 쪼가리처럼 거칠게 뜯겨 나갔다.

후두두둑!

"으아아악!"

혼비백산하는 생존자들. 폭력이 만들어 낸 지붕 구멍으로 치순이 이빨을 드러내며 내부를 살피고 있었다. 마치 누군가를 찾는 것 같은 동작이었다. 피크닉 바구니를 열어 어떤 샌드위치를 먼저 먹을까 궁리하는 것처럼 보일 정도였다.

버스는 주차장을 벗어나 선수촌 정문으로 이어지는 대로에 바퀴를 들여놓았다. 유나가 치순과 가까이 있는 생존자들에게 소리쳤다.

"물러나요, 뒤로!"

두더지 게임처럼 좌석 밑으로 고개를 숙이는 생존자들이었다. 그렇게 서로가 서로를 지켜 주고 뒤로 당겨 주는 가운데, 오직 로라만 챙겨 주는 사람이 없어 혼자 남아 있었다. 치순과 눈이 마주치는 바람에 다리가 굳어 버린 것이다.

"뭘 멀뚱히 보고만 있는 거야!"

재일이 로라의 앙상한 팔목을 붙잡아 끌어내린 다음 버스 앞쪽을 향해 밀었다. 그러는 바람에 정작 재일이 치순의 사정권에 들고 말았다.

"커억!"

치순의 우악스런 손에 얼굴 위쪽을 붙잡힌 재일의 육중한 덩치가 끌려 올라갔다.

좌아아아악!

버스 위로 딸려 올라간 재일의 목이 척추째 뽑혀 나갔다. 그의 사지가 절단되면서 뿜어져 나온 피가 버스 내부에 쏟아져 들어왔다. 달리고 있는 버스의 오른쪽과 왼쪽 창문에 재일의 너덜거리는 몸뚱이가 잔해처럼 떨어져 내려 나뒹굴었다.

치순의 상체가 다시 구멍 안으로 들이밀어졌다.

"크르르르르."

그것은 명백한 도살자. 인간은 그 앞에 서면 혈관이 얼어붙고 세포가 경직되는 극한의 공포를 맛보게 된다.

그러나 이 버스에 탄 이들 중 몇몇은 달랐다. 적지 않은 시간 동안 그런 도살자들과 생존 싸움을 벌여 오면서, 주저앉아 있는 것보다 반격하는 것이 낫다는 걸 몸으로 익혀 온 자들.

생존자들이 움츠러든 덕분에 돌격 거리를 확보한 유나가 잽싸게 튀어 나가 사브르를 뽑았다.

"타아아!"

치순이 버스 안으로 뛰어내리지 못하도록 일격에 머리를 노린 찌르기였다. 하지만 인간의 시력으로는 따라잡을 수 없는 빠르기였음에도 불구하고 치순은 왼팔로 그걸 잡아채 당겨 버렸다.

"아아아악!"

사브르의 손잡이가 거칠게 튕겨 나가면서 유나의 검지와 중지가 함께 부러지고 말았다.

"숙여요!"

일중이 유나를 잡아당겨서 자신의 품으로 끌어왔다. 순간 치순과 연두 사이를 가로막는 장애물이 모두 없어졌다. 연두의 컴파운드 보우가 팽팽히 당겨진 시위를 드러냈다.

'제발 맞아라.'

눈을 감고 쏴도 절대 빗나갈 수 없는 거리.

피슉!

하지만 그 순간 버스가 과속방지턱을 밟아 튕겨 오르는 바람에 화살 끝이 흔들렸고, 치순의 머리를 노렸던 연두의 화살은 왼쪽 어깨에 푹 박히며 그의 상체를 뒤로 휘청이게 했다.

"크으으으으!"

드디어 버스 뒤 땅바닥에 등부터 추락하며 데굴데굴 구르는 치순. 연두가 주먹을 불끈 쥐었다.

"잡았다! ……어, 아닌가?"

고통이란 개념이 없는 치순은 어깨에 화살을 꽂아 둔 채 다시 무지막지한 속도로 달려오고 있었다. 설상가상으로 버스는 급커브를 하느라 속력을 줄인 상태였다. 이대로라면 금방 따라잡힌다.

달튼이 버스의 앞문 위 계단 앞으로 서며 현택에게 말했다.

"열어라, 문."

달튼이 뭘 하려는지 직감한 다인이 고개를 저었다.

"아저씨, 나가면 죽어요!"

"누군가, 막아야 한다. 살 가능성, 내가 높다."

현택이 눈을 질끈 감고 출입문 레버를 내렸다.

달튼이 열린 문으로 훌쩍 뛰어 바닥에 내려서자 인라인 스케이트의 바퀴들이 모래를 파파밧 튀기며 몸부림쳤다. 버스 안의 생존자들은 약속이나 한 듯 우르르 뒷좌석으로 몰려갔다. 달튼의 우람한 등이 달려 내려오는 치순을 향해 정면으로 덤벼들고 있었다. 오르막길과 내리막길의 중간에서 두 거구가 격돌했다.

"하아아아아!"

치순은 달튼이 사력을 다해 휘두른 아이스하키 스틱을 붙잡아 우지끈 부러뜨려 버렸다. 그리고 목을 붙잡기 위해 내뻗어 오는 손을 피한 건 달튼이 평생 믿어 온 동체시력 덕분이었다.

치순의 겨드랑이를 스치며 통과해 자리를 바꾼 달튼. 그가 부러진 아이스하키 스틱을 치순의 머리를 향해 집어 던졌다. 치순은 가뿐히 오른팔로 그걸 쳐 낸 뒤에 포효했다.

"크아아아아!"

다리를 벌리고 선 달튼은 치순의 어깨너머로 재빨리 시선을 돌렸다. 버스는 이미 충분히 멀어진 뒤였다. 달튼의 인라인 스케이트 바퀴가 천천히 뒤로 미끄러졌다. 그는 치순의 시선을 피하지 않고 마주하며 상대를 유인하고 있는 것이다.

'자, 경주를 벌여 보자. 이걸 신은 날 따라잡을 수 있는 녀석은 없어.'

그러나 치순은 달튼에게 덤벼들 생각이 없어 보였다.

정상적인 사고력은 잃었지만 그의 뇌 속에는 '체스트가드를 한 채 활을 쏘는 여자'에 대한 강력한 집착만이 남아 있었다. 인간에 대한 공격 본능보다 앞서는 탐욕.

"크르르르."

치순은 달튼에게서 등을 돌리며 다시 버스 쪽으로 몸을 향했다. 예상 밖의 상황에 달튼은 움찔할 수밖에 없었다.

'이렇게 가까이 있는 인간을 그냥 무시한다고?'

그것은 그가 처음 접해 보는 감염자의 이상 행태였다.

쫓아오지 않는다면 어떻게 녀석을 붙잡을까. 스틱도 없이 맨손으로 괴력의 치순을 멈춰 세울 수 있을까.

달튼이 아직 결론도 내지 못한 상황에서 치순이 내빼기 시작했다.

"치잇."

간사하게도 살아남았다는 안도감이, 폭풍의 여파가 자신을 비껴 나갔다는 편안함이 달튼의 온몸에 스며들었다. 그러나 버스 안에 남아 있는 친구들의 얼굴들이 뇌리에서 떠나질 않았다.

멈췄던 그의 바퀴들이 다시 굴러가기 시작했다. 방향은 뒤가 아닌 앞.

'그래. 도망치는 데엔 별로 소질이 없지.'

평생을 빙판 위에서 퍽을 쫓아다녀야 했던 한 사내. 그가 다시 한 번 자신으로부터 멀어지는 '목표물'을 향해 출발했다. 치순의 주력은 경이로웠지만 달튼은 내리막길에서 자동차 못지 않은 속도를 낼 수 있는 스케이트를 신고 있었다.

전력으로 땅을 박차는 달튼의 셔츠가 바람에 펄럭인다.

이윽고!

"어딜 도망가는 거냐!"

무서운 가속도에 힘입어 상대를 따라잡은 달튼이 치순의 어깨를 뚫고 박힌 화살을 붙잡았다.

● ● ·

악몽의 장소에 제 발로 돌아오는 것은 극기에 가까운 일이다.

감염자들에게 포위되어 전우들의 몰살을 지켜봐야 했던 의료동 앞에 돌아온 황 상병의 심정이 그러했다. 혼자였다면 절대 불가능했으리라. 세 명의 국가대표 선수들이 전차 탄약수인 그의 능력을 믿고 여기까지 함께 와 준 것이다.

"고장 나진 않았겠죠?"

승미가 가리킨 녹색 탱크의 상태는 참혹했다. 군인들의 절단된 사지가 철판 위에서 부패해 가고 있었고, 해치는 뜯겨 나간 뒤였다. 그래도 황 상병의 목소리는 확신에 차 있었다.

"기체에 손상이 있진 않을 겁니다. 저게 얼마짜린데요."

성큼성큼 걸어간 황 상병은 탱크 주변을 돌며 이상이 없나 살펴봤다. 두제와 락구는 각각 반대 방향을 주시하며 망을 봤다.

순간 전혀 예상치 못했던 소리가 락구의 허리춤에서 울렸다.

뚜뚜뚜뚜.

"까를로스 아저씨? 무사한 거예요?"

무전기에서 들려오는 황 조사관의 목소리는 파르르 떨리고 있었다.

"라쿠 군. 일이 크게 좔못됐음입니다. 나딸리, 제 친구가 미
군들한떼 자펴 버려써요."

•　•　•

미군 막사에서 허겁지겁 빠져나온 황 조사관은 멀리 보이는
불빛만을 향해 쉬지 않고 달렸다.

"나탈리! 이럴 수가. 다 내가 경솔했던 탓이야."

황 조사관은 곱슬머리를 쥐어뜯으며 괴로워하다가 그것조차
시간 낭비라는 죄책감에 사로잡혔다.

'자책할 때가 아니다. 자구책을 찾아야 할 때지.'

비교적 안전해졌다고 생각한 곳에 와서야 락구와 무전기에
생각이 닿을 수 있었다.

황 조사관은 무전기를 켜고 락구에게 생각난 대로 읊었다.

"만약 빠져나온다몬 허리업! 선수촌 반경 쌈 킬로미터 안은
몽땅 미군들의 작쫀 지역이니까, 어떻게든 제가 있는 곳까지 도
착할 수 이쎠야 돼죠."

"아저씨가 있는 곳이 어딘데요? 주변에 뭐가 보여요."

락구의 대답에 퍼뜩 정신이 차려지고, 그제야 주변 상황이
눈에 들어온다. 황 조사관의 눈에 들어온 것은 큼지막한 하얀
색 건물과 녹색 불빛을 뿜어내고 있는 대형 십자 마크였다.

"호스피텔? 여, 여기는 병원입니다!"

"병원? 아, 어디인지 알 것 같아요. 거기는 미군들이 없다는

거죠?"

"네. 미군들 안 보인다입니다."

황 조사관은 고개를 끄덕이며 흙탕에서 벗어나 포장도로 위로 발걸음을 옮겼다. 선수촌을 빠져나오지 못한 사람들의 가족들은 모두 강북연세사랑병원 주차장에 거대한 집회장을 열고 있었다.

"감염자들을 스파크로 지졌다고효? 땡크를 겟할 거라고요?"

락구가 설명하는 탈출 계획을 들은 황 조사관은 입을 다물 줄 몰랐다. 시계는 7시 30분을 넘어서고 있었다. 어물쩡거릴 때가 아니다.

"알게쓰니다, 라쿠 군. 어떠케든 병원까지 온다면, 그때까지 제가 여러분들을 쥐켜 낼 방법을 쌩각해 볼께효."

"고마워요, 아저씨."

"어, 크런데 로키 양은요? 옆에 있는 거 맞음입니까?"

한참 뒤에나 락구는 그 말에 대꾸했다.

"……지금은 떨어져 있어요. 나중에 설명드릴게요."

그렇게 무전은 끊겼다.

황 조사관은 무전기를 다시 품에 갈무리한 다음 병원 불빛을 향해 걸음을 서둘렀다.

이곳이 마지노선이 된 것은 필연적이었다. 시위를 벌이는 시민들을 강제 연행한 경찰들로서도 병원에 입원해 있는 부상자들만은 쉽게 다룰 수 없었기 때문이다. 그래서 국내뿐 아니라 세계 전역에서 몰려온 취재진들마저도 잔뜩 몰려 인산인해를 이루고 있었다.

현장 통제권을 이양받은 미군의 사령부가 이미 9시에 대대적인 폭격을 예고한 상황. 선수촌이 '소각'되는 것을 막을 방도는 도무지 없어 보였다.

복귀 명령은 오래전에 떨어졌지만 우왕좌왕하고 있는 일군의 병사들이 있었다. 사령탑을 잃은 항공작전사령부의 제1여단이었다.

최관식 준장의 부관이었던 김 중위도 그 안에 있었다. 최 준장이 명령에 불이행하고 독단적인 지시로 미군들에게 억류되어 간 뒤, 김 중위는 참담한 심정으로 자리를 지키고 있었다.

군이란 집단은 명령체계의 공백을 그대로 놔둘 수 없다. 하지만 준장이라는 높은 계급이 미군과 갈등을 일으킨 사건을 어떻게 처리해야 하나 고심하는 모양이었다. 물론 9시에 폭격이 시작되면 김 중위를 비롯한 제1여단 병사들도 모두 철수할 수밖에 없는 상황이다.

"정말 아무것도 손쓸 수가 없는 건가."

그가 중얼거리자 옆에서 담배를 태우고 있던 최 중위가 다가왔다.

"미국 놈들이 항공모함에서 전투기를 띄울 모양이야. 싸그리 태우겠다는 거지. 우린 그냥 먼발치에 있어야 돼."

"기를 쓰고 국군을 배제시키는 것 같지 않아? 전시가 아니고서야 준장을 잡아간다는 게 말이 돼?"

"이런 일은 번갯불에 콩 구워 먹듯 해야 돼. 군사적인 동맹국가지만 엄연히 타국의 영토에 폭탄을 떨어트리는 장면을 지켜보게 놔두는 것은 부담스러운 거겠지. 그냥 쓱싹 해치우는 게 속 편하다고 위에서 쇼부 본 거야."

김 중위는 그 설명을 납득할 수가 없었다.

"뭔가가 미쳐 돌아가는 거야. 이 현장에서 어처구니없는 걸 너무 많이 겪었어."

"결과를 봐. 구조작전을 펼친 헬기들이 모두 돌아오지 못했잖아."

"그게 제일 이상하지 않아? 좀비들이 헬기까지 날아올라 파일럿들을 깨물 수는 없잖아. 그런데도 저 안에서 무슨 일이 벌어지는지 알려고 하지도 않고! 멀리 떨어지라고만 하고 있으니."

"우린 군인이야. 상부에서 내린 결정에 의문을 가지면 안 돼."

"알아. 까라면 까고, 죽으라면 죽을 거야."

"그래. 그게 직업군인으로서 일신을 보존하는……."

김 중위는 동기의 입술에 물려 있는 담배를 빼앗은 뒤 한 모금 빨았다. 그리고 이를 갈 듯이 대꾸했다.

"하지만 살릴 수 있는 사람을 살리지 말라는 건 듣도 보도 못했어."

그가 내뿜은 담배 연기가 병원 주차장에서 여전히 삼엄한 경계를 서고 있는 경찰 병력에게로 향했다.

"쟤들도 까라니까 까는 거겠지. 무슨 실수를 하고 있는지도 모른 채."

김 중위의 말대로 과격한 유족들이 강제 연행된 이후 병원 주차장에 남은 관계자들은 많지 않았다. 그러나 몇 십 분 전, 무기력했던 그들의 분위기에 도화선을 터트린 '소리'가 있었다. 의경들의 대오 바로 앞까지 걸어가서 설명하는 한 중년 여성의 목소리는 잔뜩 쉬어 있었다.

"분명히 들었다니까요. 당신들도 귓구멍이 있으면 들었을 거 아니야. 분명 노랫소리였다고요!"

"죄송합니다. 저흰 답변을 할 수 없습니다."

의경들은 동료들의 얼굴을 쳐다보며 한숨을 쉬었다. 무작정 아니라고 부인하기가 어려웠다. 그들도 헬멧 안으로 파고드는 멜로디를 들은 것이다. 지난밤 저 멀리 선수촌 쪽에서 아스라이 들려오던 총성과 폭음. 남아 있는 자들에게는 '생존자가 싸우고 있을 가능성'에 대한 희망을 키워 주는 소리들이었다.

그러나 여기에 미군들은 묵묵부답으로 일관했고, 대한민국 정부는 '감염자들이 돌아다니며 화재를 일으켰을 가능성'이 크다며 항의를 일축했다. 물론 눈 가리고 아웅 하는 식이었다. 그런데 이번 노랫소리만은 마땅한 변명을 만들어 내기가 힘들었다.

유도복을 입은 작은 체구의 여자 선수가 앞으로 나섰다. 48킬로그램급 국가대표 송나래였다.

"저도 들었어요. 그거 선수들이 새벽 에어로빅 할 때 트는 '부러진 쌍쌍바'라고요. 좀비들이 뭔 수로 그걸 틀었겠어요, 경찰 아저씨? 분명 안에 살아남은 사람들이 있다는 거라고요."

하지만 의경들은 약속이나 한 듯 나래의 시선을 피했다. 울컥한 나래는 대장 격으로 보이는 사내의 멱살을 잡아채 메쳐 버릴까 생각했지만 곧 멈춰야 했다. 사무룡 감독이 그녀의 어깨를 붙잡아 데리고 갔기 때문이다.

"그만 하자, 나래야. 우리 애들 모두 같이 밤을 새웠잖니. 이젠 여기서 피해야 해."

"선수촌을 다 불태운다잖아요, 감독님. 저 안에 선수들이 살아 있을지도 모르는데."

"노래는 그냥 틀어진 걸 수도 있어. 우리가 나서서 희망을 불어넣는 게…… 희생자들 가족에게 더 큰 못을 박는 거라면 어떡할래."

나래는 그 말에 아무런 대꾸를 하지 못했다.

"나도 락구가 무사히 돌아오길 바란다. 하지만 두 시간 뒤에 여기도 어찌 될지 모르는 거잖니. 난 선택을 해야만 돼. 장용이가 탈출시켜 준 애들, 어쨌든 올림픽에 나가야 하잖아."

현실적이었지만 그의 말도 틀림이 없었다. 나래는 가슴이 먹먹해져 땅만 쳐다보고 있었다.

그때, 익숙한 얼굴이 저 멀리서 헐레벌떡 달려오고 있었다.

"어? 저 브로콜리 머리?"

자신이 한번 매운 손맛을 보여 줘 기를 죽인 장본인이었다. 그런데 지금 달려오는 황 조사관의 얼굴은 백사장에서 바늘을 찾아낸 것처럼 자신을 반가워하는 느낌이었다.

"큐티 걸! 저 기억해요우?"

"네, 아저씨. 그동안 어디에 있었어요?"

"라쿠 군과 이야기 중이어써요. 아직 쌩존자들이 이씀입니다."

"뭐라고요?"

깜짝 놀라는 나래와 뜨악해하는 사 감독을 번갈아 보며 그는 고개를 끄덕였다.

황 조사관의 머릿속으로 어떤 그림이 만들어지기 시작했다. 혼자서는 불가능하지만 누군가 도와준다면 희망이 보이는 어떤 청사진. 나탈리를 구출하고, 도락구의 탈출을 돕고, 무엇보다 올림푸스의 흉계를 폭로할 수 있는 방법.

"그러니까 나 좀 또와줄래효, 큐티 걸?"

77화
피로 물드는 폐허

"다행히 큰 이상은 없어 보입니다. 연료도 충분하고요."

K-2 탱크의 외관 점검을 마친 황 상병의 얼굴은 밝았다. 무전을 끊은 락구는 그에게 고개를 끄덕였다.

"그럼 출발할까요? 다들 우리만 기다리고 있을 거예요."

조종석 해치를 연 황 상병은 크게 심호흡을 한 번 했다. 그러곤 감염자들의 피와 먼지로 땟국물이 진 붕대와 부목을 거칠게 풀어내 던져 버렸다. 뼈가 부러진 것은 아니었지만 늘어난 인대에 바로 무리가 오기 시작했다.

"끄으응."

"그래도 괜찮은 거예요?"

고통에 심호흡을 하는 황 상병을 승미가 걱정스럽게 쳐다봤다.

"두 손을 다 써야 합니다. 팔 상태가 여기서 더 심각해지면 뭐, 의병 제대하는 거죠. 살아남은 것도 모자라 조기 전역까지 하면 먼저 떠난 대원들은 제가 엄청 부럽겠지 말입니다."

그의 말에는 물기가 조금 스며들어 있었지만 아무도 그걸 언급하진 않았다.

"끙차."

황 상병이 좁디좁은 조종석에 몸을 밀어 넣었다. 그의 보직은 전차 탄약수지만 최근 자동 장전장치를 탑재한 탱크가 늘어나면서 비상시 겸임이 가능하도록 기본 조종 훈련을 정기적으로 받아 왔다. 노련한 조종수처럼 세밀한 기동을 펼치는 것은 불가능하지만 포장된 도로를 직진으로 달리는 것은 무리가 없었다.

우르릉 소리와 함께 탱크의 캐터필러가 굴러가기 시작했다. 락구와 승미는 탱크의 주포 양옆에 자리하고 서 있었으며 두제는 차장석에 앉아 상반신만 바깥으로 내놓고 있었다. 생각보다 빠른 속도에 두제의 앞머리가 휘날리고 있었다.

"전쟁이 끝난 폐허 같구만."

시즌과 비시즌을 가리지 않고 언제나 바글바글했던 태릉선수촌의 산책로는 쓸쓸하고 황량했다.

버려진 시체들이 매캐한 악취를 내뿜고 있었다. 부서진 건물 외벽으로 튀어나온 누군가의 팔, 만신창이가 돼 있는 자동차의 앞바퀴에 깔려 있는 어떤 이의 다리.

학살극이 끝난 이후의 풍경이었다.

캐터필러가 산책로에 엎드린 채 죽은 시체들을 밟고 지나갈 때마다 락구와 승미는 눈을 질끈 감아야 했다. 다행히 그런 순간에도 오직 탱크가 굴러가는 굉음만이 귀를 가득 채웠다. 적막을 찢는 이 우레 같은 소리가 아니었다면 두 배로 괴로웠을 거라고 락구는 생각했다.

선수촌 전체를 둘러보는 락구와 달리 승미는 오직 정면만을 주시하고 있었다. 그래서 주차장에 도착하기 직전에 이상을 먼저 발견한 것도 그녀였다.

"어라? 버스가 안 보이는데?"

캐터필러가 정지했다. 버스가 서 있던 공간은 텅 비어 있었고 그 주변의 자동차들이 밀쳐진 레고 블럭처럼 방치돼 있었다. 두제의 얼굴도 자못 심각해졌다.

"어떻게 된 거야. 난장판이잖아?"

깨진 유리와 버스 차량에서 강제로 뜯겨 나온 듯이 보이는 흰색 철판이 나뒹구는 것은 온갖 불길한 상상을 유발했다.

락구와 승미는 탱크에서 훌쩍 뛰어내려 주차장의 바닥 흔적을 살폈다.

"여기 좀 볼래, 도깨비."

승미가 락구의 어깨를 툭 쳤다. 타이어가 고열 회전하면서 만들어 낸 스키드 마크였다.

"정문 쪽으로 나 있어. 빠져나갔나 봐."

오히려 버스가 보이지 않는다는 점이 승미는 안심된다고 말했다. 두제가 차장석의 큐폴라를 탕탕 두드리며 재촉했다.

"쫓아가 보자고. 어찌 된 영문인지 알게 될 테니까."

"같은 생각입니다."

그때, 승미가 주차장 입구를 막고 서 있는 익숙한 얼굴을 발견했다.

"달튼? 왜 혼자 있어요. 다들 어디에……."

락구가 황급히 승미의 앞을 막아섰다.

"다가가지 마, 승미야."

190센티미터를 훌쩍 넘기는 그의 체구가 더욱 위압적으로 느껴진다. 불곰 같은 넓은 어깨 위에서 빛나는 빨간 눈동자 한 쌍 때문일 것이다. 달튼의 셔츠는 거칠게 잡아 뜯겨진 것처럼 넝마가 돼 있었고 왼쪽 옆구리의 살점이 크게 파여 있었다. 갈비뼈 두 개가 공기 중에 노출돼 있다.

"물렸어? 누구한테?"

승미의 목소리가 파르르 떨렸다.

"크아아아아아!"

질문에 대한 대답 대신 달튼이 상체를 앞으로 숙이면서 순식간에 거리를 좁혀 왔다.

"떨어져 있어!"

이렇게 말하며 락구는 오히려 앞으로 달려 나갔다.

거기엔 두 가지 목적이 있었다. 먼저 달튼이 승미를 향해 달려들지 못하도록 스스로 가장 가까운 표적이 되는 것. 그리고 럭비 선수였던 헐크좀비를 상대했던 경험이 상대의 돌격 거리를 줄이는 방향으로 움직이게 한 것이다.

"크오오오!"

하지만 락구가 미처 계산에 넣지 못했던 것은 달튼의 발에 여전히 신겨 있는 인라인 스케이트의 빼어난 가속도였다.

'옆으로 물러나면 안 돼.'

어떻게든 속도를 늦추기 위해 락구가 달튼의 오른팔을 노렸다. 하지만 그의 손목을 낚아채자마자 반대편 어깨가 락구의 가슴팍을 내려찍으며 돌멩이에 치인 빈 깡통처럼 나가떨어지게 만들었다.

"으억."

낙법을 칠 겨를도 없이 후두부만 감싸야 했다.

락구가 아스팔트 바닥에 데구루루 구르는 동안 달튼은 유려하게 한 바퀴 돌아 다시 돌진해 올 준비를 하고 있었다.

이미 퀴버에서 화살을 꺼내 장전하고 있던 승미였지만 그녀는 차마 시위를 당기지 못했다. 함께 수라장을 헤쳐 왔던 사내의 머리를 쏴야 한다는 심리적 저항감도 있었지만 역동적이고 신속한 달튼의 동작이 가상의 조준선을 계속 벗어났던 것이다.

상황을 지켜보던 두제는 탱크의 해치 안으로 몸을 집어넣고 황 상병에게 말을 걸었다.

"제길. 까다로운 녀석이 좀비가 됐어. ……뭐 하는 거야, 너?"

조종석에서 반쯤 몸을 꺼낸 황 상병이 두제에게 권총을 겨누고 있었다.

"저 둘을 버려 놓고 가진 않을 겁니다. 포기하십쇼."

"것 참. 내가 자네를 협박해 탱크를 몰고, 저들은 나 몰라라 할 것 같아 보였단 말이지?"

"아닙니까?"

"흐음. 내 평판이 이 정도로 바닥까지 내려간 모양이군."

황 상병의 시선은 침착했다. 그의 신경은 두제의 허리춤에 꽂힌 피 묻은 강철 막대에 온통 집중돼 있었다. 반면 두제는 조금도 위축된 낌새 없이 뒤통수를 긁적일 뿐이었다.

"젠장. 그 뚜껑 닫고 꼼짝하지 말라고 얘기하러 온 거야. 이걸 몰 수 있는 유일한 사람이 물리기라도 하면 안 되잖나."

그 말을 입증하듯 두제는 망설임 없이 차장석 해치를 붙잡고 올라갔다. 황 상병의 눈에는 그의 다리가 쏙 빠져나가면서 한마디를 덧붙이는 것처럼 느껴졌다.

"아, 그리고 그 총은 버려. 총알 바닥난 거 진작에 알고 있었으니까. 빈 탄창으로 공갈당하는 건 한 번이면 족해."

들켰구나. 하지만 황 상병이 권총을 붙잡고 움찔하는 건 다행히 아무에게도 들키지 않았다.

탱크에서 뛰어내린 두제의 눈에 보인 풍경은 달갑지 않았다. 락구는 달튼의 손아귀에 붙잡히지 않으려 필사적으로 움직이고 있었다. 기동력의 차이가 월등한 데다가 주변에서 발을 동동 구르고 있는 승미에게 신경이 분산돼 있는 게 틀림없었다.

두제가 강철 막대를 양손에 꼭 쥐고 땅을 박찼다.

"제발, 이거 맞고 쓰러져라."

은밀하게 움직인 두제가 락구의 주변을 빙빙 돌고 있는 달튼의 뒤통수를 수직으로 내리쳤다.

뻐어어억!

손에 닿는 물컹한 감각만으로도 실패했다는 걸 알 수 있었다.

"크으으으?"

후두부가 아니라 목 근육에 충격만 주고 만 것이다.

"빌어먹을."

가뜩이나 큰 달튼의 키는 스케이트의 바퀴 덕분에 2미터를 웃돌고 있었다. 단 한 방에 치명타를 주기엔 그의 머리가 있는 위치가 지나치게 높았다.

"크아아아!"

달튼의 허리가 맹회전하며 두제의 어깨를 쳐 날려 버렸다. 천부적인 균형감각 덕분에 바닥으로 나뒹굴진 않았지만 두제는 달튼의 표적이 락구에서 자신으로 옮겨 왔음을 알 수 있었다.

"이런 놈을 어떻게 상대하라는 거야!"

두제가 달튼의 시선을 붙잡고 있는 틈을 타 락구는 결단을 내렸다. 그가 탱크로 달려가 조종석 위로 머리를 내민 황 상병에게 무전기를 던진 것이다.

"도락구 선수?"

"가서 남은 사람들이랑 합류해요! 목적지는 병원입니다. 병원!"

"그게 무슨 소립니까. 여러분을 두고 저만 빠져나가란 말입니까?"

락구는 설명할 시간 없다는 듯 고개를 끄덕였다. 탱크가 없으면 버스 역시 무용지물이 된다.

"10분. 10분이 지나도 우리가 도착하지 않으면 먼저 탈출해요."

양 손바닥을 펴 황 상병에게 보여 준 락구는 냅다 뒤돌아 달려갔다.

핸들을 붙잡은 황 상병은 지독한 내면의 갈등을 느꼈다. 유사 이래 전쟁터의 병사들을 괴롭혀 온 딜레마에 사로잡히고 만 것이다. 소수를 도울 수 있는 기회와 다수를 살릴 수 있는 기회 중 하나만을 선택해야 하는 상황.

쿠르르르릉.

조종석으로 몸을 넣었다. 탱크는 육중한 소리를 내며 주차장을 빠져나갔다.

한편, 락구와 두제는 달튼을 상대하는 데 큰 애를 먹고 있었다.

"너무 빨라."

락구의 호흡은 이미 가빠져 오고 있었다. 마치 맨발로 빙판 위의 아이스하키 선수와 술래잡기를 하는 기분이었다.

"이대로 가면 우리가 지쳐서 붙잡히는 건 시간문제야."

두제는 먼발치에서 입술만 뜯고 있는 승미를 향해 외쳤다.

"이봐, 양궁 아가씨! 저 녀석의 바퀴를 노릴 수 있겠어?"

계속 머리만 노리고 있던 승미에겐 활로가 뚫리는 것 같은 발상이었다. 대답 대신 승미는 지체 없이 한쪽 무릎을 꿇었다.

그리고 화살을 훅킹한 다음 감지 않은 한쪽 눈으로 달튼을 쫓았다.

"캬아아아아!"

달튼이 락구를 붙잡지 못하고 허공에 손을 휘저었을 때 승미의 화살이 물살을 가르는 어뢰처럼 날아갔다.

카드드득.

화살은 달튼의 왼쪽 스케이트 3번 바퀴를 관통했고, 구부러진 화살이 바퀴들 사이에 끼어 달튼의 질주에 미묘한 불균형을 초래했다.

"지금이야."

두제가 목숨을 걸고 달튼의 등에 올라탔다. 그리고 강철 막대를 달튼의 입 속에 재갈처럼 물린 뒤 사력을 다해 당겼다.

"크르르르르."

이윽고 달튼의 손아귀가 두제의 팔뚝을 잡아 통째로 뜯어내려 했다. 근력이라면 누구에게도 밀리지 않으며 살아온 두제였지만 큼지막한 기중기의 도르래와 힘 싸움을 하는 기분이었다. 그가 지켜보고 있던 락구에게 발악하듯 외쳤다.

"머리를 날려! 어서!"

철컥.

락구가 성화봉에 연결된 엄지와 중지의 케이블을 잡아당긴 다음 내달렸다. 하지만 그의 다음 동작은 두제조차 예상치 못했던 것이었다. 락구가 무지막지한 도약력으로 두제의 등에 올라탄 것이다.

"뭐 하는 거야, 지금?"

"가만히 계세요, 쫌!"

졸지에 두 마리 새끼를 업은 두꺼비 신세가 된 달튼이었다. 그는 지금 도합 150킬로그램의 하중을 버티면서도 여전한 괴력을 발휘하고 있었다.

락구가 이런 선택을 한 것은 두제를 보호하기 위해서였다. 정욱이 개조한 성화봉의 위력을 이틀 동안 체감해 왔기에, 정면에서 발포하면 달튼과 붙어 있는 두제의 얼굴도 무사하지 못할 가능성이 컸다.

"알았다고, 제길."

이미 여러 번 호흡을 맞춰 본 사이답게 두제는 등에 닿는 락구의 움직임만으로도 뭘 할 작정인지 바로 눈치챘다. 그리고 강철 막대를 잡은 오른손을 놓으며 락구가 성화봉을 겨눌 수 있는 공간을 만들어 주었다.

이를 악문 락구가 발포 케이블을 강하게 잡아당겼다.

티익.

하지만 뭔가 이상했다. 중간에 둔중한 반동이 걸리며 화약에 불이 붙고 발사가 돼야 하는데, 맥 빠진 소리와 함께 담뱃불 크기의 스파크만 일어난 것이다.

'아뿔사. 하필이면……'

성화봉의 연료인 화약이 최악의 시점에 동이 나 버린 것이다.

"크오오오오!"

달튼의 허벅지 근육이 종마의 그것처럼 팽창했다. 그가 거세게 몸부림치며 주차장 구석에 세워져 있던 봉고차에 냅다 몸을 박아 버렸다. 봉고차의 옆면 유리가 일제히 터져 나가는 무지막지한 충돌이었다. 그 충격을 고스란히 전달받은 락구와 두제는 주차장 바닥에 튕겨져 나가야만 했다.

"크허어어억."

바닥에 등을 찧어야 했던 락구보다는 두제의 상황이 좋았다. 비틀거리며 일어난 두제가 덤벼 오는 달튼에게 반사적으로 하이킥을 날렸다. 하지만 그는 종아리를 붙잡힌 다음 포대자루처럼 빙글빙글 휘둘러지는 굴욕을 당해야 했다.

"으이이익!"

자이언트 스윙에 날아간 두제는 바닥에 머리를 찧고 말았다. 시야가 새카매지며 귓가에 벌 소리만이 가득했다.

그리고 다음 상대인 락구를 노려보는 달튼.

등은 모든 근육에 영향을 주는 핵심 부위. 그런데 방금 전의 충돌이 락구의 등을 비롯한 신체 반응을 아주 살짝 더디게 만들었다. 그것이 달튼이 황소처럼 달려오는 직선구간에서 몸을 피할 시간을 잠식해 버렸다.

'이건 못 피해.'

달튼이 락구의 안면을 향해 라이트 훅을 날렸고, 락구는 전화 받는 자세로 팔꿈치를 들어 올려 막아 냈다. 달튼의 허리 축에서부터 전달된 강력한 힘이 락구를 가로수까지 날려 보냈다.

"커헉!"

하마터면 혀를 깨물 뻔했다. 하지만 진정한 위기는 지금부터 시작이었다.

"크아아아아!"

달튼이 락구의 어깨를 먹어 치우려고 입을 쩍 벌렸다. 몸을 빼낼 가능성이 없었다. 그 순간 락구는 달튼의 이빨 사이에 성화봉의 옆면을 밀어 넣었다. 절반쯤은 운이었지만 그 덕에 잠깐이나마 시간을 벌었다.

까가가가각.

소름 끼치는 마찰음이 주차장에 가득 울려 퍼졌다. 달튼의 이빨이 성화봉을 우그러트리고 락구의 오른 팔목을 통째로 씹으려던 그 순간!

퍼어어억!

달튼의 양쪽 관자놀이에 검은색 막대가 솟아났다. 승미가 내쏜 화살이 그의 머리를 관통한 것이다. 달튼의 육체가 락구에게 안기듯이 스르르 허물어졌다. 그제야 락구는 막혀 있던 기도가 풀린 듯 숨을 들이마실 수 있게 되었다.

"허억허억."

어느새 가까이 다가온 승미는 입술을 꽉 깨물고 눈을 내리깔고 있었다.

"괜찮아?"

"응. 고마워. 덕분에 살았어."

승미는 달튼에게 저벅저벅 다가가 그의 셔츠를 어루만졌다. 그리고 떨리는 손으로 달튼의 부릅뜬 눈을 감겨 주었다.

"미안해요, 달튼. 나는 정말……."

차마 말을 이어 나갈 자신이 없다. 장용의 마지막을 직접 거두어야 했다는 락구의 심정을 승미는 이 순간 몸서리치게 공감할 수 있었다. 입 밖으로 말을 꺼내는 순간 참담한 마음이 봇물처럼 터져 나와 기어코 익사하고 말 것 같은 아찔함.

"괜찮습니까, 선배님?"

락구는 아직 정신이 몽롱해 보이는 두제의 상체를 일으켜 주며 물었다.

"제기랄. 하이킥을 날리지 말았어야 하는 건데."

"중요한 순간에 유도를 배신하니 이런 벌을 받으시는 겁니다."

"엇쭈. 갈수록 입이 트이는 모양이야, 후배님. 이제 하산해도 되겠어."

"애초에 선배님 밑에서 가르침을 구했던 적이 없었는걸요."

락구가 두제를 일으켜 가로수 밑에 앉혔다. 두 유도가 사이에 시답잖은 이야기가 오가던 그 순간에 승미가 뭔가를 발견하고 흠칫 놀라며 일어섰다.

"피?"

숨이 끊어진 달튼의 입가가 붉었다. 굳지도 않은 선혈이 삐에로의 마스크 페인팅처럼 강렬했다. 분명 그가 주차장 입구에 처음 모습을 드러냈을 때는 이렇지 않았다. 입가가 깨끗했었다.

"도깨비! 너 어딜 물린 거야?"

승미의 다급한 질문에 락구는 어벙한 얼굴로 대꾸할 뿐이었다.

"어? 물렸다니. 나, 괜찮은데."

잃어버린 지갑을 찾는 동작으로 락구가 자신의 가슴팍과 허벅지를 어루만졌다. 하지만 어디에도 물린 흔적은 없다. 무엇보다 아무리 치열한 격투 도중이었더라도 물렸을 경우 그걸 모를 리 없다.

우뚝 하고 락구의 손짓이 멈췄다. 천천히 두제를 내려다보니 그의 오른 다리 종아리에서 피가 왈칵왈칵 흘러나오고 있었다.

"선배님. 다리가?"

달튼이 그의 다리를 붙잡고 몇 바퀴 휘둘렀을 때일 것이다. 두 근육질의 남성이 한 덩어리처럼 회전하는 순간이었기에 무슨 일이 벌어졌는지 락구가 미처 파악하지 못했던 것이다.

인간흉기나 다름없는 사내가 감염되고 말았다는 사실이 주는 충격이 전기처럼 찌르르 척추를 타고 흘렀다. 그러나 본인은 이미 진작 그 사실을 깨닫고 있었다.

두제가 파리한 입꼬리를 힘겹게 올렸다. 사막처럼 메마른 미소였다.

"……말했잖아, 후배님. 하이킥을 날리지 말았어야 했다고."

78화
룰렛이 멈추면

- 감염 5일째. 오전. 07:55.

통증보다 비참함이 더 크다.

두제는 완전히 붉게 물든 자신의 바지를 보며 점점 감각이 마비되는 것을 느꼈다. 닷새 동안 무수한 감염자들의 육체를 죄책감 없이 파괴하고 다닌 그였다. 그런데 이제는 그게 자신의 차례가 된 게 이토록 우스꽝스럽다니.

"사실 난 말이야, 다시 태릉선수촌에 돌아오게 됐을 때 만감이 교차했어."

"선배님."

락구는 두제의 셔츠를 찢어 다리를 압박하며 지혈하고 있다. 그러나 두제는 그런 것에는 전혀 관심도 두지 않았다. 공허

한 그의 눈빛은 지나온 자신의 인생을 훑고 있었기 때문이다.

"태릉 쪽으로는 오줌도 안 눈다고 마음먹고 나와서 엘리트 유도인들이 그렇게나 조롱하는 프로 파이터가 됐으니까. 그런 데도 직접 나설 필요 없는 오로라의 경호원 일을 자처한 건 유명해지고 싶어서였다. 그런데…….."

한 마디 한 마디 입 밖으로 꺼내는 것이 묵직한 모래자루를 퍼 나르는 것처럼 버거워진다.

"어쩌면 유도 매트가 그리웠는지도 몰라. 그토록 긴 시간 나를 괴롭히고 있었는데…… 어떻게 태릉의 유도 매트가 반가울 수가 있는지, 씨발."

"말씀하지 마세요, 선배님. 몸에 무리가 갑니다."

두제의 눈에 다시 초점이 돌아왔다. 그 숱한 다툼에도 불구하고 진정으로 자신의 안위를 걱정하는 눈빛의 락구가 보였다.

처음에는 과거의 자신과 같은 체급이라 호기심을 가졌다. 직접 도복을 입고 몸을 맞댄 다음에는 현란한 재능과 실력에 걸맞지 않은 소탈함이 못내 아쉽게 느껴졌고. 지금은 그런 상념들이 까마득히 과거의 옛날처럼 느껴진다.

"한 15년만 늦게 태어났으면 어떨까. 후배님과 제법 괜찮은 친구가 됐을지도 모르는데. 스파링을 하면 누가 많이 이겼을지 궁금해."

"……"

락구는 두제의 다리 위에 매듭을 짓는 일을 그만뒀다. 피는 이미 진작에 멈췄다. 오히려 두제의 입술 사이로 새어 나오는 각혈이 그 어떤 응급치료도 의미가 없다는 걸 다시금 상기시켰다.

두제가 자신의 주먹보다 조금 큰 돌을 주워 들어 락구에게 넘겼다.

"선배님?"

"될 수 있으면 한 번으로 끝내 줘."

지켜보던 승미가 자신의 입을 틀어막았다. 락구는 손바닥에 올려진 돌이 바위처럼 느껴졌다.

"어서. 만약 내가 좀비로 변해 버리면…… 후배님 괜찮겠나? 골치 좀 썩을 텐데."

"나, 난 할 수 없어요."

장용의 머리를 직접 불태운 것과는 이야기가 달랐다. 그때 장용은 이미 신체의 절반이 날아간 상태로 무의미하게 움직이는 시체였다. 녀석의 몸을 움직이지 못하게 만드는 게 안식을 주는 것이라 생각했다. 하지만 지금의 두제는 여전히 숨이 붙어 있고, 아직 변이하지도 않은 상태였다.

이 돌을 내려치는 것은 살아 있는 사람을 죽이는 일이다. 두제도 락구의 눈에 담긴 망설임을 읽었다. 그가 눈을 부릅뜨더니 이전과는 전혀 다른 목소리로 일갈했다.

"그냥 안락사라고 생각해! 날 처리하지 않으면 평생 후배님 뒤를 질질 따라다닐 거라고. 나 같은 괴물을 뒤에 두고 탈출할 수 있을 것 같아? 후욱. 후욱."

"……"

"인간으로서, 유도가로서 죽고 싶다. 부탁이야."

두제는 가로수에 대고 있던 등을 떼고 앞으로 걸어 나왔다. 락구가 자신의 얼굴이 아니라 뒤통수를 볼 수 있도록.

락구와 승미의 눈이 마주쳤다. 승미는 천천히, 하지만 분명하게 고개를 끄덕였다.

'이 사람이 원하는 거잖아.'

결국 락구는 어깨 위로 돌을 치켜들었다. 이것을 내리치는 순간부터는 세상이 전혀 다른 색깔로 보일 거라는 분명한 확신이 든다. 두제가 눈을 감고 고개를 숙였다.

"너와의 유도, 즐거웠다. 다행이야. 죽기 전에 도복을 입고…… 원 없이 깃을 당겨 볼 수 있어서."

눈을 질끈 감고 락구가 돌을 내리치려는 순간!

타아아아앙!

어디선가 들려온 총성.

두제의 오른쪽 관자놀이에서 폭죽처럼 뇌수가 터져 나가며 옆으로 쓰러졌다. 굉음과 함께 퍼진 진동에 주변의 나뭇잎이 아직도 파르르 떨린다.

승미가 황급히 다가와 락구 옆에 섰다.

"어떻게 된 거야?"

두제는 의문의 여지가 없는 즉사를 당했다. 이제는 들을 일이 없을 줄 알았던 총성과 함께.

락구가 두제의 몸이 쓰러진 반대쪽을 쳐다봤다. 낯익은 두 여자가, 낯선 복장을 하고 주차장 안으로 걸어 들어왔다.

"감사인사는 일없습니다. 도락구 선수."

검은 슈트를 입은 안금숙 소좌와 백록희였다.

"무슨 짓을 하신 겁니까, 안 소좌님."

"보다 확실하게 위험 인자를 제거했을 뿐입니다. 구석기 시대의 방법보다 문명의 이기를 이용하는 게 낫지 않겠어요?"

안 소좌는 권총을 갈무리한 다음 락구와 승미를 번갈아 봤다. 아무런 감정을 느낄 수 없는 무덤덤한 눈빛.

"그렇게 경계할 필요 없습니다. 두 분에게 더 이상 볼일은 없으니까요."

안심하라고 말하고 있었지만 승미는 믿지 않았다. 승미는 어느새 화살을 뽑아 훅킹한 채 안 소좌의 발끝을 주시하고 있었다. 한 걸음만 더 내딛으면 쏴 버릴 생각이었고, 안 소좌 역시 그것을 모르지 않았다.

돌격해 올 수는 없지만 대화는 나눌 수 있는 거리.

"요란하게 탈출 준비를 하셨더군요. 덕분에 우리들의 동선이 간결해지게 됐어요. 고맙게 생각합니다."

"안 소좌님 편하라고 한 일은 아닙니다. 살아남으려고 모두가 힘을 합친 거죠."

"그럼 이것이 우리의 마지막 만남이 되겠군요. 서두르세요. 버스와 탱크의 뒤를 따라잡으려면 여기서 낭비할 시간이 없지 않겠습니까."

멀리서 다 지켜보고 있었던 건가.

락구는 움찔할 수밖에 없었다. 반면에 승미는 옆에서 빨리 물러서자는 신호를 보내고 있었다. 안 소좌도 가던 길을 가려는 모양새. 하지만 이 순간 락구는 불러 세우고 싶은 사람이 있었다.

"가지 마, 백록희."

처음이었다. 그가 록희를 이름으로 부른 것은. 그 의외성에 록희는 그만 그의 시선을 마주 보고야 말았다.

"내가 어딜 갈 줄 알고 그런 말을 해요."

"그 용병들이랑 싸우려는 거잖아. 그러지 마. 우리랑 같이 탈출하자. 아직 살아남은 사람들이 널 기다리고 있어."

"그렇게 탈출하면요?"

"……뭐?"

"아무 일 없었다는 듯이 바깥에서 울고 웃으며 살라고요? 좀비 소굴에서 용감하게 살아 나왔다고 무용담을 늘어놓으면서? 우리 언니의 목을 그놈들이 잘라 갔는데?"

그것은 락구가 짐작하고 있던 것보다 더 참혹한 이야기였다. 록희는 불과 몇 시간 전과는 완전히 다른 사람이 돼 있었다.

"난 당한 만큼 갚아 줄 거예요."

"그러다가 너도 잘못되면? 백 선생님이 그걸 원하겠니?"

"그 입 닥쳐!"

수희의 이야기에 차분하던 록희의 안광이 폭발했다. 안 소좌는 한 걸음 물러서서 그 모습을 이채롭다는 듯 바라보고만 있었다.

"정말로 그렇게 내가 걱정되면 내 복수를 도와주든가요. 하지만 그렇게는 못 하겠지. 당신은 이미 바라던 걸 찾았으니까."

록희의 손가락이 승미를 가리켰다. 승미는 저격이라도 당한 듯 섬뜩한 기분을 느꼈다. 락구도 뭐라 대꾸할 말을 생각해 내지 못했다.

두 국가대표 선수가 태릉선수촌으로 돌아왔다. 목숨을 룰렛 위에 던지는 공처럼 내던지는 한이 있더라도 구하고 싶은 사람이 있었기에. 함께 올인을 한 시점에서 둘은 운명공동체였다. 서로에게 등을 맡기고, 덤벼 오는 감염자들을 용맹하게 격침시키던 시간들.

하지만 피로 물든 룰렛의 회전반은 결국 멈췄고, 공은 빨간색 칸으로 빠져 들어갔다. 남자는 당첨금을 받았지만 검은 칸에 베팅한 여자는 모든 것을 잃었다.

단지 확률의 엇갈림이었다. 때때로 운명은 그렇게 야바위 짓을 한다.

락구가 자신 안으로 침잠해서 생각해 본다. 만약 누군가가 승미를 놔둔 채 선수촌을 탈출하자고 했다면 난 뭐라고 했을까. 그때 불타는 오륜관에서 승미를 찾아내지 못했더라면, 저 옷을 입고 복수에 사로잡혀 있는 건 나였을 수도 있어.

락구의 침묵은 그 자체로 록희에겐 명징하기 짝이 없는 확답이었다.

"이제 오지랖의 시간은 끝났어요. 둘이서 잘 살아요."

지나치게 평온한 말투였기에 락구는 두 여자가 자리를 떠나고 나서야 그것이 작별인사라는 걸 알았다.

"제기랄. 요구 조건은 하나도 받아들여 주지 않는군."

주세페는 칼 메이나드와의 교신을 끊고 인상을 찌푸렸다. 그의 입술을 주목하고 있던 알바레즈와 드미트리의 얼굴도 밝지 못했다.

세 명의 리퍼는 아지트인 태릉 빙상장의 아이스링크 위에 서 있었다. 알바레즈가 설명을 요구했다.

"더 자세히 말해 봐."

"폭격 시간은 늦출 수 없대. 우리에게 남은 활동 시간은 고작 한 시간 정도라는 거지."

알바레즈가 방금 새로운 '내용물'을 담은 밥통을 가리켰다.

"저것도?"

"별로 반기지 않는 분위기더라고. 그 슈퍼레슬러 말고는 큰 관심이 없는 모양이야."

상황이 이상하게 돌아가고 있었다. 예상치 못했던 변수들이 그들의 앞을 계속 가로막아 이 지경까지 온 것이다. 엎친 데 덮친 격으로 주세페가 양손을 드는 제스처를 취하며 말했다.

"난 그만두겠어. 벙커로 돌아가서 회수를 기다릴 생각이야."

다른 두 리퍼의 눈썹이 꿈틀댔다. 알바레즈는 노기를 감출 생각도 없이 물었다.

"혼자서? 진심인가."

"수지 타산이 안 맞잖아. 너희들은 어떤지 모르겠지만 난 도

266

박이 싫어. 100달러를 들고 카지노에 들어가면 100달러를 고스란히 들고 빠져나오는 타입이라고."

"겁을 먹은 건가."

움찔하지만 이내 평정심을 찾는 주세페.

"우리가 일곱일 때였다면 모를까, 지금 남은 셋만으로 60분 안에 어디 처박혀 있을지도 모르는 놈을 찾아서 머리를 잘라 회수한다? 그건 언젠가 자신에게도 로얄 스트레이트 플러시가 뜰 거라 믿는 초짜들의 욕심이지. 난 여기서 빠지겠어."

무리의 리더는 분명 알바레즈였다. 그러나 그것은 작전 도중에 효율적으로 그의 지시대로 움직인다는 뜻일 뿐, 작전에서 빠지는 팀원을 강제할 권한까진 없었다.

"여기서 빠지면 자네 몫은 형편없이 줄어들 텐데. 괜찮나, 주세페."

돈 얘기가 나오자 주세페는 참았던 한숨을 내쉬었다. 그리고 아직 토론에 끼어들지 않은 거한에게로 시선을 옮겼다.

"빌어먹을. 드미트리, 넌 어쩔 거야?"

그러자 드미트리가 체중만큼이나 무거운 입을 뗐다.

"……난 이 짓거리에 신물이 나. 작년부터 은퇴하고 싶었다."

그것은 알바레즈조차 몰랐던 속내였다. 주세페의 얼굴은 잠시 밝아졌지만 이어지는 다음 말은 그를 실망시켰다.

"하지만 은퇴를 하려면 그 레슬러의 머리가 필요해."

드미트리는 남을 생각인 것이다. 주세페는 어깨를 으쓱이고는 헬멧과 레일건을 챙겨 걸어 나갔다.

"먼저 가서 기다리지. 이게 마지막이 아니었으면 좋겠군. 이거 진심이야."

결국 주세페는 그들과 작별하고 아이스링크를 나섰다. 언제나 영하의 기온을 유지하는 태릉 빙상장의 바깥으로 나서자마자 뜨거운 공기가 슈트의 주변을 감싸 온다.

"그럼 가 볼까."

등에 맨 밥통과 연결된 냉각 기능을 작동시키려던 주세페는 불시에 찾아드는 위화감을 느꼈다. 그의 예민한 감각을 모두 총동원해도 도무지 걸리는 것이 없다. 누군가 깨끗이 청소를 하고 간 것처럼.

"좀비들이 다 어디로 사라진 거야? 어떻게 한 마리도 안 보일 수 있지?"

우리가 모르는 사이에 아직도 무슨 일이 벌어지고 있는 건가.

잠깐 동료들에게 돌아갈 생각을 해 보았으나 이내 주세페는 고개를 저었다. 이미 카드는 자신의 손을 떠나 덮인 것이다.

"이 지긋지긋한 곳, 빨리 떠나고 싶군."

아이스링크에 둘만 남게 된 드미트리와 알바레즈.

수다스러운 주세페가 떠나자 두 과묵한 사내는 어쩔 수 없이 입을 먼저 열어야 할 처지가 됐다.

드미트리가 몸을 일으키며 말했다.

"자, 어디부터 그 슈퍼레슬러를 찾아볼 생각인가."

"아니. 순서가 잘못됐어. 주세페에게 말은 그렇게 했지만, 3

단계 좀비를 찾아 나서기 전에 할 일이 있어."

"할 일?"

"그 지긋지긋한 방해꾼부터 처치한다."

"쏙독새의 아내를 말하는 건가."

알바레즈의 턱에 힘이 들어갔다. 그러자 그의 무성한 턱수염에 매달려 있던 얼음 알갱이들이 우수수 빙판 위로 떨어진다.

"우리가 이 궁지까지 몰린 것은 중요한 길목마다 숨어서 우릴 방해한 그 여자 때문이야. 인정하지. 그녀의 위험성을 얕봤어. 이젠 달라. 가끔은 돈이 걸려 있지 않아도 칼을 뽑아야 할 때가 있지. 그 여자를 최우선 목표로 제거해야 해."

드미트리는 잠시 생각하다가 고개를 끄덕였다.

"동의한다."

알바레즈가 빙판 위에 세워 두었던 만곡도를 뽑아 들었다.

"이번에 만나면 절대 도망치게 두지 않아. 그 여자에겐 죽음만이 남았을 뿐이다."

그때 빙상장 구석에서 들려오는 싸늘한 목소리.

"도망을 치긴 누가 친다는 거야."

알바레즈와 드미트리의 안색이 급변했다. 둥지에 들어온 살모사를 알아챈 두 마리의 독수리처럼.

아이스링크의 관객석 이층 입구에서 두 명의 여인이 걸어 내려오고 있었다. 그런데 두 리퍼를 내려다보는 그녀들의 복색에서 눈을 뗄 수가 없었다. 데칼코마니와도 같은 검은 슈트.

드미트리가 그것의 원래 소유주를 알아봤다.

"사브리나. 그리고 쿤린의 슈트겠군."

알바레즈는 전혀 개의치 않는다는 듯 이를 부득부득 갈았다.

"뭘 걸치고 있든 상관없다. 그것이 저 여자의 수의가 될 테니까."

안 소좌와 록희의 몸에서 뿜어져 나오는 살기도 만만치 않았다.

록희는 이미 쿤린과 오마르를 본 적이 있었다. 그들도 인간의 한계를 뛰어넘는 몸놀림을 보여 줬다. 하지만 록희를 올려다보고 있는 저 두 명은 격이 다른 흉포함을 숨기고 있는 것이 느껴졌다. 그것은 뒷골목 소년들과의 암투에서 살아남은 록희가 갖고 있는 나름의 본능 같은 것이었다.

"준비됐습니까, 록희 양."

"저놈들이란 말이죠? 우리 언니를 그 꼴로 만든 게."

"칼을 든 쪽은 제가 상대하죠. 록희 양은 반대쪽을 맡아 주세요. 상대는 맨손이지만 조심하는 게 좋을 겁니다."

대치 상황이 이어지자 알바레즈가 먼저 말을 걸어왔다.

"거기서 계속 노닥거릴 생각인가! 아니면 내려와서 덤빌 텐가!"

지금까지 안 소좌는 리퍼들을 상대할 때 '히트 앤 런', 즉 치고 빠지는 작전만을 써 왔다. 도주로를 미리 확보한 다음 포위되지 않도록 신경 쓰며 게릴라전을 펼쳐 왔던 것이다. 하지만 이제 더는 그럴 필요가 없다.

2대 2로 대등한 숫자.

드디어 그녀가 원하던 상황이 만들어졌기 때문이다. 안 소좌가 군용 나이프와 정글도를 뽑아 두 날붙이를 서로 맞댔다.

"간나새끼들. 어지간히 암캐들처럼 가불딱거리는구만 기래. 모가지를 바그라뜨려 주가써."

복수를 갈망하는 두 여자가 관객석의 이층에서 동시에 뛰어내렸다.

알바레즈와 드미트리 또한 밥통에서부터 멀리 떨어지며 상대의 돌격을 받아 줄 준비를 했다.

누가 먼저랄 것도 없이 그들은 빙판 위를 박찼고, 얼음 조각이 바스러지는 소리만이 음울한 장송곡의 서막을 알렸다. 그렇게 서로가 상대방의 무덤이 될 장소라고 여기는 아이스링크의 중앙에서…… 네 명의 남녀가 맞붙었다.

79화
나의 북극성

- 감염 5일째. 오전. 08:02.

닭 울음소리도, 기상 음악도 없었다.

하지만 그들 중 누군가가 먼저 눈을 떴다.

"크으으으."

울퉁불퉁한 회색 시체들의 언덕. 크리스마스 코튼볼 조명에 불이 들어오는 것처럼 곳곳에서 붉은 눈동자들이 깜빡인다. 필드하키장에 폐품 케이블처럼 겹쳐진 채로 방치돼 있던 육백의 감염자들. 그들이 마치 약속이나 한 듯 하나둘 잠에서 깨어났다. 아직은 관절들이 삐걱대면서 말을 듣지 않지만 이 상태가 오래가진 않을 것이다.

감염자들이 서로에게 몸을 부대끼면서 분노의 포효를 내질렀다.

"크아아아아아!"

"캬오오오오!"

상대적으로 외곽에 쓰러져 있던 감염자들이 하키장 외부로 이어지는 도로에 젖은 맨발을 내딛었다. 아무도 초대장을 보내지 않았지만 그들은 다시 만찬 파티 테이블을 찾아 헤매려 한다.

● ●   ●

"아직도 그 애 생각 하니?"

"응? 아, 아냐."

승미의 말에 락구는 고개를 도리도리 저었다. 하지만 뜨끔한 표정을 감추지는 못했다.

"맞잖아. 뛰는 속도가 느려지고 있는걸."

둘은 선수촌 정문을 향해 내리막길을 달리고 있었다. 방금 전에 달튼과 조우한 것처럼 어떤 위험이 기다리고 있을지 모르기 때문에 전력 질주를 할 수는 없었다. 전방을 주시하면서 경보보다 살짝 빠른 속도로 뛰고 있었던 차에 락구가 자꾸만 승미의 뒤로 처지곤 했던 것이다.

양궁 국가대표의 눈썰미는 이번에도 정확했다. 안 소좌를 따라 매몰차게 돌아섰던 록희의 뒷모습이 락구의 눈에 어른거려 심란하기 짝이 없었던 것이다.

'왜 나를 따라오지 않았을까. 어떻게 해야 설득할 수 있었던

걸까.'

아무리 생각해 봐도 답이 나오지 않는다.

"둘 사이에 많은 일이 있었나 봐."

"말투가 거칠고 손이 매운 것에 정신이 팔려 잊고 있었어. 사실 그 애 겨우 열아홉이라는 걸."

뭔가에 단단히 세뇌된 것처럼 말이 통하지 않는 얼굴을 하고 있었다. 어떤 기술을 걸어도 되치기 당할 것 같은 막막함.

"억지로라도 데리고 왔어야 했을까? 권투 선수라서 관절기엔 문외한일 텐데, 백초크를 걸어서 안 다치게 기절시켰으면…….'

"그럼 그 북한에서 넘어온 인간병기가 얌전히 구경만 했겠니?"

"하긴 그랬겠네."

게다가 살쾡이처럼 재빠르게 날뛰는 록희를 상대로 덤벼들어 기절시킨다는 것 자체도 반드시 성공한다는 보장이 없다.

승미가 락구의 팔목을 슬며시 잡았다.

"네 맘 이해해. 진심은 결국 통한다지만, 거기엔 많은 시간이 들잖아. 하지만 우리에겐 그런 시간이 부족했어."

심호흡을 한 번 한 다음 승미는 진짜로 하고 싶은 말을 꺼낸다.

"그리고 앞으로도 부족해. 원망도, 원한도, 모두 탈출한 뒤로 미루자고 한 건 누구 말이었지?"

그것은 락구 본인이 챔피언 하우스의 옥상에서 생존자들 앞에서 직접 꺼낸 말이었다. 그때는 이토록이나 지키기 어려운 말일 줄 몰랐다.

승미 역시 마음이 괴롭고 답답한 것은 마찬가지다. 락구와 떨어져 있던 며칠 사이 녀석이 록희와 단둘이 사선을 돌파해 왔다는 걸 어떻게 받아들여야 할지 갈피를 잡지 못하고 있었다.

'질투가 나지 않는다면 거짓말이겠지.'

평화로운 때였다면 머리끄덩이를 잡은 다음 어디 날 옆에 두고 딴 여자 생각에 빠져 있냐고 구박하겠지만 지금은 아니다.

"나중에 다 얘기해 줘, 락구야. 하지만 지금은 살아 나가자."

철저히 표정을 감추고 승미가 락구에게 다짐을 받아 내려 한다. 녀석을 이 상태로 놔두면 '구할 수 있는 사람을 구해 내지 못했다'는 죄책감에 짓눌려 넘어지고 말 테니까.

"알았어."

강직하게 고개를 끄덕인 락구가 다시 앞서 나간다.

그러나 비단 록희뿐만이 아니다. 머나먼 이국땅에 홀로 남은 처지임에도 불구하고 일당백의 용맹으로 생존자들을 지켜 낸 데이브 달튼. 때론 냉혹무비하기 짝이 없었으나 락구의 멱살을 붙잡고 감염자 무리를 헤치고 나와 준 강두제. 그리고 떠올리는 것만으로도 가슴 저미는 김장용.

도무지 익숙해지지 않는 '이별'들이 끊이지 않고 락구를 괴롭혀 온다.

운동선수들은 마음이 혼란스러워지면 자동적으로 '초심'을 떠올리게 훈련돼 있다. 길잡이가 필요한 뱃사람들이 무의식적으로 '북극성'을 찾듯이. 락구는 뒤에서 열심히 따라붙고 있는 승미의 숨소리에 귀를 기울여 본다.

그녀가 자신의 '초심'이었다.

태릉선수촌에서 보낸 첫 번째 여름. 락구는 주기적으로 기숙사 침대 위에서 악몽을 꾸곤 했다. 매일매일 육체의 극한까지 선수를 몰아붙이고 그 한계를 돌파시키기 위해 채찍질을 하는 태릉의 훈련법 때문이었다. 온몸에 파스를 붙이고 흐물흐물해진 몸이 되면 의식 밑바닥에 감춰 놓았던 괴로운 기억이 락구를 가위눌리게 했다.

깨진 창문 아래로 떨어지는 여동생의 얼굴. 붙잡아 보려 하지만 늘 여덟 살의 앙상한 팔목으로 돌아가 버리는 바람에 그 애를 놓쳐 버리고 마는 악몽. 그렇게 밤에 혼자 기숙사를 빠져나와 벤치 위에 숨죽이고 있으면 승미가 찾아와 자신을 달래줬다.

— 제정신이야, 도락구? 엘리트 운동선수는 훈련만큼이나 잠도 열심히 자야 해. 최선을 다해 곯아떨어져야 한다구.

— 잠이 안 오는걸.

— 어휴, 멍충이. 자, 여기 누워 봐.

— 무, 무릎에 누우라고?

— 목마 태워 주는 보답이야.

승미는 그것이 효과가 있을 것이라 믿었지만 락구는 온몸을 경직시킨 것도 모자라 심장이 쿵쾅대서 오히려 정신이 또렷해지곤 했다. 그렇게 승미의 무릎에 누워 자는 척하곤 했던 나날들.

락구에게 있어 지금 이 상황은 늘 자신을 괴롭히던 악몽 속에 있는 것과도 같았다. 그래도 그는 계속 달렸다. 패닉에 빠지지 않으려고. 반복되는 악몽 속에서 자신을 꺼내 준 존재가 바로 승미였다. 치덕치덕하게 달라붙는 어둠. 여기에 휩싸일 때면 늘 그녀를 찾게 됐다.

승미가 락구의 초심이자 '북극성'이었다.

●· ·

태릉선수촌 정문.

수도방위사령부가 철수하고 간 빈자리에 생존자들이 탑승한 대형 관광버스가 서 있었다.

현택은 아까부터 시동을 켜 둔 채 핸들에서 손을 떼지 못했다. 금이 간 버스 정면 유리에 비치는 풍경은 광활하게 펼쳐져 있는 오솔길. 이대로 직진해서 달리면 '좀비 소굴'에서 당장 벗어날 수 있을 것만 같다. 하지만 그의 신경은 온통 선수촌 안쪽에 집중돼 있었다.

'빨리 와라, 락구야.'

손바닥에서 나온 땀으로 핸들이 흥건하다.

올림픽 결승전, 정규 시간이 모두 끝나고 동점 상황에서 겨우 얻어 낸 페널티 드로우. 4년 동안 흘린 땀방울이 어떤 값어치를 받게 되는지 그 명운이 갈리는 순간에도 지금처럼 초조하지는 않았던 것 같다.

콰아아아아앙!

버스 뒤편에서 들려오는 굉음에, 현택은 물론 좌석에 앉아 숨죽이고 있던 모든 생존자들이 벌떡 일어섰다.

다인의 얼굴이 밝아졌다.

"왔다!"

선수촌 정문의 오른쪽 기둥을 박살 내며 등장한 것은 생존자들이 애타게 기다렸던 K-2 탱크였다. 속도를 줄인 탱크는 버스 바로 옆 차선으로 다가왔다.

맞은편 차선이었지만 어차피 차량이 완벽히 통제된 구역이다. 생쥐 한 마리 다니지 않는 길이 된 지 오래다. 장중하고 기다란 포신이 나란히 선 버스 옆면에, 아슬아슬하게 떨어진 거리에 멈춰 섰다. 하지만 운전석 해치가 열리고 드러난 황 상병의 얼굴은 어두웠다.

"많이 기다리셨습니까?"

텅 비어 있는 차장석과 그 옆자리들. 접질린 손가락을 대충 동여맨 유나가 모두를 대신해 물었다.

"왜 혼자시죠? 다른 분들은요?"

황 상병은 딱딱하게 굳은 얼굴로 자초지종을 설명했다. 달튼이 감염자가 되어 탱크 앞에 나타났다는 말에 생존자들의 얼굴에서 금세 핏기가 빠져나갔다.

"도락구 선수는 10분을 말했습니다. 10분 동안 기다리고 자신들이 돌아오지 않으면…… 먼저 출발하라 하셨습니다."

허탈한 한숨이 버스 안에 전염병처럼 퍼진다. 정욱이 시계를 보더니 입술을 물어뜯었다.

"곧 하키장의 좀비들이 깨어날 시간이 됐어요. 운이 나쁘면

278

락구 선수 일행이 그들과 마주쳐 버릴 수도 있습니다.”

다인은 믿을 수 없다는 듯 다급하게 물었다.

“정말로 10분 지나면 떠날 거예요? 그럴 거 아니죠?”

퍼그를 안고 있는 소녀의 질문에 누구도 대꾸를 하지 못한다. 운전석의 현택이 머리를 쥐어뜯기 시작했다.

‘너무 짧아. 결국 선택해야 할 때가 올 거야.’

페널티 드로우는 실패했다. 지옥 같은 연장전을 또 견뎌야만 한다.

핸드볼은 빈 공간을 만들어 내는 싸움이다. 페널티 에어리어에선 패싸움을 방불케 하는 격한 몸싸움이 늘 일어나곤 한다. 지금 락구는 모든 수비수 사이로 뛰어들어 집중마크를 유도한 다음 현택에게 공을 던졌다. 그 공에는 불타는 심지가 달려 있고, 10분 뒤면 터져 버리고 말 것이다.

그러는 와중에 멍한 눈빛으로 침묵을 지키고 있는 사람이 있었다. 연두였다.

컴파운드 보우를 꽉 쥐고 있던 연두가 앞좌석의 유나에게 물었다.

“언니. 손가락 괜찮아요?”

“응. 통증은 심하긴 한데, 뼈나 인대가 다친 건 아닌 것 같아. 근육이 놀란 정도?”

“올림픽에 나가실 수 있겠어요?”

유나의 왼쪽 눈썹이 미세하게 꿈틀댔다.

“이런 순간에 올림픽 걱정을 할 때일까.”

"이런 순간이니까 더더욱요. 우린 버스에 앉아 있고, 길을 내줄 탱크도 왔어요. 밖에 나가면 어떻게 될지 실감이 되기 시작해요, 난."

"그러니."

"4년 전 리우 올림픽 때 지카 바이러스 때문에 출전을 못 할 뻔한 나라의 선수들도 있었는데, 우린 괜찮을까요? 올림픽에 못 나가게 하면 어쩌죠?"

"그게 무슨 말이야. 우린 모두 물리지 않았잖아. 서로가 그걸 알고."

"승미 언니는 입버릇처럼 얘기했어요. 올림픽에 함께 나가자고. 힘들 때면 그 생각을 떠올리며 버티라고. 하지만 지금까지는 그게 도무지 맘처럼 되지 않았어요."

늘 불안해했던 연두의 모습을 유나 역시 모르지 않았기에 승미라면 충분히 그런 말을 할 수 있을 거라 짐작했다. 하지만 다음 순간 연두가 컴파운드 보우를 쥔 채 몸을 일으키며 한 말은 미리 짐작하지 못했다.

"이제야 그릴 수 있어요. 올림픽에 나가 과녁을 겨누고 있는 내 모습을."

"뭐?"

연두는 유나와 로라, 정욱을 지나쳐 성큼성큼 앞으로 걸어가 출구 앞에 섰다. 그리고 수동 변환 레버를 잡아당긴 다음 열린 문 바깥으로 훌쩍 뛰어내렸다.

뒤늦게 그걸 발견한 현택이 소리쳤다.

"장연두! 뭐 하는 거야?"

연두는 현택의 부름에는 응답하지 않고 선수촌 정문 안으로 쏜살같이 달려갔다.

그래서 그녀의 중얼거림은 아무도 듣지 못했다.

"갈 거야, 올림픽."

● ●   ·

유조선에서 흘러나온 기름이 바다 위를 덮듯이, 감염자들이 선수촌의 산책로 안으로 밀려 들어왔다.

"크르르르르르."

시야가 뻥 뚫려 있었기에 락구와 승미는 먼발치서 그것을 목격하고 멈춰 설 수 있었다. 정문까지 300미터도 남겨 두지 않은 상황에서 예상치 못한 장벽에 가로막힌 것이다. 둘은 당황하며 서로를 쳐다봤다.

"어쩌지, 도깨비?"

"다행히 아직 우릴 눈치 못 챘어. 움직임도 이상하게 느려 보이고."

락구의 말대로였다. 집단 감전의 여파가 아직 남아 있는지 감염자들은 유독 뻣뻣하고 느리게 움직이고 있었다. 하지만 착실하게 간격을 벌리며 넓어지고 있는 것도 사실이었다. 머지않아 둘이 있는 언덕까지 걸어 올라오는 감염자들이 생길 것이다.

"다른 길을 찾아야 해."

락구의 말에 황급히 주변을 둘러보던 승미가 한쪽을 가리켰다. 행정동 뒤편의 거대한 담벼락이었다. 두 개의 왕릉 중 '태릉'과의 경계선을 위해 만들어 놓은 담벼락이었다. 그것을 따라가다 보면 화랑로로 이어지게 된다. 바로 지금 이 순간 버스와 탱크가 서 있는 바로 그곳 말이다.

"가자, 승미야."

담벼락 아래에 당도한 락구는 먼저 승미가 올라갈 수 있도록 다리를 붙잡아 올려 주었다. 그리고 특유의 완력을 자랑하며 양팔의 힘만으로 2미터 가량의 담벼락 위로 훌쩍 올라섰다. 하지만 또 한 번 예상치 못했던 풍경이 락구의 시야를 엄습했다.

"허억, 뭐야, 이게?"

담벼락의 태릉 쪽 바닥에 기다란 구덩이가 깊게 파여 있었다. 그리고 급하게 파헤쳐진 구덩이 바닥에는 팔뚝만 한 스파이크들이 세워져 있었다.

승미가 자세를 고양이처럼 낮추며 말했다.

"함정이야. 군인들이 파 놓았나 봐."

그것은 감염 2일차에 수도방위사령부의 군인들이 명령에 따라 만들어 놓은 부비트랩이었다. 담벼락을 뛰어넘어 탈출하는 감염자들을 꼬챙이처럼 꿰어 처리하기 위해 파 놓은 방벽. 한두 명의 노동력으로 가능한 일이 아니다. 락구가 안 소좌와 록희를 이끌며 안내했던 방향과 멀리 떨어진 이 담벼락에선 이런 작업이 이뤄지고 있었던 것이다.

"소리 내지 말고 천천히 가자. ……야, 도락구?"

따라오는 기척이 없자 승미는 뒤를 돌아보았다. 락구는 창백해진 얼굴로 담벼락에 엎드리듯 매달려 있었다. 양팔에 불거진 힘줄을 보아하니 얼마나 긴장하고 있는지가 여실히 드러난다.

"너무, 높아."

넓은 시야의 오른쪽을 가득 채우고 있는 삼층 높이의 구덩이를 내려다보는 순간 아찔해지는 락구였다.

승미는 컴파운드 보우를 목과 어깨 사이에 걸고 생각했다. 이 재앙이 처음 일어났던 날, 벌벌 떠는 락구를 껴안은 채 여자 기숙사 옥상에서 이불을 감고 뛰어내렸을 때와는 전혀 다른 상황이었다. 지금 그렇게 뛰어내렸다가는 구덩이 바닥에 깔린 스파이크에 온몸이 뚫려 즉사할 것이다.

"도락구, 이제부터 나만 봐."

다행히 락구가 승미의 말에 반응한다. 신체의 모든 곳이 본드에 달라붙은 것처럼 꼼짝하지 않지만 고개만 앞으로 꺾어 승미와 눈을 맞춘 것이다.

"한 걸음. 한 걸음에만 집중해. 안 돼! 다른 곳은 보지 마."

락구의 팔이 부르르 떨리며 앞으로 떼어진다. 곧이어 따라오는 양발.

승미는 차분하게 그런 락구를 코앞에서 이끌며 다독였다.

"옳지. 잘하고 있어. 내가 있는 위치까지만 온다고 생각해."

락구가 승미만 보며 엉거주춤 거리를 좁혀 오면 승미는 다시 뒷걸음질로 물러난다. 그 동작의 기계적인 반복.

"승미야."

"말하지 마. 집중 흐트러지잖아."

"아, 안 될 것 같아."

락구가 눈을 질끈 감자마자 벼락같은 호통이 들린다.

"눈 떠! 나 지금 뒤로 걷고 있는 거 안 보여? 네가 봐 줘야 해. 나도 잘못 디디면 죽는 상황이야. 아니?"

그 말에 락구는 다시 눈을 뜨고 무거운 발을 내딛었다. 착실하게 화랑로까지의 거리가 좁혀지고 있었지만 문제는 시간이다. 승미의 이마에 송골송골 땀방울이 맺히기 시작했다.

'이 속도로 10분 안에 버스까지 갈 수 있을까.'

하지만 지금보다 속도를 더 높이면 위태로운 락구의 정신줄이 어떤 방향으로 풀려 나갈지 도무지 장담할 수가 없었다. 흡사 얇은 나뭇가지 위를 아슬아슬하게 기어 나가는 애벌레 두 마리.

그렇게 얼마나 시간이 흘렀을까. 승미는 감염자들이 우글대는 소리에 흠칫 놀라 담벼락 안쪽으로 시선을 돌렸다.

"크으으으으."

감염자들이 선수촌 이곳저곳으로 퍼지면서 내는 소리였다. 아직까지 이쪽으로 가까이 오는 감염자는 없었지만 결국 시간 문제일 것이다. 언제 발각될지 모르지만 그때 목적지까지 남은 거리가 얼마나 될지가 관건이다. 다행히 락구는 오직 승미의 양발만 보느라 감염자들의 기척을 전혀 눈치채지 못하는 모양이었다.

그러다 락구가 또 움직임을 멈췄다.

"왜 그래? 이제 절반 이상 왔어. 조금만 더 가면 돼."

"승미야. 네 뒤를 봐."

"안 볼 거야. 지금 너한테서 어떻게 눈을 떼."

"아니야. 난 괜찮아. 뒤를 돌아봐. 누가 있어."

락구의 말에 승미는 천천히 몸을 일으켜 뒤를 돌아봤다. 그러자 저 멀리 가벼운 발걸음으로 담벼락 위를 걸어오고 있는 작은 체구가 보인다.

승미의 얼굴이 반가움으로 환해졌다.

"연두야."

혹시나 해서 재빨리 연두의 얼굴과 온몸을 살펴본다. 하지만 평소의 모습 그대로다. 붉은 눈동자도, 창백한 피부도, 물린 상처도 없다. 안도의 한숨을 내쉬며 승미가 말했다.

"잘 왔어, 연두야. 다들 무사한 거니?"

"네, 언니. 모두 두 분만 기다리고 있어요."

"다행이다. 이리 와서 나 좀 도와줄래? 락구가 움직이기 힘들어서 그래."

하지만 그 말이 떨어짐과 동시에 연두는 걸음을 뚝 하고 멈추었다. 그리고 늘어뜨리고 있던 컴파운드 보우를 눈앞으로 들어 올렸다. 화살은 진작에 시위에 걸려 있다.

락구가 흠칫 놀라 자신의 겨드랑이를 들어 뒤를 돌아보았다.

"설마 좀비가?"

하지만 담벼락 위에도, 아래에도 그들을 발견하고 추적해 오는 감염자는 없었다. 그럼에도 불구하고 연두는 활을 내리지 않고 있었다.

승미가 입을 열었다.

"연두야. 뭐 하는 거야?"

"언니가 저한테 해 준 말을 계속 생각해 봤어요. 절대 희망을 버리지 말라는 말. 올림픽에 함께 나가서 메달을 목에 거는 순간만 생각하라는 말."

"그래."

연두의 입꼬리가 슬며시 올라갔다.

"이제 그럴 수 있게 됐어요, 언니. 더 이상 부정적인 생각은 떨쳐 버리고 희망만 가져 보려고요."

하지만 입모양과 달리 눈에는 눈물이 그렁그렁 맺혀 있었다. 승미는 연두의 그런 표정에서 오직 폭풍 같은 혼란만 읽을 수 있을 뿐이었다.

"그래. 언니랑 같이 올림픽에 나가는 거야. 이제 다 왔어, 연두야."

"맞아요. 다 왔어요."

끼릭.

시위가 뒤로 당겨지는 소리. 컴파운드 보우의 도르래가 압박을 견디며 탄성을 축적하는 불길한 신호.

"하지만 언니와 함께 올림픽에 나가면 나는 또 들러리에 머물게 되겠죠? 지금까지 늘 그랬던 것처럼."

승미의 가슴이 철렁 내려앉았다.

대체 무슨 이야기를 하는 걸까, 쟤는.

"우리 양궁 대표팀 다 죽었어요. 이제 언니랑 나만 남았어. 하지만 언니마저 '탈락'하면 난 더 이상 그 누구와도 경쟁하지 않아도 돼요."

계속 '언니'다. 단 한 번도 이름을 붙여 부르지 않고 있다.

연두가 순간 갑자기 머리를 양쪽으로 획획 돌렸다. 승미는 그것이 내면의 갈등으로 괴로워하는 연두의 모습이라 생각했다. 하지만 아니었다. 그것은 눈물을 떨쳐 내 과녁을 더 분명하게 보기 위한 동작이었을 뿐.

락구가 속삭였다.

"옆으로 뛰어내려, 승미야. 진짜로 쏠 거야."

구덩이가 아닌 아스팔트 쪽으로 뛰어내리는 건 간단한 일이다. 하지만 그렇게 되면 그녀 뒤에 숨어 있는 락구가 저격에 노출된다. 지금의 락구라면 피해 낼 수 있을 리 없다. 내장이 뒤틀리는 고통 속에서 승미가 말을 토해 냈다.

"연두야. 너 못 해. 사람을 죽이는 건 아무나 할 수 없는 일이야."

"늘 그런 말투였죠. 내 한계를 미리 판단하고, 막."

"그런 게 아니야."

"난 원래 목을 매 죽으려고 했던 몸이에요. 이제 내가 못 할 건 없어."

락구의 입술에서 피가 새어 나왔다. 일부러 턱 안쪽의 살을 깨물어 신경을 그쪽으로 집중시키기 위한 것이었다. 굳어 있는 이 다리와 팔을 어떻게든 움직여야 한다. 아주 오래전 동생을 잃었던 절벽으로 되돌아온 기분.

'눈앞에서, 또, 그럴 순 없어.'

한편, 연두가 호흡을 멈췄다. 그것이 격발의 마지막 단계라는 걸 승미는 그 누구보다 잘 알고 있었다.

"미안해요. 언니. 난 이제 몸통이 아니라 손잡이가 될래요."

티잉.

무자비한 화살이 승미의 심장을 노리고 직선으로 날았다.

"야아아아!"

그와 동시에 굽혀져 있던 락구의 다리가 도약하는 가젤의 그것처럼 펴졌고, 유도 국가대표의 양팔이 매트 위에서 수만 번 움직였던 동선을 그대로 재현했다.

왼팔로 승미의 배를 감싸 들어 올리고 오른팔로 그녀의 겨드랑이를 파 회전시킨다. 그리고 자신의 몸 전체를 이용해 승미의 온몸을 감싸 안는다. 마치 햇빛도, 공기도 파고들 수 없게 하겠다는 듯이.

오직 이 순간만을 위해 한 남자가 평생을 연습했다고 해도 믿어 줄 만큼 완벽한 동작.

"락구야?"

자신의 정면을 껴안은 락구의 행동에 아찔함을 느끼면서도 승미는 무슨 일이 벌어졌는지 놓치지 않았다.

"안 돼에!"

락구의 등에 깊숙이 박힌 화살. 울컥울컥 생명력을 산화시키고 있는 선혈. 그럼에도 불구하고 녀석이 편안하게 웃고 있다.

"괜찮아. 너만 보라며."

두 발이 가벼워진다.

락구와 승미는 그렇게 서로를 부둥켜안고 담벼락 안쪽으로
떨어졌다.

80화
사자死者의 마라톤

- 갑염 5일째. 오전. 08:15.

시간이 멈췄으면 하고 바랄 때가 있다.

시곗바늘을 붙잡아 세워 '어떤 순간'이 오지 못하도록 막고 싶어지는 때가. 그러나 인류 역사상 그 누구도 이런 욕망을 이루지 못했으며, 현택도 이 순간 그저 평범한 인간일 뿐이었다.

8시 15분.

황 상병이 탱크와 함께 나타난 지 정확히 10분이 지났다. 현택은 거친 동작으로 손목시계를 닦아 냈지만 그런다고 회색 액정의 숫자가 바뀌는 일은 없었다. 결단을 내려야 하는 시간. 탱크 조종석 해치로 얼굴을 내민 황 상병과 눈이 마주친다.

"여러분. 출발하겠습니다."

현택의 선언에 관광버스에 앉아 있던 생존자들의 얼굴에는 침통함이 흘렀다. 일중이 다급하게 외쳐 본다.

"아직 돌아오지 못한 사람들이 있잖아요! 조금만 더 기다려 봐요."

다인도 그의 말을 거든다.

"지금 저 안에서 언니랑 오빠가 열심히 뛰어오고 있으면요? 여기까지 왔는데 우리가 떠난 뒤면 어떡해요?"

그러나 현택은 고개를 가로젓고는 핸들을 강하게 붙잡았다. 그것이 흔들리는 자신의 마음인 것처럼.

"돌이킬 수 없을 때가 되면 늦어. 모든 책임은 제가 지겠습니다."

그렇게 액셀러레이터에 발을 올렸을 때 뒷좌석에서 창밖을 살피고 있던 유나가 소리쳤다.

"연두가 왔어요!"

그녀의 말은 사실이었다. 현택이 황급히 백미러를 쳐다보자 태릉선수촌 정문으로 연두가 비틀비틀 걸어 나오고 있었다. 거리가 멀어 무슨 표정을 짓고 있는지는 알 수 없지만 이쪽을 향해 손을 흔들고 있다.

다인이 창문 바깥으로 고개를 내밀어 외쳤다.

"언니! 빨리 뛰어요."

하지만 연두에겐 그 말이 들리지 않는지 술 취한 사람처럼 비틀대기만 했다. 현택은 후진기어에 손을 올렸다가 이상한 직감에 동작을 멈췄다.

'손을 흔드는 게 이상해. 보통 양옆으로 흔들지 않나?'

자신을 놓고 가지 말라며 존재감을 알리는 상황이라면 응당 그래야 한다. 하지만 연두는 좌우가 아니라 위아래로 팔을 흔들고 있었다. 어서 오라는 것일까. 아니면 빨리 도망치라는 것일까.

일중이 버스 통로를 달려 유나 옆에 자리 잡았다. 그리고 이미 탄창이 바닥난 저격총을 견착한 뒤 스코프에 눈을 갖다 댔다. 그러자 비로소 어떤 상황인지 알 수 있었다.

"저 애, 물렸어요."

연두의 배에는 큼지막한 구멍이 뚫려 있었고 빠져나온 창자가 화살을 담은 퀴버 옆으로 늘어져 있었다.

뛰지 않는 게 아니라, 뛰지 못하는 것이다.

"……미안해요."

그 말을 끝으로 연두는 아스팔트 바닥 위로 철푸덕 쓰러졌다. 연두의 머리가 땅 위에 곤두박칠치는 것과 동시에 정문 바깥으로 감염자 한 무리가 쏟아져 나왔다.

일중이 스코프에서 눈을 떼며 소리쳤다.

"좀비들이 풀려났어요!"

현택과 황 상병은 서로 아무 말도 나누지 않았지만 정확히 같은 판단을 내렸다.

관광버스와 K-2 탱크가 동시에 급발진을 하며 달아나기 시작했다.

닷새 동안 단 한 번도 선수촌 바깥을 벗어난 적 없었던 감염자들이 그들의 뒤를 따라 달렸다. 숨이 끊어진 연두의 몸이 마치 출발선이라도 되는 것처럼 밟고 지나가는 감염자들.

"크아아아아아아!"

그 풍경은 긴 세월 동안 올림픽의 대미를 장식해 온 어떤 '종목'을 떠올리게 했다.

죽은 자들의 마라톤이었다.

●　●　·　●

황 상병은 탱크가 뽑아 낼 수 있는 최대 속력을 내고 있었다. 현택이 모는 버스보다 앞서 달려야만 하는 숙제가 있었기 때문이다. 그리고 도로 위를 질주한 지 3분여 만에 그가 목숨을 내던져야 하는 순간이 찾아왔다.

화랑로의 4차선 도로를 물샐틈없이 봉쇄한 뒤 막아서고 있는 미군 병력이 시야에 포착된 것이다. 현택이 급브레이크를 밟아 버스의 속도를 줄였다. 반면 탱크는 속도를 줄이지 않고 미군들의 바리케이드를 향해 우직하게 돌진했다.

"뭐야, 저것들은?"

엄중한 경계 태세를 유지하라는 명령이 내려와 있었지만 사실 미군들의 긴장은 풀릴 대로 풀려 있었다. 예정된 폭격 시간은 불과 한 시간도 남지 않은 상황. '좀비 농장의 감시병' 역할도 곧 끝나 가고 있었다.

끔찍한 소문과 달리 임무는 무료하기 짝이 없었다. 포대 위에 올려놓은 기관총이 무색하게도 감염자 단 하나와도 마주치는 일이 없었다. 길 잃은 들개들만이 쓸쓸히 지나다녔을 뿐. 당연히 철수 직전의 순간에 전속력으로 달려오는 탱크를 예상할 수 있는 상황이 아니었던 것이다.

"멈추시오! 멈춰! ……멈추라니까!"

미군 병사들이 확성기에 대고 외쳤으나 황 상병은 애초에 들을 생각이 없었다. 다만 이를 악물고 핸들을 꽉 고정시킬 뿐.

"뭘 보고만 있나? 쏴라!"

절반은 반사적인 판단으로 미군 지휘관이 명령을 내리자 수십 정의 기관총들이 불을 뿜었다.

타다다다다당!

하지만 그들도 모두 알고 있었다. 이미 늦었다는 걸.

탱크는 이미 지척으로 다가와 있었던 데다 애초에 기관총으론 탱크의 두꺼운 강판을 관통하는 것은 불가능했다. 토우 대전차 미사일이 아니고서야 육탄 돌격하는 탱크를 막아 세울 수 없다. 물론 맨몸의 감염자를 학살하는 데 미사일이 필요할 것이라 예상한 미군은 없었다.

"으아아아아악!"

결국 누가 먼저랄 것도 없이 미군 사수들은 기관총을 내던지고 몸을 내뺐다.

콰르르르르릉!

중앙선을 가로막고 있던 포대를 사방으로 날려 보내며 탱크가 바리케이드의 저지선을 뚫었다. 데굴데굴 바닥을 구르던 미군 병사들이 비틀비틀 일어나 욕지거리를 내뱉었다.

"Fuck! 갑자기 탱크라니. 어디서 튀어나온 거야!"

하지만 그들은 다시 한 번 물벼락을 피하는 개구리처럼 뛰어야만 했다. 하얀색 대형 버스가 탱크의 뒤를 따라 추격해 온 것이다.

"으아아악! 뭐가 또 온다!"

혼비백산하며 흐트러지는 전열. 덕분에 현택은 아무런 방해 없이 바리케이드를 통과할 수 있었다. 백미러를 통해 확인하자 악에 받친 미군들이 험비에 올라타고 있었다.

"모두 고개 숙여. 쫓아올 모양이야."

생존자들이 좌석 아래로 몸을 구기듯이 집어넣었다. 그 바람에 다인이 안고 있는 소치가 답답하다는 듯 짖어 댔다.

월월! 월!

다인은 이 상황이 도무지 이해가 가지 않았다.

"우린 아무도 물리지 않았는데 왜 총을 쏴 대는 거예요?"

그러자 다인의 맞은편에서 체조 선수답게 완벽히 몸을 반으로 접은 로라가 대꾸했다.

"우리가 살아 나가면 곤란한 사람들이 있나 보지."

로라는 자조적인 농담을 던진 것이었지만 사실 그 말은 틀리지 않았다. 험비에 올라탄 미군 지휘관은 이를 부득부득 갈며 손가락으로 전면을 가리켰다.

"추격해!"

"그래서 어떻게 합니까?"

"전원 사살한다. 이 도로 위에서 아무도 빠져나가게 할 수 없다."

곧 열두 대의 험비가 M2 중기관총을 탑재한 채 버스를 추격하기 시작했다. 비록 앞을 막아서는 것이 없다 해도 중무장한 병력을 관광버스가 따돌린다는 것은 지난해 보이는 일이었다. 현택의 손에 땀이 배어났다.

'붙잡히면 끝장인데.'

그때, 황 상병이 모는 탱크가 천천히 속도를 줄이더니 이윽고 완전히 정지했다. 그를 지나쳐 달리던 현택은 잠깐 고민하다가 버스를 멈춰 세웠다. 황 상병이 무슨 일을 벌이려는지 어느 정도 짐작이 갔기 때문이다.

조종석 해치가 열리고 황 상병이 불편한 한쪽 팔에 아랑곳없이 차장석으로 옮겨 탔다. 그리고 잠시 후 탱크 안에서 묵직한 진동이 일어났다.

천천히 후미를 향해 180도로 회전하는 포신.

선두에서 험비를 몰며 뒤따라오던 미군 운전수가 그것을 보자 뜨악하며 핸들을 다급하게 꺾었다.

"쏘려고 한다!"

선두의 험비 두 대가 급커브를 틀면서 도로의 난간을 들이받아 빙글빙글 돌았다. 그러자 뒤따라온 차량들이 연쇄충돌을 일으켰다.

끼이이익! 콰아앙!

그 모습을 기관실에서 지켜보던 황 상병은 씨익 웃었다. 탱크의 주포에는 아무런 탄약도 장전돼 있지 않았기 때문이다. 그의 팔이 멀쩡했다 하더라도 혼자서 탄약을 채우는 것과 동시에 달려오는 험비를 조준해 사격을 명중시킬 순 없었을 것이다. 황 상병은 두제의 마지막 말을 떠올렸다.

"빈 탄창으로 공갈하지 말라고? 이렇게 잘 먹히는데?"

탱크에 탑승한 병사가 고작 한 명이란 걸 알았더라면 미군들은 속았다는 사실에 분통을 터트렸을 것이다.

황 상병은 기관실에 앉아 계속 포신을 회전시켰다. 맹렬하게 돌던 주포가 도로의 우측 가로수들을 우지끈 부러뜨렸다. 그렇게 도로를 엉망으로 만들어 놓은 뒤 황 상병은 탱크에서 뛰어내려 버스를 향해 질주했다.

현택은 잽싸게 문을 열어 그를 반겨 주었다.

"굉장했어, 당신!"

"아닙니다. 아슬아슬했습니다. 어쨌든 저 자식들, 바로 뒤쫓아 오진 못할 겁니다."

생존자들이 다가와 감격한 표정으로 황 상병을 반겨 주었다. 다시 요란한 시동 소리를 내며 버스는 병원으로 향했다.

왜애애애애앵!

요란한 사이렌이 미군 막사들 사이로 울려 퍼졌다. 감염 구역 안에서 정체불명의 집단이 저지선을 뚫고 이탈했다는 소식이 병사들의 입에서 입을 타고 들불처럼 번졌다. 느긋하게 철수만 기다리고 있던 병사들의 발에 불이 떨어졌다.

소집 명령을 받고 분주하게 진지를 돌아다니는 병사들. 먼발치에 숨어 그들을 지켜보는 세 쌍의 눈동자가 있었다. 체구도, 성별도, 피부 색깔도 모두 달랐지만 그들의 결심만은 한결같이 똑같았다.

"미쿤들, 청신 업씁니다. 여러푼, 지큼입니다!"

황 조사관이 다른 두 명을 향해 속삭이자 웅크리고 있던 두 남녀가 몸을 일으켰다. 그중 집채만 한 덩치에 험악한 인상을 가진 사무룡 감독이 물었다.

"그러니까, 저기 묶여 있는 저 여자가 우리 태릉 도깨비를 빼내 줄 해결사라는 거지?"

"그, 그러쑵니다."

"좋아. 일단은 믿어 보겠어."

나탈리 쿡은 고개를 푹 숙인 채 지프차 한 대에 묶여 있었다. 그리고 두 명의 병사가 총기를 소지한 채 그녀의 양옆을 지키고 있었다.

황 조사관이 현장 공수한 두 번째 백업 전투요원이 그의 어깨를 툭 쳤다. 나래였다.

"아저씨. 저 사람들 다 미국인이죠? 미국은 대통령이 바뀌고 의료보험비가 엄청 비싸졌다던데, 정말 그래요?"

"마자요. 큰데 그건 왜 물음입니까?"

"저 아저씨들 어디 몇 군데 부러질 텐데, 불쌍해서 그러죠."

그 말에 열렬히 고개를 젓는 황 조사관.

"놉! 쟤네 전부 오마오마한 뿌자들이에효. 안씸하고 호스피

털로 보내 주쎄요."

지금 나탈리를 감시하고 있는 자들은 군복이 아닌 사복을 입고 있었다. 미군 소속이 아니라 군수업체 미티카스의 용병들일 것이다.

"뭐, 그렇다면야."

잠시 후.

나탈리가 감고 있던 눈을 떴다. 그녀의 코를 간지럽히는 아침 공기 속에서 상황이 급변하고 있는 분위기를 맡았기 때문이다.

'무슨 일이 벌어지고 있는 거지?'

바깥에서 소란이 일어나는 걸 보니 미군들이 예상하지 못했던 사태에 직면한 것은 분명했다. 하지만 그게 무엇인지 알지 못하는 자신의 현재 입장이 답답할 뿐이다.

몸을 움직이자 양팔에 감겨 있는 밧줄이 쓰라린 고통을 안겨 주었다. 어지간한 힘으로는 도무지 풀 수 없는 구조인 모양이다. 뭔가 도움이 될 것이 없나 조심스럽게 주변을 둘러보던 나탈리의 동공이 흔들렸다.

자신을 향해 뚜벅뚜벅 걸어오는 '운명의 남자'를 보았기 때문이다.

'까를로스? 미쳤어?'

맹한 얼굴의 평소와 달리 지금 이 순간 황 조사관의 얼굴엔 비장한 각오가 서려 있었다. 두 명의 미티카스 용병이 황 조사관을 향해 총구를 겨누었다.

"뭐야. 물러서."

"칼 메이나드의 지시를 전달하러 왔습니다. 그 여자를 데려오라고 하는군요."

"그건 우리가 받은 명령과 달라. 어디서 헛소리야."

나탈리는 입술을 꽉 깨물었다. 말을 마친 용병의 손가락이 방아쇠에 걸리는 것을 보았기 때문이다. 그들은 아무렇지 않게 살인을 저지를 수 있는 종자들이다. 하지만 황 조사관은 지지 않고 맞받아쳤다.

"믿지 못하겠으면 확인서를 떼어 주겠소."

"확인서?"

"응. 지금 당신 머리 옆에 있잖아."

황 조사관의 말에 따라 무심코 고개를 돌린 용병은 불곰이 자신을 습격하는 기분을 맛봐야 했다.

"끄어억!"

단숨에 용병의 멱살을 잡아챈 사 감독은 상대의 오금을 걸어찬 다음 허공에 띄워 맨 바닥에 내리꽂았다.

"이게 어딜!"

동료가 기습당하는 걸 마주한 또 다른 용병은 망설임 없이 사 감독을 향해 방아쇠를 당겼다. 아니, 당기려 했다. 시야 바깥에서 갑자기 나타난 작은 체구의 소녀가 자신의 손목을 우두둑 꺾지만 않았더라도 그럴 수 있었을 것이다.

"아아아악!"

그가 비명을 지르며 소총을 떨어트렸다. 나래는 뒷발로 그것을 걷어찬 다음, 꺾인 손목을 부여잡고 있는 용병의 등 뒤로 돌아갔다. 그리고 양발로 상대의 허리를 감아 잠근 다음 리어 네이키드 초크로 상대의 경동맥을 졸라 기절시켰다.

사 감독은 그런 나래를 보며 혀를 찼다.

"쓸데없이 동작이 요란하다, 송나래. 그래서 어따 쓸래."

하지만 나래는 기절한 용병 입에서 흘러나온 거품을 내려다보며 손바닥을 툭툭 털었다.

"감독님, 체급이 다르잖아요, 체급이. 이 정도면 준수하지."

"준수하긴 개뿔! 너 동계훈련 땐 더 잽쌌잖아. 요 며칠 놀았다고 그새 녹이 끼었다."

"안 끼었거든요? 진짜 죽을까 봐 살살한 거예요."

국제적 군수업체의 용병 둘을 순식간에 제압한 뒤에 별거 아니라는 듯 시시콜콜한 잡담을 나누고 있는 두 남녀. 나탈리는 그들의 모습을 보면서 입을 쩍 벌릴 뿐이었다. 그녀가 자초지종을 물어볼 사람이 한 명 있어 다행이었다.

"어떻게 된 거야, 까를로스? 이 사람들은 누구야."

"설명하자면 길어. 큐티 걸과 터프 가이라고만 알아 둬."

황 조사관이 나탈리를 묶고 있던 로프를 풀어냈다. 그는 여전히 말다툼을 하고 있던 사 감독과 나래를 향해 손짓했다.

"빠져나갑시다, 이쪽!"

반대편으로 달아나면서 나탈리는 황 조사관에게 급박하게 돌아가고 있는 상황을 전해 들을 수 있었다.

"당신 말대로라면 그 사람들 위험해."

"위험하다고? 뭘 들은 거야? 라쿠 군이 탱크를 구했다고……."

"그들은 안에서 벌어진 일들을 모두 지켜봤겠지?"

"으, 응."

"메이나드와 그 배후가 생존자들이 설치도록 놔두겠어?"

입막음.

철저한 봉쇄.

불길한 예감들이 황 조사관의 머릿속에 떠올랐다.

"……그렇게까지 할까? 정말로."

그러나 나탈리는 묶여 있는 동안 메이나드가 이곳저곳에 명령을 내리는 것을 직접 목격했다. 목적을 위해 수단과 방법을 가리지 않는 것은 기본. 그 와중에 윤리나 도덕은 가차 없이 내팽개칠 수 있는 자였다. 생존자들이 무사히 탈주한 것이 사실이라면 메이나드가 반드시 어떤 '조치'를 취할 것이다.

달리는 네 명의 남녀 앞으로 강북연세사랑병원의 녹색 십자가가 보이기 시작했다. 오래 묶여 있느라 관절 이곳저곳에서 비명을 질러 댔지만 나탈리는 모두 무시하며 오히려 속도를 높였다.

"그들은 살아 나온 것만으로도 역할을 다했어. 이젠 우리 차례야."

81화
그녀들의 연료 탱크

- 감염 5일째. 오전. 08:29.

"도깨비! 괜찮아?"

가까스로 마음을 다잡고 있었지만 쓰러진 락구를 쳐다보는 승미의 눈빛은 파르르 떨리고 있었다.

"응. 버틸 만해."

락구는 태연하게 웃어 보이려 했지만 격통에 일그러진 안면 근육이 만들어 내는 그림은 울상에 더 가까웠다. 날카롭게 벼린 화살촉이 락구의 등과 왼쪽 옆구리 사이를 파고든 채 멈춰 있었다. 숨을 쉴 때마다 상처에서 용암이라도 꿀렁꿀렁 흘러나오는 듯 뜨거운 기운이 올라온다.

승미는 화살이 박힌 자리를 세심하게 관찰했다. 다행히 위험한 혈관을 건드리진 않은 듯했다. 등 근육이 워낙에 벽돌처럼 단단해서 천만다행이었다. 조금만 옆으로 빗나갔더라면 급소를 건드렸거나 장기 안으로 파고들었을 것이다.

"엎드려. 화살을 뽑아야겠어."

락구는 순순히 승미의 말에 따랐다. 승미가 락구의 척추 부근에 무릎을 댄 뒤 양손으로 화살의 몸통을 꽉 붙잡았다.

"아플 거야. 뭐라도 물어."

"정말 할 수 있겠어?"

"나 태릉 8년 차야. 양궁장에서 과녁에 박힌 화살 뽑아 주는 사람이 따로 있는 줄 알아? 다 내가 해."

락구는 성화봉을 고정시켜 주는 가죽 벨트를 끌러 낸 뒤 그것을 물었다. 그걸 확인한 승미는 망설이지 않고 단숨에 화살을 뽑아냈다.

"으으으읍."

붉은 피가 화살촉에 묻어 뚝뚝 떨어진다. 승미는 그것이 이빨을 드러낸 독사라도 되는 양 멀리 집어 던져 버리고 락구의 상체를 일으켜 세웠다.

"숨 쉴 만하니?"

"후욱. 후욱. 그럼 당연하지. 나도 8년 차 태릉인이야."

"그럼 냉큼 옷 벗어."

옷을 벗으라는 말에 락구의 얼굴이 당황으로 물들었다.

"여기서? 왜?"

"멍충아! 지혈을 해야 될 거 아냐. 이리 와."

승미는 호돌이가 그려진 락구의 회색 반팔티를 강제로 벗겨 냈다. 상반신 알몸이 되자 락구는 부끄러움에 양손으로 자신의 가슴팍을 가렸지만 승미는 그런 것에는 아랑곳없이 손을 놀렸다.

회색 티셔츠를 뒤집어 안쪽 면에 상처가 닿게 묶은 다음 승미는 자신의 빨간색 체스트가드의 버클을 풀어냈다. 그리고 탄성력이 강한 체스트가드의 줄을 이용해 티셔츠를 고정시켰다. 소독은 불가능하지만 응급 처치는 대충 끝낸 셈이다.

그러면서 승미는 마지막으로 보았던 연두의 매정한 눈빛을 생각했다. 수영장 밑 지하 수로에서 자신이 연두에게 했던 말이 떠오른다.

— 버려지든가, 아니면 부러지든가. 강철의 운명은 둘 중 하나로 정해져.

며칠 동안 이어진 극한 상황이 연두를 부러지게 한 걸까.

한 인간의 마음이 부러지면서 생긴 모서리에 승미가 가장 소중하게 생각하는 남자가 이렇게 다치고 말았다.

연두와 자신 사이에 조금씩 모래처럼 쌓여 가는 위화감을 전혀 몰랐다고 하면 거짓말일 것이다. 그러나 주변을 세심하게 돌아볼 여유는 승미에게도 없었다.

"크아아아아아아!"

연두가 서 있던 방향 쪽에서 감염자들이 소란을 피우는 것이 전해져 왔다. 입구를 향해서 도망치는 것은 이제 불가능한 일이 됐다. 당장 자리를 피해야 하건만 승미는 어디를 목적지로 삼아야 할지 갈피를 잡을 수가 없었다. 그리고 정처 없는 마음처럼 승미의 눈동자도 이리저리 흔들리다가 몸을 일으키고 있는 락구의 등을 보고야 말았다.

"좀비들이 가까워지고 있어. 일단 어디엔가 숨어야겠어, 승미야."

락구의 등에 푸른 꽃이 피어나고 있었다. 티셔츠로 가려진 부분을 넘어 검푸른 빛으로 물든 혈관이 약동하고 있었다. 보통의 창상創傷이라면 결코 나타날 리 없는 징후였다. 승미는 자신을 이루고 있는 물질이 모두 기체가 되어 사라져 버릴 것 같은 아찔함을 느꼈다.

'그냥 화살이 아니었구나.'

눈앞의 광경이 말해 주는 것은 무척이나 냉혹한 진실. 자신의 소꿉친구 락구의 혈관 안에 절대 들어와서는 안 될 병균이 터를 잡기 시작했다는 암시였다.

"왜 그래? 무슨 일이야."

승미의 창백한 얼굴을 본 락구는 처음에 의아해하다가 곧 깨닫고 말았다. 불과 두 시간 전에 승미와 연두가 화살을 어디서 '재활용'해 왔는지 락구도 직접 목격했기 때문이다.

락구의 몸을 뚫고 들어온 것은 쓰러진 감염자의 머리에서 뽑혀 나온 화살이었다.

참담한 진실을 마주하게 된 락구의 입이 느릿느릿 열렸다.

"어어, 나…… 변하게 되나?"

"하지 마!"

별안간 승미가 몸서리를 쳤다.

"그런 말 하지 마. 그런 생각도 떠올리지 말고!"

감염자들의 이빨을 마주했을 때에도, 암살자들의 총구 앞에서도 침착함을 잃지 않았던 승미가 크게 동요하고 있다.

반면 이런 상황과 직면하자 락구는 오히려 침착해지는 자신을 느꼈다. 혼자 있다면 분명 패닉에 빠졌을 테지만 지금은 눈앞에 어떻게든 살려 보내야 하는 사람이 있다. 락구가 방금 자신들이 떨어져 내린 담벼락 쪽을 쳐다보면서 말했다.

"여기로 다시 올라가. 너 혼자서라면 빨리 뛰어나갈 수 있겠지? 그러면 내가 건물을 돌아서 좀비들의 시선을 끌어 볼게. 그틈에……."

"웃기지 마. 나 아무 데도 안 가."

"승미야."

"뭔가 방법이 있을 거야. 물린 것도 아니고, 상처에 감염이 됐을 뿐이잖아."

그러나 락구는 두제의 강철 막대에 어깨를 찔린 박 중사의 머리를 직접 박살 내야 했던 장본인이었다. 물리든 감염이 되든 상관없다. 분량의 차이가 있을 뿐 바이러스가 몸을 파고든 순간 그의 삶은 결말이 정해진 새드무비가 되는 것이다.

락구가 승미의 양팔을 붙잡았다.

"정신 똑바로 차려, 현승미. 나도 두제 선배나 달튼처럼 될 거야. 내 옆에 있다간 너도 죽어!"

그러자 승미는 야생의 살쾡이처럼 앙칼지게 락구의 팔을 뿌리쳤다.

"정신 차릴 건 너야! 목숨을 다 포기한 것처럼 내려놓지 말라고."

"그치만 방법이 없어. 이렇게 말다툼할 시간도……."

아니었다.

승미의 머릿속에는 방금 미약한 불꽃이 번쩍하고 튀었다. 그 불꽃을 재빨리 횃불에 옮겨 닮을 수만 있다면, 이 어둡고 절망적인 상황을 밝힐 수 있을 것만 같았다.

"주사기를 봤어."

"뭐? 주사기?"

"오륜관 배드민턴장에서 그 검은 옷의 외국인들과 마주쳤을 때. 걔들이 어떤 약물이 담긴 주사기를 갖고 있었어. 그걸 북한 여자에게 넘겨주지 않으려 했지만 결국 빼앗기고 말았지."

"그게 뭔데?"

"확실히는 못 들었어. 하지만 무슨 실험에 쓴다고 했어. 어쩌면 그게 치료제일지도 몰라. 그들이 목적을 이루지 못했다면 아직 선수촌에 남아 있을 거야."

락구는 조곤조곤 말하는 그녀의 눈동자를 응시했다. 어느새 그가 알던 평소의 현승미로 완벽히 돌아와 있었다. 불리한 상황에서도 절대 포기하지 않고, 물러섬이 없으며, 강철 같은 의지로 상황을 타개해 나가는 전사.

사실 각오와 결의 역시 바이러스와 닮은 점이 하나 있다.

그것은 전염성.

승미의 말에 락구 역시 덩달아 차분해졌고, 뭔가 걸어 볼 희망을 마음속에서 피워 올릴 수 있었다.

"나, 어디로 가야 할지 알 거 같아."

뭔가를 떠올린 듯한 락구의 말에 승미의 눈썹이 미간으로 모아졌다.

"그게 어딘데?"

"개선관."

펜싱 선수들과 처음 만났을 때 유나가 해 주었던 말.

— 검은 타원형 캡슐이었어요. 거기에서 저승사자들이 걸어 나오는 걸 봤어요.

그리고 두제가 심문했던 쿤린의 입에서 나왔던 말.

— 그 벙커는 어떤 폭격에서도 안전하지. 마치 방주처럼.

미군들이 삼엄하게 둘러싼 감염 구역 안에서 리퍼들이 안심하고 돌아다닐 수 있는 이유. 그것이 개선관 근처 어딘가에 상륙해 있을 것이다.

"그게 정말로 치료제라면, 그리고 어딘가에 여분이 남아 있다면 그 벙커란 곳이 가장 유력하지 않을까."

"그럼 개선관으로 가자."

결심을 마친 승미가 락구의 양 볼을 감쌌다.

"도락구. 옥상에서 내가 했던 말 기억해?"

"어떤 말?"

"난 내 거를 누구한테도 빼앗기지 않는다는 말."

옆구리의 상처가 화끈거린다. 그러나 락구의 얼굴을 감싼 승미의 손바닥에서 느껴지는 열기도 그 못지않게 뜨거웠다.

"넌 내 거야. 좀비에게도, 죽음에게도 빼앗기지 않아."

칼춤.

이 순간 태릉 빙상장의 아이스링크 위에서 펼쳐지는 광경을 설명할 수 있는 유일한 단어였다.

그들의 칼이 서로의 목숨을 노리고 날아드는 궤적은 아름다웠다. 분명한 의지, 그리고 그것을 실행에 옮길 수 있는 관록과 솜씨가 빙판 위에서 어우러졌다.

물론 그 칼춤의 주인공들은 망나니도, 무당도 아니었다. 자신들이 직접 거둔 인간들의 해골더미 위에서 싸우는 암살자들이었다.

"핫!"

짧고 묵직한 기합 소리와 함께 안 소좌의 정글도가 휘둘러졌다. 알바레즈는 만곡도의 단단한 옆면으로 그것을 튕겨 낸 다음 한 바퀴 회전해 상대의 간격 안으로 들어갔다.

"받아라!"

그리고 방어에 사용했던 만곡도를 뽑아 든 뒤 자신의 몸을 축으로 삼아 칼날을 회전시켰다. 그 순간 알바레즈가 안 소좌에게 치명타를 날릴 수 있는 지점은 총 세 군데였다.

목젖.

가슴.

앞으로 나와 있는 왼쪽 다리.

알바레즈의 선택은 다리였다.

카가가각.

그러나 만곡도에 실린 힘이 절정 가도에 도달하기 직전, 안 소좌의 정글도가 운동력을 상쇄시키며 멈춰 세웠다. 군용 나이프를 쥔 왼팔을 십자로 교차시켜 이뤄 낸 호수비였다.

"그렇게 쉽게는 안 돼."

안 소좌가 알바레즈에 비해 상대적으로 부족한 것은 근력이었다. 별다른 눈속임 동작 없이 정직하게 공격해 오는데도 알바레즈의 일격은 그만큼 묵직하고 강력했다. 그러나 안 소좌는 칼 두 개를 자유자재로 쓰는 노련함과 벌새 같은 반사신경, 예측 범위를 반걸음 벗어나 움직이는 유연함으로 대응하고 있었다.

"네가 스스로를 아무리 어려운 문제라 떠들어도 상관없다."

알바레즈가 안 소좌의 왼팔에 미들킥을 날렸다.

퍼어억!

준비동작이 거의 없는 신속함, 그에 더불어 동작의 회수도 빨랐다.

왼쪽 팔꿈치를 걷어차인 안 소좌의 신체 균형이 흐트러졌고, 그 틈을 놓치지 않은 알바레즈가 멈춰 있던 만곡도를 대각선 위로 뿌렸다. 서늘한 검풍이 안 소좌의 코끝을 스치며 아찔함을 선사했다. 두 검객 사이에서 얼음 알갱이들이 요정들의 군무처럼 뭉침과 흩어짐을 반복했다.

"풀 수 없는 시험지는 찢어 버리면 되니까."

이미 한 차례 맞붙어 봄으로써 서로에 대한 탐색전은 마친 지 오래. 둘은 한 수, 한 수, 상대의 숨통을 끊어 버릴 수 있는 맹공을 서로에게 퍼붓고 있었다.

안 소좌의 입장에서 보자면 오륜관에서의 1차전보다 훨씬 나은 상황이었다. 그때는 낯선 무기인 사브르를 들고 다른 리퍼들의 견제 가능성까지 신경 쓰며 싸우느라 제 실력을 발휘하지 못했기 때문이다. 게다가 지금은 사브리나의 슈트를 입음으로써 알바레즈와 동등한 방어력까지 갖추게 됐다.

'하지만 만만치가 않아.'

일대일로 맞붙는다면 안 소좌는 그 누구의 수급도 챙겨 갈 자신이 있는 여자였다. 그래서 이 사내와 아무런 방해 없이 맞붙을 수 있는 '상황'을 만들기 위해 지겨우리만치 번거롭게 다양한 방법들을 동원해 온 것이다.

그럼에도 불구하고 알바레즈의 실력은 철옹성 같았다. 안 소좌가 하나 간과한 것이 있다면, 자신이 원하는 상황을 상대도 그만큼 갈망하고 있었다는 걸 계산하지 못했다는 점일 것이다. 알바레즈 역시 오직 안 소좌의 두 칼끝에만 온 신경을 쏟을 수 있는 지금 평생을 갈고 닦아 온 무력을 쏟아붓고 있었다.

"간나새끼. 손속이 제법 매섭구만 기래."

"영어로 하지 않는 걸 보니 욕인가 보군. 초조한가."

"칭찬을 한 거야. 당신 솜씨를. 물론 욕도 섞었지만."

"안타깝군. 북한 욕은 아는 게 없어."

알바레즈는 만곡도로 아이스링크의 얼음 표면을 긁으며 이죽거렸다.

"이 칼로 쏙독새의 목을 치기 전에 그놈과 담소라도 나눠 볼 걸 그랬지. 그럼 녀석이 북한 욕을 한 마디라도 내게 가르쳐 줬을 텐데. 한 방에 급소를 찔러서 그런가, 비명 소리만 들려주더라고."

안 소좌는 우심방과 좌심실의 위치가 서로 바뀌어 피가 거꾸로 요동치는 듯한 분노를 느꼈다.

"쏙독새는 무슨. 늙은 암탉이나 낼 법한 소리였지, 아마."

파르르 떨리는 손가락. 그러나 가라앉히기로 다짐한다. 도발에 흥분해서 자신을 위험에 빠트리는 일은 한 번으로 족하니까.

'녀석의 목적은 명백해. 체력전을 펼치고 있다.'

선불리 상대의 말장난에 휘말렸다가는 체력이 바닥나는 속도가 빨라지게 될 것이다. 체력 저하는 곧 미세한 집중력의 붕괴를 낳고, 일류 칼잡이 사이의 싸움에서 그 차이는 승부를 좌우할 정도로 크다. '복수심'은 잠재우기 어려운 불꽃과도 같아서 인간의 연료 탱크를 빨리 소모시키기 마련.

'차분해져라.'

냉정함을 되찾고 보니 안 소좌는 알바레즈가 무엇을 기다리고 있는지도 짐작해 낼 수 있었다. 안 소좌는 하프라인 반대편에서 드미트리의 주먹에 치여 날아가고 있는 록희에게 시선을 슬쩍 주었다.

"저 덩치가 승리할 것을 확신하고 있군. 여기에 합류할 때까지 견디기만 해도 이긴다고 믿고 있어. 그래서 시간이 네 편이라고 생각하나 보지."

속셈을 들켰지만 알바레즈는 애초에 숨길 요량이 아니었다는 듯 대꾸했다.

"어디서 데려온 사냥개인지 모르지만 너무 어린 소녀야. 주먹은 날카롭고 발도 가볍지만 딱 거기까지. 드미트리는 괴물들이 득시글대는 러시아에서 백병전 교관으로 10년을 버텼어. 저 둘이 서로 체급이 맞다고 생각하나?"

알바레즈의 말이 옳았다. 드미트리의 체중은 118킬로그램으로 록희의 두 배. 살인 경험과 전장에서의 관록 또한 비교할 데가 아니었다. 그럼에도 불구하고 안 소좌에게 초조한 기색은 없었다.

"저 애를 어디에서 데려왔는지는 알려 줄 수 있어. 네놈들이 가장 최근에 목을 잘라 챙긴 여자를 기억하겠지."

그것은 전혀 예상하지 못했던 바였다.

알바레즈의 시선이 무의식적으로 컬링 연습장과 붙어 있는 라인으로 향했다. 그곳에 세 개의 밥통이 모여 있었다. 그중 한 곳에 '수희'의 머리가 얼려진 채 담겨 있었다.

"저 애? 그 여자의 동생이야."

"그랬던가."

얼핏 보면 닮은 것 같기도 하다. 그러나 알바레즈는 동양인 여자들의 얼굴 생김새를 자세히 식별할 자신도 없었고, 그럴 의지도 없었다. 다만 록희가 왜 안 소좌를 도와 자신들에게 덤벼드는지 그 이유가 선명해진 것뿐.

"나와 같이 선수촌으로 들어온 아이지. 믿겨져? 밖에서 가만히 찌그러져 있었으면 목숨을 부지할 것을, 오직 언니를 구하기 위해서 두 주먹만 믿고 감염 구역에 뛰어든 애라고. 나조차 저 나이에 그럴 수 있었을까 생각해 보면, 글쎄."

그리고 나는 저 애가 완성되는 걸 바로 옆에서 봐 왔지.

파괴된 마음을 주워 모아 복수라는 불꽃에 마른 장작으로 던져 넣어 줬거든. 저 애는 나처럼 연료를 아낄 생각도 없을 거야. 자기 자신을 심지로 삼아 한 방에 폭발하고 말 테니까.

"지켜봐. 내가 데려온 사냥개가 덩치는 작아도 그 이빨은 무시 못 할걸."

안 소좌가 호언장담했지만 사실 록희의 사정은 좋지 않았다.

드미트리는 아무런 무기도 갖고 있지 않았다. 독침이나 권총은 물론, 그 흔한 단검 하나 몸에 지니지 않고 있었다. 오직 두 주먹과 다리만 믿고 싸워 온 육체파 킬러라 할 수 있을 것이다.

어쩌면 그것이 록희에겐 최악의 궁합이라 할 수 있었다. 드미트리는 너무나도 다양한 유형의 격투가들과 근접전을 펼쳐 모두 압살해 온 백전노장이었던 것이다.

"이야아아앗!"

벌떡이며 일어난 록희가 드미트리에게 돌진했다. 러시아산 불곰은 피할 생각도 없이 다리를 넓게 벌리고 록희가 주먹을 내뻗길 기다렸다.

죽창 같은 스트레이트가 그의 복부에 꽂힌다. 하지만 마치 상크트바실리 성당을 두들기는 느낌이다. 일부러 자신이 마음껏 공격하게 놔둔 뒤 동작이 멈춘 지점을 노리고 역습해 온다.

드미트리가 주먹을 내리쳤다.

"으으음!"

단단하기 짝이 없는 빙판이 움푹 파이며 쩌저적 구덩이를 만든다. 그만큼 그의 주먹은 코끼리를 구속하는 철구처럼 무거웠다. 한 방만 제대로 맞아도 온몸이 감자칩처럼 으스러지고 말 것이다.

록희는 경쾌한 사이드스텝으로 물러났지만 미끄러운 빙판 위에서 균형을 잡느라 힘을 많이 써야 했다.

"백돼지 새끼. 아무리 때려도 쓰러지질 않네."

록희의 말대로 이미 급소를 여러 군데 두들겨 봤지만 도무지 통하질 않았다.

'저 옷 때문이겠지.'

원래도 단단한 근육질로 감싸인 몸의 소유자인 드미트리였다. 그런 그가 충격을 흡수하는 슈트를 입고 있으니 이중의 갑옷을 두른 셈이었다. 그러나 불공평하다 투덜댈 수가 없다. 사실 슈트의 덕을 보고 있는 쪽은 아무래도 록희였기 때문에. 처음 덤벼들었을 때 드미트리의 팔꿈치에 복부를 얻어맞았는데, 슈트가 아니었다면 그 자리에서 끝났을 정도의 충격이었다.

결국 그에게 데미지를 주려면 안면을 공격하는 수밖에 없었다. 그렇지만 그 과녁은 2미터 위를 떠다니고 있다. 록희가 다시 주변을 빙글빙글 돌자 드미트리의 고개가 그 반경을 따라간다.

"포기하고 도망쳐라, 꼬마. 나는 딱히 널 죽일 이유가 없다. 뒤쫓지 않겠다고 약속하지."

"한국 땅에 왔으면 한국말로 지껄여, 양키 새끼야!"

가드를 바짝 올린 록희가 빙판 위를 박차고 달렸다.

이미 몇 번이나 반복된 그림이지만 드미트리는 지루한 기색이나 하품을 하지는 않았다. 그런 방만한 태도는 그에게 용납된 적이 없다. 러시아인으로서 '양키'라는 억울한 취급을 당했음에도 불구하고 이의를 제기할 마음 따위도 없다. 살육을 결심했다면 다만 실행할 뿐.

처음엔 혼쭐을 내줘서 도망치게 할 생각이었으나 이제는 드미트리도 인정할 수밖에 없었다. 눈앞의 소녀가 목숨을 걸고 자신에게 부딪쳐 온다는 것을.

'안타깝지만 본인이 원한다면 죽이는 수밖에.'

드미트리가 거구를 움직여 권투소녀를 영접했다.

82화
돌아오렴 청개구리야

- 갑염 5일째. 오전. 08:43.

드미트리가 오른 손바닥을 쭉 펴서 앞으로 내뻗었다.

그 단순한 동작조차 록희 입장에선 산이 움직이는 것 같았지만 기죽지 않고 스웨이 동작으로 피해 낸다. 그리고 아래에서 올려 치는 어퍼컷으로 드미트리의 팔꿈치를 노렸다.

콰직.

제법 송곳이 파고드는 것 같은 충격은 있었지만 드미트리의 강인한 골격엔 부질없는 시도였다. 하지만 록희의 진짜 수는 그게 아니었다. 드미트리의 시선이 돌아간 사이 그의 왼쪽 무릎을 밟고 날아올랐다.

'공중에서 싸우겠다고?'

폴짝 날아오른 록희가 오른손 주먹을 뒤로 당겼다. 있는 힘
껏 체중을 실어 내지를 기세. 드미트리는 혀를 차며 허리를 뒤
로 뺐다.

10년 전 종합격투기 헤비급에서 '러시아의 마지막 황제'라는
별명을 가진 한 파이터가 화려한 복싱 기술을 가진 미국의 챔
피언을 맞이한 적이 있다. 링 위에서 상대의 빠른 스텝과 깔끔
한 기술에 잠식당하며 곤경에 처한 황제는 속수무책으로 연타
를 맞아 코너에 몰리고 말았다. 상대는 드디어 황제를 폐위시키
는 장본인이 된다는 설렘에 휩싸인 나머지 플라잉 니킥을 시도
했는데, 그것이 크나큰 패착이었다. 붕 떠오른 그의 턱이 황제
의 '러시안 훅'에 격침돼 실신 KO패를 당하고 만 것이다.

대역전극이었다.

드미트리는 침착하게 록희의 오른손 주먹을 이마로 받아
냈다.

빠악!

둔탁하게 튕겨 나가는 주먹을 부여잡고 고통스러워하는 록희
의 다리를, 공중에 떠올라 있는 그 먹음직스러운 목표물을 드미
트리의 오른손이 집게처럼 붙잡았다. 그리고 바닥에 있는 힘껏
내리쳤다.

퍼어어어억!

"끄아아아아!"

"안됐군, 꼬마. 러시아의 싸움꾼 앞에서 함부로 뛰어오르면
다치는 법이다."

드미트리는 오른발을 들어 고통에 데굴데굴 구르는 록희를 짓밟았다.

"우욱!"

한 번으론 부족하다. 감정이 없는 전투기계처럼 드미트리의 무릎이 계속 움직였다. 반복적으로 콘크리트를 내리뚫는 굴착기처럼.

퍼억!

퍼어어억!

양팔을 11자로 만들어 커버링을 해 보려 했지만 소용없었다. 고통이 가슴과 복부에서 손목으로 넓어질 뿐.

"카하아아악."

드미트리가 발길질을 멈추자 록희의 입에서 붉은 거품이 쏟아져 나왔다. 지독한 통증에 머리가 하얗게 탈색되는 기분이다. 오른쪽 갈비뼈 두 개가 부러진 듯하고 왼쪽 손목뼈도 박살난 것 같았다. 드미트리가 록희의 단발머리를 헤집은 다음 머리카락을 붙잡아 올렸다.

"으아아아아악!"

"죽일 상대를 괴롭히는 악취미는 없다. 고통스러울 테니 빨리 끝내 주지."

록희의 목을 부러뜨리는 것은 너무도 쉬운 일일 것이다. 드미트리가 왼손을 뻗어 록희의 목을 붙잡았다. 그리고 힘을 주려는데!

'웃어?'

록희가 피범벅이 된 입술로 웃음을 짓고 있었다. 기나긴 고통을 참아 내면서 만들어 낸 단 한 번의 찬스. 그것이 지금 이뤄질 참이었기 때문이다.

록희가 양 무릎을 가슴께로 당겼다가 있는 힘껏 내뻗었다. 그것이 향하는 곳은 드미트리의 아랫배.

퍼억!

물론 중심이 잘 잡혀 있는 드미트리에게 그것은 치명적인 타격이 아니었다. 다만 두 발짝 정도 비틀대며 물러날 정도밖에 되지 않는 충격. 하나 그 두 발짝을 만들어 내기 위해 록희는 목숨을 걸었다.

드미트리의 오른발이 빙판에 파인 작은 구덩이로 들어가며 그를 당혹감에 물들게 했다. 방금 전 록희를 공격하기 위해 해머처럼 내리쳤던 자신의 주먹. 그것이 빙판 위에 만들어 낸 한 움큼의 작은 참호. 마치 함정처럼 그를 기다렸던 구덩이가 드미트리 신체의 좌우 균형을 붕괴시켰다.

건물을 쓰러트릴 수 없으면 땅을 파내면 된다.

허우적대는 드미트리의 신경이 오른쪽 다리로 쏠렸다. 그 찰나와도 같은 순간에 록희를 붙잡고 있던 손의 힘이 느슨해졌다. 이를 악물고 오른손 주먹을 들어 올린 다음 비트는 록희.

차캉!

록희는 자신이 입고 있는 슈트의 원래 주인이 끔찍하게 싫었지만 이 순간만은 감사를 표하기로 했다. 역전의 무기를 남겨 주고 갔으니까.

"먹어라, 백돼지야!"

록희의 손등에서 튀어나온 송곳이 드미트리의 왼쪽 안구를 파고들었다.

"크아아아아아악!"

그 어떤 상황에서도 큰 소리를 내지 않았던 거구의 암살자가 빙판 위를 녹일 듯 뜨거운 비명을 내질렀다. 공중에서 자유의 몸이 된 록희는 바닥을 데굴데굴 구르며 그에게서 물러났다.

드미트리의 얼굴 반쪽이 마치 붉은 가면을 쓴 것처럼 피로 물들게 됐다.

"망할 년이проклятая сука!"

비틀비틀 물러나던 록희가 이를 악물고 심호흡을 했다.

"어때, 개새끼야. 너희가 감히 누구의 목을 가져갔는지 이제부터 깨닫게 해 줄게."

●   •   •

올해로 55세를 맞이한 도진수는 그동안 2만 번에 가까운 아침을 맞이했다. 그토록 아득한 세월을 통틀어 가장 괴로운 아침이 며칠째 갱신되고 있었다.

아직 돌아오지 못한 아들 때문이다.

한동안 씻지 못해 까칠해진 손바닥으로 얼굴을 훑는다. 더 이상 결단을 미룰 수가 없다.

"락구 엄마. 이제 그만 갑시다."

강북연세사랑병원의 주차장.

지저분한 돗자리를 펴고 옹기종기 모여 있는 희생자의 가족들 사이에 그의 아내가 있었다. 아들이 다시 선수촌으로 돌아가겠다는 걸 말리지 못했다며 쓰라린 질타를 들은 것이 하루가 지났다. 그래서 남편의 질문에도 잘 대꾸하지 않게 된 그녀였다.

"새벽에 잠깐 잠이 들었어요."

잔뜩 쉰 목소리였지만 기대하지 않았던 답변에 진수의 얼굴이 밝아졌다.

"그랬소?"

"꿈을 꾸었는데, 우리 구야가 나왔어요."

"……."

"주방에서 설거지를 하고 있는데 구야가 현관 앞에 서 있지 뭐예요? 입고 있는 유도복이 너무 꼬질꼬질해져서 제가 벌컥 화를 냈어요. 그런데 구야가 아무 말 하지 않더니 허리에 매고 있던 검은 띠를 나한테 줬어요."

"당신이 몇 번이나 꿰매 줬지. 그걸 받았소?"

"언능 빨아 주겠다고 유도복도 벗으라고 했죠. 그런데 그냥 웃기만 하더라고요. 그때, 꿈인 걸 알았어요. 구야가 거실로 들어오지 않으려 하는구나. 어떻게든 내가 잡아야겠다 싶어서 애 멱살을 잡고 힘껏 당겼는데……."

아내의 목소리에 물기가 스며들었다. 목울대 안에 지점토가 끼어든 듯 힘겨워 보인다.

"아, 글쎄 꿈쩍도 않는 거예요. 여보. 우리 구야, 어쩌면 좋아요."

"꿈은 그냥 꿈일 뿐이오. 우리 아들이 누구야? 유도 국가대
표야. 중학생 때부터 나도 힘으로 못 이겼지 않소. 당신의 앙상
한 팔로 당겨 봤자 될 리가 없지."

진수가 무릎을 꿇고 아내의 어깨를 안았다.

"우리, 여기서 조금만 멀리 갑시다. 곧 선수촌에 불이 난대요."

멍한 아내의 동공이 우뚝 멈췄다.

"불이요? 그게 무슨 말이에요. 우리 락구가 아직 안에 있는데."

"여기도 완전히 안전하진 않다는군. 다들 많이 떠났소."

진수의 말마따나 주차장 한쪽을 가득 메운 돗자리와 라면박
스 위는 텅텅 비어 있었다. 이들 부부와 모두 같은 처지인 그들
이 비루를 삼키고 일어날 수밖에 없었던 것은, 가족의 마지막
모습이 불타는 선수촌에서 날아온 잿더미가 아니길 원했기 때
문이다.

"난 안 돼요, 여보. 우리 구야랑 헤어진 곳이 여긴데, 어딜
간단 말예요."

"여보. 이런 말 하는 나도 괴롭소."

"당신도 젊었을 적에 유도 했잖아요. 내가 그 허우대에 넘어
갔어. 말주변도 없고 숫기도 없는 당신한테 내가 왜 빠졌겠어
요? 또 우리 아들이 누굴 닮아 힘이 그렇게 좋겠어. 구야가 빠
져나오면 많이 지쳐 있을 건데, 당신이 꽉 붙잡아서 이번엔 아
무 데도 못 가게 해야 돼요. 알았죠?"

진수의 말을 듣고 있지 않다. 아내는 자기만의 세계에 빠진

채 조금씩 과거로 퇴행하고 있었다.

한숨을 내쉬고 주변을 둘러보는데, 아직 떠나지 않은 희생자 가족들 중 유독 젊어 보이는 부부가 옆에 있었다. 많아야 40대 초반?

진수는 의도치 않게 그들의 대화를 엿듣게 됐다. 체구가 작은 여인이 담담하게 이야기하고 있었다.

"그래서 다인이한테 동화책을 읽어 줬단 말이야. 이미 내용을 달달 외우고 있으면서 칭얼대니까. 나한테 물어봤어. 정말로 산길에서 곰을 만나면 죽은 척하면 되냐고."

"그 동화, 다인이가 좋아했지."

"사실 죽은 척하면 안 되잖아. 그런데 우리 딸이 납작 엎드려서 머리만 숨기는 게 너무 귀여워서…… 곰을 만나면 바위인 척 숨도 쉬지 말라고 놀렸어. 그럼 엄마랑 아빠가 와서 곰을 쫓아 줄 거라고."

"나도 기억이 나. 그랬지. 음. 당신이 그랬어."

"그런데 이렇게 돼서 어떡해? 우리 다인이 괴물들 틈에서 너무 무서울 텐데. 엄마가 알려 준 대로 죽은 척하고 있으면……."

"그러지 마."

"다 내 잘못이야. 우리나라에 야생 곰이 어딨어? 그런 일은 평생 없을 줄 알았단 말이야."

팽팽히 당기고 있던 줄이 이곳저곳에서 끊어지려 하고 있었다. 진수는 그들의 이야기를 엿듣다가 안쓰러운 마음에 그만 끼어들고 말았다.

"따님 이름이 다인이인가요?"

흠칫하고 고개를 돌리는 젊은 부부.

"네. 멀리뛰기 상비군이에요. 중학교 2학년."

진수는 부디 침착한 미소로 보이길 바라며 얼굴 근육을 움직여 본다.

"그럼 걱정 마세요. 한창 말 안 들을 때 아닌가요. 어떡해서든 엄마 말 반대로 하고 다닐 때니까, 잘 도망 다니고 있을 거예요. 우리 애도 똑같습니다. 자식들이 뭐예요? 다 완전 청개구리들 아닙니까."

그의 말에 젊은 부부가 고개를 끄덕였다. 아마 그들도 진수가 이런 말을 꺼내는 속내를 알 것이다. 남아 있는 가족들끼리 통하는 무언가가 있었기 때문이다. 그러나 9시가 되면 지금껏 지탱해 온 울타리가 어떻게 부서질지 알 수가 없다.

그때, 두 쌍의 부부를 향해 달려오는 한 여인이 있었다. 강직한 인상에 도회적인 인상을 가진 중년 여인. 진수에게는 무척 익숙한 얼굴이었다.

"승미 어머님? 좀 전에 떠나신다고 하지 않으셨나요?"

진수 부부가 배웅할 때 그녀는 "제 딸은 제가 흐트러지는 모습을 원하지 않을 것 같아요. 먼저 떠나겠습니다." 하고 의경들의 차량에 올랐었다.

"중간에 차를 돌려 다시 돌아왔어요. 꼭 확인해야 할 소식을 들어서요."

"소식이요?"

승미 어머니는 모두에게 자리에서 일어나란 손짓을 하며 설명했다.

"버스 한 대가 이쪽으로 오고 있대요. 그래서 미군들이 난리가 났대지 뭐예요?"

그녀의 이야기를 듣고 있던 사람들은 엉덩이에 용암이 흐르는 것을 방금 발견한 것처럼 화들짝 일어섰다.

"버스요? 설마!"

"네. 그 안에 누가 타고 있겠어요? 지금 이쪽으로……."

빠아아아아앙!

멀리서 기세 좋은 경적 소리가 울려 퍼졌다. 바짝 긴장하고 있던 젊은 의경들, 긴장을 풀고 철수를 준비하고 있던 각국의 취재진들, 국가대표와 함께 현장을 지원하고 있던 자원봉사자들 모두의 시선이 한곳으로 모아졌다.

선수촌으로 통하는 4차선 도로에서 대형 관광버스가 달려오고 있었다.

오래 무릎을 꿇고 있어 저린 다리를 재촉하는 희생자의 가족들. 그들이 당황해서 흐트러지고 있는 의경들의 전열을 향해 걸어 나갔다. 당연히 그 안에는 진수와 아내도 있었다.

"저 버스인가 봐요, 여보. 우리 구야가 왔나 봐."

빠른 속도로 가까워지고 있지만 아직 누가 타고 있을지는 알 수 없었다. 버스의 정면 유리창에 커다란 균열이 거미줄처럼 퍼져 있었기 때문이다. 자세히 보니 차체의 이곳저곳 박살이 나 성한 곳이 드물다.

끼이이이이익.

모두가 숨을 죽인 가운데, 버스가 병원 정문 앞에 섰다.

진수의 아내는 저 안에 아들이 있을 거라 철석같이 믿고 있는 얼굴로 남편의 손을 붙잡았다. 그런 아내의 손을 마주잡고 온기를 나누고 있었지만 진수는 정반대로 불안한 마음을 감출 수가 없었다.

그때, 버스의 앞문이 열리고 조심스럽게 생존자들이 발을 내디뎠다.

조심스럽게 땅에 내려선 첫 번째 주인공은 앳된 소녀였다. 큼지막한 눈망울이 겁을 먹은 것 같다. 그런데 특이하게도 인라인 스케이트를 신고 있었다.

찰각찰각찰각!

카메라의 셔터가 눌리는 소리와 함께 인파들이 우르르 몰려들었다.

"물러나세요! 위험합니다."

의경들이 반사적으로 버스를 둥그렇게 둘러싸고 인간장벽을 쳤다. 그런데 진수 옆에 있던 젊은 부부가 꽥 하고 소리를 질렀다. 그 소란한 가운데서도 명징하게 들리는 외침.

"다인아! 내 새끼!"

인라인 스케이트를 풀고 맨발로 아스팔트를 밟던 소녀의 움직임이 우뚝 멈추었다. 어린 미어캣처럼 허리를 세워 목소리의 진원지를 찾은 소녀의 얼굴이 일그러졌다.

생환자의 울먹임.

"엄마아!"

젊은 부부의 주변이 웅성거렸다.

"비켜 주세요. 우리 딸이 돌아왔단 말예요!"

하지만 그들이 딸을 만나기 위해 넘어서야 할 사람들의 머릿수가 너무 많았다. 이런 상황에서 의경들은 대체 어떻게 해야할지 몰라 우왕좌왕, 명령만 기다리고 있었다.

선수들이 하나둘 버스 바깥으로 내려 불안한 시선으로 주변을 둘러보고 있다. 카메라를 들이대고 있는 취재진들이 먼저 알아보는 얼굴도 있다.

"펜싱의 표유나 선수?"

"저거, 국민요정 오로라 아니야?"

"저 강아지는 뭐야."

반면 진수 부부와 승미 어머니의 얼굴은 점점 딱딱하게 굳어 갔다. 그러다 마지막으로 운전을 했던 수염 덥수룩한 사내가 버스에서 내렸을 때에는 함께 헛바람을 들이쉬어야만 했다.

"구야가 없어요, 여보."

"저 버스엔 없지만, 아직 모르잖소."

승미 어머니 역시 거들었다.

"또 다른 차가 있을지 몰라요. 가까이 가서 물어보는 게 어때요?"

버스에서 내려선 생존자들은 총 여덟 명. 그들은 서로에게서 조금도 떨어지지 않고 철장 속의 야생동물 취급받는 이 순간을 감내하고 있었다. 곧 다양한 직업군의 사람들 중 인파를 파고들어 틈새를 만들어 내는 데 잔뼈가 굵은 이들이 누구인지 드러났다. 바로 녹음 마이크를 손에 든 기자들이었다.

"정말 선수촌에서 나오신 겁니까?"

"여덟 명이 전부인가요? 오로라 선수, 어떻게 탈출하신 겁니까."

"부상자는 없나요?"

생존자들 중 가장 연장자로 보이는 사내가 한 걸음 앞으로 걸어 나왔다. 그가 번쩍 손을 들자 소란스럽던 인파의 목소리가 수그러들었다.

"전 핸드볼 국가대표 주현택입니다. 우리는 방금 전 선수촌을 탈출해서……."

타다다다당!

머지않은 곳에서 총격음이 들려왔다.

병원 정문에 몰려든 인파의 술렁임이 더욱 커진 가운데 완전무장을 한 수백 명의 미군 병사들이 모습을 드러냈다.

"아무 대답도 하지 마십시오!"

쩌렁쩌렁 확성기로 명령하는 자는 미군 군복을 입은 통역관이었다. 험비 트럭 위에 올라선 그의 옆엔 선글라스를 낀 주한 미군 사령관 클레이튼 머독 장군이 있었다.

"당신들은 통제구역을 무단으로 이탈한 자들입니다. 절대 민간인과 접촉해선 안 됩니다."

통역관이 그의 말을 전달해 주는 동안 미군 병사들은 송곳처럼 인파를 파고들어 한국 의경들의 벽까지 당도했다. 미군들을 절대 건드리지 말라는 명을 받은 의경들은 어쩔 수 없이 길을 터 줘야 했다. 그래서 온갖 용을 써서 인파의 최전선에 선 다인의 부모는 딸의 손을 붙잡을 수 있는 지근거리에서 병사들에게 가로막혀야 했다.

"안 비켜요? 내가 저 애 엄마라구요!"

"이게 무슨 짓입니까."

하지만 미군들은 일언반구도 없이 그들을 밀쳐 낼 뿐이었다. 그것을 지켜보는 다인이 빽 하고 소리를 질렀다.

"우리 엄마한테 손대지 마!"

머독 사령관은 혼란스러운 현장을 단숨에 장악할 필요를 느꼈다.

"지금 이 현장에 있는 자들은 모두 전시 상황에 따른 통제를 받고 있소. 즉, 작전을 수행하는 데 있어 방해가 되는 자는 즉결 처분이 가능하다는 거요."

그 말을 반증하기라도 하는 듯 미군들이 소총을 들어 노골적인 위협 의사를 드러냈다. 하지만 그 사실보다 충격적인 것은 그들의 총구가 향한 곳이 여덟 명의 생존자들이었다는 것이다.

"입만 뻥긋하면 쏴 버려. 나중에 물렸다고 둘러대면 돼."

머독 사령관의 중얼거림을 통역관은 똑똑히 들었지만 그것을 전달해서는 안 된다는 걸 알고 있었다. 그래서 그는 급히 입을 다물다가 혀를 깨물었다.

"위험 인자는 확실히 '방역'한다."

83화
인간의 벼랑 끝에서

- 감염 5일째. 오전. 08:47.

"어때, 도락구?"

락구의 오른쪽 겨드랑이 밑에서 승미의 목소리가 들려온다.

"허억, 허억. 통증은 익숙해졌어. 조심해서 걸으면 돼."

선수촌에서 지내 온 8년 동안 락구는 승미에게 목마를 태워 주기도 하고 업어 주기도 했다. 지난밤 무너지는 오륜관에서 승미를 들고 나왔을 때는 오직 양팔의 힘으로 그녀의 무게를 감당해 냈다.

그런데 지금은 옆구리의 상처 때문에 거꾸로 승미의 가녀린 몸에 의지하고 있는 상황. 전혀 내색은 하지 않았지만 승미는 락구의 상체를 받치느라 호흡이 격해지고 있었다.

'이게 무슨 꼴이람.'

미안함과 부끄러움, 처량함이 한데 뭉쳐 락구를 괴롭혔다. 그렇게 고개를 돌리다가 버려진 승용차 창문에 비친 자신의 얼굴을 마주했다. 왼쪽 눈동자에 선홍색 잉크를 떨어트린 것처럼 불길한 모습.

'내게 남은 시간이 얼마나 될까.'

까를로스 황 조사관을 처음 만났을 때 들었던 이야기를 억지로 떠올려 본다.

콜롬비아 광견병에 감염된 인간이 보여 주는 증상에는 순서가 있다. 혈관의 변색, 타는 듯한 고열, 붉게 충혈되는 눈. 그리고 이 모든 과정이 급속도로 진행되다가 문득…… 숨을 멈추게 된다. 그리고 잠시 뒤엔 인육을 탐하는 짐승이 되어 일어난다. 3단계 감염자에게 물렸을 경우엔 이 모든 과정이 급행열차처럼 진행된다고 했다.

'다행히 내 경우엔 아닌 것 같지만.'

락구는 자신이 언제 돌변할지 모르는 상황에서 무방비의 승미가 이토록이나 가까이 붙어 있는 것이 지독하게 불안했다. 곧 다가올 죽음에 대한 공포까지 몰아낼 정도로.

"승미야. 만약 내가 쓰러지면 숨을 쉬는지 확인하지 말고 달아나."

"그딴 얘기 할 거면 지금 죽여 버리는 수가 있어."

"나, 농담하는 거 아니야. 현승미."

"잠깐. 저거 같아."

승미가 가리킨 방향으로 고개를 돌렸을 때 이동식 벙커를 찾는 것은 어렵지 않았다.

개선관 옆의 널찍한 공터에 '그것'이 있었다. 에밀레종을 몇 배로 확대한 것 같은 크기와 형태. 아침햇살을 흡수하는 것 같은 무광의 검정 표면. 유나가 개선관 창문으로 목격했을 때 '캡슐 같았다'고 말한 이유를 알 것만 같았다. 쿤린이 말한 '이동식 벙커' 주변으로 땅이 움푹 파였고, 아스팔트 조각이 케이크 부스러기처럼 비산해 있었다.

락구와 승미의 시선이 무척 가까운 곳에서 교차됐다. 승미가 기운차게 락구를 북돋았다.

"가자. 저 안에 치료제가 있을 거야."

물론 없을 수도 있다. 승미는 만약 그런 상황이 닥쳐온다면 다음 타깃으로 안금숙 소좌와 록희를 쫓아갈 생각까지 하고 있었다. 사브리나에게 총구를 들이대 주사기를 빼앗았던 안 소좌의 모습을 잊지 않고 있었기 때문이다.

승미가 숙련된 암살자와 정면으로 싸워 이긴다는 건 말도 안 되었지만 은밀히 접근해 배후를 잡는다면 그녀에게서 주사기를 빼앗을 찬스가 생길지도 모른다.

락구는 승미에게 기대고 있던 어깨를 뗀 뒤 자신의 힘만으로 벙커를 향해 걸어갔다. 차가운 표면을 만지니 왜인지 알 수 없는 느낌에 소름이 돋는다. 귀를 대 보니 어떤 전원이 가동되고 있는 모양인지 고래의 울음소리 같은 '웅웅거림'이 느껴졌다.

1분도 지나지 않아 둘은 곧 새로운 문제를 풀어야 함을 알아챘다.

"그런데, 이거 어떻게 여는 거지?"

●. ˙ •

"젠장할. 3일 동안 이 지긋지긋한 곳을 돌아다니며 거둔 수확물이 고작 이따위 고물 하나란 말이야?"

주세페는 검은색 쿠션 위에 은색 랩탑을 아무렇게나 집어 던지며 한숨을 내쉬었다. 그것은 이미 세상을 떠난 쿤린과 오마르가 주워 온 것이었다. 선수촌의 공익근무요원 박정욱의 랩탑이었는데, 원래 소유자에 대해 알 리 없는 주세페에겐 몹시 거슬리는 물건일 뿐이었다. 왠지 이번 작전의 실패를 상징하는 것처럼 느껴졌기 때문이다.

"녀석들이 제시간에 돌아오긴 힘들어 보이는데. 올림푸스 놈들이 이걸 회수하지 않을 가능성에 대해서도 생각해 봐야겠군."

빙상장을 빠져나와 깨끗하게 비워진 선수촌을 가로지른 주세페는 10분여 전에 이 벙커 안에 들어와 있었다. 이 물건은 군수업체 미티카스가 만들어 낸 이동식 방공호였다. 선수촌 일대를 불태우는 '청소'가 시작되어도 이 안에 꿈쩍 않고 있기만 하다면 털끝 하나 다치지 않을 수 있다.

"뭐, 좀 더워지긴 하겠네."

주세페는 며칠 동안 벗지 못한 슈트를 해제하기 위해 목 뒤에 달린 버튼을 누르려 했다. 그런데 던져진 충격으로 벌어진

정욱의 랩탑 액정이 눈에 들어왔다. 정지 상태의 영상 파일이
었다.

천천히 걸어가 스페이스바를 눌러 보는 주세페. 그러자 빨간
바이크에 탄 남녀를 추적하며 질주하는 왕치순의 모습이 보였
다. 정욱이 모아 둔 CCTV 기록 영상들에서 주세페가 골라 놓은
것이었다.

"슈퍼레슬러."

이 녀석이 목격되었을 때 올림푸스와 미티카스 간부들이 보
인 열광을 한마디로 압축한다는 건 불가능할 것이다. 탱크의
해치를 힘으로 뜯어 버리는 괴력에 바이크를 추격해 따라잡을
수 있을 정도의 기동력. 무엇보다 가까운 희생자들을 무시한
채 목표물을 향해 덤벼드는 특이성. 그것이 올림푸스에게 거액
의 현상금을 쓰게 만든 가장 큰 요소였다.

콜롬비아 광견병은 강력한 세균 무기로서의 가능성을 다분
히 갖추고 있었지만, 살아 있는 인간이라면 아군과 적군을 가
리지 않고 물어뜯는 괴물이 된다는 점이 가장 큰 결격 사유였
다. 하나 '명령한 이가 지정한 적'만 물어뜯는 좀비 병사를 만들
어 낼 수 있다면? 그러니 '특정 개체'에 집착하는 것처럼 보이는
왕치순의 존재는 그들에게 막힌 돌파구를 뚫어 줄 선물처럼 보
였을 것이다.

영상은 이제 다른 각도에서 잡힌 화면을 비춰 주고 있었다.
결국 빨간 바이크를 따라잡아 넘어뜨린 치순이 튕겨져 나간 남
녀 중 여자 쪽으로 걸어가는 모습이었다. 주세페는 이미 그것

을 여러 번 돌려 봤기 때문에 다음에 펼쳐질 장면을 이미 알고 있었다.

비틀거리는 남자가 치순에게 덤벼 보지만 곤죽이 되어 나가 떨어진다. 그리고 기절한 여자를 건드리려는 순간 치순은 달려 온 버스에 치여 날아가고 만다.

슈퍼레슬러의 '목표'가 바이크도 남자도 아닌 이 젊은 여자라는 것이 증명된 순간.

"그러고 보니 궁금하군. 대체 저 여자가 누구길래 저 난리법석을 피우는 거야?"

흑백 CCTV 화면을 아무리 오래 노려본다 한들 주세페가 그 답을 알아낼 방법은 요원하다. 아마 영원히 알아내지 못할 것이다.

탁.

정욱의 랩탑을 덮어 버리며 주세페는 그것을 잊기로 했다. 벽에 붙어 있는 금속 야전침대를 내릴 뿐이었다. 노곤해진 몸을 쉬게 할 생각이었다.

깡깡깡.

그런데 벙커 바깥쪽에서 전혀 예상치 못했던 소리가 들려왔다. 금속으로 벙커의 표면을 세게 두들기는 듯한 소음. 주세페가 귀를 대 보니 그는 알아듣지 못하는 말소리도 따라온다.

"성화봉에도 꿈쩍 안 하는데, 승미야? 어쩌지."

"출입구가 없을 리가 없어. 어디 여는 버튼이 있겠지. 양쪽으로 나눠져서 찾아보자."

아직 선수촌에 남아 있는 민간인이 있었단 말인가. 좀비들을 보이지 않는 곳으로 치워 버린 녀석들 중 하나일까.

주세페는 벙커의 벽에서 귀를 떼었다. 바주카포를 갖고 와도 이 벙커는 어찌하지 못한다. 그가 걸친 슈트를 입지 않으면 애초에 출입문을 열지도 못한다.

무시할 생각이었다. 방충망 바깥에 달라붙은 모기 두 마리일 뿐. 하지만 그 순간 발에 툭 하고 걸린 레일건이 묘하게 그의 기분을 뒤흔들었다. 원래 사브리나의 것이었던 좀비 포획용 레일건이었다.

"화풀이 정도는 될 수 있을지도."

주세페는 레일건을 집어 들고 실탄 모드로 바꾼 뒤 출입문 앞에 섰다.

꾸우웅.

그러자 칼로 자른 오렌지 껍질이 바닥에 툭 떨어지듯 벙커의 문이 열리고 바깥 공기가 안으로 들어왔다.

"열렸나 봐, 도깨비! 가 보자."

벙커의 출입문 앞으로 다가오는 발소리가 빨라진다. 주세페는 음산한 미소를 지으며 바닥을 향해 있던 총구를 정면으로 올렸다.

"이제 됐어. 안으로 들어가 보······."

락구와 승미의 얼굴이 싸늘하게 굳어지는 순간을 주세페는 흡족하게 바라보았다.

"이 사람, 설마!"

승미가 흠칫 놀라 가슴에 멘 컴파운드 보우를 풀어내리는데 주세페가 레일건의 총구를 살짝 흔들었다. 방울뱀의 꼬리처럼.

"그 사람들 중 하나야."

락구가 승미 앞을 가리며 읊조렸다. 그리고 주세페와의 거리를 가늠했다. 세 발짝 거리. 상대는 영리하게도 단숨에 덤벼들어 어쩌지 못하는 거리에서 자신들을 겨누고 있었다. 게다가 옆구리의 상처를 생각해 보면 손에 닿는 거리에 있어도 제압할 수 있다는 보장이 없다.

"흐음. 길을 잘못 든 커플인가? 여긴 데이트 코스로 추천하고 싶지 않은 곳인데 말이야."

주세페는 이 둘이 자신의 말을 알아들을 거란 기대는 애초에 하지 않았다. 때문에 입에서 흘러나오는 것은 혼잣말이나 다를 바 없었다.

"내가 방금 돈다발을 스스로 걷어차고 나온 참이라 기분이 몹시 꿀꿀한데, 네놈들 상대로 화풀이나 해야겠어."

그의 말에 담긴 의미를 눈치챈 승미의 몸이 굳어지는 것이 보인다.

"아하. 여자 쪽은 영어를 제법 알아듣는 건가? 다행인데. 자, 누굴 먼저 죽일까. 어느 쪽 머리를 날려 버려야 남은 쪽이 더 슬퍼하려나."

제압이 어렵다면 승미라도 살려 보내야 한다. 락구는 레일건의 총구를 뚫어져라 노려보면서 필사적으로 계산했다.

'한 방은 맞아 주자.'

하지만 그렇게 했을 때 승미가 안전한 데까지 달아날 시간을 확보할 수 있을까. 이 몸으로?

"그래. 서로 죽이게 해서 이기는 쪽만 살려 주는 건 어떨까. 사내놈 쪽이 갈비뼈를 다친 것 같으니, 제법 적당한 핸디캡 매치가 될 것 같은데."

원래 주세페는 쿤린과 같은 쾌락 살인마 유형의 킬러는 아니었다. 전장에서 살아남으려면 최대한 리스크를 피하고 냉철한 이성을 유지해야 한다고 믿는 쪽이었다. 다만 아무런 소득 없이 돌아가야 한다는 '짜증'이 평소 그가 유지하고 있던 품위를 거칠게 흔들고 있었다.

살아 있는 인간의 생사여탈권을 손아귀에 쥔 짜릿한 기분. 지금 그에겐 이런 오락거리라도 필요했던 것이다. 그런데 락구와 승미의 얼굴에 흐르는 식은땀을 보며 이죽거리던 주세페의 입술이 어느 순간 미동도 없이 굳어 버렸다.

'잠깐만. 이것들, 어디선가…….'

분명 이 두 남녀와 만난 적이 있다. 컴퓨터가 하드디스크의 불량 섹터를 잡아내듯 주세페가 지난 사흘 동안의 기억들을 머릿속에서 재빠르게 뒤진다.

여자는 불타는 오륜관의 배드민턴장에서 드미트리에게 화살을 쏘았다.

남자는 필승관 천장에서 밧줄을 타고 내려와 슈퍼레슬러를 놓치게 만들었던 주범이다.

'그러고 보니 그때도 이 녀석들, 낯이 익다고 생각했어.'

왜 둘의 얼굴이 익숙했는지 이번에야말로 정답을 찾아낸 주세페.

빨간 바이크.

이들은 슈퍼레슬러가 뒤쫓고 있던 여자와 그녀의 등 뒤에 타고 있던 남자였던 것이다. 몇 번이나 그 영상을 돌려 봤으면서도 바로 알아채지 못했던 것이 기이할 정도다.

주세페의 입꼬리가 다시 올라갔다. 양 볼에 지어지는 웃음. 어디선가 멈춰 놓았던 톱니바퀴가 다시 거세게 돌아가는 느낌이다. 그는 망설임 없이 왼손으로 스위치를 눌러 레일건을 '감전 모드'로 바꿨다.

"완전히 마음을 비운 참에 이렇게 월척이 걸려들기도 하는군."

주세페의 발이 휙 하고 앞으로 뛰었다.

락구는 움찔했으나 총구에만 정신이 팔린 터라 재빨리 대응할 수가 없었다. 상대는 정확히 체스트가드로 동여맨 락구의 왼쪽 옆구리를 걷어찼다.

"커헉!"

끔찍한 통증에 락구가 바닥을 데굴데굴 굴렀다. 이를 악물고 튕겨 오르듯 몸을 세웠을 때 철침이 날아와 락구의 왼쪽 허벅지에 박혔다.

파지지지지직.

"끄아아아악!"

온몸으로 퍼지는 전기 충격에 앞으로 고꾸라지는 락구. 그 모습에 승미가 비명을 질렀다.

"락구야!"

승미가 놀라는 사이 주세페가 내쏜 철침이 휘리릭 소리와 함께 회수되었다. 그 다음에 레일건의 총구가 닿은 곳은 정확히 승미의 오른쪽 관자놀이였다.

"자. 너는 날 따라와. 그렇지 않으면 이놈을 당장 죽이겠다."

승미는 입술을 앙다물고 주세페를 노려봤다. 하지만 상대는 맹렬한 적의를 상대하면서도 전혀 흐트러짐 없이 방아쇠에 걸린 손가락을 보여 줄 뿐이었다.

벙커를 등지고 승미가 걸음을 옮겼다. 주세페는 그 뒤를 따라가며 계속 중얼거렸다.

"속도를 올려. 우리에게 남은 시간이 별로 없거든. 함께 통구이가 되고 싶지 않다면 뛰는 게 좋아."

승미는 바닥에 쓰러져 있는 락구를 마지막으로 쳐다봤다.

"안 돼, 승미야. 가지 마."

이대로 함께 있으면 더욱 위험하다. 그렇게 판단한 승미는 속도를 올렸고 두 남녀는 이윽고 락구의 흐릿한 시야 바깥으로 완전히 사라졌다.

입가에 들어간 흙더미를 뱉어 내며 락구가 바닥을 기었다.

"이이이이익."

대체 무엇이 잘못된 걸까.

진심을 다해 살려 보려 했다.

자신도 살아 보려 했다.

그런데 너무 많은 친구를 잃었고, 지금은 가장 중요한 사람마저 잃을 위기에 처했다.

오른팔로 땅을 짚는다. 그리고 당긴다. 그 동작이 완료되기 전에 왼팔로 반대편의 바닥을 민다. 조금씩 감전의 충격이 잦아드는 것이 느껴진다. 며칠 전에 테이저 건을 맞고 기절했을 때의 경험이 없었다면 힘들었을지도 모른다.

'계속 도망만 쳐서 그래.'

감염자로부터 달아나고, 검은 옷의 암살자들로부터 달아나고, 발치를 붙잡으려 촉수를 뻗는 죽음으로부터 달아나기만 했다.

'이래선 안 돼. 이제 내게 안식처는 없어.'

락구가 힘겹게 상체를 일으켜 세웠다.

고개를 쳐들자 야속할 정도로 청명한 하늘이 그의 눈동자를 가득 메운다. 흔들리던 초점이 원래대로 돌아온 것이 바로 이때였다.

"크르아아아아아!"

"캬아아아아아."

등 뒤를 돌아보니 산책로를 가득 메운 감염자들이 메뚜기 떼처럼 올라오고 있었다. 머지않아 락구가 주저앉아 있는 개선관 앞까지 밀려 들어올 기세.

"일어나, 도락구."

물려 줄 생각은 없었다. 지금 이렇게 서 있기 위해 걸어온 가시밭길과 그 길 위에서 숨겨 간 친구들의 얼굴들을 생각하면 절대 안 될 일.

평생 싸움을 싫어했다. 경쟁도 싫어했다. 유도를 사랑하게 된 것도 몸을 부대끼며 겨루는 자들만이 느낄 수 있는 동질감을 느끼기 위해서였다.

어디선가 환청이라기엔 너무나 또렷한 목소리가 들려온다. 장용이다.

— 정신 차려, 도락구! 넌 승미가 관련된 일이라면 영락없이 도깨비로 변하잖냐.

락구 본인은 모르고 있었지만 그의 두 눈동자는 이제 완전히 붉게 변해 있었다. 그것은 락구가 곧 '인간'이라는 벼랑 끝에서 떨어져 '지성을 잃은 탐식자'의 영역에 발을 들여놓게 될 거라는 의미였다.

철커덕.

락구가 오른팔에 붙어 있던 성화봉을 뜯어냈다. 이미 연료가 바닥난 성화봉엔 숱한 생채기와 감염자들의 피가 엉겨 붙어 을씨년스러웠다. 그것을 쥔 손아귀에 힘을 넣어 본다.

콰드드드득.

그러자 성화봉의 몸통은 아이스크림콘처럼 구겨졌다. 그 재질이 얼마나 견고한지 잘 아는 정욱이 보았더라면 깜짝 놀라서 혀를 깨물었을 것이다.

"크아아아아!"

팔다리가 길쭉길쭉한 감염자가 락구의 목을 물기 위해 뛰어왔다. 이상하게 하나도 위협적으로 느껴지지가 않는다. 혈관이 고속도로라면 지금 락구의 몸 속은 불타는 스포츠카 수백 대가 맹렬히 도로를 질주하고 있는 듯한 느낌이다.

그것은 명백히 바이러스가 퍼지며 일깨워 내는 괴력이었다.

'싸워야만 한다면…….'

본래 갖고 있던 기본 재료가 탁월했던 락구가 본격적으로 그 힘을 쓰자 무서운 일이 일어났다.

퍼어어어억!

손아귀에 딱 맞춰진 성화봉을 휘두르자 감염자의 머리가 철구에 맞은 것처럼 터져 나갔다.

"앞을 가로막는 건 다 부숴 버리겠어."

이제 막 인간의 벼랑 끝에서 뛰어내린 붉은 눈의 도깨비가 감염자 무리의 한가운데로 뛰어들었다.

84화
로열 스트레이트 플러시

- 감염 5일째. 오전. 08:54.

'살아야겠다.'

이렇게 결심한 뒤로 국가대표 펜싱 선수 표유나는 단 한 순간도 흔들리지 않고 감염자들의 머리를 사브르로 꿰뚫으며 여기까지 왔다.

혼자 남겨졌다는 생각도 버렸다. 악몽 속에서 서로의 손을 꼬옥 잡아 주는 이들을 만났기에 그들과 일심동체가 되어 지옥에서 빠져나왔다. 그것만이 유골조차 회수할 수 없게 된 약혼자에게 바칠 수 있는 유일한 보답이자 그의 무덤에 바치는 헌화獻花가 될 거라 믿었다.

이토록 심지가 강해진 유나에게도 지금 눈앞에 펼쳐진 광경은 감당하기 어려웠다.

"무릎을 꿇고 양손을 머리 위로 올리시오!"

이백여 명의 완전 무장한 미군 병사들이 삼엄하게 그들을 포위하고 있었다. 평범한 민간인은 물론 심각한 죄를 지은 범죄자라 하더라도 실탄이 장전된 이백 개의 총구를 마주하게 될 거라고는 상상하지 못할 것이다.

'이게 살아남은 우리들에 대한 대우야? 개자식들…….'

접질린 손가락에서 느껴지는 통증도 잊을 만큼의 울화가 차올랐다. 저 미군들에게서 총만 빼앗은 다음 자신에게 사브르 한 자루를 쥐어 준다면 모두 없애 버릴 수도 있을 것 같은 분노. 하지만 지금은 불나방처럼 덤벼들어야 할 순간이 아니었다.

"신속하게 움직이십시오. 신병 구속에 따르지 않으면 안전을 보장할 수 없습니다."

유나는 현택과 로라, 정욱, 일중 등이 울분을 삼키며 무릎을 꿇는 것을 보고 자신도 그들을 따라 했다.

아니, 그러려 했다.

"웃기지 마. 난 엄마한테 갈 거야!"

눈물범벅이 된 다인이 자신의 옆을 지나쳐 달려가는 바람에, 유나는 황급히 다치지 않은 왼손을 뻗어 소녀를 붙잡았다.

"다인아, 안 돼!"

열다섯의 어린 나이였지만 멀리뛰기 모래판에서 다져진 다인의 다리 힘은 우악스러웠다. 유나가 소녀를 뒤에서 꽉 끌어안은 채 두 발짝 정도 끌려가야 했을 정도였다.

처처처처척!

차가운 총구가 생존자 무리에서 튀어나온 둘에게로 집중되었다. 유나는 황급히 다인의 귓가에 속삭였다.

"지금은 아니야, 다인아."

"이거 놔요! 왜 엄마랑 내 사이를 가로막는 거예요?"

그 이유를 유나라고 알 리 없다. 다만 저토록 삼엄한 얼굴을 한 군인들을 자극한다는 건 기름 드럼통 위에 불을 피우는 짓이란 걸 직감하고 있을 뿐.

"언니 말 믿어. 이 많은 사람들 앞에서 우릴 어쩐진 못해. 곧 엄마랑 같이 있게 될 거니까 조금만 참아."

"엄마! 엄마아."

군인들에게 포위돼 울부짖고 있는 어린 딸을 지켜보는 다인의 부모도 황망하긴 마찬가지였다. 다인의 어머니는 인간장벽이 돼 자신들을 막아서고 있는 의경들에게 애원했다. 파르라니 깎인 구레나룻의 젊은 한국 청년들에게는 말이 통할 것이라 생각한 것이다.

"제발 우리 딸 좀 저기서 꺼내 주세요. 미군들이 왜 저러는 거예요?"

그녀에게 앞섶을 강제로 붙잡힌 의경은 난색을 표했다.

"죄송합니다, 어머님. 저흰 미군들의 일에 절대 개입하지 말라고 명령을 받았습니다. 어쩔 수가 없습니다."

그사이 생존자들은 서로 어깨를 맞댄 채 의논 중이었다. 현택이 땅만 보며 속삭였다.

"우리가 물렸다고 생각하는 걸까?"

일중이 그 말에 대꾸했다.

"하지만 아니잖습니까. 어떻게든 설득해 보면 되지 않을까요?"

"여기서 옷을 홀러덩 벗어서 깔 수도 없는 노릇이잖아."

"어디론가 끌고 가서 신체검사 같은 걸 하겠죠. 우리가 탱크를 앞세워서 뛰쳐나오는 바람에 놀라서 저러는 걸 겁니다. 반항하지 말고 일단 따라가면……."

"그럼 죽어요."

면도날처럼 자르고 들어오는 한마디. 오로라였다.

"현승미 선수가 해 준 얘기가 있잖아요. 미군들이 물리지도 않은 선수들을 총으로 쏴 죽였다고. 그게 사실이라고 치면, 쟤네 뭘 믿고 따라갈 건데요?"

"미군들이 우릴 끌고 가서 총으로 갈긴 다음 입을 씻기라도 할 거란 말이야? 지금 21세기야."

"가능성이야 충분하죠. 아까 전쟁 상황이 어쩌고 했잖아요. 다들 너무 순진하시네. 여기서 나만 이런 생각 하는 거예요?"

전혀 의외의 인물이 로라의 말에 힘을 실어 주었다. 정욱이었다.

"저도 위험하다고 생각합니다. 락구 선수가 바깥과 무전을 하는 걸 몇 번 들었거든요. 선수촌에 퍼진 바이러스에 어떤 비밀이 있고, 그걸 미군들은 기를 쓰고 감추려고 하는 기색이었어요."

"비밀? 그걸 왜 이제야 얘기하는 거야?"

현택의 나무람에 정욱은 움츠러들었지만 말을 멈추진 않았다.

"그냥 기우인 줄 알았죠. 근데 지금 우리 꼴을 보니 완전히 근거가 없는 이야기는 아닌 것 같아요."

"쉿! 놈들이 다가온다."

스무 명 정도 되는 미군들이 생존자들에게 가까이 근접했다. 그리고 그들을 빙 둘러싸서 외부와의 시선을 차단하는 효과를 만들어 냈다. 마치 위험한 짐승을 격리해서 포박하려는 듯.

"일어나서 따라오십시오."

생존자들이 주춤주춤 일어섰다. 일행 중에서 그나마 영어를 구사할 줄 아는 정욱이 나섰다.

"어디로 데려가려는 겁니까?"

"안전 구역으로 이동할 겁니다. 그곳에서 적절한 조치가 취해질 겁니다."

"여기도 안전하잖아요? 좀비도 없고, 우린 물리지도 않았단 말예요!"

"제가 드릴 설명은 여기까지입니다. 팔을 내려서 등 뒤로 보이도록 하십시오."

그들이 꺼낸 수갑이 아침햇살을 받아 번쩍였다. 현택은 그들이 보통 미군이 아니라 헌병이라는 것을 깨달았다. 끌려가면 끔찍한 꼴을 당할 거라는 로라와 정욱의 말이 더욱 신빙성 있게 다가오는 순간이었다.

하지만 반항할 방법이 없었다. 락구나 두제, 달튼처럼 다가온 군인을 순식간에 쓰러트려 상황을 반전시킬 수 있는 자가 단 한 명도 없었기 때문이다. 현택과 정욱, 로라의 손목에 차례대로 수갑이 채워졌다. 유나와 다인에게도 미군 헌병이 접근하자…….

월월! 으르르르.

소치가 덩치가 큰 미군 헌병 하나의 다리 군복을 물어서 잡아당겼다. 그가 귀찮다는 듯 소총을 거꾸로 들어 개머리판으로 소치를 내려치려 하자 퍼그는 뒤로 껑충 물러나 피했다. 그러자 다른 미군 헌병이 그를 제지했다.

"도망치게 놔둬. 쓸데없이 개를 건드려서 폭력적인 이미지를 심어 줄 필요는 없다."

유나는 자신의 품 안에서 벌벌 떠는 다인을 꼭 끌어안은 채 등 뒤의 황 상병에게 속삭였다.

"총은 어쨌어요? 안 가지고 내렸어요?"

"탱크에 두고 내렸습니다. 하키장에서 좀비들과 싸울 때 총알이 바닥났지 말입니다. 필요할 거라 생각해 본 적도 없고."

황 상병의 대답에 유나는 피를 토하고 싶은 심정이었다.

끝장이다. 이 상황에서 벗어날 방법이 없다. 달아날 수단도, 의지할 누군가도 없다.

'이렇게 끝나는 거야? 이게 목숨 걸고 탈출한 우리의 결말이라고?'

미군 헌병이 숨결이 느껴질 거리까지 다가왔다. 유나가 두 눈을 질끈 감았을 때, 저 멀리서 구원의 소리가 들려왔다.

"그롸아아아안! 멈쭈세효오."

어설픈 한국말. 생소한 음성. 그러나 단 한 명, 그의 목소리를 알고 있는 사람이 생존자 무리에 있었다. 정욱의 표정이 밝아졌다.

"이 목소리, 무전기로 락구 선수와 얘기하던 그 목소리예요!"

허겁지겁 뛰어오는 까를로스 황 조사관의 모습은 단번에 좌중의 시선을 모으는 데 성공했다. 검은 브로콜리를 머리에 잔뜩 단 것 같은 우스꽝스러운 몰골이었지만 그의 표정만은 자못 심각했다.

"헤이! 멈쭈라고요옷. 그 쌰람들, 못 데려감입니다!"

황 조사관은 혼자가 아니었다. 그의 옆에서 달리는 나탈리 쿡, 분노에 찬 얼굴을 한 사무룡 감독과 송나래가 있었다. 그리고 무엇보다 주황색 방역복과 검정 고글을 쓴 삼십여 명의 의료진들이 뒤를 따르고 있었다. 그들의 정체는 WHO와 CDC가 연합한 긴급구호대였다. 에볼라 방역복을 연상시키는 그들의 면모가 주는 상징성이 인간장벽을 친 의경들을 주춤하게 했고, 미군들에게 접근을 허용하게 했다.

멀리서 그 광경을 주시하고 있던 머독 사령관의 안면 근육이 씰룩였다.

"뭐야, 저것들은."

황 조사관과 나탈리 쿡은 진작 병원 근처에 당도했지만 자신들만으로는 미군들의 손아귀에서 생존자들을 지켜 낼 방도가 마땅치 않다는 결론에 합의했다. 그래서 나탈리는 미군도, 한국군도 아닌 독립적인 '권한'을 가진 이들을 데려와야 한다며 이 아이디어를 제시했다.

그 시도는 성공했고, 현재 긴급구호대의 선두에는 WHO 남미지부의 간부이자 황 조사관의 스승인 헤페르손 티아파가 격분한 얼굴로 성큼성큼 걸어오고 있었다.

황 조사관이 헐떡이며 미군 헌병들에게 소리쳤다.

"헤이! 유에쓰아미. 스톱! 당신들은 생존자들을 데려갈 권리가……."

방역복을 입은 헤페르손이 황 조사관의 말을 가로막았다.

"자네는 가만있게. 내가 말하지."

침착하지만 분명히 노기가 드러나는 목소리가 흘러나왔다.

"작전 구역 바깥에서 합중국의 군인이 타국 국민을 억류하다니, 뭐 하는 짓들이오. 어서 그들을 풀어 주시오."

미군의 헌병 대장으로 보이는 자가 단호히 고개를 가로저었다.

"그럴 수 없습니다. 이들은 현장을 통제하는 우리 병력을 공격하고 탈출한 위험인물들입니다."

헤페르손은 수갑에 묶인 채 불안한 얼굴을 하고 있는 생존자들을 가리켰다.

"위험인물? 진심으로 그렇게 생각하시오?"

"그렇습니다. 격리 구역 내부에서 며칠을 보낸 자들입니다. 함부로 민간인과 접촉하게 둘 수는……."

고글 안의 눈빛이 이채롭게 빛났다.

"말씀 한번 잘하셨소. 확실히 이들은 극도로 위험한 병원균이 창궐한 지역에서 탈출했지."

"맞습니다. 그렇기 때문에……."

"그렇기 때문에! 우리 긴급구호대가 먼저 이들을 조사하고 살펴야 합니다. 이것은 UN과 WHO가 체결한 협약에도 명시된 최우선 매뉴얼이며, 미군이 됐든 우주방위군이 됐든 멋대로 깨트릴 수 없는 신성한 절차요."

유창한 반박에 헌병 대장은 말문이 막힌 채 서 있었다. 이 절묘한 타이밍에 해외에서 몰려든 취재진들의 카메라가 플래시를 마구마구 터트렸다. 나탈리가 그들에게 미리 수신호를 보내 뒀기 때문이다.

머독 사령관은 일이 어떻게 돌아가는지 재빨리 캐치했다.

'곤란하게 됐군. 모두가 지켜보는 가운데 국제기구에 압력을 행사하는 걸 생중계할 순 없는 노릇인데.'

다행히 그의 판단을 도와줄 이가 옆에 있었다. 어느새 곁으로 다가온 미티카스의 간부 칼 메이나드였다.

"풀어주십시오, 사령관님."

"뭐라고?"

"그저 결단에 도움이 될까 드리는 조언입니다. 미군이 보유한 경찰권과 순찰권을 넓게 해석하면 저들의 말을 묵살할 구실도 만들 순 있겠지요. 하지만 그림이 좋지 않습니다. 성가신 후폭풍이 불 테니까요. 득보다 실이 많습니다."

"저자들은 안에서 무슨 일이 일어났는지 알고 있는 사람들인데. 당신들이 가장 꺼리는 그 '목격자' 말이오."

"그건 염려 마십시오. 제가 처리하겠습니다."

메이나드는 그 말과 함께 손에 들고 있는 금속 케이스를 가리켰다. 그리고 머독 사령관이 되물을 새도 없이 험비에서 뛰어내려 생존자들을 향해 걸어갔다.

머독 사령관은 선글라스를 벗더니 헌병 대장을 향해 풀어 주란 손짓을 했다. 헌병들은 신속한 동작으로 생존자들의 수갑을 풀어준 다음 물러났다. 버스 주변을 물 샐 틈 없이 둘러싼 미군 병력 또한 일사불란하게 험비 차량들 쪽으로 퇴각했다.

"다인아!"

"엄마아아!"

가족이 극적으로 상봉하는 동안, 긴장이 풀린 현택과 정욱 등은 그 자리에 주저앉았다.

"사, 살았나 보군."

그런데 황 조사관이 헐레벌떡 다가와 그들 앞에 무릎을 꿇었다.

"여러분, 갠찬습니카? 전 라쿠 군의 아미고! 친구인 까를로스 황입뉘다."

현택은 자신의 손을 붙잡고 연신 흔들어 대는 황 조사관의 눈망울을 마주 보았다. 왜인지는 모르나 울먹임을 참고 있는 듯했다.

"여러푼이 얼마나 대단한 일을 하쑀는지 아쉽니카! 아무도 롸쳐나오지 모탄 곳에서 탈쭐하셔씀입니다."

"고, 고맙습니다."

현택은 그에게 어색한 웃음을 돌려주었다. 그러나 황 조사관의 다음 말에는 그만 아무런 대꾸도 할 수가 없었다.

"그런데 라쿠 군과 로키 양은 왜 안 보여효? 먼처 다른 곳으루 가기라도 해쑵니카?"

"아닙니다. 그들은 끝까지 우릴 도와줬지만…… 마지막 버스에 탑승하지 못했습니다."

침통한 표정으로 현택이 자초지종을 설명하자 황 조사관의 얼굴도 덩달아 어두워졌다.

"디오스 미오. 그들이 아직 빠져나오지 모탰다니."

"하지만 아직 선수촌에 살아 있을 거라고 생각합니다. 락구와 승미, 그리고 록희는 우리들 중 가장 강한 아이들이었으니까요."

헤페르손이 지휘하는 긴급구호대가 생존자들을 부축하며 일으켰다. 그리고 그들의 구호설비가 모두 갖춰진 막사로 데려가기 위해 안내를 시작했다. 황 조사관도 그들을 방해하지 않기 위해 현택을 놓아주고 일어섰을 때, 호기심 넘치는 눈빛으로 지켜보고 있는 인파들을 헤치며 중년 남녀 세 명이 다가왔다.

"방금 하신 얘기 다시 해 주실 수 있나요?"

떨리는 목소리의 중년 사내가 황 조사관의 팔을 살포시 붙잡았다.

"우리 락구가 확실히 안에 살아 있다는 말입니까?"

처음 대면하는 주름진 얼굴이지만 황 조사관은 그 사내의 모습에서 익숙한 청년의 그림자를 발견할 수 있었다. 직감적으로 그가 락구의 아버지임을 알 수 있었다.

"예, 그러쑵니다. 저와 꼐속해쉬 욘락을 주고 받아써효. 전 아쥑 희망을 버리지 아나씁니다."

그러자 사내의 부축을 받고 있는 중년 여인이 울음을 터트렸다.

"여보. 우리 구야가 살아 있대요. 그런데 못 나오고 있으니 어쩌면 좋아요?"

반면 그들과 동행한 세 번째 중년 여인은 한 치의 흐트러짐 없이 믿음을 피력했다.

"무너지지 말아요, 락구 어머님. 우리 애들은 어떻게든 방법을 찾아낼 겁니다."

"승미 어머니."

"저는 제 딸을 그렇게 키웠습니다. 그러니 끝까지 믿어 주는 수밖에요."

황 조사관은 어설프게나마 그들의 대화를 모두 이해할 수 있었다. 초인적인 의지로 아직 쓰러지지 않고 있을 뿐, 그들이 얼마나 위태로운 조각배에서 절망의 풍랑을 버티고 있는지 느껴진다.

'콜롬비아에서도 가족을 잃은 자들을 지긋지긋하게 보았어.'

예고된 폭격 시간까지 남은 시간은 고작 5분. 지금이야 선수촌에 남겨진 세 명이 살아 있을 거라는 희망을 가질 수 있지만, 그때가 되면 조각배는 침몰하게 될 것이다.

'자식의 죽음을 목도해야 하는 끔찍한 고통이 이들을 덮칠 거야.'

황 조사관이 남몰래 한숨을 내쉬고 있을 때 나탈리가 그의 덜미를 잡아당겼다.

"아직 아니야."

"나탈리? 뭐가 아니란 거야."

"그렇게 넋 놓고 올 준비나 하고 있을 때가 아니라고. 따라와."

그녀가 황 조사관을 막무가내로 데려간 곳은 긴급구호대에게 눈과 혈색, 상처를 검사받고 있는 생존자들 무리였다. 나탈리는 손가락을 들어 그들을 한번 가리키더니 다음번엔 자신의 입을 가리켰다. 그것은 곧 이어질 자신의 말을 황 조사관이 '통역'하라는 뜻이었다. 황 조사관이 고개를 끄덕이자……

"여러분. 이제 막 격리 구역을 탈출해 힘든 줄 압니다. 하지만 일분일초를 다투는 일이라 여러분의 도움이 꼭 필요해요."

나탈리의 말을 황 조사관이 옮겨 주자 생존자들이 하던 일을 멈추고 주목했다.

"전 FBI 특수작전부의 나탈리 쿡 요원입니다. 저 선수촌 안에서 벌어지는 일의 배후를 쫓고 있죠. 아직 탈출하지 못한 선수들은 그 배후와 직접 조우한 중요 인물이기도 하고요. 저와 옆의 이 남자는 그들을 꼭 살리고 싶습니다."

유나가 나탈리에게—정확히는 말을 전해 주는 황 조사관을 향해—물었다.

"우리가 뭘 도와줘야 하죠?"

"혹시 선수촌 안에서 무기를 들고 감염자의 머리를 수집하는 용병들을 보신 분이 없나요. 그들이 존재한다는 증언이나 기록이 있다면 상황을 역전시킬 수 있는 카드가 될 겁니다."

용병? 좀비의 머리를 자른다고?

생존자들이 어리둥절해 있는 와중에 유일하게 살아남은 군인인 황 상병이 손을 들었다.

"제가 보았습니다. 검은 색깔의 이상한 복장을 하고 사람들을 아무렇지도 않게 미끼로 썼지 말입니다. 이 눈으로 똑똑히 봤습니다."

"혹시 내부 상황을 촬영한 동영상이나 사진이 있을까요. 증언을 뒷받침해 줄 증거 같은 거."

"아뇨. 저는 그들에게서 빠져나오기 바빠 그런 생각은 하지 못했습니다."

나탈리와 황 조사관이 노골적으로 안타까움을 표하는 가운데 생존자들의 시선이 모두 한 사람의 얼굴로 날아가 꽂혔다. 올림픽 특집 다큐멘터리의 촬영 담당이었던 정 피디였다.

"왜, 왜 다들 날 봐요?"

현택이 그 이유는 본인이 더 잘 알지 않느냐는 눈빛으로 답했다.

"피디님은 며칠 동안 이 난리통을 다 찍으시지 않았습니까. 챔피언 하우스에서부터 줄곧."

평생 본인의 직감을 믿어 온 정 피디는 스산함을 느끼고 뒷걸음질을 쳤다. 그러나 누군가에게 부딪히고 말았는데, 바로 로라였다.

"줘 버려요, 아저씨."

"로라 선수? 주긴 뭘 준단 말예요. 저는 무슨 말인지 아무것도……."

이게 있어야 우린 사람들의 주목을 받을 수 있어. 너도 동의한 거잖아? 아니, 내 필름의 주인공이잖아!

정 피디는 어떻게 네가 그럴 수 있냐는 표정을 로라에게 보냈지만 돌아오는 건 차가운 무시였다.

"살아남은 걸로 만족해요, 우리."

다른 생존자들도 모두 절박한 시선을 정 피디에게 보냈다. 특히 다인의 그렁그렁한 눈을 마주한 정 피디는 눈을 질끈 감고는 품에서 SD 카드를 꺼낼 수밖에 없었다.

"이겁니다. 고화질 영상이에요."

나탈리는 조심스럽게 그걸 받아 들었다.

"감사합니다. 이걸로 제가 할 수 있는 모든 시도를 동원해 보겠어요."

그녀의 말을 전해 주는 황 조사관은 본인의 한마디를 덧붙였다.

"마껴 주세효. 여러푸늘 꾸해 준 라쿠 군. 이줴 우리가 꾸합니다!"

SD 카드를 꽉 쥐는 나탈리의 얼굴은 비장한 투지로 가득했다.

파산 직전의 상황에서 로열 스트레이트 플러시를 손에 쥔 도박사처럼.

85화
어둠은 선점한다

- 감염 5일째. 오전. 08:58.

다시 선글라스를 낀 머독 사령관이 시계를 쳐다봤다. 그가 임의로 앞당긴 폭격 시간이 2분 뒤로 다가와 있었다. 연락병이 다가와 그에게 물었다.

"엔터프라이즈호에서 최종 승인을 기다리고 있습니다."

"출격 명령에 변함은 없다. 작전은 그대로 이행한다."

"네. 그리고 작전 구역에 특이 사항이 생겼습니다."

"특이 사항?"

"0830시까지 바리케이드에 목격되지 않았던 감염자들이 쏟아져 나오고 있습니다. 아군의 대응 사격에 진압되고 있지만, 그 수가 점점 늘어나고 있답니다."

머독 사령관은 채집한 파리통에 불을 지르라는 정도의 한가함으로 추가 명령을 내렸다.

"감염자들과의 교전 지역 좌표를 말벌Hornet들에게 전달하라. 깨끗하게 쓸어버리도록."

경례를 붙인 연락병이 어디론가 뛰어갔다.

사령관이 철수를 위해 험비에 올라타려는데 병원 쪽에서 소란이 일어났다. 흑인 남성과 백인 여성이 지저분한 몰골을 하고 자신 쪽으로 달려오다가 제지를 받은 것이다.

"통솔자에게 꼭 해야 할 말이 있습니다! 보내 주세요."

그녀는 자신의 품에서 신분증을 꺼내더니 미군 병사들에게 보란 듯이 내밀었다.

"연방수사국 특수공작부의 나탈리 쿡 요원입니다. 일각을 다투는 일이에요. 사령관을 만나게 해 주십시오."

나탈리의 언성이 점점 높아지고 있었다. 인간장벽이 없어지자 세계 각국에서 몰려온 취재진들이 이 역사적인 현장을 담기 위해 카메라를 든 채 뛰어다니고 있었다. 그들의 시선을 끄는 것은 어리석은 행위라는 판단을 내린 사령관이 험비의 문을 도로 닫고 걸어갔다.

"비켜서게. 말을 들어 보지."

머독 사령관이 다가서자 나탈리와 황 조사관의 접근을 막아서던 병사들이 한 걸음 물러섰다. 접촉은 허용할 수 없다는 듯 중간 지대를 몸으로 막아선 채.

"감사합니다, 사령관님."

"곧 모든 상황이 완료될 거야. 이런 상황에서 FBI 요원이 내게 할 말이 뭔가."

"소각 계획을 중지해 주십시오. 폭격을 미루셔야 합니다."

"자네 똑똑해 보이는 인상을 갖고 있군. 이것이 황당한 월권 행위라는 걸 모르진 않을 텐데."

"콜롬비아 광견병이 이 지역에 인공적으로 살포되었다는 정황을 포착했습니다. 작전 구역 내부에 생존자가 남아 있다는 증언도 있고요."

머독 사령관의 콧수염이 씰룩이는가 싶더니 그가 곧 너털웃음을 터트렸다.

"이 바이러스를 누군가 의도적으로 만들어 한국에 뿌렸다고? FBI에 소설 쓰는 재능으로 선발된 모양이군."

그가 웃음기를 거두고 나직하게 말했다.

"쿡 요원, 자신의 의혹을 뒷받침할 증거는 있나."

"아직은 없습니다. 하지만 제게 생존자들을 구출할 수 있도록 시간을 주신다면……."

"그럴 순 없네. 지금 자네에게 허비한 1분도 충분히 배려한 거라고 생각하니까. 돌아가서 보고서나 쓰게. 뭐, 요원 일은 관두고 음모론 블로거로 활동하는 게 노후자금에 더 도움이 될 거라 생각하지만."

주변에 있던 미군 병사들이 키득거리는 것이 느껴졌다. 나탈리는 입술을 짓씹었다.

'이 자식도 한패구나. 일부러 논점을 흐리고 있어.'

정공법이 통하지 않는다면 무리해서라도 과감한 승부수를 던져야 한다. 나탈리는 자신의 오른손에 든 SD 메모리카드를 들어 올리며 매달렸다.

"이 안에! 바이러스 살포에 가담한 자들이 찍힌 영상이 있습니다."

돌아서려던 머독 사령관의 군홧발이 아스팔트 위에 멈춰섰다.

"뭐라?"

"폭격을 미뤄 달라는 제 요청을 진정 무시하신다면 저는 이 영상을 매스컴에 넘기는 수밖에 없습니다."

"그따위 플라스틱 쪼가리로 감히 날 협박하는 건가."

"사령관님께서 그렇게 만드신 겁니다. 필사적으로 탈출한 생존자들이 찍어 온 이 기록은 전 세계에 큰 충격을 가져올 겁니다. 그리고 현장의 총지휘권자가 이것을 외면하셨다는 게 알려진다면 어떻게 될까요."

"어떻게 되긴. 허위 자료를 들고 온 FBI 요원이 합중국 장교를 공갈로 협박하고 공무 집행을 방해했다는 사실이 알려지겠지."

둘의 첨예한 기싸움을 지켜보던 황 조사관은 오금이 저리는 기분을 맛보고 있었다. 그러나 나탈리는 밀리지 않고 받아쳤다.

"그거야 이 안에 찍힌 영상물의 진위에 따라 다르겠지요. 정녕 폭격을 미룰 가치가 없다고 생각하십니까."

타아악!

그녀는 독수리와 정의의 여신이 새겨진 FBI 배지를 땅바닥에 내던졌다. 철저하게 타이밍을 계산한 퍼포먼스다.

"저는 이 영상에 제 FBI 요원직과 미래를 걸겠습니다. 그런데 제 반대쪽에 베팅하시기엔 사령관님의 어깨에 있는 별이 지나치게 무거워 보이시네요. 괜찮으실까요?"

머독 사령관은 순간 나탈리의 정수리를 해머로 내리쳐 아름다운 금발을 피로 물들이고 싶다는 생각을 했다. 하지만 그런 심정을 겉으로 드러낼 만큼 허술한 사내는 아니었다. 겉으로 보기에 그의 표정은 변함이 없었다.

'일단은 요구를 들어주는 척하며 시간을 끈다. 그리고 미티카스의 사냥개 메이나드에게 뒤처리를 시켜야겠어.'

퍼뜩 사령관은 메이나드가 자신의 곁을 떠나 있다는 걸 깨달았다. 대체 어딜 간 거지. 가장 필요한 상황에.

그때, 황 조사관의 예민한 본능이 뭔가를 감지했다.

'어라. 사람들이 일제히 허둥대고 있어?'

나탈리와 머독 사령관, 미군 병사들도 곧 그 이상 현상을 깨달았다.

병사를 태우고 가던 험비가 느닷없이 도로를 벗어나 가로수를 들이박았다.

꾸우우우우웅.

어리둥절해 있던 사람들이 하늘에서 떨어진 쇳덩어리를 피해 달아난다. 지면에 부딪히며 속절없이 박살 나는 것은 미군용 드론이었다. 취재진들이 카메라의 파인더에서 눈을 떼고 당황한 기색으로 기계의 몸체를 만지작거린다.

"뭐야? 왜 갑자기 전원이 나간 거야."

광장 한구석에서 뉴스를 보여 주던 아홉 칸짜리 전광판도 퍽 소리를 내며 암전됐다. 새카만 화면만이 당황한 군중들의 얼굴을 거울처럼 비춰 줄 뿐이었다. 앰뷸런스의 경광등도, 그 배경이 되는 병원의 창문들도 모두 불이 나가 버렸다.

황 조사관이 나탈리에게 다가와 속삭였다.

"대체 이게 무슨 일이지, 나탈리?"

나탈리는 분노에 턱을 떨며 대답했다.

"이런 일을 가능하게 할 수 있는 건 EMP(전자기펄스)뿐이야. 어떤 개자식이 그걸 터트렸어."

EMP는 일정 범위 내의 모든 전자기기를 마비시키는 무서운 공격 방식이다. 그리고 이 무기의 부가적인 효과 또한 무시할 수 없는 수준이다. 바로 디지털 방식으로 저장된 모든 데이터를 일거에 무용지물로 만든다는 것.

SD 메모리카드를 쥔 나탈리의 손이 부르르 떨리는 것을 보고 머독 사령관이 씨익 웃었다.

"이걸 어쩌나. 마른하늘에 날벼락이라도 친 모양이지. 동양의 신비인가."

"이건 누군가 고의적으로 벌인 일입니다, 사령관님. 철저하게 진상을 조사하셔야……."

"그리 할 걸세. 다만 통신장비도 다 먹통이 되고 말았으니 폭격을 늦추고 싶어도 그리 할 수가 없게 됐군. 저 취재진들도 불쌍하기 짝이 없어. 이렇게 먼 나라까지 와서 이것저것 담았을 텐데, 다 날아가 버렸을 거 아닌가."

"작전 지역에서 벌어진 테러 행위입니다! 분명히 짚고 넘어가셔야……."

"저 사람들 중 태반은 목이 날아가겠군. 빈손으로 고국에 돌아갈 테니까. 자네는 어떠려나. 다음에 만났을 때는 오늘처럼 집어 던질 배지가 남아 있을는지 모르겠는걸."

머독 사령관은 미군 병사들의 호위를 받으며 유유자적하게 그곳을 벗어났다. 나탈리와 황 조사관에게 들으란 듯이 혼잣말을 남기며.

"임시 본부까지 걸어가야 하게 생겼군. 때마침 아침 운동을 할 시간이니 큰 불만은 없지만 말이야. 후후."

순간 주저앉으려는 나탈리를 황 조사관이 냉큼 붙잡았다.

"왜 그래, 나탈리?"

"다 끝났어, 까를로스. 설마 놈들이 이렇게까지 하리라곤……."

둘의 앞으로 그림자가 드리워졌다. 낯익은 복색과 먼지 하나 묻지 않은 구두가 눈에 들어왔다. 그리고 나탈리가 한 번 목격했던 차가운 금속 케이스.

나탈리는 평생의 증오를 모아 그림자의 주인공을 노려봤다.

"당신 짓이군, 칼 메이나드. 그 가방 안에 또 뭐가 있지? 핵 미사일 발동 스위치는 없어? 응?"

"내가 부인해도 별로 의미가 없겠지. 이런 방법까지 쓰게 한 당신의 집념에 솔직히 감탄했어."

그녀가 일대 소동이 일어난 병원 쪽을 가리키며 일갈했다.

"저 안에는 아직도 이송되지 못한 중환자들이 있어! 의료 장비가 멈추면 죽을 수도 있는 사람들이. 방금 네가 그들의 목숨을 위태롭게 만든 거야!"

"글쎄. 동의 못 하겠군. 당신들 둘이 며칠 동안 여기를 헤집고 돌아다니지 않았다면 멀쩡히 살아 나갔을 사람들 아니던가?"

나탈리가 벌떡 일어나는 바람에 그녀의 어깨에 콧잔등을 부딪힌 황 조사관이 뒤로 나뒹굴었다.

"우아악!"

그쪽은 쳐다보지도 않은 채 나탈리는 메이나드의 얼굴에 자신의 얼굴을 들이댔다.

"묶여 있는 동안 네가 하수인들과 하는 통화를 엿들었지. 저 안에서 원하던 걸 얻지 못한 모양이던데."

"뭐, 작은 실패도 계획의 일부야. 상관없다. 우린 다음 '실험장'을 찾아낼 거니까."

"너희에게 다음 실험은 없어. 내가 그렇게 만들 거야."

암석과도 같던 메이나드의 얼굴에 안개 같은 표정이 깃들었다. 조소였다.

"FBI의 일개 요원 주제에? 아무런 증거도 없이 빈손으로? 방금 전 말벌들이 날아올랐을 거야. 곧 폭격이 시작되겠지. 출혈이야 조금 있었지만 큰 타격은 아니야. 하지만 너에겐 무척이나 의미가 큰 실패일 터."

"이 악마 같은 새끼!"

"내가 하는 일에 대해 대충 짐작하고 있는 모양인데, 당신,

설마 내가 스스로 정의를 집행한다고 믿는 광신도라도 된다고 생각했어? 나도 다 알고 있어. 내가 악당이고 어둠의 편인걸."

"어둠은 빛을 이길 수 없어. 이 나라의 사람들은 더더욱 그걸 잘 알지."

"'빛이 있으라 하시매 어둠이 물러가더라', 그 말이 뜻하는 게 뭐겠어? 늘 어둠이 빛보다 먼저, 더 빨리 움직여 요충지를 선점한다는 진리를 담고 있는 거 아닐까."

입을 다문 나탈리에게 등을 돌린 메이나드였다.

"계속 나를 쫓는 건 너의 자유지만, 절대 앞서 나갈 순 없을 거야, 나탈리 쿡. 그놈의 빛이 어쩌고, 정의가 어쩌고 부르짖는 한."

떠나가는 그의 등을 바라보면서 나탈리는 아무 말도 할 수가 없었다. 아픈 코를 어루만지던 황 조사관을 일으켜 세워 줬을 뿐이다. 그리고 좀 전에 내던진 FBI 배지를 주워 들어 입가로 가져가는 나탈리.

까드드득.

그녀가 그 배지를 깨문 이유는 단 하나. 분노의 절규를 안으로 삼키기 위해서였다.

●　•　·

햇살이 물결 위로 비산하는 동해 위에 250미터 길이의 금속 고래가 떠 있었다. 미군이 자랑하는 항공모함 USS 엔터프라이즈호. 그곳의 갑판 위에서 분주한 움직임이 일어났다.

쿠르르르릉.

'말벌'이란 별명을 가진 F-18 전투기 세 대가 순서대로 날아 올랐다. 작전 숙지는 오래전에 끝나 있었기에 베테랑 조종사들 은 무감정하게 조종간을 붙잡고 있었다. 계기판의 수치가 마하 0.7에서 0.8을 향해 올라간다.

F-18 전투기가 매서운 속도로 날아가는 곳은 240킬로미터 떨어진 대한민국의 수도 서울. 이 전투기의 최고 속도로 날아 간다면 목적지까지의 예상 소요 시간은 11분에 불과했다.

20mm 고정 발칸포와 매버릭 공대지 미사일이 동해의 바닷 바람을 찢으며 그 위용을 떨치고 있었다.

●. •

화랑로의 중간 지대에 배치된 미군 병사들은 달려오는 감염 자들에게 화력을 쏟아붓는 일로 울분을 풀었다.

타다다다다당!

철수가 코앞인 상황에서 느닷없이 탱크와 버스가 등장해 바 리케이드를 엉망으로 만들어 놓더니, 그 뒤를 따라서 며칠 동 안 꿈쩍도 않고 처박혀 있던 감염자들이 우르르 쏟아져 나온 것이다.

"크아아아아아악!"

달아오르는 기관총의 총신 앞에서 터져 나가는 감염자들의 몰골을 보던 한 미군 병사는 구토감을 느꼈다.

'죽여도 죽여도 끝이 없잖아.'

텍사스 출신인 그는 어릴 적 목장에서 탈출해 굶어 죽은 젖소를 본 적이 있었다. 마을 어른들이 그 젖소의 배를 갈라 위장을 절개했을 때 구더기들이 쏟아져 나왔다. 감염자들은 마치 그때의 악몽을 연상케 하며 총구 앞으로 달려왔다.

"캬아아아아!"

기관총에 다리가 박살 나도 슬금슬금 기어오는 감염자들의 홍수에 미군 병사들은 진력을 느끼기 시작했다. 두 진영의 거리가 조금씩 좁혀지고 있던 그때, 하늘 저편에서 묵직한 파공음이 들려왔다.

미군 병사들이 사격을 멈추고 하늘을 향해 소리를 질렀다.

"이야아아아아아!"

그 환호에 응답하듯 창공을 날아온 F-18 전투기의 발칸포가 불을 뿜었다.

두두두두두두!

막강한 화력에 감염자들의 찢겨진 사지가 공중으로 날아오를 지경이었다. 그들에게 전장을 넘겨준 보병들은 험비에 올라타 순식간에 300미터 뒤로 물러섰다.

그렇게 발칸포로 지면을 달구던 전투기가 공중에서 한 바퀴를 돌아 감염자들의 후면으로 날아갔다. 그리고 그곳에서 거품처럼 부글대던 감염자 무리에 미사일을 발사했다.

꽈아아아아앙!

네이팜탄이 만들어 낸 거대한 불길이 고속도로와 가로수는 물론 그 위를 배회하던 회색 피부의 포식자들을 열기 속으로 파묻어 버렸다. 그들은 '죽음'을 모르는 자들이었으나 '소멸'마저 피할 수는 없었던 것이다.

화랑로에 '악마들이 뛰노는 용광로'가 재현됐다. 그 무시무시한 풍경을 만들어 낸 세 대의 전투기는 뒤처리를 보병들에게 남기고 다시 매끄러운 선회 동작을 구사했다. 조종사의 헬멧에 녹색 왕릉의 매끄러운 둔덕이 비친다. 그리고 그 옆에 넓게 포진된 운동장과 건물들도 눈에 들어온다.

50년의 역사를 가진 태릉선수촌이었다.

● ● ●

락구가 달려드는 감염자의 턱을 붙잡았다.

"크르르륵."

조금만 힘을 주었는데도 턱뼈가 바스라지는 것이 느껴진다. 옆에서 채찍처럼 휘둘러져 오는 감염자들의 팔을 피해 방금 턱이 부서진 감염자의 허벅지를 붙잡았다.

"이야아아아압!"

그리고 감염자들 무리 한가운데로 던져 버리는 락구.

감염자들은 날아간 자의 파괴적인 운동에너지를 감당하지 못하고 볏짚처럼 우르르 쓰러졌다.

포위되지 않기 위해 몸을 빼낸 락구는 봉고차 위에 훌쩍 뛰어 올라갔다. 평소 서전트 점프력 하면 대표팀 내에서도 손꼽히는 락구였지만 이 정도는 아니었다. 그런데도 이상하게 그럴 수 있다는 걸 몸이 먼저 알고 있는 기분이었다.

물론 희열 따위 없었다.

'이게 다 바이러스 덕분이겠지.'

전쟁터에서 절대 뗄 수 없는 시한폭탄이 몸에 달라붙는다면 어찌 해야 하는가. 누구나 가장 먼저 떠올리는 생각은 아군을 궤멸로부터 지키기 위해 멀리 달아나 홀로 죽음을 맞이하는 것일 것이다. 지금 락구의 상황에서라면 최대한 승미로부터 멀어진 다음 목숨을 끊는 것이 그 방법일 터.

'하지만 다른 길도 있어.'

폭탄을 품에 안은 채 적진의 한가운데로 뚫고 들어가 적군과 동귀어진 함으로써 아군을 지켜 내는 방법.

락구는 그 길을 택했다.

심호흡을 하며 숨이 끊어질 때까지 얼마나 시간이 남았을지 생각해 본다. 그러나 닷새 동안 락구가 목격한 것은 이미 물려 버린 사람들이 날뛰는 광경이었지, 천천히 과정이 진행되는 걸 관찰할 여유 따위는 없었다.

'격하게 움직이면 피가 빨리 돌 테고, 바이러스는 더욱 심하게 날뛰려나.'

순간 걱정에 잠긴 락구가 이상한 점을 느꼈다. 당연히 감염자들이 덤벼들 줄 알았는데 아니었던 것이다.

'눈치를 못 챌 정도로 내 몸이 차가워진 걸까.'

락구는 조심스럽게 봉고차의 지붕에서 내려섰다. 그리고 가까이 있는 감염자들의 기색을 살펴보지만 역시 그의 존재를 보지 못하는 것처럼 헤매고 있다. 두제와 함께 얼음 불가리안 백을 메었던 때처럼.

'천천히 여기서 벗어나자.'

락구는 너무 격하게 보이지 않도록 경보 수준으로 언덕 위를 올라갔다. 주세페가 승미를 데리고 달려간 방향이었다.

목표물을 잃은 것처럼 보이는 감염자들은 자기들끼리 배회하다가 서로 부딪히며 으르렁댔다. 그렇게 락구가 감염자 떼로부터 완전히 멀어지는 데 성공했을 즈음, 난생처음 들어 보는 굉음이 들려왔다.

선수촌 정문과 강릉 사이의 하늘을 가르며 F-18 전투기 세대가 날아왔다. 아슬아슬한 저공비행.

"선수촌을 소각한다는 게 저거였어?"

그들이 개선관 옥상에 닿을 듯 아슬아슬하게 날다가 고도를 올렸을 때, 지상에는 부풀어 오르는 듯한 붉은 화염 세 덩이가 솟아올랐다.

쫘아아아아아앙!

도로 위를 배회하던 감염자들은 일거에 흔적도 없이 재가 됐고, 건물 위에 떨어진 네이팜탄은 외벽의 철근을 드러내며 무시무시한 위력을 드러냈다.

전투기들이 하늘에 하얀 궤적을 남긴 다음 방향을 틀어 다시 날아왔다. 이번에는 하키장과 의료동을 한 번에 쓸어버릴 수 있는 궤도였다.

다짐보다 발이 먼저 움직였다. 락구는 전력 질주로 언덕을 거슬러 올라가기 시작했다. 등 뒤에서 들려오는 엄청난 폭음과 열기는 애써 무시하면서.

닷새 전 그날.

평화로웠던 새벽.

장용이 하품을 하며 던졌던 한마디가 락구의 뇌리에 떠올랐다.

— 하아, 선수촌에 폭탄이라도 떨어졌으면 좋겠다.

신통방통한 녀석.

'말이 씨가 됐잖아, 김장용. 이 자식아!'

86화
감옥을 고를 자유

- 갑염 5일째. 오전. 09:16.

바닥에 주저앉아 있는 황 조사관의 엉덩이에 주기적으로 진동이 전달됐다. 선수촌이 있는 방향에서 피어오르는 매캐한 연기를 보지 않더라도 그 진동이 무엇을 의미하는지는 명확했다.

"라쿠 군……. 로키 양."

황 조사관은 폭탄의 종류에 별다른 지식이 없었지만, 저 정도 규모의 폭격이 불태우지 못할 것은 없다는 것쯤은 쉽게 짐작할 수 있었다.

"으아아아아! 안 돼, 내 새끼가 저 안에 있다고!"

첫 폭발음이 들려왔을 때부터 실신하거나 정신의 끈을 놓아 버리는 민간인들이 들것에 실리고 있었다. 반경 500미터 내의 차량 배터리가 모두 타 버리는 바람에 의경들은 손수 그 들것을 들고 병원을 빠져나가고 있었다. 의경들은 물론 자리를 지키고 있던 항공작전사령부의 군인들마저도 명령에 따라 철수하고 있었다. 저 멀리 육군사관학교 부지에 임시로 만들어졌던 헬기 탑승장에서 검은색 헬기들이 날아오르는 것이 보였다.

'모두 이 사태가 끝났다고 생각하는 거야.'

원래대로라면 황 조사관이 저 헬기를 락구에게 보내 생존자들을 구출하려 했던 것이 떠올랐다. 며칠 동안 수염 손질을 하지 못해 엉망이 된 턱을 타고 뜨거운 눈물이 흘러내렸다.

'또 구해 내지 못했어. 다시 한 번 내가 겁쟁이라는 것만 확인했을 뿐.'

황 조사관은 결국 귀를 틀어막고 두 무릎 사이에 얼굴을 파묻었다. 어머니의 땅에서 꼭 필요할 것이라 생각해 배워 둔 한국말이 지금 이 순간 그의 영혼에 창상을 만들어 내고 있었다.

듣고 싶지 않았지만 너무도 잘 들렸다. 가족의 상실을 눈앞에서 확인해야만 하는 자들의 숨 막히는 비탄이.

"죄쏭합니다. 넘흐 미안합니다."

허망함에 질식할 것 같은 기분은 나탈리 또한 마찬가지로 느끼고 있었다. 하지만 그녀와 황 조사관의 차이가 있었다면 한국말을 들을 수 있느냐 없느냐의 차이. 엉뚱하게도 바로 그 지점이 나탈리로 하여금 황 조사관의 머리를 붙잡아 끌어올리게 만들었다.

"아아악. 나, 나탈리? 왜 이러는 거야."

"눈물 좀 닦아. 잘생긴 얼굴 그렇게 쓰는 거 못 봐 주겠어."

"뭐라고?"

"대신에 저 사람들이 무슨 얘기를 하는지 좀 들어 봐. 우리 쪽으로 다가오고 있잖아."

나탈리는 황 조사관의 양쪽 구레나룻을 잡아 돌리며 어떤 광경을 보여 주었다. 항작사 군복을 입은 두 명의 사내가 다투고 있었다. 한 명은 나탈리와 황 조사관 쪽으로 다가오려 하고 있었고, 다른 한 명은 그 앞을 막아서고 있었다.

"다 끝났다고, 인마. 그런 짓을 했다간 정말로 큰일 나. 명령 불복종 정도가 아니라 전시 탈영이야, 탈영!"

"나도 최 준장님이 모든 걸 뒤집어쓰고 끌려가시는 걸 보기 전엔 그렇게 생각했을 거다. 그런데 그분에게 부끄러워서라도 이대론 철수 못 하겠다."

"난 몰라, 미친 새끼야!"

황 조사관은 소매를 훔쳐 눈물을 닦아 냈다. 그러자 자신의 앞으로 걸어와 무릎을 꿇는 군인의 얼굴이 익숙하다는 걸 알아챘다.

"절 기억하시겠습니까. 조사관님."

그는 구출 작전을 지시했던 최관식 준장의 부관인 김 중위였다.

"크, 크러믄효. 기억합니다, 쭝위 님. 제게 드릴 말쓰미 있나효?"

"……그럴 땐 '드릴 말씀'이 아니라 '하실 말씀'이라고 하는 게 적당하겠지만요, 시간이 없으니 본론으로 넘어가겠습니다."

김 중위가 진지한 눈빛으로 그를 바라보며 속삭였다.

"아직 선수촌 내부에 빠져나오지 못한 사람들이 있다고 들었습니다. 준장님이 체포되시고 나서도 그들과 연락을 주고받으셨습니까."

"네. 한 씨간 죤만 해도 최쏘한 세 몽이 쏴라 있었습니다."

"선수촌에 무단으로 숨어 들어간 그 유도 선수 일행 말씀이시군요. 지금도 그들이 살아 있다면 누군가 구해야 하지 않겠습니까."

황 조사관이 한숨과 함께 다시 울먹이려 했다. 그러자 나탈리가 잽싸게 치고 들어와 자신의 말을 김 중위에게 통역해 달라 했다.

"육로는 완전히 막혀 있어요. 뒤쪽은 험한 산길이고. 그들이 살아 있다 한들 무슨 수로 빼 온다는 말이죠?"

"아직 철수하지 않은 수송용 헬기가 있습니다. 제가 그것을 조종할 수 있습니다."

나탈리의 눈빛이 날카로워졌다.

저 불구덩이에서 그들을 무사히 빼내 올 수만 있다면. 그걸 알게 되었을 때 칼 메이나드가 지을 표정이 몹시 보고 싶어졌다. 하지만 그녀는 이야기가 늘 동화 같은 결말로 흘러가지는 않는다는 걸 알고 있었다.

"네이팜탄이 일으키는 고열은 3,000도가 넘어요. 군용 시설도 아닌 곳에서 그들이 살아 있을 거라고 기대하고 있는 건가요."

"열에 아홉은 불가능하겠죠. 하지만 선수촌에는 워낙 튼튼한 구조를 가진 대형 건물이 많고, 감염 구역에서 끈질기게 살아남은 자들의 생명력이라면 기대를 걸어 볼 수 있지 않을까요."

물론 가능성이 제로는 아닐 것이다. 하지만 목표를 달성할 때까지 치솟을 리스크는 얼마나 될 것인가. 그렇게 나탈리의 두뇌가 재빨리 회전하는 동안 이성보다 감정의 목소리에 귀를 기울이는 사내가 이를 악물었다.

"캅시다, 쭝위님!"

황 조사관이 무릎에 묻은 먼지를 털며 일어선 것이다.

"아직 라쿠 군이 쏴라 있다몬, 그 가능쑁이 몇 뽀센뜨가 돼뜬 해 봐야지효! 져는 목쑴을 걸겠따입니다!"

김 중위가 두 남녀에게 턱짓을 하며 한쪽 방향을 가리켰다. 병원에서 육군사관학교 부지까지 이어지는 샛길이었다. 나탈리가 김 중위의 뒤를 따라 달리며 정말로 괜찮겠냐는 시선을 보냈다.

"복귀 명령을 거부한 탈영병 취급을 받을 겁니다. 그러면 군사재판에서 비행 미숙으로 태릉선수촌 한복판으로 헬기를 잘못 몰았다고 둘러대 보겠습니다."

"통하지 않을 텐데요. 징역형을 살 겁니다."

"그럴지도요. 하지만 누군갈 구할 수 있는 가능성을 외면하고 도망친다면 남은 인생 동안 어디에 있든, 그곳이 내 감옥이 될 것 같습니다."

나탈리도, 그녀에게 김 중위의 말을 전해 주던 황 조사관도 먹먹한 감정에 말을 잇지 못했다.

"어떤 감옥에 들어갈지만이라도 제 맘대로 고르고 싶습니다."

● ●   ●

양궁장과 빙상장은 선수촌 북동쪽에 비교적 가까이 붙어 있는 건물이었다. 때문에 승미는 태릉 빙상장 앞을 수만 번 지나다녔지만 건물 안으로 들어가 본 적은 없었다.

텅 빈 로비에 들어서자마자 미약한 냉기가 모골을 송연하게 했다. 그 냉기는 아이스링크로 이어지는 대형 철문에서 흘러나오고 있었다.

주세페가 승미의 뒷덜미에 총구를 댄 뒤 밀었다.

"문을 열어."

승미는 아무 말 없이 그의 지시대로 따랐다. 육중한 철문이 천천히 삐그덕대며 열리자, 막 이글루를 벗어난 에스키모의 심정을 느낄 수 있었다. 게다가 승미는 얇은 여름용 저지를 걸치고 있었을 뿐이라 덮쳐 오는 추위에 절로 온몸이 떨려 왔다. 그에 아랑곳없이 주세페의 명령은 계속 이어졌다.

"활을 버려."

"……뭐?"

"못 알아듣는 척하지 마. 널 고문해서 의사소통을 원활하게 할 순 있겠지만, 서로 시간 낭비 아니겠어?"

그의 말이 옳았다.

승미는 눈을 질끈 감고 어깨에 걸치고 있던 컴파운드 보우를 계단 아래로 툭 내던졌다. 수족과도 같던 무기가 몸에서 떨어져 나가자 마음이 다급해졌다. 활이 없으면 아무런 일을 도모할 수가 없다.

'어떻게 움직여야 할지 생각해, 현승미.'

승미의 발걸음이 갑자기 노골적으로 더뎌졌다. 그러자 주세페는 한숨을 한 번 내쉬더니 승미의 허벅지 뒤편을 걷어차 버렸다.

"꼭 힘을 쓰게 만드냐."

"꺄아앗!"

앞으로 무릎을 꿇으며 넘어지고 만 승미. 오른쪽 허벅지의 퀴버에서 화살이 와르르 쏟아졌다. 주세페는 그 뒷모습에 코웃음을 한 번 치고는 승미의 머리채를 붙잡아 들어 올렸다.

"아아아아악!"

그리고 아이스링크 안쪽을 향해 위풍당당하게 소리치는 주세페였다.

"이봐, 친구들! 내가 누굴 데려왔는지 보…… 뭐야, 저게?"

주세페와, 그에게 붙잡혀 있는 승미는 거의 동시에 치열한 싸움이 빙판 위에서 펼쳐지고 있음을 발견했다. 검은 슈트를 입은 네 명의 남녀가 필사적으로 서로의 목숨을 노리고 있었던 것이다. 전우애라 할 만한 것은 없었지만 막상 동료들이 곤경에 빠진 꼴을 보니 주세페의 마음엔 짜증이 왈칵 피어올랐다.

"하여간 자신만만해하더니만, 나 없이 뭘 하겠다고 말이야."

어느 쪽을 도와줘야 하나.

알바레즈는 쏙독새의 아내와 팽팽한 접전을 펼치고 있었다. 산전수전 다 겪은 주세페의 눈에도 감탄이 나올 만큼 수준 높은 칼싸움.

반대쪽 상황은 조금 기묘했다.

빙판 위를 붉게 물들일 정도로 한쪽 눈에서 피를 철철 흘리고 있는 드미트리가 자신의 3분의 1 정도밖에 안 돼 보이는 소녀를 붙잡기 위해 팔을 휘두르고 있었다.

"좋아. 결정했다."

주세페의 총구가 망설임 없이 알바레즈와 칼싸움을 벌이고 있는 안 소좌에게 향한 것은 무리가 아니다. 아무래도 옆구리를 부여잡고 비틀거리며 드미트리의 공격에 붙잡히지 않으려고 애를 쓰는 록희는 위협적인 요인으로 보이지 않았던 것이다.

안 소좌는 이 순간, 알바레즈의 간격 안으로 아슬아슬하게 구른 다음 정글도를 빙판 위에 꽂았다. 그리고 그것을 지탱하며 뒷다리를 전갈처럼 차올려 상대의 왼쪽 가슴에 적중시켰다.

퍼어억!

"크윽."

그리고 박혀 있던 나이프를 일부러 격하게 뽑아내 얼음 조각들을 알바레즈의 눈앞으로 흩뿌렸다. 그러자 알바레즈는 옆으로 훌쩍 뛰어 벗어나려 했다.

'걸렸다.'

그것이 안 소좌가 설계한 한 수였다. 짧지 않은 시간 동안 칼을 교환하며 상대가 반격 불가의 상황에서 절반 이상의 확률로 왼쪽으로 뛴다는 것을 파악했던 것이다. 상대의 착지 지점을 예측할 수 있다면 치명적인 일격을 날릴 수 있다.

안 소좌의 무릎이 굽혀졌다가 펴지려던 그 순간!

타닥.

"뭣?"

그녀의 등에 철침 두 대가 날아와 슈트에 박혔다.

어느새 다가온 리퍼 주세페가 레일건 총구를 겨누고 있었다. 위협적인 상대에게 빈틈을 만들어 내기 위해 사력을 다하는 동안 등 뒤로 다가온 적을 눈치채지 못했던 것이다.

'이런 실수를……!'

안 소좌가 황급히 몸을 회전시켜 철침을 튕겨 내려 했지만 한 발 늦었다. 주세페가 감전 버튼을 가동하자 강력한 전류가 슈트 속에 감춰진 그녀의 근육과 신경을 마비시켰다.

"으으윽."

부들부들 떨던 안 소좌가 맥없이 빙판 위에 쓰러졌다. 그래도 의식을 잃지 않고 자신을 노려보는 안 소좌의 눈빛에 주세페는 휘파람을 불었다.

"역시 지독한 여자야. 하지만 이거, 좀비 포획용으로 만들어진 거야. 살아 있는 인간은 절대 못 버텨."

안 소좌의 치아가 따닥따닥 부딪혔다. 수만 개의 바늘이 온몸의 세포를 파괴하는 것 같은 고통과 충격이 엄습해 왔다. 그런데도 손가락 하나 움직일 수가 없다.

알바레즈가 저벅저벅 다가와 그녀를 내려다봤다.

"괜찮은 한 수였다. 존중을 보내지."

그리고 허리를 숙여 안 소좌의 허리춤에 있던 권총을 뽑아 들었다. 아직 실탄이 남아 있는 무기였다.

그것을 보더니 혀를 차는 알바레즈.

"이걸로 배후에서 나를 습격할 수도 있었을 텐데. 어지간히 근접전에 자신이 있었던 모양이지? 아니면 직접 얼굴을 맞댄 채 내가 죽어 가는 모습을 보고 싶었던 거든지."

안 소좌는 아무런 대꾸도 못 한 채 두 눈만 부릅떠 극렬한 감정을 드러냈다.

"그 오만함이 너의 패인이자, 사인死因이다."

그가 있는 힘껏 발을 뒤로 당겼다가 안 소좌의 복부를 걷어 찼다.

"커허억."

그렇게 몇 번 안 소좌의 복부를 연거푸 밟아 대는 알바레즈의 눈에 동정심이나 안타까움은 보이지 않았다. 내장에 고스란히 전해지는 충격에 안 소좌는 숨을 쉴 틈도 없었다.

"흐음. 슈트 때문에 뼈가 부러지진 않는 모양이군."

그가 안 소좌의 얼굴에 발을 올렸다. 저항 불가의 상대를 향한, 오래되고도 원시적인 제스처. 그리고 만곡도의 손잡이를 틀어쥔 다음 주세페를 향해 물었다.

"그런데 그 여자애는 뭐야? 왜 데려온 건가."

"손을 다 털고 카지노를 빠져나왔는데, 아, 글쎄 주머니에 당첨 칩이 들어 있더라고."

"쉽게 설명해."

"그 슈퍼레슬러는 보통 좀비와 달라. 눈앞의 먹잇감보다 자신이 집착해 온 대상을 갈구하고 있어."

"이 여자애가?"

"그래."

"좀비를 상대로 인질극이라도 벌이려는 건가. 내 눈엔 쓸데없는 짓으로 보이는데."

"뭐야아? 내가 아니었으면 바닥에 드러누워 있는 게 대장일 수도 있었어. 감사인사를 그따위로 할 거야?"

알바레즈의 시큰둥함에 주세페는 큰 상처를 입었다는 듯 어깨를 으쓱였다. 그러는 바람에 레일건의 총구가 바닥을 향하게 됐고, 줄곧 무기의 사격 범위에 있던 승미가 순간적으로 벗어날 수 있는 순간이 찾아왔다.

'지금이야.'

주변 상황에 온갖 촉각을 집중시키고 있던 승미는 이 찰나가 그토록 기다리던 빈틈이라는 걸 본능적으로 직감했다.

"야아아앗!"

승미가 전력을 다해 주세페의 레일건을 내리쳤다. 그리고 뒤도 돌아보지 않고 도주하기 시작했다.

"어엇?"

빙판 위에 나뒹구는 레일건과 달아나는 승미의 뒷모습을 번갈아 보던 주세페는 헛웃음을 터트렸다. 이런 상황에서도 살 궁리를 하고 있었다는 점이 놀라웠던 것이다.

하지만 승미가 달려가는 방향은 출구 쪽이 아니었다. 오히려 객석을 빙 돌아가는 길을 택하고 있었다.

"그런데 이봐, 도망치려면 문이 있는 쪽으로 가야지. 영리한 줄 알았는……?"

주세페의 여유는 그녀가 달려가는 쪽의 바닥에 쏟아져 있는 것의 정체를 본 직후 사라졌다.

촤악!

달려가다가 빙판 위에 슬라이딩해 쏟아진 화살을 낚아챈 다음 퀴버에 집어넣는 승미.

주세페는 레일건을 바로 집어 들었으나 전기 충격 모드로 돼 있는 총기의 방아쇠를 당길 각오는 돼 있지 않았다. 안 소좌의 경우 슈트의 보호력과 강인한 육체 덕분에 목숨은 잃지 않았지만 맨몸의 승미에게 철침을 박고 전류를 흘려 넣을 경우 치명적인 결과를 초래할 것이다.

하지만 그런 사정이야 승미가 알 리 없었다. 그녀는 계단을 뛰쳐 올라가 주세페의 명령에 따라 내던졌던 컴파운드 보우를 집어 들었다. 그리고 난간에 다리 하나를 올린 다음 시위를 당겼다. 한 치의 망설임도 없는 연속 동작이었다.

노리는 곳은 주세페의 얼굴.

'활을 저렇게 빨리 다룬다고?'

주세페는 레일건을 실탄 모드로 변경한 다음 승미를 겨누고 있었다. 하지만 그녀를 죽이지 않고 무력화시킬 수 있는 신체 부위를 고르는 동안, 방해꾼의 존재에 진력이 나 있던 사내가 그보다 한 발 먼저 움직였다.

"거봐. 쓸데없는 짓이라니까."

알바레즈가 승미를 향해 권총을 들어 올렸다. 주세페는 곁눈으로 그것을 확인하자마자 다급히 소리쳤다.

"멈춰! 죽이면 안 돼!"

하지만 리퍼들의 우두머리는 거침없이 방아쇠를 당겼다.

타아아아아앙!

총구가 불을 뿜었고, 승미의 몸이 크게 휘청이며 들고 있던 컴파운드 보우를 놓치고야 말았다. 그녀의 왼쪽 뒤편 의자들 위로 선혈이 부채 모양으로 흩뿌려졌다.

"아아아아아아악!"

스물여섯 해 동안 단 한 번도 내 본 적 없는 고통 섞인 비명 소리. 그것이 아이스링크 전체에 가득 울려 퍼졌다.

●●　●

'그'는 선수촌의 절반을 집어삼키고 있는 화마를 쳐다보고 있었다. 오래전에 회색으로 변색된 피부, 가공할 물리력이 탑재된 견고한 근육, 지성이 있는 자들의 영혼을 얼어붙게 하는 붉은 눈동자.

그 모든 것들을 한 몸에 가진 '왕치순'의 얼굴엔 아무런 감정이 없었다. 전신 곳곳에 남겨져 있는 총상과 자상, 그리고 왼쪽 어깨에 꽂혀 있는 화살을 보면 아직 움직이고 있다는 것 자체가 기적처럼 여겨질 수 있는 모습이다.

"크르르르르."

네이팜탄의 융단 폭격에 잿더미가 되어 날아가는 감염자들을 보던 그가 웅크렸던 몸을 일으켰다. 그가 붙잡고 싶어 했던 단 하나의 존재를, 끝내 찾아내지 못했다.

저 불꽃들로부터 최대한 멀어져야겠다는 본능이 꿈틀댔고 그는 그것에 저항 없이 따르기로 했다.

불암산으로 향하는 길에 치순이 발을 올려놓았을 때 그의 귀가 미세하게 꿈틀댔다. 절대로 잘못 들을 수 없는 '소리'를 포착한 것이다.

"크으으으으."

누가 보았더라면 그의 무릎 관절에서 화약이 터진 줄 알았을 것이다. 폭발적인 도약력으로 껑충껑충 뛰던 치순이 곧 소리의 진원지를 포착했다. 불암산의 묘목들 사이로 태릉 빙상장의 천장이 내려다보인다.

'그녀'가 저기에 있다.

새로운 행동 원리가 살육의 화신을 집어삼켰고, 그는 이번에도 저항 없이 그에 따르기로 했다.

●　•　　•

치순보다 더욱 가까운 곳에서 락구 역시 그 비명 소리를 들었다.

"승미야?"

그것은 분명 그의 인생에서 가장 큰 의미를 지닌 사람의 목소리였다. 하지만 그 절규가 불러오는 섬뜩한 상상이 락구의 심장을 옥죄어 왔다. 일반적인 고통이라면 저 정도의 비명을 지를 리 없다.

'이 자식들이 승미한테 무슨 짓을 한 거야.'

분명 승미와 지냈던 8년을 통틀어 단 한 번도 들어 보지 못했고, 들을 수 있으리라 상상해 본 적도 없는 종류의 것이었다.

"으아아아아아!"

양 주먹을 불끈 쥔 락구가 아스팔트 위를 내달렸다. 폐허가된 산책로의 풍경이 휙휙 지나치며 셀로판지처럼 늘어지다가곧 일직선상의 색깔들로 변모했다. 태릉 빙상장이 락구 앞으로성큼성큼 가까워졌다.

정문을 통해 들어갈 생각조차 들지 않는다. 락구는 질주의방향을 바꾸지 않고 빙상장의 외벽을 향해 돌진했다.

낡은 하늘색으로 칠해진 빙상장의 외벽을 스티로폼처럼 부수며 락구가 건물 안으로 뛰어들었다.

87화
얼음과 불의 무도회

아이스링크에 누군가가 난입하고 주변에서 총성이 울려 댔지만 드미트리와 록희는 그 사실을 전혀 눈치채지 못했다.

여기엔 두 가지 이유가 있었다. 먼저 둘의 싸움터가 점점 반경을 넓히더니 다른 일행과 멀찍이 떨어져 버리고 말았다는 점, 그리고 둘의 집중력이 오직 단 하나의 목적에만 온전히 고정돼 있었다는 점이었다. 바로 자신의 손으로 상대방의 생명줄을 끝내는 것.

하지만 거울을 보는 듯 살벌한 둘의 표정과는 대조적으로 그들의 움직임은 꼬리잡기 놀이를 하는 것처럼 우스꽝스러웠다.

"후욱. 후욱."

록희는 옆구리를 인두로 지지는 것 같은 통증이 사라지길 염
원했으나 뜻대로 되지 않았다.

상황이 좋지 않기로는 드미트리 역시 마찬가지였다.

"덤벼 봐라, 이 망할 계집."

잔뜩 날이 서 있는 송곳이 안구를 파고들었다. 시신경이 끊
어진 것은 물론 끔찍한 고통이 머리를 표백시키기 일보 직전이
었다. 그는 록희를 붙잡기 위해 왼쪽 눈두덩에서 손을 떼었다.
그러자 한쪽 눈으로만 피눈물을 흘리는 석상의 모습이 연출됐
다. 문제는 그가 붙잡으려 하는 대상이 절대 제자리에 멈춰 서
있지 않다는 점이었다.

이때, 록희는 어릴 적부터 수희가 지겹게 해 준 말을 떠올리
고 있었다.

— 아니야. 백록희.

언니 옆에 찰싹 달라붙어 샌드백 두들기는 걸 좋아했던 꼬
마. 그런 꼬마가 이해하기엔 다소 어려웠던 한마디.

— 복싱은 발로 하는 거야. 주먹은 그 다음이고.

전국체전에서 메달을 따며 언니의 성적을 추월하기 시작했
을 때에도 사실 그 말의 뜻을 제대로 이해하지 못했다. 록희는
아웃복서인 언니와 정반대인 인파이터였으니까.

'언니, 이제야 어렴풋이 알겠어.'

드미트리가 자신을 포착하지 못하도록 그의 오른쪽 사각으
로 돌면서 록희는 자신의 두 발이 펼치는 미세한 동작에만 신
경 썼다. 그가 자신을 붙잡으려고 하면 물러선다. 그러면서 드

392

미트리의 리치와 자신의 돌격 거리 간의 격차를 실시간으로 조정한다.

"어디냐!"

드미트리의 왼 손바닥이 스쳐 지나가며 만들어 낸 풍압이 록희의 앞머리를 붕 떠오르게 만들었다. 상대의 시각에서 완전히 사라졌다는 확신이 들었던 찰나! 록희가 기어를 올리며 뛰어들었다.

상대의 타격 시도가 닿는 포켓 안으로 뛰어들어 치명적 일격을 가하는 것. 그녀가 링 위에서 가장 잘하는 특기였다. 간결한 동작으로 오른손을 옆구리에 붙인다. 상대의 턱이 아래로 내려온 지금 최단거리로 송곳을 내뻗는다면 드디어 이 거한을 쓰러트릴 수 있다.

……라고 생각한 것이 잘못이었다.

후우우우웅.

분명 흘려보냈다고 생각한 드미트리의 왼손이 정확히 록희의 뒤를 노리고 있었다. 마치 사슬에 매달린 철구가 시전자의 의도대로 궤적을 그리며 회수되듯.

"커허억!"

드미트리의 손등이 록희의 등을 강하게 쳐 아이스링크 바깥으로 날려 버렸다.

이번엔 거꾸로 덫을 놓은 건 드미트리였다. 물론 한쪽의 시야를 잃어버린 것은 맞았다. 하지만 애초에 빛 하나 없는 암흑 속에서 상대를 제압하는 훈련을 일상처럼 반복해 온 살수로서의 경험이 그를 구해 냈다.

데굴데굴 굴러가던 록희는 어떤 유리벽에 머리를 부딪치며 멈춰 섰다.

"큭!"

아이스링크와 컬링 연습장을 구분 짓는 투명한 외벽이었다. 안팎으로 쉴 새 없이 찬 기운을 쏟아내는 냉풍기 때문에 뿌연 얼음 알갱이가 버짐처럼 유리벽에 퍼져 있었다.

"크워어어어어!"

드미트리는 아예 끝장을 내겠다는 듯이 상체를 숙이고 달려 왔다. 자신의 오른 팔꿈치를 쇄빙선의 뱃머리처럼 뾰족하게 만들고 록희를 짓누르려는 요량이었다.

일어나서 땅을 박차기엔 신발에 묻은 물기가 미끄러웠다. 맨손이었다면 피할 수 없었을 것이다. 록희는 양 손목의 송곳을 땅바닥에 박아 넣은 다음 땅을 박찼다. 손목 힘으로 넘는 제비 돌기였다.

"끄으윽."

하지만 부러진 왼손의 손목뼈가 결국 자세를 흐트러트리게 만들었고, 드미트리는 록희의 왼쪽 다리를 붙잡은 채 속도를 유지했다.

까장창창창!

깨진 유리 조각에 아랑곳하지 않고 드미트리는 단단한 컬링 연습장의 필드에 록희의 머리를 내리꽂으려 했다. 뇌진탕을 면할 수 없는 가공할 속도였다.

그런데 그 순간, 불 꺼진 컬링장의 맞은편 벽이 부서져 있는 것을 발견했다. 그냥 무시하고 넘길 수도 있었으나 드미트리의 본능은 그 흔적이 예사롭지 않다고 속삭이고 있었다.

'여기에 누군가 먼저 와 있다.'

드미트리가 그렇게 생각했을 때 뭔가가 왼팔을 붙잡고 뒤로 힘껏 당기는 것이 느껴졌다. 단순 완력에서만은 평생 그 누구에게도 져 본 적 없는 사내인 드미트리였지만 이 순간 자신의 힘을 넘어서는 파괴력이 팔에 가해질 것임을 예감했다. 마운틴 고릴라가 자신의 팔을 우드득 꺾는 것처럼 느껴졌다.

"끄허어어억."

반격을 위해 록희를 놓아 준 드미트리가 불청객을 향해 오른 팔의 주먹을 휘둘렀다. 그러자 빨간 서치라이트가 고속도로 위에서 급회전을 하는 것처럼 두 개의 불빛이 자신의 눈을 교란시켰다.

인간의 범주를 훌쩍 뛰어넘는 속도와 탄력.

허리에 둘러진 회색 티셔츠가 부풀어 오른 근육을 감당하지 못해 넝마처럼 보이는 그 청년이 드미트리의 두꺼운 목에 길로틴 초크를 걸었다. 그리고 오로지 허리힘만으로 120킬로그램의 거구를 들어 올려 컬링 필드 위에 내던졌다.

정신을 차린 록희가 그 광경을 보고 입을 쩍 벌렸다.

"……유도아재?"

분명 익숙한 얼굴이지만, 그에게서 풍겨 오는 살기는 예사롭지 않았다. 격변한 것은 외양만이 아니었다. 싸우는 상대에게 전혀 자비를 두지 않는 것이 바로 다음의 행동으로 증명됐다.

락구가 미끄러운 바닥에서 버둥대던 드미트리에게 성큼성큼 걸어갔다. 그가 넘어지지 않은 이유는 검은 타이즈 밑이 맨발이었기 때문이다. 하지만 냉기를 느끼지 않는 것처럼 보였다.

"흐으읍!"

락구가 센터라인 위에 놓인 컬링 스톤을 사뿐하게 집어 들었다. 무려 20킬로그램의 묵직한 화강암 덩어리를 솜뭉치처럼 뒤로 당기더니 드미트리의 후두부를 호쾌하게 가격해 날려 버렸다.

뻐어어어억.

일격에 목숨을 잃은 드미트리를 뒤로하고 락구는 컬링 스톤을 아무렇게나 집어 던지더니 록희에게 다가왔다.

"뭐예요? 그 꼴은."

"어디에 있니."

"설마, 물린 거야? 그런 거예요?"

"현승미, 어디에 있어!"

록희가 처음 보는 락구의 성난 얼굴이었다. 게다가 어두운 낯빛과 더불어 새빨개진 눈동자가 그녀로 하여금 뒤로 주춤거리게 만들었다. 그 모습을 보더니 락구는 순간 평소대로의 얼굴로 돌아왔다.

"……미안. 비명 소리를 들어서."

"그 사람, 어디 있는지 난 몰라요."

"직접 찾아볼게. 넌 최대한 안전한 곳에 숨어 있어. 그리고…… 나한테 절대 다가오지 마.”

그렇게 말한 뒤 락구는 깨진 유리창 너머로 훌쩍 날아 뛰어
갔다.

“다가오지 말라고?”

락구가 남긴 마지막 한마디에서 록희는 차마 한 번도 떠올
리지 못했던 상상이 지금 현실로 닥쳐왔음을 깨달았다. 하지만
지금 록희에게는 그보다 더욱 중요한 숙제가 남아 있었다. 삐
걱대는 몸을 가까스로 세운 다음 록희는 무릎으로 기듯이 킬링
필드 위를 빠져나왔다.

“기다려, 언니. 내가 찾으러 갈게.”

●   ●   •

왼쪽 볼과 목덜미가 뜨겁고 축축했다. 게다가 지독한 아픔이
척수로 파고드는 느낌이었다. 그러나 다행히도 이명은 없었다.
시야도 멀쩡했다.

‘귀가 찢어진 거야. 완전히 날아간 건 아니야.’

쓰러진 몸을 일으킨 다음 승미는 자신의 왼손을 내려다봤다.
흥건한 피가 마치 타인의 것처럼 느껴진다.

멀쩡한 팔로 다시 컴파운드 보우를 잡는다. 장전했던 화살은
어디론가 튕겨 날아가 버렸다. 하지만 허벅지에 아직 세 발의
화살이 남아 있었다. 승미가 떨리는 손으로 한 발을 꺼내 훅킹
하려 하는데 검은 슈트의 발이 날아와 화살을 걷어찼다.

타악!

허겁지겁 달려온 주세페였다. 그의 시선엔 감탄과 경이로움, 묘한 비웃음이 한데 섞여 있었다.

"반할 것 같군. 그 괴물이 왜 죽어라 너만 원하는지 이제 조금 알 것 같아."

"후후후후."

"웃어? 이런 상황에서?"

주세페는 자신이 잘못 본 것이 아닌가 의심됐지만 아니었다. 분명히 승미는 그의 얼굴을 올려다보며 웃고 있었다.

승미가 웃는 이유는 무척 단순했다. 주세페의 목소리가 너무나도 깨끗하게 들렸기 때문이다.

"내 생각이 맞았어. 귀에는 이상이 없어."

"공포로 미쳐 버린 건가. 뭐, 상관없어. 죽지만 않으면 가치가 있지."

주세페가 승미를 일으켜 세우기 위해 손을 뻗었다. 그때, 아이스링크 한복판에 서 있던 알바레즈가 절박하게 소리쳤다.

"물러나, 주세페!"

태릉 빙상장의 아이스링크 객석은 멀리서 보면 어린아이가 크레파스로 그린 '아침 바다'처럼 느껴진다. 객석의 의자가 모두 밝은 하늘색이기 때문이다. 원래는 파란색이었으나 시간이 흘러 색이 바랬다.

플라스틱 의자로 만들어진 그 바다 한가운데 상어 한 마리가 물살을 가르듯, 의자들을 좌우로 박살 내며 왕치순이 달려 내려오고 있었다.

"크하아아아아!"

계획보다 이른 타이밍에 치순이 등장하긴 했지만 주세페는 당황하지 않고 레일건의 총구를 그에게 향했다.

"먹어라!"

그러나 위치가 좋지 않았다. 객석의 꼭대기에서 질주해 온 가속도가 결정적이었다. 덤블링하듯 훌쩍 점프한 치순이 두 개의 철침을 아슬아슬하게 피해 내며 주세페 앞에 내려섰다. 그리고 드로잉을 하기 위해 축구공을 붙잡는 축구 선수처럼 주세페의 얼굴을 양손으로 감싸 쥐었다.

"크으으으윽!"

주세페 입장에서는 거대한 압착기에 머리가 끼인 느낌이었다. 단지 양 손바닥으로 관자놀이를 누르고 있을 뿐인데 끔찍한 고통이 그를 사로잡았다.

레일건을 실탄 모드로 바꾼 주세페가 치순의 복부를 겨냥했다. 부들부들 떨리는 총구가 치순의 배에 닿았다.

이번엔 알바레즈가 다급해질 차례였다.

"그걸 내려놔, 주세페!"

안 소좌의 가슴을 밟고 있던 발을 뗀 뒤 알바레즈가 계단을 달려 올라갔다.

"허어어어억."

그제야 자유의 몸이 된 안 소좌가 얼음 위에 핏덩이를 내뱉었다. 하지만 여전히 남아 있는 감전의 충격 때문에 바닥에 등을 댄 채로 벌벌 떨어야만 했다.

한편, 주세페는 방아쇠를 결국 당기지 못했다. 알바레즈가 한 발 앞서 그를 막은 것도 아니었다. 공포에 온몸을 사로잡힌 승미가 어떤 수를 쓴 것도 아니었다. 3단계 감염자 치순의 불가사의한 괴력이 그 주인공이었다.

"끄아아아……."

원리는 수박이나 사과를 으깨는 것과 같았다. 그러나 성인 남성의 단단한 두개골을 두부처럼 짓이겨 버리는 치순의 괴력이 주세페에게 즉사를 선사했다.

허물어지는 그의 슈트 위로 튀어나온 안구와 짓뭉개진 뇌가 척수와 함께 흘러내렸다. 하지만 승미는 그것을 눈앞에서 보면서도 구토감이나 역겨움은 느끼지 못했다. 며칠 만에 또다시 마주친 치순의 눈빛이 오직 그녀만을 향하고 있는 걸 보았기 때문이다.

'쏴야 해. 움직여, 현승미!'

퀴버에 집어넣은 오른손을 꺼낼 수가 없다. 아니, 오른손뿐 아니라 손가락 하나 움직이지 못하는 마법에 걸린 기분이었다.

"크ㅇㅇㅇㅇㅇ."

치타처럼 빠르게 움직일 수 있으면서도 지금의 치순은 아주 느린 걸음으로 승미에게 다가왔다. 그리고 천천히 손가락을 내뻗어 승미의 피 묻은 볼을 건드렸다. 눈앞의 승미가 현실인지 아닌지 확인이라도 해 보겠다는 듯한 동작이었다. 그러나 이미 온기가 없는 손가락이 승미의 피부에 닿자 그녀는 비로소 주문이 풀린 듯 바닥을 밀며 뒤로 물러섰다.

치순이 멍하니 자신의 손가락에 묻은 승미의 피를 바라보고 있을 때였다. 그의 등 뒤까지 접근한 알바레즈는 자신이 절호의 기회를 잡았다고 생각했다.

'여자에게 완전히 넋이 나가 있군. 지금의 상태라면 충분히 배후로 접근해 목을 잘라 낼 수 있다.'

세 명의 리퍼가 동시에 덤벼들어도 만들어 낼 수 없었던 결정적인 빈틈. 지금 그것이 창세기의 뱀처럼 알바레즈를 유혹하고 있었다.

기합 소리는 없었다.

푸우우욱!

알바레즈는 소리 없이 치순의 등 뒤로 접근하다가 훌쩍 뛰어 그의 왼쪽 어깨에 만곡도를 깊숙이 박아 넣었다.

"크르륵?"

잠시 동안 무풍지대였던 치순의 얼굴에 다시금 격렬한 표정이 터를 잡았다. 바로 분노였다.

"크아아아아!"

양팔을 뒤로 돌려 몸부림치는 치순이었다. 하지만 알바레즈는 이 절호의 기회를 놓칠 생각이 추호도 없었다. 게다가 그가 만곡도를 박아 넣은 각도와 위치는 치밀하게 계산된 지점이었다. 펄쩍펄쩍 뛰어다니던 치순이었다면 결코 찔러 넣지 못했을 급소.

치순이 제자리에서 빙글빙글 돌기 시작했다. 그러나 복부를 치순의 등에 바짝 붙인 알바레즈의 유연함이 빛을 발했다. 폭주하는 황소와 노련한 카우보이의 로데오.

그 순간, 빙판 위에 누워 있던 안 소좌가 눈을 부릅떴다. 천천히 팔을 움직여 옆으로 드러눕는 안 소좌. 그 동작만 해도 적지 않은 시간이 소요됐다. 하지만 그녀는 서두르지 않고 차근차근 감각이 돌아오는 세포들의 면적이 늘어나기를 기다렸다. 조금씩, 그녀의 손이 고목 위를 기어가는 애벌레처럼 허벅지를 향해 다가서고 있었다.

몇 번의 시도 끝에 알바레즈가 치순의 허리에 양다리를 휘감는 데 성공했다. 이제 전력을 다할 수 있도록 지탱해 줄 구도가 만들어진 것이다.

'이번에야말로 자를 수 있다.'

그렇게 치순의 목을 잘라 내는 데 성공한다면 바로 빈 밥통에 집어넣어야 한다. 알바레즈는 재빨리 밥통을 모아 놓은 안전 구역을 한 번 확인했다.

'뭣?'

그때, 그의 신경을 거슬리게 하는 두 개의 풍경이 순차적으로 알바레즈의 동공에 파고들었다.

하나는 냉기를 뿜고 있는 세 개의 밥통을 향해 절뚝이며 걸어가는 록희의 뒷모습이었다.

'드미트리가 당했다는 건가?'

하지만 록희와의 거리는 너무 멀었다. 당장 손을 쓸 수도 없거니와 어차피 마음만 먹는다면 일격에 처리할 자신이 있었다.

알바레즈는 록희를 무시하기로 하고 두 번째 움직임에 시선을 주었다.

이번엔 도저히 무시할 수 없는 심각한 광경. 승미가 어느새 컴파운드 보우를 들어 화살을 걸고 자신을 겨누고 있었다.

'빌어먹을. 달아날 줄 알았더니.'

알바레즈의 운동신경이라면 승미가 시위를 놓는 동작에 맞춰 피하는 건 어렵지 않을 것이다. 하나 그렇게 되면 치순의 몸을 관통한 만곡도를 놓치게 된다. 이 괴물과 한번 거리를 두면 칼자루를 다시 붙잡을 수 있다는 보장은 없다.

그런데 이상한 점이 하나 있었다.

자세히 보니 승미의 화살이 겨냥하는 범위는 자신이 아니었다. 바로 치순의 정수리였다. 그것은 더더욱 안 될 말. 그녀의 화살이 치순의 두개골을 꿰뚫는 순간 알바레즈는 모든 것을 잃는 거나 다름없었다.

"그만 끝내자, 치순 오빠."

알바레즈는 한국말을 몰랐지만 승미의 이 말이 스스로에게 던지는 사격 신호라는 것은 알아챌 수 있었다.

"안 돼!"

그가 치순의 허리에 교차시켰던 다리를 풀었다. 그리고 전광석화 같은 동작으로 치순의 왼팔에 다리를 얽은 다음 방향을 틀었다.

쐐애액!

승미의 컴파운드 보우가 내쏜 화살이 허공을 가르며 날아갔다.

알바레즈가 의도한 대로의 결과였지만, 대신 치순의 시야에 그의 종아리가 포착되는 연쇄 작용을 낳고야 말았다.

"크르르르."

알바레즈의 다리를 움켜쥔 치순이 객석의 끝으로 달려갔다. 그리고 금속 난간을 우그러뜨리며 그 충격으로 검은 암살자를 일층의 빙판 위로 떨궈 내는 데 성공했다.

"치이잇."

별다른 충격 없이 벌떡 일어났지만 알바레즈의 입맛은 썼다. 치순의 목을 잘라 내는 데 실패한 데다가 만곡도까지 자신의 손을 떠나 버린 것이다.

"하지만 아직 기회는 있어. 저 슈퍼레슬러가 여자를 죽이기 전에 다시 한 번……."

혼잣말을 중얼거리던 알바레즈가 순간 입을 다물었다.

그의 동공이 커다랗게 확장됐다. 분명 중간에 말을 멈출 생각이 없었다. 처음엔 혀가, 그 다음엔 입이, 마지막으로 몸을 지탱하는 두 다리에 힘이 빠져나갔다.

털써억.

허물어지는 육체를 꼼짝없이 두고 봐야만 했다.

'이게 대체 무슨?'

알바레즈는 도무지 영문을 모르겠다고 생각했다. 한데 목덜미에 뭔가 날카로운 것이 박혀 있다는 감각이 그에게 답을 주었다.

바늘 독침이다. 이미 목숨을 잃은 리퍼 오마르가 애용했던 무기. 그런데 그 오마르의 목숨을 거둔 자는 누구였던가.

엎어진 채 눈동자만 움직여 보니 안 소좌의 자세가 바뀌어 있는 것이 들어왔다. 빙판에 등을 대고 드러누워 있어야 할 그녀가 어느새 옆으로 누운 채 알바레즈를 노려보고 있었다.

입에 물고 있던 대롱을 툭 하고 내뱉는 안 소좌.

"잡았다우, 쌍간나새끼."

맥없이 쓰러져 버리는 알바레즈에게 치순은 시선조차 주지 않았다. 다만 자신과 승미 사이를 가로막는 장애물을 부순다는 본능에 따라 행동할 뿐. 그 기능을 상실한 알바레즈는 손수 공격할 가치조차 없었다.

하지만 등을 돌렸을 때 그곳에 있었던 건 승미 혼자가 아니었다.

"크륵?"

자신 못지않은 근육질의 상체를 드러낸 사내가 승미의 앞을 가로막고 있었다.

그것은 서로에게 익숙한 상황이었다. 닷새 전 태릉선수촌을 빠져나가려 했던 두 남녀에게 닥친 천재지변이 바로 치순이었기에.

승미가 락구의 팔을 붙잡았다.

"락구야?"

"일대가 난장판이 될 거야. 최대한 멀리 떨어져 있어."

"그냥 도망치자. 겪어 봤잖아. 절대 못 이겨."

락구가 승미의 팔을 툭 하고 밀어냈다.

녀석은 지금 웃고 있을까. 눈이 보고 싶은데, 얼굴을 보여 주질 않아.

"그때는 저 녀석이 치트키를 썼잖아. 지금은 나도 같은 상황이야."

치순과 락구가 서로를 향해 포효를 내질렀다.

"……!"

그러나 아이스링크에 있던 인간들 중 그 누구의 귀에도 그 포효는 파고 들어가지 못했다.

꽈아아아아아앙!

빙상장의 천장에 네이팜탄이 떨어지며, 고막을 찢어 버릴 만큼의 굉음과 함께 화마가 아치형 지붕을 집어삼키기 시작한 것이다.

●● •

록희는 세 대의 밥통 앞에 도착해 무릎을 꿇었다.

"언니. 어디에 있어?"

그중 한 밥통에 손바닥을 대니 푸쉬쉬쉬 하며 냉기가 뿜어져 나왔다. 록희의 단발머리에 다시 얼음 알갱이가 달라붙었다.

●● •

폭열에 달궈진 철근이 알바레즈로부터 1미터도 떨어지지 않은 곳의 빙판을 뚫고 처박혔다.

치이이이이익.

빠른 속도로 녹아 버리는 빙판이 자욱한 김을 주변에 내뿜었다. 여전히 아이스링크 중앙을 향해 사방에서 불어오는 냉풍기의 바람이 곧 그 하얀 김을 날려 버렸다.

그렇게 시야가 확보되자 알바레즈는 안 소좌가 그의 코앞까지 기어왔다는 것을 깨닫고 소스라쳤다. 엉덩이를 치켜들고 무릎으로 기어오는 안 소좌의 자세는 우스꽝스러웠지만 알바레즈는 웃지 못했다.

안면 근육이 마비돼서기도 했지만…… 군용 나이프의 손잡이를 입에 문 안 소좌의 얼굴이 섬뜩한 악귀 같았기 때문이다.

●　●　・　・

지금 이곳에서 얼음과 불의 난잡한 무도회가 펼쳐지고 있었다.

군데군데 녹아내리는 아이스링크의 빙판. 어쩌면 그것은, 마치 운석의 파편이 지표면을 부자비하게 때렸던 원시 지구의 혼란과 닮은 면이 있었다. 다만 차이점이 있다면 그때까진 생명의 불모지였던 원시 지구와 달리 여기엔 삶과 죽음의 경계선에 발을 걸친 두 명의 전사가 있다는 점일 것이다.

승미는 꼭대기 객석의 의자 뒤에 몸을 숨긴 채 애처롭게 그것을 지켜보았다. 한 손에 컴파운드 보우를 꼭 쥔 채.

이 무도회에서 그녀의 파트너 자리는 단 하나뿐. 때문에 서로를 용납할 수 없는 둘이 동시에 땅을 박찼다.

치순이 락구의 머리를 내리쳤고 그와 동시에 락구가 치순의 가슴팍을 무릎으로 찍어 내렸다. 인간과 인간의 순수한 힘 대결이 '추돌 사고'의 박력을 재현해 내고 있었다.

불덩이가 되어 내리꽂히는 천장의 잔해들과 함께 두 사내가 빙판 위에 곤두박질쳤다.

88화
인연의 실

- 감염 5일째. 오전. 09:35.

'현대 격투기에서 유도와 레슬링은 완벽한 한 쌍이다.'

이 말은 종합격투기 리그 UFC에서 다수의 챔피언을 배출해 낸 피라스 자하비 코치가 한 말이다. 이 둘이 올림픽 종목으로서도 역사가 깊을 뿐 아니라 실전성과 효용성 면에서도 늘 선두를 다퉈 왔음을 방증하는 말이다. 종합격투기가 탄생하기 전 타격계 무술에서 무에타이와 가라데가 그랬듯이 유도와 레슬링의 우위 또한 논객들의 도마 위에 꾸준히 올라왔던 주제였다.

물론 유도가가 레슬러의 테이크다운에 기절한 적도 많고, 반대로 레슬러가 유도가의 관절기에 팔을 헌납한 경우도 숱하다. 종합격투기가 발전하면서 다양한 종목의 강점을 흡수했고, 이제는 수련자 개인의 숙련도에 따라 승부가 달라지는 법이지 특정 종목이 우월하다고 주장하는 사람들은 보기 힘들다.

하지만 평생 순수하게 한 종목만 파고들어 메달리스트가 된 엘리트끼리의 목숨을 건 맞대결이라면?

그렇다면 어떨까.

지금 태릉 빙상장의 아이스링크 위에서 펼쳐지는 두 사내의 싸움은 그렇게 해묵은 논쟁거리의 불씨에 큰 땔감이 될 수 있을 테지만 아쉽게도 지켜보는 이는 단 한 명의 양궁 선수뿐이었다.

"크아아아아아!"

치순이 상체를 낮추며 락구의 정면으로 뛰어들었다.

마치 그 동작을 복사기로 찍어 낸 듯이 같은 자세로 응수하는 락구였다. 하지만 치순의 양쪽 어깨를 막아 세웠을 때 이 태클의 진정한 힘을 직감할 수 있었다.

'맞설 순 없다. 내가 튕겨져 나갈 거야.'

치순의 머리가 락구의 명치를 밀어내며 중심을 흔들었다. 레슬러들이 만두귀가 될 수밖에 없음을 증명하는 유서 깊은 동작.

락구의 두 맨발이 빙판 위에서 붕 떴다. 치순의 태클은 그야말로 해일 같은 압박감을 선사했다. 하지만 락구는 해일을 타고 이용하려는 노련한 뱃사람처럼 움직였다. 왼쪽 팔로 치순의 겨드랑이를 파고들어 올린 다음, 무릎을 굽혀 상대의 아랫배에 밀착했다. 그리고 등에 얼음이 느껴지자마자 허리를 튕겨 포지션을 뒤집었다.

"차아!"

한 덩이가 되어 빙판을 뒹굴던 두 사내가 멈췄다. 마운트포지션을 점령한 것은 락구. 하지만 상대는 때려 봤자 큰 효과를 보기 힘든 살육의 화신이었다.

'일단 팔을 부러뜨린다.'

치순의 오른팔이 자신의 목을 노리고 솟아오르는 걸 기다린 다음 잽싸게 그것을 낚아챘다. 하지만 락구가 예상치 못했던 변수는 물기였다. 둘 다 맨몸의 상체로 얼음 위에서 얽히는 바람에 온몸이 미끌거렸던 것이다.

"크르르르."

락구의 입장에서는 허망하게도 어깨를 금방 빼낸 치순이 도장을 찍듯이 손바닥을 내리쳐 왔다.

꾸우우우웅.

황급히 머리를 굴려 옆으로 피해 내자 빙판을 뚫고 팔목까지 집어넣었다가 팔을 빼는 치순이 보였다. 락구가 벌떡 몸을 일으켜 다음 공격에 대비했다.

훌쩍 도약한 치순이 또 한 번 태클을 걸어왔다. 락구가 반사적으로 자세를 낮췄지만 그것은 함정이었다. 허리를 곧추세워 락구의 뒤통수를 내려다보게 된 치순. 그가 락구의 허리를 뒤에서 감싸 안아 찍어 눌렀다.

레슬러에게 걸리면 굴욕을 당할 수밖에 없는 남북자세.

"크아아아아아!"

물구나무 자세로 들어 올려진 락구가 재빨리 두 팔로 정수리를 감쌌다. 그러자마자 압정처럼 빙판에 내리꽂히는 락구의 상반신. 치순은 그립을 잠근 두 손을 매끄럽게 이동해 락구의 발목을 잡고 등 뒤로 휘둘렀다.

헤롱거리는 정신으로 관중석까지 날아간 락구가 의자 네 개를 우그러뜨리며 처박혔다.

'가만히 있으면 당한다.'

튕겨 나오듯 벌떡 일어난 락구를 향해 치순이 성난 야수처럼 돌격해 왔다.

락구는 이 순간 치순에 비해 두 개의 이점을 갖고 있었다. 하나는 관객석의 기울어진 경사면 때문에 생긴 높이. 다른 하나는 빙판과 달리 철판으로 만들어져 충격을 상쇄시킬 수 없는 바닥이었다.

락구가 구부러진 의자 위에서 다리를 웅크렸다. 서전트 점프를 하기 위해서였다.

'난 녀석과 달리 이성이 있어. 몸에 밴 기술 말고 머리를 쓰면서 싸우자.'

제자리에서 훌쩍 뛰어오른 락구가 허공에 손을 휘두른 치순의 뒤통수를 무릎으로 내리찍었다.

콰작.

"으아아아아아!"

그리고 오른손 주먹을 망치처럼 쥐고 치순의 뒤통수를 연속해서 내리쳤다. 하지만 곧 저항을 위해 휘둘러진 치순의 팔꿈치에 이마를 얻어맞고 튕겨 나가야 했다.

바이러스가 온몸에 퍼지면서 생긴 괴력을 과신했던 걸까. 락구는 본인의 힘으로 치순을 다룰 수 있을 거라 생각했지만 그건 오산이었다. 이미 오래전 괴물이 된 치순의 원초적인 파괴력을 웃돌 수는 없었던 것이다.

게다가 고통을 느끼고 무의식중에 신체를 보호하면서 싸우는 자신과 달리 치순은 자신의 몸이 부서지든 말든 아랑곳없이 공격해 왔고 그 일격들은 하나같이 치명적이었다.

뚝뚝.

입가에서 흘러내린 피가 바닥에 떨어지는 것이 느껴졌다. 락구 자신도 모르는 사이 각혈이 시작된 것이다.

'곧 변이할 거야.'

시간마저 그의 편이 아니었다.

락구와 치순의 싸움터는 초단위로 변하고 있었다.

빙판 위에 얽혀 뒹굴다가 관객석을 부수더니 이윽고 콘크리트로 만들어진 입장 통로마저 부수는 지경에까지 이르렀다.

"이 방법은 아니야."

승미는 컴파운드 보우를 내리며 고개를 가로저었다. 치순의 머리를 노리고 화살을 쏴 보려 했지만 둘의 움직임이 기막힐 정도로 빨랐고, 공수 전환이 끊임없이 일어났기 때문이다. 무엇보다 치순을 노린 화살이 락구에게 날아가 박힐 가능성도 무시할 수 없었다.

승미는 활줄이 가슴을 가로지르도록 해 컴파운드 보우를 고정시킨 뒤 아이스링크 외곽 갤러리 통행로를 달리기 시작했다.

'락구가 이긴다고 믿자. 그리고 그 다음을 준비하는 거야.'

천장에서 번진 불이 옮겨 붙어 더 이상 자신을 지탱하지 못하는 냉풍기들이 외벽에서 떨어져 나가기 시작했다. 승미는 그 여파에 휩쓸리지 않도록 주의하면서 일층으로 내려갈 길을 찾았다.

● ● ·

거미줄에 온몸이 달라붙은 채 다가오는 거미의 이빨을 바라보는 나방. 알바레즈는 지금 그 심정을 정확히 이해할 수 있었다.

제삼자가 보았더라면 답답하게 느껴질 정도의 느린 속도로 안 소좌가 기어오고 있었다. 빙판 위에 달라붙어 엉금엉금 움직이는 복수의 화신.

"허억. 허어억."

물고 오던 나이프를 한 번 놓쳐 허둥지둥 대다가 그 손잡이를 다시 깨문 다음 재차 바닥을 밀어내는 안 소좌. 덕분에 알바레즈는 착실하게 거리를 좁혀 오는 암살자를 마주하고 있어야만 했다.

'제기랄. 꼼짝할 수가 없어.'

안 소좌가 펜싱복에 자신을 숨겨 사브리나에게 접근하기도 했다는 점을 미루어 짐작했어야 했다. 그녀가 죽은 리퍼들의 무기를 자신의 것으로 만들어 사용할 수도 있는 여자임을. 그 미세한 지점을 놓친 것이 지금의 악몽 같은 순간을 낳아 버리고

만 것이다.

지척까지 다가온 안 소좌가 알바레즈의 배 위에 나이프를 툭 하고 떨어트렸다.

"허억. 헉."

잠시 호흡을 고르던 그녀가 양 손바닥으로 바닥을 짚더니 상체를 일으켰다. 그리고 알바레즈의 몸 위에 올라탔다.

"기래, 그 잘나신 혓바닥두 옴짝할 수가 없나 보구나야."

두 눈을 깜빡이지도 못한 채 알바레즈는 자신의 가슴팍을 기어 올라오고 있는 안 소좌의 피투성이 얼굴을 봐야만 했다. 안 소좌는 나이프를 오른손으로 붙잡은 뒤 날이 아래로 향하도록 했다. 그 다음엔 알바레즈가 알아들을 수 있도록 영어로 속삭였다.

"내 패인과 사인이 어쩌고저쩌고 했었던가, 당신."

알바레즈의 아랫입술이 강제로 끌어내려졌다. 안 소좌가 왼손으로 그의 턱을 붙잡고 당긴 것이다.

"답례를 해 주마. 너의 사인死因은⋯⋯."

나이프의 칼날이 알바레즈의 벌어진 입 속으로 들어갔다. 그의 부릅뜬 눈에서 눈물이 맺히기 시작했다. 슬픔 때문인지, 분함 때문인지, 아니면 오랫동안 눈을 감지 못해 만들어지는 생리현상인지는 누구도 답해 줄 수 없었다.

"내 존재를 몰랐다는 거다."

안 소좌가 나이프 손잡이의 밑둥에 자신의 턱을 올렸다. 그리고 체중을 실어 온 힘을 다해 내리눌렀다.

우드드득.

그리고 한참을 그 자세 그대로 있었다.

숨이 끊긴 알바레즈의 얼굴 주변으로 동그랗게 번져 가는 핏물. 그 안에 안 소좌의 눈물이 몇 방울이나 섞여 있었는지는, 그녀 본인만이 알고 있을 것이다.

● ● ●

떨리는 손이 밥통 안으로 들어가 잘린 머리를 들어 올렸다. 록희는 심호흡을 하고 얼음 조각들을 걷어 냈다.

"아니잖아."

그것은 사납게 포효하는 표정 그대로 굳어 있는 헐크좀비의 머리였다. 록희가 그것을 떨구자 얼어붙은 머리가 데구루루, 빙판 위를 굴러갔다. 록희는 거기에 시선을 두지 않고 다음 밥통을 향해 걸어갔다.

그런데 등 뒤에서 짧은 비명 소리가 들려왔다.

"꺄악! 좀비 머리?"

헐크좀비의 꽁꽁 언 머리를 피해 물러나는 것은 승미였다. 록희의 무표정한 눈동자는 승미의 얼굴을 확인하고서도 변함없었다.

"너, 백 선생님 동생 맞지?"

하지만 수희의 이름이 나오자 록희의 동공이 미세하게 흔들렸다.

"여기서 뭐 하고 있는 거야?"

"그건 제가 묻고 싶은데요."

뚜껑이 열린 밥통에서는 드라이아이스 통처럼 냉기가 흘러서 바닥에 쌓이고 있었다. 승미는 용기를 내 해무처럼 록희를 둘러싸고 있는 냉기를 가로질렀다.

"검은색 가방을 찾고 있어. 납작하고 네모나게 생긴 거. 혹시 봤니?"

승미의 질문엔 간절함이 묻어 있었다.

록희는 아무 말 없이 한쪽 방향을 가리켰다. 승미가 흠칫 놀라 그쪽으로 걸어가 보니 발에 턱 하니 걸리는 게 있었다. 집어 들어 보니 분명 오륜관에서 슬쩍 보았던 그 금속 케이스가 맞았다.

"고마워. 그런데…… 이거 어떻게 여는 거지?"

빙판 위에 무릎을 꿇고 금속 케이스를 이리저리 만져 보는 승미. 하지만 잠금쇠나 비밀번호를 입력하는 버튼조차 도무지 보이지 않았다.

"부숴야 하나. 하지만 그러다가 내용물이 손상되면 어쩌지."

승미가 초조해하고 있을 때 옆으로 드리워지는 사람의 그림자가 있었다. 록희였다.

"그 사람한테…… 필요한 거죠?"

록희가 승미 옆에 무릎을 꿇으며 물었다. 고개를 끄덕이자 록희는 손바닥을 펴 슈트의 장갑 면을 케이스에 갖다 댔다. 그러자 달칵 하는 소리와 함께 케이스가 경쾌하게 벌어졌다.

"아!"

승미가 그토록 찾던 물건이 거기에 있었다. 파란색과 주황색으로 이뤄진 두 개의 앰풀이 하나의 주사기와 연결돼 있었다.

록희는 승미로부터 멀어지며 한마디를 남겼다.

"저처럼 후회할 일은 남기지 마요, 그쪽은."

후회할 일이 무엇인지 짐작 가는 게 있었다. 하나 그 아픔의 무게까지 가늠할 수는 없었기에 승미는 돌아서는 록희를 멈춰 세울 수 없었다. 대신 주사기를 품에 꼬옥 안은 채 락구와 치순이 싸우고 있는 방향을 향해 달려갈 뿐이었다.

멀어지는 승미의 발걸음 소리를 머릿속에서 비우며 록희는 다시 원래의 위치로 돌아왔다.

"후회하기 시작하면 결국 태어난 걸 원망하게 될 테니까."

록희가 또 하나의 밥통에 손을 대자 푸쉬쉬쉬 소리를 내며 묵직한 뚜껑이 열렸다. 이번엔 꺼내기 전부터 바로 직감할 수 있었다. 평생을 보아 온 익숙한 정수리가 드러났기 때문이다.

"언니."

꼬마일 적부터 훈련에 지쳐 잠든 수희를 내려다본 적이 많았다. 언니는 어디를 향해 달려가려는 걸까. 날 두고 가진 않을까.

'그래서 나도 복싱을 배우고 싶다고 말해 버렸던가.'

냉기에 감싸인 지 얼마 되지 않아서일까. 수희의 머리는 앞서 발견했던 헐크좀비의 머리와는 달랐다. 동화 속에 나오는 마법 성채의 공주처럼 얼음가루가 뿌려진 평온한 모습이었다. 두 눈은 살포시 감겨 있었다.

"오래 기다렸지."

이제 내가 왔어.

록희는 언니의 머리를 가슴에 안은 다음 제자리에 주저앉았다.

인간이 세상을 걸어갈 수 있는 것은 여러 개의 인연이 실처럼 그를 묶어 지탱해 주기 때문일지도 모른다. 이 순간 록희는 힘겹게 자신을 지탱해 온 실들 중 가장 굵고 튼튼했던 실이 완전히 끊어졌다는 걸 알았다.

"으으어어어."

록희가 구겨진 채 버려야 했던 자신의 삶을 토해 내듯 울음소리를 뱉어 냈다.

동생의 턱을 타고 떨어진 눈물이…… 얌전히 안겨 있는 언니의 이마를 타고 내려갔다. 마치 보이지 않는 인연의 실을 타고 흘러가듯.

그렇게 맺힌 눈물은 수희의 얼어붙은 눈썹에 오랫동안 고여 있었다.

●. •

타타타타타타타.

김 중위가 운전하는 블랙호크 기동헬기가 태릉선수촌의 하늘 위를 날고 있었다. 널찍한 수송 칸이 더욱 황량해 보이는 이유는 단 두 명만이 벨트를 맨 채 탑승하고 있기 때문이다. 바로 까를로스 황 조사관과 나탈리 쿡이었다.

"완전히 불바다야. 이건…… 못 보겠어, 나탈리."

아직 그의 마음속에 명징하게 살아 있는 생지옥의 광경. 지금의 태릉은 콜롬비아 메데인에서 황 조사관이 보았던 광경을 부활시키는 방아쇠와도 같았다. 황 조사관은 간신히 구역질을 참는 듯한 표정으로 눈을 감았다. 그러자 맞은편에 앉아 있던 나탈리가 엄하게 질타했다.

"안 돼. 내 반대쪽 상황을 파악할 수 있는 사람은 당신밖에 없어. 정신 차려!"

그녀의 일갈에 황 조사관은 심호흡을 한 뒤 다시 눈을 떴다. 그러나 여전히 아래 상황이 절망적이기는 마찬가지였다. 태릉 선수촌의 드넓은 부지 전체가 시커멓고 매캐한 연기를 내뿜으며 녹아내리고 있었다. 곳곳에서 일어나는 폭발은 건물이 고열을 이기지 못하고 붕괴되다가 가스탱크나 기름통을 건드렸다는 것을 짐작케 해 주었다. 생존자는커녕 감염자조차 뼈를 추릴 수 없는 '소각로'가 돼 있었다.

다행히 그중에서도 김 중위의 시선을 낚아채는 것이 있었다.

"아직 무너지지 않은 건물이 있습니다!"

기동헬기가 급격히 앞으로 기울었다. 블랙호크가 속력을 내고 있는 것이다. 어지럼증을 느끼면서도 김 중위의 목소리를 놓치지 않은 탑승석의 두 남녀가 창밖을 쳐다봤다.

무서운 속도로 다가오는 넓고 낮은 대형 건물 한 채. 스케이터들이 쓰는 헬멧을 형상화한 동그란 형태가 지금은 곳곳이 불타고 무너져 내려 구멍이 뻥뻥 뚫려 있었다. 하지만 그럼에도 불구하고 형태를 유지하고 있다는 것은 고무적이었다.

'어떻게 아직 남아 있을 수 있는 거지?'

나탈리의 궁금증은 헬기가 속도를 줄여 그 건물의 머리 위에서 빙글빙글 돌고 나서야 풀렸다.

무너진 천장 아래로 보이는 널찍한 빙판.

"아이스링크야!"

수백 개의 냉풍기가 1년 내내 가동되며 영하의 온도를 유지하는 곳. 그 덕분에 선수촌 전체를 쓸어버린 화마의 입 속에서 간신히 삼켜지지 않고 버티고 있는 중이었다.

황 조사관 역시 뭔가를 발견하고 소리쳤다.

"뭐가 빠르게 지나갔어! 아직 누군가 안에 있나 봐."

김 중위는 그 짧은 사이 상황을 파악했지만 지원 병력이 없다는 것에 혀를 깨물고 싶을 만큼 안타까움을 느꼈다. 레펠 훈련을 완수한 베테랑 구조원이 여럿 있었더라면 헬기를 호버링(제자리 비행) 상태로 두고 공중 구조를 펼칠 수 있었을 것이다. 하지만 지금은 그것이 불가하다.

"구멍 난 천장을 뚫고 헬기를 하강시켜야 합니다. 결정하십시오!"

김 중위의 외침에 황 조사관이 답했다.

"결종하다뇨? 멀 말입니까?"

"착륙은 어렵지 않습니다. 하지만 다시 이륙한다는 보장이 없습니다. 일이 안 풀리면 한 명도 구하지 못하고 두 분 목숨까지 잃을 수 있단 말입니다!"

황 조사관이 김 중위의 말을 옮겨 주자 나탈리는 이렇게 답했다.

"이건 굳이 통역이 필요 없을 거야."

그리고 그녀는 엄지손가락을 아래로 향하는 단호한 동작을 김 중위에게 보여 줬다.

짧게 고개를 끄덕인 김 중위는 천천히 헬기의 고도를 올렸다. 프로펠러에 손상을 주지 않고 아이스링크에 내려설 수 있는 위치를 찾아내야 했기 때문이다. 정밀한 컨트롤에 신속함이 필요한 것은 물론, 실패에 대한 압박감이 손바닥에 전해져 왔다.

하지만 그때 컴파운드 보우를 메고 어디론가 달려가는 여자의 모습이 보였다. 잠깐 스쳐 지나간 것이지만 직감적으로 알 수 있었다.

'좀비가 아니다. 살아 있는 인간이야.'

김 중위는 이를 악물고 헬기를 하강시켰다. 전문 구조대라고 부를 수 있는 자는 한 명도 없었지만 그 마음만은 절실한 세 명을 태운 헬기가 무너져 내린 천장을 뚫고 태릉 빙상장 내부로 진입했다.

89화
백 년은 이르다

– 갑염 5일째. 오전. 09:42.

공중에 붕 뜬 락구가 등부터 빙판 위에 떨어져 굴렀다.

오직 팔의 힘만으로 튕겨 오르듯 몸을 바로 세우자마자 시야 전체가 근육 괴수의 습격 장면으로 가득 찼다. 치순의 양 손바닥이 락구의 정수리와 턱을 동시에 누르며 찌그러트리려 했다.

"크으으으읍."

주세페의 얼굴을 통째로 부쉈던 바로 그 동작이었다. 락구의 머리 역시 이대로 몇 초만 흘렀다가는 오랑우탄의 손아귀에 찌그러지는 코코넛 꼴을 면치 못할 것이었다.

심호흡을 한 락구가 자신의 턱을 움켜쥔 치순의 팔을 붙잡아 아래로 끌어내렸다. 그리고 그와 동시에 무릎으로 치순의 팔꿈치를 가격했다. 관절이 가동 범위 이상의 압박을 받아 덜컥이는 느낌이 났다.

'보통 좀비였다면 완전히 부러졌을 텐데.'

가까스로 치순의 손아귀에서 벗어난 락구가 두 주먹으로 상대의 턱을 두들겼다.

퍽. 퍽. 퍼억.

안면이 직격당할 때마다 치순의 머리가 크게 요동쳤으나 절대 쓰러지지는 않았다. 대리석처럼 단단해진 치순의 목 근육이 충격을 흡수하기라도 하는 것처럼 느껴졌다.

"크르르르르."

순간 치순의 붉은 눈이 번쩍이더니 락구의 주먹을 흘린 다음 상대의 어깨를 붙잡았다. 그러고는 락구의 오른쪽 광대뼈에 박치기를 시전했다.

빠아아아아악!

락구의 입장에선 지대공 미사일이 얼굴 바로 앞에서 터지는 듯한 충격이었다.

"으으으윽."

얼음 위에서 양 주먹으로 서로를 두들기는 두 명의 투사. 이제는 운동선수로 습득한 기술보다는 원초적인 파괴본능으로 서로에게 타격을 주고 있었다.

시간이 지날수록 불리해지는 것은 역시 락구였다. 용호상박의 승부에 서로 육체에 충격이 쌓이는 것은 마찬가지였으나 점차 지쳐 가는 락구에 비해 치순은 방전을 모르는 불도저 같았다.

'시야가 흐려져.'

엄습하는 두통과 함께 의식이 곧 암전될 것처럼 명멸하는 것이 느껴졌다. 단시간에 승부를 내야 한다. 락구는 노골적인 증오를 드러내며 달려드는 치순의 얼굴을 주시했다.

'너는 왜 승미를 원하는 거지? 대체 그 애를 어쩌고 싶은 거야.'

생각해 보면 치순이 승미를 건드리려 할 때마다 락구가 덤벼들어 그것을 방해해 왔다.

3단계 감염자가 자신이 원하는 타깃과 방해 없이 접촉하면 무슨 일이 일어나게 되는 걸까. 물어서 감염시키려 하는 걸까. 아니면…….

'나처럼 승미를 지키려는 걸지도.'

만약 그랬다면 이 처절한 싸움은 더할 나위 없는 부조리극이 될 것이다. 하지만 락구로서는 일말의 위험도 승미의 곁에 둘 순 없는 노릇이었다. 그러니 영영 그 답은 알 수 없을 것이다.

'내가 지금 이 순간 너의 목을 가져갈 거니까.'

절반 이상이 불타서 무너져 내린 천장의 잔해가 빙판에 거대한 균열들을 가져오고 있었다. 맨발로 빙판을 박차며 달려드는 치순 주변으로 거대한 얼음 조각들이 불협화음을 내며 서로 부대낀다.

락구가 치순을 기다리며, 호를 그리며 뒷발을 뺐다. 그리고 앞발의 무릎을 굽혀 힘을 축적했다.

"우리 유도는 말이야, 레슬링과 달라."

빙판을 차 내며 뛰어오르는 락구. 방향은 치순과 멀어지는 뒤쪽 방향이었다.

"몸이 경기장 바깥으로 나가도 방심할 수 없거든!"

락구가 온 힘을 다해 빙판을 밟았다. 그러자 뾰족하게 균열이 간 빙판의 맞은편 끝이 들썩였다. 비어 있는 시소 끝이 차 올려지는 것처럼 날카로운 얼음 조각이 솟아오르며 달려오던 치순의 무릎과 충돌했다.

"크르륵?"

레일을 벗어난 화물차처럼 치순의 신체 균형이 미묘하게 요동쳤다. 락구는 지금 이 빈틈을 놓치면 모든 것이 끝장이라고 판단했다.

"야아아아아압!"

순식간에 치순과의 거리를 좁힌 락구는 반사적으로 뻗어 오는 치순의 왼팔을 아슬아슬하게 피해 냈다. 좀 전에 무릎으로 그의 팔꿈치 인대를 늘어나게 한 덕분이었다.

치순의 목 뒤에 양손 그립을 잡고 왼 다리를 차올려 그의 어깨에 휘감는다. 그리고 시간차 없이 오른발을 왼 다리의 무릎에 걸어 단단히 잠근다.

플라잉 삼각조르기.

전신의 체중으로 상대의 경동맥을 압박하는 조르기 기술이다. 물론 치순의 목을 압박하는 것이 통하지 않는다는 걸 이미 뼈저리게 알고 있는 락구였다. 그럼에도 불구하고 그가 이런 무용한 기술에 희망을 건 것은 아이러니하게도 치순의 강력한 기술과 반사신경을 전적으로 신뢰하고 있었기 때문이다.

'그림 같은 슬램으로 날 떨쳐 내려 하겠지.'

락구의 예상대로였다.

원래 플라잉 삼각조르기에 걸린 상대는 속수무책으로, 앞구르기 하듯 쓰러지게 된다. 그러나 치순은 척추와 경추를 바로 세우며 경이로운 근력으로 버티더니 오히려 락구를 들어 올렸다.

"으르르르르."

그리고 락구의 허리와 엉덩이를 붙잡았다. 무지막지한 슬램으로 락구의 뒤통수를 부수려 하는 동작. 매트가 아닌 장소에서 만두귀의 레슬러에게 시비를 걸어서는 안 되는 대표적인 이유.

그렇게 치순과 락구의 몸이 동시에 붕 떠올랐을 때 이 싸움을 지켜보던 두 명의 여인이 서로 상반된 표정을 지었다.

탈진한 채 외벽에 등을 받치고 있던 안금숙 소좌는 메마른 웃음을 지었다.

'끝이 나겠군.'

반면 앰풀 주사기를 품에 안은 채 달려오던 승미는 심장이 얼어붙는 아찔함을 느꼈다.

'안 돼, 락구야!'

두 사내의 도약이 정점에 달했다. 락구의 다리 그립이 살짝 느슨해지더니 치순의 목을 누르던 오른손이 번개처럼 움직였다. 그 손이 가 닿은 곳은 만곡도의 손잡이. 알바레즈가 전력을 다해 깊숙이 박아 넣었던 칼이었다.

"끝이다아!"

락구가 양손으로 그 손잡이를 붙잡은 다음 두 다리의 발바닥을 치순의 목에 가져다 댔다. 그리고 있는 힘껏 손잡이를 당겼다.

썩두우우우욱!

도살장을 연상케 하는 피의 향연은 없었다. 마치 굳어 버린 석고상의 머리를 떼어 내는 그림에 더 가까웠다.

두 눈을 부릅뜬 치순의 머리가 신의 외면을 받은 주사위처럼 빙판 위를 굴러가다 멈췄다. 락구가 만곡도 손잡이를 잡은 채 대자로 나가떨어지는 사이, 마지막으로 머리를 잃어버린 치순의 몸이 나사 빠진 목각인형처럼 천천히 허물어졌다.

녹아내리기 시작한 빙판 위에 찰박이며 충돌하는 근육질의 몸체. 태릉선수촌에 남아 있던 마지막 감염자가 쓰러지는 순간이었다.

하지만 곧 새로운 감염자가 탄생하게 될 상황이기도 했다. 만곡도를 멀리 던져 버린 락구가 갑자기 허리를 숙이며 묵직한 핏덩이를 토해 냈다.

"커허어억."

빙판 위로 희끄무레하게 비치는 자신의 얼굴.

그것은 영락없는 붉은 눈의 괴물이었다.

"도깨비! 괜찮아?"

심연으로 가라앉는 의식을 깨운 것은 익숙한 승미의 목소리였다. 락구는 초점이 잘 맞지 않는 눈으로 걱정 어린 그녀의 얼굴을 바라봤다. 승미가 손에 뭔가를 들고 있지만 알아보기가 힘들다.

"지금 나…… 징그럽지?"

락구 앞에 미끄러지듯 무릎을 꿇는 승미.

"됐어. 어차피 너 얼굴 보고 좋아한 거 아니니까."

"그게 무슨?"

"등 대고 누워, 도락구."

승미가 락구의 등을 받치며 정자세로 눕혔다. 원래도 조각상 뺨칠 정도로 벌크와 데피니션이 둘 다 훌륭했던 락구의 알몸이었다. 하지만 지금은 검푸른 혈관들이 피부 위로 돋아 나와 섬뜩한 느낌마저 주고 있었다.

승미가 품에 꼭 안고 있던 주사기를 손바닥 위에 올려놓았다. 두 가지 상반된 색깔의 액체가 출렁이고 있다. 그런데 그녀는 곧 심각한 난제에 부딪혔다.

'뭐부터 주사해야 하는 거야? 파란색부터였던 것 같은데……. 만약 내가 잘못 기억한 거면 어떡하지.'

승미는 다시금 오륜관에서 들었던 사브리나의 목소리를 떠올려 보려 했다. 그러나 그때는 그 자리를 벗어날 궁리에 치중하느라 신경이 다른 곳에 쏠려 있었다.

그때, 나지막하지만 분명한 목소리가 승미의 귓가를 파고들었다.

"파란색부터. 완전히 숨이 멎으면 3분 이내에 주황색 약물을."

승미가 등 뒤를 돌아보자, 먼발치에서 자신들을 지켜보고 있는 안 소좌와 눈이 마주쳤다.

"……날 죽이려 했던 당신 말을 어떻게 믿어?"

분노를 억누르지 않고 드러내는 승미의 일침이었다. 이에 안 소좌는 손가락을 들어 미동도 없는 알바레즈의 시체를 가리켰다.

"내가 이곳에서 했던 모든 일은 모두 복수를 위해서였습니다. 그걸 방금 완료했지요. 락구 선수가 살아난다고 제게 좋을 건 없지만, 그렇다고 죽어서 도움이 될 것도 없습니다."

승미에겐 선택의 여지가 없었다. 이렇게 혼란스러울 때마다 그녀는 직감이 말하는 대로 따라왔고, 이번에 그 직감은 안 소좌의 말이 옳다고 말하고 있었다.

결국 그 말을 믿어 보기로 결심한 승미는 락구의 허리 위에 올라탔다. 그리고 상체를 숙여 그와 배꼽을 맞춘 다음 푸른색 주사기의 누름대에 엄지손가락을 가져갔다.

"이 자세…… 너무 야릇하지 않냐, 현승미?"

"농담이 나오는 걸 보니 아직 살 만한가 보네, 도락구."

"진담이야. 나 긴장하고 흥분해서 바이러스가 더 빨리 퍼지면 어떡해."

"시답잖은 소리 할 거면 정신 똑바로 잡고 있어. 이게 안 먹히면 그땐 정말로 끝장이니까."

바늘이 노리는 곳은 락구의 왼쪽 가슴 위였다.

사뭇 진지해진 락구가 승미의 얼굴을 올려다봤다.

절망스러운 순간에서만 할 수 있는 고백들이 있다. 평화로운 삶을 통과할 때는 꺼내지 못하지만 그동안 눈덩이처럼 불어나 버리고 마는 어떤 종류의 진심.

"승미야. 나 꼭 할 말이 있어. 마지막이 될지 모르니까 하는 얘긴데, 사실 난 널……."

내리막길을 구르다가 언덕에 막히는 눈덩이처럼 말문이 막혔다. 승미의 손가락이 락구의 피 묻은 입술을 지그시 누른 것이다.

"마지막 인사는 이게 끝이라고 서로가 동의했을 때나 하는 거야. 내 동의를 받으려면 아직 백 년은 일러, 멍청아."

물기 젖은 한마디를 마지막으로 승미는 대륙처럼 넓은 락구의 가슴에 주사 바늘을 박아 넣었다.

그와 동시에 아이스링크의 북쪽 천장이 우수수 무너져 내리며 블랙호크의 검은색 동체가 내부로 진입했다.

●. •

"언니. 미안해에."

록희의 통곡은 이제 조금씩 잦아들었다. 하지만 울다가 딸꾹질이 날 정도로 대못처럼 박힌 애달픔은 줄어들 줄 몰랐다. 검은 장갑으로 둘러싸인 손가락으로 록희가 수희의 얼굴에 서릿발처럼 달라붙은 성에를 툭툭 털어 줬다.

"많이 무서웠지. 혼자 그렇게 놔두고 가서."

잘린 수희의 머리를 품에 안은 록희는 마치 어린아이를 재우는 어머니처럼 천천히 몸을 앞뒤로 흔들며 중얼거렸다. 그녀의 의식 속에서 시간관념은 점점 파편화되며 사라져 가고 있었다.

록희는 유독 추위를 많이 타는 꼬마였다. 또래보다 키가 큰 대신 깡마른 아이였기 때문이다.

이 순간 록희는 그 깡마른 꼬마가 명징하게 기억하고 있는 한겨울로 돌아가 있었다. 찬바람이 부는 버스 정류장 의자 위에서 벌벌 떨며, 체육관에 간 수희가 훈련을 마치고 돌아오기만 기다렸던 나날들. 정류장의 지붕에 맺힌 고드름이 달빛을 영롱히 반사하곤 했다. 그 모습을 하염없이 쳐다보고 있으면 눈을 동그랗게 뜬 수희가 어느새 눈앞으로 다가와 있었다.

— 우리 동생, 춥지? 이리 와. 언니가 안아 줄게.

자신의 허벅지 사이에 록희의 언 손을 넣은 다음 허리를 숙여 꼬옥 안아 줬던 수희. 동생의 마른 몸에 냉기가 들까 봐 안절부절못했던 언니.

그 품이 참 따스했다.

블랙호크 기동헬기의 프로펠러가 내뿜는 바람이 록희 주변의 안개를 단숨에 날려 버릴 정도의 강풍을 내뿜었다. 록희의 단발머리가 세차게 나부끼며 주인의 뺨을 때려 댔다. 차디찬 바람이 록희의 퇴행을 더욱 깊숙한 곳으로 밀어 넣었다.

현실의 록희가 꿇었던 무릎을 펴 몸을 일으켰다.

"언니야, 춥지? 가자. 따뜻한 곳으로."

록희의 시선은 오직 감긴 수희의 눈썹에 못 박혀 있었다. 절뚝이며 무너져 내린 잔해를 향해 다가가고 있었지만 스스로는 의식조차 못하고 있었다. 오직 '온기가 있는 방향'으로 걸어가 몸을 녹이고 싶은 본능만 남아 있었던 것이다.

록희의 슈트가 무릎께까지 오는 물기 속을 첨벙이며 걸었다. 장작처럼 쌓인 잔해를 몽땅 집어삼킨 불길이 매캐한 그을음만 내뿜고 있었다. 화염이 내뿜는 고열이 검은 슈트의 표면을 달아오르게 만들었다. 무광의 재질이 조금씩 물결치듯 녹아내리고 있었다. 화르륵 타오르는 불씨가 록희의 단발머리에 달라붙어 타닥타닥 소리를 만들어 냈다.

"여긴 따뜻하다. 이제 하나도 안 추워."

잠든 공주의 그것처럼 평온하던 수희의 얼굴에 변화가 생겼다. 서릿발이 모두 열기에 녹아내려 미지근한 물기로 흘러내린 것이다.

"괜찮아. 이젠 언니 두고 아무 데도 안 갈 거야."

록희가 눈을 감고 화염의 진원지를 향해 몸을 던졌다.

인간 안금숙은 지금까지의 생애 동안 숱한 갈림길을 마주해 왔다.

그러나 스스로 만들어 놓은 엄격한 원칙이 있었고, 아무리 어려운 관문이라도 그 관문을 기둥째 박살 낼 수 있는 무력이 있었기에 단 한 번도 주저한 적은 없었다. 그리고 자신이 내린 선택에 의심을 품는 일도 없었다.

오늘까지는 그랬다는 말이다.

알바레즈의 입 속에 나이프를 박아 넣어 비참한 최후를 선사해 준 다음 그녀는 천천히 돌아오는 신체의 감각을 잠자코 기다렸다. 격했던 호흡도 안정적으로 돌아온 지 오래였다. 경험을 통해 알 수 있었다. 감전의 충격이 치명적이었지만 곧 두 발로 일어설 수 있을 것이라고.

문제는 '일어나서 어디로 갈 것이냐' 하는 것이었다.

단순한 장소가 아닌 방향의 이야기.

'무엇을 해야 하지?'

남편을 죽음으로 몰아간 자들을 모두 처단하기로 결심했다. 그를 위해 수단과 방법을 가릴 생각은 추호도 없었고, 이용할 수 있는 인간은 모두 손아귀에서 인형처럼 굴리겠다고 마음먹었다. 그리고 실제로 그렇게 했다.

도락구를 살리겠다고 앰풀 주사기를 기어코 얻어 낸 현승미를 눈앞에 두고도 안금숙은 아무런 감정의 동요도 일지 않는 걸 깨달았다.

"파란색부터. 완전히 숨이 멎으면 3분 이내에 주황색 약물을."

주저하는 현승미를 도와준 이유. 거기에 굳이 이름을 붙이자면 '경의'가 될 것이다.

'정말이지 끝까지 서로를 포기하지 않는 한 쌍이군.'

그가 살아날 확률은 얼마나 될까. 안 소좌의 계산으로는 100분의 1 정도일 것이다. 단 한 번도 성공한 적 없는 프로토 타입 앰풀이라는 사브리나의 말이 사실이라면 그보다 더 낮은 확률일지도 모른다. 그럼에도 불구하고 현승미는 그 작은 확률이 현실이 될 거라고 진심으로 믿고 있다.

'인정해. 내가 짐작할 수 있는 경계를 넘어선 자들이야.'

내게도 그런 남자가 있었지.

어쩌면 그를 혼자 보내지 말았어야 했던 걸까. 살육의 나선으로 돌아가지 않겠다고 내린 갈림길에서의 선택이 그를 잃게 만든 건 아닐까.

'부질없다. 안금숙.'

꿍 소리를 내며 안금숙이 두 다리를 일으켰다. 이 선수촌에 숨어 들어오기 위해 힘을 빌렸던 또 다른 한 명, 백록희의 상태를 확인해 보기 위해서였다.

'뭐 하는 거지?'

록희는 가슴에 안고 있는 뭔가에 계속 말을 걸면서 한쪽으로 걸어가고 있었다. 그 걸음걸이의 끄트머리에 있는 것은 무자비한 불덩이.

안금숙이 갈림길 앞에 선 것이 바로 그 시점이었다. 이미 복수가 완료된 시점에서 그녀가 더 이상 백록희에게 얻어 낼 것은 없었다. 정밀한 세뇌로 간접 조종해야만 할 상황도, 자신의 총알받이로 쓸 위험 요소도 모두 사라졌다.

록희를 향해 걸어가던 안금숙은 곧 제자리에서 우뚝 멈춰 섰다.

'그래. 저대로 불타서 죽어 버려도 나완 상관없는 일이지.'

구해 줄 필요는 없다.

도와줄 이유도 없다.

이용할 가치도 없다.

스스로에게 되뇌던 안금숙은 곧 피식 웃고야 말았다.

자꾸만 망설이고 있었다. 그 망설임 자체가 부인할 수 없는 하나의 증거가 되기도 한다.

'백록희를 살려야 하는 이유를 자꾸 만들어 내려 하고 있군. 나도 모르게.'

인간 안금숙의 굳어 있던 다리가 다시 앞으로 나갔다.

점점 속도를 높이던 그녀의 두 다리가 이윽고 뜀박질 수준으로까지 빨라졌다. 그리고 거침없이 불덩이로 뛰어든 안금숙이 허리께까지 불타고 있던 백록희의 어깨를 거칠게 밀어냈다.

록희의 현실감각이 돌아온 것은 놓쳐 버린 수희의 머리가 불길에 휘말려 타오르는 것을 지켜봤을 때부터였다. 자신을 바닥에서 구르게 만든 안 소좌가 건조한 얼굴로 내려다보고 있었다.

"왜 스스로 통구이가 되려는 겁니까, 록희 선수."

"비켜!"

다시 수희의 머리가 있는 곳으로 가기 위해 록희가 성난 살쾡이처럼 달려들었다. 안 소좌는 그런 록희의 다리를 걸어 다시 넘어뜨렸다. 그런 실랑이가 몇 번 반복되자 더는 안 소좌를 무시할 수 없어진 록희가 우뚝 선 채 상대를 노려봤다.

록희의 눈동자에 비치는 불꽃이 그녀의 심정을 대변하는 듯했다.

"왜 막는 거예요, 아줌마!"

"그러게 말입니다. 저도 제가 왜 이러는지 잘 모르겠습니다. 그냥 내버려 두기 싫을 뿐."

"언니랑 같이 갈 거야, 씨발! 다 필요 없다고."

록희의 절규에 안 소좌는 입을 다물고 생각에 잠겼다.

생각해 보니 대꾸해 줄 말이 없다. 이 처절한 사투의 현장으로 록희를 꼬드긴 것은 바로 자신. 그런 장본인이 '그래도 살아야 한다' 유의 일장 연설을 한다는 것은 자가당착이니까. 그래서 안 소좌는 사실을 말해 주기로 했다.

"언니는 사망했습니다. 록희 선수도 알고 있잖습니까."

"그래! 그래서 나도 죽을 거라고. 살 이유가 없어!"

"어리석은 짓입니다. 죽은 이를 살아 돌아오게 하려는 것도, 죽은 이의 뒤를 따라가겠다고 마음먹는 것도."

록희는 옆구리를 부여잡은 채 안 소좌에게 가까이 다가왔다. 그리고 안 소좌의 코앞에 얼굴을 들이대며 읊조렸다.

"그러는 당신은! 이미 죽은 남편의 복수를 갚았잖아. 더 살아야 할 이유가 있어?"

안 소좌의 동공이 흔들렸다. 하지만 이내 평정심을 되찾고 록희의 옆구리를 뚫어져라 노려봤다.

"살아야 할 이유 같은 거, 저도 모릅니다. 복수를 이룬 다음에 뭘 할지 생각해 본 적이 없거든요."

"거봐. 당신도 똑같아!"

"그래서 미안하지만, 록희 선수가 좀 알려 줬으면 좋겠습니다."

"뭐?"

안 소좌의 평소 실력에 비해 턱없이 느린 주먹이었다. 하지만 록희의 몸 상태 역시 서 있는 것 자체가 기적인 수준이었기에 그 일격을 전혀 피해 낼 수가 없었다.

퍼억.

"끄허어억."

부러진 갈비뼈를 정확히 후려갈긴 안 소좌의 주먹에 록희는 풀썩 주저앉고 말았다. 흰자위가 슬쩍 드러나는가 싶더니 곧 의식을 잃고 고개를 떨구기까지 했다.

"록희 선수는 저보다 스무 살은 어리니까요. 복수를 이룬 여자가 무엇을 위해 살아야 할지 저보다 잘 찾아낼 가능성이 높겠지요."

안 소좌가 록희의 옆얼굴을 물끄러미 내려다봤다. 그리고 한쪽 무릎을 꿇더니 흐트러진 단발머리를 쓸어 넘겨 주었다.

"기래. 지금은 억이 막히갔디. 기리치만 리해하라우. 언젠가 재차 마주치면 꼭 들려 달라. 살아갈 리유를 찾았다믄 말이디."

등 뒤에서 불어오는 스산한 바람에 안 소좌의 볼이 따가웠다.

"이 어여쁜 애미나이야."

90화
내가 너의 과녁이 될게

- 감염 5일째. 오전. 09:50.

"손 들어! 당신을 감염 구역의 위험인물로 간주, 체포하겠다."

정갈하면서도 속사포 같은 영어가 안 소좌 옆에서 들려왔다.

천천히 록희의 얼굴에서 손을 떼니 자신의 얼굴을 향해 권총을 겨누고 있는 백인 여성의 얼굴이 보였다. 아마도 아이스링크 구석에 내려앉은 블랙호크 기동헬기에서 이제 막 내린 참으로 보였다.

안 소좌는 천천히 손을 들었다.

'이런.'

정상적인 몸 상태였다면 가뿐하게 그녀를 제압할 수 있었겠지만 지금은 실탄 앞에서 무모한 도박을 할 기력이 없었다.

나탈리 쿡은 안 소좌와 거리를 유지한 채 주변을 재빨리 탐색했다. 그야말로 참혹하기 짝이 없었다. 혼돈이 마구잡이로 덧칠한 풍경 가운데서도 나탈리는 빠른 속도로 원하는 대상들을 포착해 냈다. 바로 검은 슈트를 입은 암살자들이었다.

'다…… 죽어 있어?'

얼굴이 박살 난 채 불 꺼진 컬링장 필드 위에 처박혀 있는 거한.

'드미트리.'

마치 나이프를 통째로 삼킨 모양으로 죽어 있는 시체.

'알바레즈.'

이층 통로 위에 얼굴이 으깨진 채로 널브러져 있는 자도 있었다.

'오마르? 아니, 주세페인가.'

그녀의 눈에 이 광경까지 만들어 놓은 가장 유력한 용의자가 눈앞에 있었다. 누가 봐도 혈투를 벌인 뒤 살아남은 것으로 보이는 얼굴의 여인.

"아아닛? 안큼쑥 쏘워님?"

헐레벌떡 달려온 황 조사관이 그녀의 얼굴을 알아봤다. 나탈리의 눈썹이 꿈틀댔다.

'이 여자가 그 수수께끼의 인물인가. 리퍼들을 노리고 들어온 거였나.'

나탈리가 갖지 못했던 미확인 퍼즐들이 맞춰지는 느낌이었다.

"왜 그론 옷을 입꼬 있숩니꽈? 응? 저건…… 로키 야아아앙!"

나탈리와 안 소좌의 심각한 분위기에는 아랑곳없이 록희의 얼굴을 알아본 황 조사관이 상기된 얼굴로 몸을 날렸다. 그리고 기절한 록희의 상태를 잽싸게 살폈다.

"나탈리! 이 애는 살아 있어. 빨리 옮겨야 해."

나탈리는 고개를 까딱이는 걸로 허락을 표했고 황 조사관은 콧김을 씩씩 뿜어 대며 록희를 부축해 조심스럽게 헬기로 옮겼다.

"일어나서 따라와. 정체는 모르겠지만 당신이 이 사태에 가담했다는 정황은 충분하니까."

안 소좌를 거칠게 일으켜 세운 다음 나탈리는 프로펠러가 돌아가고 있는 헬기를 향해 총구를 밀었다. 불안한 각도로 지면에 내려서 있는 블랙호크 기동헬기 수송 칸엔 황 조사관이 이미 기절한 록희를 쿠션 위에 눕혀 놓고 있었다.

나탈리가 품에서 밧줄을 꺼내 황 조사관에게 던졌다. 미티카스의 용병들이 자신을 묶어 놓는 데 썼던 밧줄이었다.

"까를로스, 그걸로 이 여자를 기둥에 묶어."

"뭐? 묶으라고?"

"이 안에서 무슨 일이 일어났는지 자초지종을 설명해 줄 유력한 인물이야."

안 소좌가 무겁게 다물고 있던 입을 열었다.

"내가 뭔가 알고 있다 한들 당신들에게 말해 줄 것 같은가."

나탈리는 예상했다는 듯 받아쳤다.

"그래. 다 알아낼 거야. 이곳에서 탈출시켜 줬다는 감사인사는 그 다음에 받도록 하지. 단단히 묶어, 까를로스."

"으, 응. 알았어."

황 조사관이 매듭을 단단하게 묶자 온몸에 성한 구석이 없던 안 소좌는 나직한 신음을 내뱉었다.

"끄음."

"괘, 괜찮습니까. 안큼쑥 쏘위?"

"지금 저한테 신경 쓸 때가 아닐 겁니다, 조사관님."

"네?"

양손이 등 뒤로 묶인 안 소좌가 어쩔 수 없이 자신의 턱을 들어 아이스링크의 한구석을 가리켰다.

"도락구 선수를 잊은 건 아니겠죠? 그가 아직 저 너머에 있습니다."

● ● •

"락구야? 내 말 들려, 도깨비?"

승미는 아무런 반응이 없는 락구의 몸에 올라탄 채 묻고 있었다.

조금 전까지 녀석은 간질 발작하듯 부들부들 떨며 고통스러워했다. 그러다가 건전지가 빠진 로봇처럼 모든 동작을 뚝 하고 멈추고 만 것이다. 승미는 다급하게 고개를 숙여 락구의 왼쪽 가슴에 귀를 가져다 댔다. 아무런 박동도 느껴지지 않았다.

다시 고개를 든 승미의 얼굴은 울상이었지만 오래가진 않았다. 그녀의 눈에 확연히 달라진 락구의 피부색이 들어왔기 때문이다.

'피부색이 원래대로 돌아왔어. 바이러스가…… 없어진 거겠지?'

그것을 확인하기 위해선 두 번째 주사기에 담긴 앰풀을 락구의 혈관 안에 흘려 넣어야 한다.

'완전히 호흡이 멈춘 다음이랬지. 그리고 3분 이내라고 했어.'

몰려오는 긴장감에 주사기를 든 오른손이 미세하게 떨렸다. 승미는 그것을 바로잡기 위해 왼손으로 오른 손목을 붙잡았다. 그리고 주사기를 락구의 가슴에 꽂기 위해 두 손을 머리 위로 힘껏 들어 올렸다.

그것이 한 사내의 눈에는 지나치게 위험해 보였다.

"라쿠 군에게 무슨 짓입뉘꽈아아!"

황 조사관이 승미에게 덤벼드는 기세는 맹수로부터 새끼를 지키려는 물소에 비견될 만했다. 다른 각도로 보면 그가 승미의 얼굴과 정체를 전혀 몰랐다는 점에서 비롯된 참사였지만.

"꺄아앗!"

황 조사관이 승미의 허리를 껴안으며 그녀를 깔고 누웠다. 헬기 수송 칸에서 그 상황을 지켜보던 나탈리가 소리쳤다.

"무슨 일이야, 까를로스?"

"이, 이 여자가 도락구를 공격하려 했어. 우어어억!"

승미는 황 조사관의 볼을 움켜잡은 다음 옆으로 나동그라지게 만들었다. 그리고 몸을 벌떡 일으켜 제일 먼저 자신의 오른손을 살폈다.

텅 비어 있는 손바닥.

"안 돼."

허겁지겁 주변을 뒤져보던 승미의 시선이 한곳에 고정됐다. 락구의 다리 쪽 빙판 위였다. 그곳에 깨진 주사기에서 흘러나온 주황색 액체가 기화되고 있었다.

"으아아아아아아악!"

자신을 노려보는 승미의 서슬 퍼런 눈빛에 황 조사관은 순간 도망치고 싶다는 생각에 사로잡혔다. 하지만 승미는 황 조사관의 목을 조르고 싶은 본능을 가까스로 억제하고 침착해지려 애썼다.

'이미 이건 깨졌어. 가방에 하나 남아 있던 앰풀이었는데. 어쩌지?'

궁지에 몰릴수록 침착해져야 다음 수를 생각할 수 있다. 그게 국가대표로 8년을 이겨 낸 현승미의 몸에 밴 습성이었다. 그런 승미에게 비로소 프로펠러가 내뱉는 굉음과 더불어 헬기의 존재가 인지됐다. 그리고 수송 칸에 묶여 있는 안 소좌의 피로해 보이는 얼굴도.

'그래. 아직 하나 남아 있잖아.'

승미가 벌떡 일어나 헬기를 향해 달려갔다.

도중에 한 번 넘어져 철푸덕 몸을 박았지만 금세 오뚝이처럼 일어나 결국 헬기에 올라타고야 말았다.

한편, 황 조사관은 승미가 락구를 버려두고 갔다고 생각했다. 그래서 쓰러져 있는 락구에게 재빨리 다가가 코에 손가락을 대 보았다. 하지만 이내 눈을 질끈 감을 수밖에 없는 그였다. 혹시나 심장 위치에 손바닥을 올려 보지만 역시 멈춰 있다.

"라쿠 군. 오또케 이럴 쑤가……."

이때 빙상장의 상태를 예사롭지 않다고 판단한 김 중위가 소리쳤다.

"산 사람이 아니면 포기하십시오! 이곳이 언제 무너질지 모릅니다."

그의 말에 눈을 질끈 감고 한숨을 쉬는 황 조사관이었다.

"이러케 마니 늦어서…… 미안하다입니다."

락구의 차가운 손을 한번 움켜쥔 다음 돌아서는 그의 눈에는 눈물이 그렁그렁 고여 있었다.

● ● ·

"어딨어! 어딨냐 말이야."

헬기의 열린 문 안으로 들어서자마자 승미는 안 소좌의 어깨를 붙잡고 닦달했다.

"뭐야, 당신. 물러서! 이게 장난감인 줄 알아?"

옆에서 권총을 들이대는 나탈리의 말은 승미의 귀에 들리지도 않았다.

"내놔. 그때 빼앗은 주사기 있잖아?"

급기야 승미는 안 소좌의 미끄러운 슈트의 이곳저곳을 뒤져 보기 시작했다. 안 소좌는 입을 꾹 다문 채 그런 모습을 지켜보고만 있었다. 결국 보다 못한 나탈리가 승미의 어깨를 붙잡아 벽 뒤로 밀어붙였다.

"아아악!"

"내 말 안 들려? 이자는 위험인물이야. 더 이상 접근하면 가만두지 않겠어."

승미의 눈동자를 마주하자 나탈리는 흠칫하는 자신을 발견했다. 어깨에 멘 활과 허벅지의 퀴버를 보아하니 양궁 대표팀에 소속된 생존자임에 확실해 보였다.

'그런데 왜 도락구를 공격하려 하고, 이제는 이 여자를 윽박지르는 걸까.'

다시 한 번 용을 써서 나탈리를 밀치려던 승미가 안 소좌의 얼굴을 보고 그 계획을 폐기했다. 안 소좌의 입술이 오물거리는 것을 읽었기 때문이다.

'이 여자에게, 반항하지 마십시오.'

분명히 전달되는 메시지.

'모든 걸 망치고 싶지 않다면.'

승미가 천천히 안 소좌의 맞은편 의자에 앉았다. 그리고 이를 악문 채 안 소좌가 입술 움직임만으로 보낸 메시지의 진위를 해석해 보려 했다.

혼자선 한국인과 아무런 대화도 할 수 없는 나탈리였기에, 그녀는 황 조사관이 돌아올 때까지 상황을 주시하기로 했다. 유심히 살피니 승미는 더 이상 난리를 부릴 것 같지 않았다. 때문에 권총을 일단 집어넣고 황 조사관의 복귀를 재촉했다.

"빨리 돌아와, 까를로스. 어서!"

이때, 안 소좌는 승미의 눈물범벅이 된 얼굴을 보고 자신의 과거로 침잠해 보고 있었다.

'그가 임무 중에 사망했다는 사실을 들었을 때 나도 저런 얼굴이었겠지.'

공화국은 그녀를 현역으로 다시 복귀시켜 주는 대신 한 가지 조건을 달았다. 쏙독새의 원래 임무인 '올림푸스의 앰풀 탈취'를 성공시킨다는 것. 만약 이 임무를 수행 못 하고 등을 지게 되면 공화국을 배신했다는 판단이 내려져 추적조가 끝까지 그녀의 목숨을 쫓을 것이다.

결국 안 소좌는 쓴웃음을 지을 수밖에 없었다.

'하지만 이제 와서 고국으로 돌아간들 남은 내 삶이 무슨 의미가 있을까.'

돌아오긴 했으나 헬기에 올라타진 않고 있는 황 조사관. 그와 나탈리는 작은 실랑이를 벌이고 있었다.

"나와 함께 도락구의 시체를 옮겨 오는 건 안 되겠어? 저대로 두고 떠나란 말이야?"

"그럴 시간 없어. 지금 당장 헬기를 이륙시켜야 해. 계속 그렇게 문을 가로막고 서 있을 거야?"

승미는 나탈리의 신경이 황 조사관에게 쏠려 있는 지금이 대화의 물꼬를 틀 순간이라 생각했다.

"말해. 어디에 숨겼어?"

그러자 기다렸다는 듯 거래를 제안하는 안 소좌.

"이 슈트 안에 있습니다, 현승미 선수. 안타깝게도 이렇게 묶여 있는 바람에 제 팔 한쪽을 자르지 않고서야 꺼낼 수 없지요."

"내가 못 자를 것 같아?"

"자를 수 있다 한들 시간이 부족할 겁니다. 3분이라 말씀드렸을 텐데요. 그것보다 빠른 길을 알려 드리죠. 나를 풀어 주세요."

안 소좌는 승미의 동공이 흔들리는 것을 놓치지 않았다.

"그럼 도락구 군을 살려 보도록 약속하지요."

"……죽은 남편을 걸고 맹세하세요."

이번에는 안 소좌가 동요할 차례였다. 몇 번의 마주침 과정에서 깨달았듯이 이 여자는 늘 예상을 반 발짝 넘어선다.

안 소좌는 분명하게 고개를 끄덕였다.

"맹세하지요. 살아 있는 상태의 도락구 군을 승미 양 옆으로 보내 드리겠습니다."

승미는 튕겨나듯 일어서서 안 소좌 옆자리에 앉았다. 그리고 황 조사관이 단단히 묶은 밧줄의 매듭을 풀어내기 시작했다.

그사이 황 조사관은 결국 나탈리에게 설득돼 헬기 위에 올라탔다. 김 중위가 그것을 확인한 다음 계기판을 살피며 소리쳤다.

"그럼 이륙합니다! 뭐든 꽉 잡으십시오."

블랙호크의 육중한 몸체가 빙판 위에 파문을 만들어 내며 떠올랐다. 헬기의 꼬리 로터가 맹렬히 돌아가며 수송 칸이 동체의 앞으로 기울어졌다. 그에 휩쓸리지 않게 벽면의 손잡이를 꽈악 붙잡은 황 조사관은 등 뒤에서 벌어지고 있는 상황에 뜨악 하고야 말았다.

"모 하쉬는 겁니카! 그 요잘 풀어 주몬 안 됩니닷!"

황 조사관이 승미의 등을 향해 접근했지만 안 소좌의 손이 자유롭게 풀리는 것이 더 빨랐다. 안 소좌가 승미의 어깨를 붙잡더니 슈트의 신발을 아래에서 위로 차올렸다.

"끄어억!"

사타구니에 직격을 맞은 황 조사관이 맥없이 쓰러져 버렸다.

"까를로스!"

그제야 상황을 파악한 나탈리가 다시 권총을 뽑아 들려 하고 있었다. 안 소좌는 슈트의 지퍼를 내리더니 가슴팍 안에서 주황색 앰풀 주사기를 꺼내 승미에게 건네주었다.

"이번엔 깨트리지 말길 바랍니다."

안 소좌와 대치한 나탈리는 낭패스러운 처지에 빠지고 말았다는 걸 인정했다. 평지에서와는 정반대의 상황이다. 빙상장의 천장을 빠져나가기 위해 아이스링크의 공중을 선회하고 있는 헬기의 균형은 몹시 불안정했다. 아무리 가깝더라도 이렇게 요동치는 헬기 속에서 상대에게 명중시킨다는 건 어렵다.

나탈리는 그 정도로 훌륭한 명사수는 아니었다. 어설픈 오발탄이 헬기의 중요 부품을 건드렸다가는 더더욱 큰일이었다. 게다가 안 소좌 역시 이미 나탈리의 망설임을 예측하고 자신에게 가까이 접근한 상태.

"치잇."

결국 나탈리는 권총을 집어넣고 안 소좌에게 맨손으로 덤벼들었다.

두 여자가 서로의 어깨를 붙잡은 채 팽팽히 대치했다. 안 소좌가 나탈리의 눈을 찌르려 했지만 상대의 반격에 다리를 걸려 그만 넘어지고 말았다. 아직 안 소좌에게 원래 기력의 반의 반도 돌아오지 않은 탓이었다.

적수와 엎치락뒤치락하면서 김 중위에게 외치는 나탈리.

"이 여자의 목적은 탈출이야! 일단 고도를 높여요!"

김 중위가 레버를 올리자 승미는 모든 내장이 바닥을 향해 곤두박질치는 멀미에 시달렸다. 하지만 두 발은 조금씩 움직여 활짝 열린 문턱에까지 다다라 있었다.

이미 헬기의 동체가 너무 높게 떠 버린 상황.

뛰어내릴 순 없다.

20미터 아래 지면에 숨이 멈춘 락구가 대자로 누워 있었다. 승미는 귓가에서 흘러나오는 피로 더렵혀진 얼굴을 스윽 닦았다. 그리고 다시 한 번 이를 악물며 생각했다.

'울면 안 돼. 과녁이 흐려져.'

필요한 것은 모두 있다. 어깨에 메고 있던 컴파운드 보우를 푼다. 허벅지에 매달려 있는 퀴버엔 단 한 발의 화살이 남아 있었다.

'화살에 주사기를 묶을 게 필요해.'

잠시 망설이던 승미는 하도 오래 하고 다녀서 해진 곰돌이 머리끈을 풀어냈다. 그러자 그녀의 치렁치렁한 긴 머리가 해방되며 어깨 아래까지 스르륵 흘러내렸다.

화살촉 바로 밑에 주사기를 묶고 아래를 향해 겨눈다.

등 뒤에서 나탈리가 안 소좌의 몸 위에 올라타 팔꿈치로 상대의 턱을 내리누르는 것에는 시선조차 주지 않았다.

'의심하지 마.'

언제나 험상궂은 악천후 속에서도 다양한 각도에서 조준선을 잃지 않도록 훈련받아 온 국가대표였지만 이번만은 명중을 기대하기가 어려운 지독한 상황이었다.

상승하느라 덜컹이는 헬기의 기체. 프로펠러가 공기를 밀어내는 엄청난 풍압. 경기용 과녁과의 거리 못지않게 멀어지는 락구의 몸. 게다가 수평이 아닌 수직 사격도 승미에겐 낯설었다.

'할 수 있어. 과녁이 보이기만 하면 돼.'

예행연습은 할 수도 없는데다가, 2차 시도 따윈 없는 단 한 번의 기회다. 반드시 명중시켜야 하는 상황.

승미는 늘 그러했듯 우주를 하나로 압축시켰다. 그러자 불타오르는 태릉 빙상장의 무너지는 잔해, 옆에서 서로에게 주먹을 날리는 안 소좌와 나탈리의 모습이 모두 사라지고 락구와 승미, 둘만 이 우주에 남았다.

'화살에 말을 거는 걸 늘 유치하게 생각해 왔지.'

그랬다. 동료들이 무생물에게 염원을 전달하는 건 스스로의 약함을 드러내는 것이라고 믿어 왔다. 그러나 락구를 향한 이 마지막 화살을 쏘아 낼 때는 자신도 모르게 중얼거리고 말았다.

'제발 그에게로 똑바로 날아가 줘.'

승미가 시위를 놓았다.

컴파운드 보우의 활줄을 떠난 화살이 마치 의지를 가진 생물처럼 아래를 향해 날았고…….

그녀가 진심으로 활을 잡았을 때엔 늘 그랬듯…… 어김없이 과녁에 명중했다.

'맞았어!'

앰풀이 담긴 주사기는 다행히 부서지지 않고 락구의 복부에 꽂혔다. 주사 부위가 심장은 아니었지만 신체를 일깨우기 위한 두 번째 앰풀이 혈관 속에 침투하게 될 것이다.

긴장이 풀린 승미가 컴파운드 보우를 손에서 놓자 임무를 다한 활은 헬기 밑으로 뱅글뱅글 돌며 떨어졌다.

누군가가 승미의 어깨를 짚었다. 흠칫 놀라 돌아보니 격한 호흡을 내뱉는 안 소좌였다. 나탈리는 안 소좌의 발밑에서 자신의 목젖을 감싸 쥐며 괴로워하고 있었다.

"이, 이제 어떻게 하죠? 락구를 데리고 와야 해요."

"이 헬기로는 무립니다. 건물도 이미 많이 주저앉았습니다."

"하지만…….."

발을 동동 구르는 승미와 달리 안 소좌의 얼굴은 평온해 보였다. 그녀는 주먹을 쥐었다 폈다 하면서 악력이 충분히 돌아왔는지 점검하고 있었다. 다음으로 벌일 행동에 적지 않은 악력이 필요했기 때문이다.

안 소좌가 승미에게 옆으로 물러나란 제스처를 했다. 그리고는 헬기의 문 위에 부착된 패스트로프의 고정쇠를 풀었다. 몸에 장치를 고정해야 하는 '레펠'과 달리 두 손과 발만으로 하강 작전을 펼칠 수 있는 굵은 밧줄이 바로 패스트로프였다.

구속에서 해방된 뱀이 자유를 만끽하듯 패스트로프가 기체의 아래로 한없이 떨궈졌다. 헬기는 이제 막 불타는 빙상장의 천장 위로 솟구치며 매캐한 검은 연기로부터 벗어날 참이었다.

"고맙군, 현승미. 남편의 이름을 걸라고 해 줘서. 덕분에 없던 게 생겼다."

승미는 안 소좌의 말투가 바뀐 것도 모른 채 무의식중에 대꾸했다.

"……그게 뭔데요?"

"걸어갈 방향."

안 소좌는 그렇게 승미에게 의미심장한 한마디를 남기고 훌쩍 뛰어내렸다. 패스트로프를 두 손으로 붙잡은 그녀의 몸이 빠르게 하강했다. 거의 추락이나 다름없는 속도였다.

그렇게 안 소좌는 불타는 아이스링크 한가운데로 떨어졌다.

승미는 문에 매달린 채 끝까지 안 소좌와 눈을 마주치고 있었다. 그럼에도 불구하고 그녀가 무사히 낙하했는지는 결국 확인할 수 없었다. 그 직전에 빙상장의 천장이 무너져 내리며 몸집을 극단적으로 넓힌 불길 때문이었다.

"락구야아아아!"

태릉선수촌으로부터 멀어지는 헬기 속에서 한 여자의 구슬픈 외침만이 포탄처럼 흘러나왔다.

●●　·

악몽 같았던 닷새 동안의 시간이 끝나고 감염 사태는 종료되었다.

뉴스는 앞다투어 여덟 명의 생존자가 용감하게 탈출했다고 대대적으로 보도했지만 곧 황급히 명단을 추가해야 했다.

양궁의 현승미와 복싱의 백록희. 그렇게 두 명의 여자 선수가 생존자 명단에 기적적으로 추가된 것이다. 하지만 그 둘에게 큰 의미가 되었던 유도 국가대표 도락구의 이름은 끝끝내 생존자 명단에 올라가지 못했다.

그렇게 누군가는 상처를 극복하고…… 누군가는 아픔에 침묵하고…… 누군가는 비밀을 파헤치려 하는 시간이 흘러 뜨거운 여름이 찾아왔다.

그리고 2020년 7월 24일.

초유의 재앙으로 절반 가까이 줄어든 한국 국가대표 선수단이 도쿄 올림픽의 개막식을 맞았다.

91화
약속의 무게

생존자 인터뷰 기록 # 1.

주현택(42): 대한민국 남자 핸드볼 국가대표 주장.

새롭게 지어진 진천 선수촌의 핸드볼 경기장에서 훈련에 매진 중이던 주현택이 카메라에 포착됐다.

전 세계를 떠들썩하게 만들었던 태릉선수촌 감염 사태. 그 며칠 뒤 열 명의 생존자들이 극히 제한적인 대답만 해 주었던 공식 기자회견 이후 2주 만의 모습이었다.

이것은 전적으로 그의 협조하에 남게 된 영상 클립이다.

주현택이 필드 위에서 연습 중인 동료 선수들에게 이런저런 지시를 한 뒤 카메라를 향해 달려온다. 부상당한 곳도, 불편한 곳도 없어 보인다. 공식 기자회견 때의 침통하고 경직된 얼굴보다 훨씬 부드러워진 표정도 인상적이다.

"이해합니다. 다른 친구들이 의외로 입을 잘 열지 않죠? 하하 핫. 그런데 어쩌지요. 저라고 뭐 다르겠습니까. 이렇게 멀리까지 오셨는데, 당시의 이야기는 공식 기자회견에서 밝힌 게 다입니다. 더 할 말은 없습니다."

"하지만 국민들이 가장 궁금해하는 건 조금도 밝혀지지 않은 걸 아시지 않습니까."

"우린 병원균이 퍼진 선수촌에 갇혀 있었고, 운 좋게 탈출했습니다. 더 이상 무엇을 밝혀야 한단 말이죠?"

"통신이 끊기기 전까지 선수들은 모두 각기 다른 건물에 흩어져 있었던 걸로 알려져 있습니다. 발전차에 대형 버스, 탱크까지 동원할 정도로 대규모 탈출 작전이 벌어졌는데요, 그 중심이 되어 준 것이 누구인지, 여러 건물에 고립돼 있던 선수들을 한군데로 모아 준 인물에 대해 전 세계의 관심이 뜨겁습니다. 그런데 마치 약속이나 한 듯이 생존자들이 이 질문엔 입을 다문단 말이죠."

"음. 그래서 저를 찾아오신 겁니까?"

"다른 선수들이 모두 주현택 선수의 이름을 댔습니다. 생존자들의 탈출 작전을 몸소 지휘하신 리더셨다고요."

주현택의 얼굴이 잠시 붉어진다. 부끄러움 때문인지, 아니면 다른 사정이 있는 건지까지는 이 앵글만으로 알 수가 없다.

"리더라니요. 그거야 제가 최고령이었으니 대충 예우 삼아 한 말들이었을 겁니다. 세간에 온갖 소문들이 떠돈다죠? 살아

남은 선수들이 각각 몇 마리의 좀비를 해치웠을 것으로 추정되는지 내기를 하는 사람들도 있다고 들었습니다. 제 순위는 별로 높지 않았던 것 같은데…… 유나와 일중이가 선두를 다툰다죠."

그가 잠시 호흡을 가다듬고 빠르게 토로한다.

"제발 그 모든 추측을 멈춰 주십시오. 선수들이야 이제 그런 유언비어들에 상처받지 않을 정도로 마음이 단단해졌지만, 주변인들이 아파합니다. 더군다나 돌아오지 못한 희생자들의 가족에게는 더욱 큰 상처가 될 겁니다. 이 말씀을 드리기 위해 잠깐 시간을 낸 겁니다. 그럼 저는 훈련이 있어서 이만."

"자, 잠시만요! 그럼 마지막으로 한 가지 질문만 하겠습니다. 주현택 선수가 리더가 아니었다면, 그런 역할을 한 사람이 있긴 했던 겁니까."

주현택이 천천히 엉덩이를 떼고 자리에서 일어난다. 그리고 렌즈에는 자신의 표정을 보여 주지 않고 답한다.

"만약 그런 사람이 있었다면요. 우리를 위기에서 구해 내 주고, 용기를 가르쳐 줬으며, 마지막까지 희망을 잃지 않도록 다독여 준 사람이 있었다면?"

어깨를 조금씩 들썩이는 주현택.

"그렇다면 우린 그에게 당연히……."

"주장! 쉬는 시간 끝났습니다!"

순간 필드에서 그를 부르는 소리가 우렁차게 들려오고 주현택이 그쪽으로 뛰어간다. 그래서 그의 마지막 말 중 몇 마디는 제대로 식별되지 않는다.

"⋯⋯하는 마음을 가져야 마땅하겠지요."

정다인(15): 대한민국 여자 멀리뛰기 국가대표 상비군.

도쿄 올림픽 개막을 하루 앞둔 여름날의 오후 6시.

수만 명이 운집한 올림픽 메인 스타디움 앞 광장에서 엄청난 플래시 세례가 터진다.

완벽히 통제된 상황의 도로 위를 앳된 소녀가 달리고 있다. 손에는 불타고 있는 성화봉을 들고 있다.

올림픽의 그랜드슬래머도, 메달리스트도, 하다못해 널리 알려진 연예인도 아니었다. 무척이나 파격적인 투표를 통해 선정된 성화 봉송의 마지막 주자.

미증유의 재난으로 인해 상비군임에도 불구하고 도쿄의 초청을 받은 멀리뛰기 선수 정다인이다. 소녀는 조금도 긴장하지 않고 자신의 이름을 연호하고 있는 청중들에게 방긋 웃어 주며 스타디움으로 입장한다. 그리고 시상대로 성큼성큼 뛰어 올라가 제단에 불을 붙인다.

이 인터뷰 기록은 성화 봉송을 마치자마자 몰려든 취재진들 중 한국 취재진을 알아보고 그녀가 답해 준 영상이다.

"언니 오빠들이 다 거절하는 바람에 어쩔 수가 없었어요. 저마저도 못 하겠다고 하면 어떡해요. 하여간 다들 못됐다니깐.

이런 건 꼭 막내를 시켜."

"그래도 쟁쟁한 올림픽 스타들을 뚫고 이례적으로 성화 봉송 주자가 된 건 대단한 파격이지요. 이런 엄청난 영광을 차지한 소감이 어떠신가요."

"음."

소녀는 해맑은 얼굴로 고민한다. 그리고 입술에 대고 있던 손가락을 떼면서 이렇게 답한다.

"기자님. 복분자주랑 먹는 삼겹살 맛은 어떨까요?"

"보, 복분자요? 인류 평화나 올림픽 정신의 수호 같은 게 아니고요?"

"저는 그날부터 지금까지 계속 그게 궁금해요. 선수촌을 탈출하던 날 아침 다 같이 그걸 먹기로 약속했단 말예요. 진짜진짜 궁금한데, 안타깝게도 제가 아직 미성년자거든요. 언젠간 그날이 올 때까지 꾹 참아야겠죠."

"무슨 말씀이신지. 이런 대답은 저희가 사용하기가 곤란한데……."

"물으셨잖아요? 이게, 지금 생각나는 솔직한 소감이에요."

"사실 그건 좀 소박하고 간단한 일 아닙니까? 사태가 종료되고 한 달이 넘는 시간이 흘렀는데요, 생존자 분들끼리 아직 그런 회식 자리가 없었나요? 왜죠?"

줄곧 발랄함을 잃지 않았던 정다인의 얼굴이 순간 굳어진다. 코끝이 빨갛게 달아오르지만 이내 씩씩함을 되찾고 말한다.

"제가 한참 전에 단톡방을 팠는데, 아직 한 명이 들어오질 않고 지각 중이거든요. 그분은 각오하셔야 할 거예요. 원래 이런 회식은 가장 마지막으로 온 사람이 쏴야 하는 법이잖아요?"

생존자 인터뷰 기록 # 3.
박정욱(22): 대한체육회 소속 공익근무요원.

정신적인 충격을 고려해서 특별휴가를 받은 박정욱은 자신의 가택에서 시간을 보내고 있었다. 때문에 최소의 인원만 찾아간 다는 조건하에 성사된 인터뷰는 박정욱의 방에서 진행됐다.

그는 공방 작업대를 연상시키는 자신의 책상을 등진 채 손바닥을 비비고 있다.

"그러니까 아직 국가의 부름을 기다리고 있는 입장이시라고요."

"네. 근무처가 통째로 날아가 버렸으니까요. 윗분들은 진천 선수촌으로 배정해 주겠다고 제안하셨는데, 제가 한사코 거부했습니다."

"왜죠? 거의 동일한 근무 환경일 텐데요. 아니지. 낙후된 태릉선수촌의 시설 관리를 담당하셨으니 최신식 건물들로 가득한 진천 선수촌이 오히려 더 나은 상황 아닙니까."

"선수들의 유니폼을 보면 아직 가슴이 철렁 내려앉거든요. 그냥 동네에서 운동복을 입고 조깅하시는 분들만 봐도 식은땀이 나고 공황발작이 오더라고요. 어, 아시는지 모르겠지만 그 사태에 우리들을 공격하던 감염자들이…… 대부분 그런 옷을 입고 있었습니다."

"아, 그러시군요. 제가 생각이 짧았습니다."

"다른 분들이 모두 강인한 국가대표나 훈련받은 군인이셨던 반면 저는 타고난 허약 체질이었으니까요. 그래서 트라우마 극복이 조금 느린가 봐요. 아, 제가 살아 돌아오니 주변에서 우스갯소리로 그러더라고요. 로또를 사라고. 하지만 그냥 웃어 주고 말았습니다. 5천 원짜리도 당첨이 안 될 거라고 확신합니다. 제 평생의 행운을 그곳에서 빠져나오는 데 사용해 버리고 말았다는 느낌이랄까요."

당황한 인터뷰어가 황급히 주제를 다른 곳으로 돌린다.

"그런데 책상 위에 저것들은 뭔가요? 얼핏 봐서는 전선들을 연결해 놓으신 것 같은데. 무드등 같은 거예요?"

미러볼을 연상시키는 형태의 유리 안에 초소형 고무 타이어 세 개가 사람 모양을 한 미니어처를 지탱하고 있다. 인형들의 모습은 정교하게 만들어져 있으며, 입혀진 복장이 각기 다르다.

"소일거리로 만들고 있는 겁니다. 여기 옆면의 스위치를 누르면 타이어 밑바닥에 전기가 통하면서 불이 들어와요. 통전량을 줄이려고 약하게 만들어서 손에 닿아도 조금 따끔하고 말지요. 비밀 추억 같은 거랄까요."

"이렇게 많이 만드신 이유가 있나요? 어디 보자……. 여덟, 아홉, 열, 열한 개네요?"

"네. 함께 탈출한 친구들한테 나눠 줄 거거든요. 어엇? 그러고 보니 이거 어디 방송 같은 거 나가면 안 되는데. 깜짝 선물이 탄로 나 버리잖아요."

"하하하. 어지간하면 편집되도록 위에 잘 얘기해 보겠습니다. 그런데 제가 알기로 생존자 분들은 열 분이신데, 왜 열한 개지요?"

인형의 수를 거론하자 얼굴이 벌게지며 당황하는 박정욱.

"앗. 벼, 별거 아녜요. 혹시 불량이 나오면 교체해 줄 용도로? 그, 그래서 만들어 둔 겁니다."

그가 인형 하나를 황급히 서랍 속으로 집어넣는다. 나무 서랍 속으로 들어가기 직전에 그 미니어처 인형이 입은 복장이 살짝 비친다.

하얀 상의와 하의로 만들어진 도복.

그리고 허리에는 검은색 띠를 두르고 있다.

생존자 인터뷰 기록 # 4.

표유나(29): 대한민국 여자 펜싱 사브르 국가대표.

표유나는 올림픽 출전 자격을 갖고 있는 생존자 중 결국 참가를 포기한 두 명 중 한 사람이다. 때문에 인터뷰는 진천 선수촌이나 일본 올림픽 현장이 아닌 서울의 한 재활전문병원에서 진행되었다.

표유나는 평온한 얼굴로 카메라를 응시하고 있다. 그녀의 오른손에는 정교한 깁스가 감겨 있다.

"아뇨. 은퇴설은 근거 없는 얘기예요. 뭐, 민간인들은 그렇게 생각해도 무리가 아니죠. 다음 올림픽은 4년 뒤에나 오니까요. 하지만 전국체전도 있고, 세계선수권도 있습니다. 국민들은 올림픽만 기억하지만 운동선수들은 늘 실전을 앞두고 살아요."

"그럼 선수 생활을 계속하시겠다는 말씀이시죠? 부러진 손가락은 완벽히 재활이 가능하다고 보면 될까요."

그녀가 고개를 가로젓는다. 하지만 슬퍼하는 기색은 없다.

"핀을 세 개나 박았어요. 예전 상태로 완전히 돌아오긴 힘들 것 같다고 하시더군요. 하지만 괜찮아요. 펜싱이란 스포츠는 절대로 전진만 잘해선 안 돼요. 물러서야 하는 순간을 놓치지 않는 게 더 중요하죠. 곧 왼손으로 사브르를 잡고 훈련을 해 볼 겁니다. 이 정도는 치명적인 부상도 아녜요."

"반대쪽 손으로 다시 올림픽에 도전하신다고요? 정말 대단하십니다. 포기를 모르는 그런 불굴의 의지는 어디서 나오는지 알 수 있을까요."

"모두가 아실 텐데요. 저는 그 선수촌에서 살아 나왔습니다. 은퇴를 생각할 나이가 되었지만, 앞으로도 계속 선수 생활을 할 겁니다."

누군가를 생각하는 듯 그녀의 입꼬리가 살짝 올라간다.

"포기를 모른다. 그래요, 남은 인생 동안 누군가 저를 '포기'하도록 만들고 싶다면 그건 무척 어려운 일이 될 거라고 말하겠습니다. 태릉선수촌에서 저를 막아섰던 그 악몽 같던 순간들도 끝내 성공하지 못했던 일이니까요."

생존자 인터뷰 기록 # 5.

황익준 상병(23): 대한민국 수도방위사령부 소속 전차 탄약수.

이 생존자와의 인터뷰는 그가 현역 군인이라는 특수한 상황 때문에 영상 촬영이 허용되지 않는 면회실에서 진행됐다. 때문에 인터뷰이의 표정이나 심리 상태는 서면에 기록된 내용으로만 유추해야 하는 단점이 있다.

"다들 저에게 무전기에 대한 이야기를 많이 물어보시지 말입니다. 그러나 그냥 주운 거라고밖엔 말씀드릴 수가 없습니다. 마침 제가 무전기를 잘 다룰 수 있는 군인이었기 때문에 바깥의 상황을 알 수 있었던 겁니다."

"하지만 나중에 밝혀진 사실은, 그것이 중랑경찰서에서 분실된 무전기일 확률이 높다는 것이었어요. 어째서 경찰용 무전기가 확인되지 않은 경로를 통해 그 선수촌 안에 들어가게 된 것일까요? 이에 대해 들은 사실이 없나요?"

"네. 없습니다."

"도대체 왜 생존자들은 탈출 경위나 수단 등에 대한 언급을 극도로 꺼리는 겁니까. 그들이 뭔가를 감추고 있다는 인상을 주는데, 사실 그럴 하등의 이유가 없지 않나요?"

인터뷰 기록에는 이 부분에서 황익준 상병이 테이블 위에서 주먹을 쥐었다고 한다.

"5일입니다. 시간으로 따지면 120시간. 그동안 언제 죽을지 모르는 공포에 떨고 있던 사람들이지 말입니다. 외부와의 통신도 단절된 상황에서 구조되기만을 기다리며, 미치지 않으려고 뭐라도 해야 했던 분들이란 말입니다. 기억이 일정 부분 사라지거나 날아갔다고 해도 이상한 일이 아닙니다."

"그 말은 생존자 분들이 정신적 충격과 압박으로 자세히 기억을 못 할 뿐 고의로 뭔가를 숨기고 있는 건 아니란 말씀이죠?"

"제 생각은 그렇습니다. 그리고 만약 생존자들이 뭔가를 숨기고 있다 하더라도 저는 그들을 지지하겠습니다."

"예? 지지라니, 그 말씀은?"

"네. 거기엔 필시 그럴 수밖에 없는 이유가 있을 테니 말입니다."

생존자 인터뷰 기록 # 6.
오로라(18): 대한민국 여자 리듬체조 국가대표.

특이하게도 이 생존자는 노출된 영상이 지나치게 많아 선정이 어려운 경우였다.

결국 최종 제출된 이 영상은 수차례 진행된 인터뷰들 중에서 가장 독특한 질문이 오로라에게 던져진 데다, 그녀가 유일하게 '편집'을 요구했기에 단독 첨부된 바이다.

오로라는 수많은 소속사 직원들을 배후에 두고 널찍한 테이블에 혼자 앉아 플래시 세례를 즐기고 있다. 영상만 보면 작은 체구에도 불구하고 좌중의 시선을 개의치 않아 하는 카리스마가 있는 걸로 짐작된다.

"이번 선수촌의 위대한 탈출을 실화로 한 영화의 여주인공으로 물망에 올라 있다고 들었습니다. 온 국민에게 희망을 준 영웅이 직접 출연한다면 그만한 의미도 없다고 생각하는데, 어째서 계속 고사 중인 건가요? 선수 활동에만 전념하신다는 뜻으로 받아들여도 될까요?"

"아뇨. 딱히 그런 건 아녜요. 요즘도 일주일에 한 편씩 CF를 찍고 있는데요, 뭘. 올림픽 끝나면 본격적으로 욕심을 내 볼 거고요."

"아, 그러면 연기 쪽에만 생각이 없다고 봐도 될까요?"

"그것도 아녜요."

"그러면 왜 자꾸 소속사를 통해 들어가는 영화 시나리오를 돌려보내고 계신지 알 수 있을까요?"

"으으음. 리듬체조 선수가 여주인공인 설정이 마음에 안 들거든요. 남녀 주인공이 지금 같아서는 안 된다고 생각해요. 남자 주인공은 유도, 여자 주인공은 양궁으로 해야 맞아요. 그게 아니면……."

말을 멈추긴 했지만 오로라의 표정에는 상기할 만한 변화가 없다. 만약 철저히 내면을 감추는 것이라면 인상적인 재능이라 평할 만하다.

"그게 아니면?"

"어떤 사람들한테 쪽팔려서 얼굴을 들 수가 없어요. 어머나, 제가 지금 쪽팔린다고 했나요? 이건 편집해 주세요. 아, 쪽팔리네."

생존자 인터뷰 기록 # 7.
권일중(28): 대한민국 남자 바이애슬론 국가대표.

야외 공원에서 진행된 이 인터뷰의 장소 선정 이유는 좀 이채롭다. 인터뷰이가 혼자서 자유롭게 움직일 수 없는 몸이었기 때문이다. 부상이 있거나 정신적 후유증을 호소했던 건 아니다. 다만 24시간 동행해야 하는 '생물'이 있었다.

"도쿄 올림픽을 준비해야 되는 다른 분들보다 저는 상황이 좀 나을 겁니다. 유일한 동계 스포츠 선수거든요."

"아아, 그래서……."

"네, 그래서 제가 이 녀석을 맡게 되었습니다. 안 돼! 물어뜯지 마, 소치야."

권일중의 얼굴에 고정돼 있던 카메라가 갑자기 아래로 향한다. 촬영자가 신은 운동화 끝을 물어뜯는 개 한 마리가 보인다. 퍼그다. 꼬리를 흔드는 걸로 봐선 장난을 치자는 의도인 것 같다.

으르르르르.

결국 촬영자는 자신의 신발을 지키는 걸 포기한 듯 퍼그의 공격을 내버려 둔 채 인터뷰가 재개된다.

"사실 이 강아지 또한 전 국민적인 유명세를 타게 됐습니다. 몇몇 네티즌들은 이 강아지의 뛰어난 후각이 비상식량들을 찾아내 주었기 때문에 생존자들이 살아남을 수 있었던 게 아니냐는 말들까지 하고 있어요?"

"하하하. 그거 재밌네요. 사실과는 좀 다르지만요. 의외로 식량은 넉넉했습니다. 운동선수들은 절대로 먹을 게 부족해지는 상황을 만들어 놓지 않거든요. 갇혀 있었던 시간도 5일뿐이었고. 하지만 소치가 없었더라면 우린 무사히 탈출하지 못했을 겁니다. 그래요. 이 녀석이 아주 난 놈이죠."

"하지만 아무래도 본격적으로 훈련을 재개하시면 이 친구를 제대로 돌볼 시간이 부족하실 것 같은데요."

"네. 아마도 그렇겠죠. 이 녀석 뒤치다꺼리하고 있으면 하루가 금방 가거든요."

"그래서일까요. 사실 소치를 입양하겠다는 의사를 SNS에 피력한 사람들이 만 명에 육박하는 상황입니다. 그들의 제안을 전부 정중하게 거절하고 계신데, 그 이유를 말씀해 주실 수 있을까요?"

이쯤에서 권일중이 촬영자의 신발을 엉망으로 만들어 놓은 퍼그를 안아 올린다.

멍?

녀석은 앞발로 권일중의 볼을 때리며 반항하다가, 개껌을 입에 물려 주자 곧 얌전해진다.

"믿으실지 모르겠지만 제 의사가 아닙니다. 이 녀석의 뜻이에요."

"소치의 뜻이라고요?"

"네. 아무래도 이 녀석은 속으로 정해 둔 주인이 있나 봅니다. 그를 기다리고 있는 거죠. 낯선 사람을 따라가고 싶어 하지 않더라고요. 덩치는 작아도 화가 나면 사납기 때문에 뭘 억지로 시킬 수 없는 놈입니다."

"하지만 생존자 열 분 중에 나타나지 않았다면…… 누가 그 주인인 거죠?"

권일중이 소치의 엉덩이를 툭툭 두들긴다. 이에 녀석은 자신의 개껌을 빼앗으려는 줄 아는지 권일중을 홱 노려보곤 벤치 끝으로 자리를 옮긴다. 그리고 꼬리를 흔들며 개껌의 달콤함을 만끽한다.

챱챱챱.

"글쎄요. 저는 잘 모르겠지만, 이 녀석은 확실히 알고 있겠죠."

생존자 인터뷰 기록 # 8.

정창규(33): 프리랜서 촬영 피디.

그는 기자회견 때에도 단 한 마디도 하지 않았고, 그 이후로도 모든 인터뷰를 거절했다. 특히 대형 카메라만 보면 극도의 알러지 반응을 보이며 역정을 낸다고 한다.

우연히 입수한 정보에 따르면 입버릇처럼 한마디를 중얼거리며 다닌다고 하는데, 그 내용은 아래와 같다.

"날아갔다. 내 복권이 날아갔어."

생존자 인터뷰 기록 # 9.
백록희(19): 대한민국 여자 복싱 국가대표.

백록희는 뒤늦게 추가된 두 생존자 중 한 명이다. 역시 위와 같이 그 어떤 인터뷰에도 응한 적이 없다.

의료 기록을 추적해 보면 갈비뼈 골절과 손목 인대 파열이 보고돼 있으나 2주 만에 퇴원한 걸로 봐서 회복 속도는 무척 빠른 것으로 짐작된다.

백록희가 전치 8주의 부상 때문에 올림픽 출전권을 포기한 것은 세간의 짐작대로였으나, 도쿄 올림픽 현지 선수촌의 출입 카드를 요구한 정보를 입수했다.

그리하여 선수단에 포함돼 도쿄 현지를 누비고 다니는 것이 목격되었다. 다만 그녀가 출입카드를 원했던 것은 관람 목적은 아닌 것으로 보인다. 유도 경기장과 양궁 경기장을 제외하면 카드를 사용한 기록이 일절 보고되지 않았다.

생존자 인터뷰 기록 # 10.

현승미(26): 대한민국 여자 양궁 국가대표.

강박적으로 모든 인터뷰를 거절한 것은 백록희와 동일하면서도 그 사유는 다른 것으로 보인다.

현승미는 공백이 생긴 훈련 시간을 채우겠다며 오직 훈련에만 매진한 것으로 알려졌다. 양궁 대표팀의 유일한 생존자로서, 그녀는 단체전이 무산된 대신에 개인전에서 반드시 금메달을 따겠다는 의지를 피력했다고 한다.

또한 조직이 파열된 한쪽 귀의 복원과 트라우마 치료 또한 올림픽 이후로 미뤘다는 후문이다. 그럼에도 불구하고 영상이 첨부된 것은, 그녀가 공식 기자회견에서 마지막 발언을 했던 주인공이기 때문이다.

이것은 모든 선수들이 약속이나 한 듯 모르쇠로 일관했던 공식 기자회견 중에서 특기할 만한 장문의 문답이다.

"현승미 선수에게 묻겠습니다. 왼쪽 귀의 치료를 포기하고 영구적인 흉터를 안으면서까지 올림픽에 출전하고야 말겠다는 동기 부여는 어디서 나오는 것인지 궁금합니다."

바닥만 내려다보고 있던 생존자들이 이례적으로 현승미의 얼굴을 주시한다. 마치 자신들도 그것이 궁금하다는 듯.

현승미가 단단히 잠겨 있던 입술을 연다.

"약속을 지키지 않은 사람을 혼내 줘야 하니까요."

"네?"

"그러려면 일단 제가 먼저 약속을 지켜야겠죠. 그래서 금메달을 따야 해요. 어떠냐. 나는 해냈어. 그러니까 이제는 네가 약속을 지킬 차례야. 이렇게 확실히 생색을 내야 하거든요."

"굉장히 무거운 약속인가 보군요. 누구와의 약속인지 국민께 알려 주실 수 있나요."

아래 답변을 끝으로 현승미는 자리를 박차고 기자회견장을 빠져나갔고, 다른 생존자들도 약속한 듯이 그 뒤를 따랐다.

"있어요. 그런 자식이."

92화
만나야 할 사람들

"더 볼 것도 없군. 그들은 아무것도 몰라."

칼 메이나드는 10인의 인터뷰가 실린 서면 보고서를 덮은 다음 리모컨 버튼을 눌렀다. 그러자 현승미가 기자회견장을 박차고 나가는 장면이 사라지며 창 밖 풍경을 비추기 시작했다.

텍사스와 오클라호마 경계의 드넓은 황무지가 메이나드의 시야를 가득 채웠다. 그가 있는 곳은 거대 제약회사 올림푸스와 결탁한 군수업체 미티카스의 세균 연구소였다. 미국의 군사위성으로도 감지되지 않고, 극소수의 인원만 출입이 가능한 비밀 연구소.

"혹시나 해서 계속 그들을 감시하고 있었지만 내 기우였던 모양이군. 하긴, 그들이 뭘 보았든지 간에 감히 입 밖으로 꺼낼 용기는 나지 않을 거야."

무엇보다 그 안에서 벌어진 일을 입증해 줄 증거도 없다.

어쨌든 대한민국 태릉선수촌에서 치러졌던 '콜롬비아 광견병'의 2차 임상실험은 아쉬운 실패로 돌아갔다. 간접적인 데이터는 쌓이겠지만 직접적으로 연구에 비약을 가져올 샘플을 거두지 못했다.

'하지만 늘 그랬듯이 꼬리는 잡히지 않았지.'

물론 마음에 걸리는 지점이 없는 것은 아니었다. 열 명의 생존자들 중 대다수가 폐쇄 구역 안에 있었던 '한 남자'의 존재를 애써 언급하지 않으려는 듯한 뉘앙스였던 것이다. 그러면서도 분명 그를 그리워하고 있었다.

'장렬히 죽어 간 녀석들 중 하나였겠지. 어차피 그 불바다에선 누구도 살아 나올 수 없으니까.'

아무도 이곳을 몰랐기에 역설적으로, 메이나드는 별다른 장식도 없이 적막하기만 한 이 사무실에서 왕이 된 기분을 느끼곤 했다.

신의 아들인 파라오를 열 가지 재앙으로 굴복시킨 모세의 이야기를 보라. 질병을 초래할 수 있는 이가 진정한 지배자다. 그는 그렇게 믿고 있었다.

메이나드가 하얀 책상 위의 버튼을 누르자 냉동 보관된 보라색 앰플이 모습을 드러냈다. 그것은 70억 인구의 생명줄을 좌지우지할 수 있는 옥쇄였다.

'그리고 내 금고를 가득 채워 줄 묘약이기도 하지.'

그가 창문으로 다가가자 황무지의 풍경을 비추던 창문이 다시 하얀 스크린으로 변했다. 그가 손가락을 몇 번 튕기자 드넓은 화면에 세계 지도가 좌르륵 펼쳐졌다.

남미대륙과 동아시아 부분에만 보라색 점이 찍혀 있다.

콜롬비아 메데인과 대한민국의 서울.

메이나드는 콧노래를 부르며 새로운 실험장이 될 후보군을 골라 보고 있었다. 손에는 자카르타 사향 커피가 들려 있었다. 어디가 좋을 것인가. 양질의 실험 대상을 구할 수 있는 적절한 국가와 도시.

'이번엔 지중해 쪽이 나을 수도.'

그가 전염병이 대거 창궐할 새로운 지역을 모색하며 커피 잔을 입술 앞으로 들어 올렸을 때 그 일이 일어났다.

우르르르르릉.

그가 있는 사무실 전체가 가벼운 진동을 느끼며 떨었다.

방해를 받았다는 생각에 기분이 나빠진 메이나드는 책상으로 돌아와 커피 잔을 내려놓고 스피커를 작동시켰다.

"무슨 일이야. 실험 사고는 용납하지 않는다고 했을 텐데?"

"아닙니다. 단순한 지진으로 보입니다. 다만 경보가 전혀 울리지 않았는데 어째서…… 으아아아악!"

외마디 비명 소리와 함께 강제로 통신이 종료되었다. 메이나드의 고개가 옆으로 기울여졌다. 실험 사고도, 지진도 아니라면 무엇인가.

'설마 누군가 연구소의 출입문을 강제로 뜯은 건가?'

와장창창창!

그가 정색하며 보라색 앰플에 손을 뻗으려는 순간, 세계 지도의 북미대륙 부분이 박살 나며 완전 무장한 특수부대원 열 명이 사무실 안으로 침투했다.

"엎드려! FBI다."

열 대의 소총에 순식간에 포위된 메이나드는 책상에서 손을 뗀 뒤 천천히 머리 위로 올렸다. 그의 눈은 재빠르게 특수부대원의 가슴에 새겨진 마크와 최첨단 장비를 훑었다. 단순한 특공대가 아니다.

'FBI의 대테러 대응팀 HRT.'

메이나드의 숨이 미세한 속도로 가빠졌다. HRT는 개개인이 노련하고 강력한 요원으로 이뤄진 특수부대로, 미연방의 근간을 흔드는 '초국가적 테러 사건'에만 움직이는 자들이었기 때문이다.

육중한 사무실 문이 앞으로 드러누우며 헬멧을 쓰지 않은 여인이 뚜벅뚜벅 안으로 걸어 들어왔다. 메이나드에겐 무척 익숙한 얼굴이었다.

"당신은?"

"칼 메이나드. 당신을 살인 교사 및 불법 바이러스 살포, 타국의 내란 선동죄 혐의로 체포한다."

나탈리는 위풍당당한 모습으로 메이나드의 코앞까지 걸어온 다음 멈췄다. 그리고 메이나드가 마시려 하던 커피 잔을 들고 그 향을 음미했다.

"우와. 엄청 비싼 거 마시네. 10분만 있다가 쳐들어올 걸 그 랬어. 한 900년 형 받을 게 뻔한데, 이 커피 맛이라도 기억하게 말이야."

메이나드가 내리깐 목소리로 읊조렸다.

"웃기지 마라. 900년은커녕 아홉 시간도 날 붙잡아 두진 못 해. 무슨 증거로 그 많은 혐의를 입증하겠다는 거지?"

"일단 이게 그 시작이 될 거야."

나탈리가 품에서 오래된 8밀리 비디오테이프를 꺼냈다. 요 즘엔 박물관에서나 볼 수 있는 물건이고, 실제로 태릉선수촌의 박물관에 보관돼 있던 카메라의 기록 장치였다.

"당신이 고용한 청부업자들이 한국군의 헬기를 유탄으로 박 살 내는 영상이 여기 찍혀 있어. 아마 전혀 예상 못 했을 거야. EMP로는 지울 수 없는 아날로그 기록 장치에 이게 담겨 있을 줄은."

실제로 그것은 나탈리도 몰랐던 일이다. 하지만 오로라를 비 롯한 다른 생존자들이 정 피디를 꾸준히 설득했고, 그는 "내 복 권이 날아간단 말이야!" 하고 절규하다가 결국 이 테이프를 나 탈리에게 넘겨주었다.

"어이가 없군. 하지만 그런 건 억지 증거일 뿐이다. 신빙성 을 가진 증인이 없어서야 모두 헛일이지!"

이제는 노골적으로 불안감을 드러내고 있는 메이나드가 슬 그머니 뒷걸음질을 쳤다. 그의 손은 책상 위의 보라색 앰풀을 붙잡으려 하고 있었다. 그런데 그의 등 쪽을 겨누고 있던 특수부대원 하나가 휘익 전진해 메이나드의 무릎을 가격했다.

"커헉!"

그리고 언제 뽑아 들었는지 모를 나이프를 그의 목젖에 가져다 댔다. 헬멧과 고글 아래로 보이는 특수부대원의 모습은 그 주인공이 흑발의 여성이며, 얼굴의 절반에 화상을 입고 있다는 걸 보여 주고 있었다.

나탈리가 다급히 손사래를 쳤다.

"그를 해치면 안 돼요! 우리의 거래 조건을 잊지 마세요, 금숙."

안금숙은 메이나드의 귓가에 영어로 속삭였다.

"내가 그 증인이다. 당신이 섭외했던 암살자 중 가장 뛰어났던 남자의 아내지."

"뭐라고?"

"감옥에서 나올 생각은 않는 게 좋아. 네가 바깥 공기를 마시게 되는 순간, 차라리 그 안이 낙원이었다고 여기게 해 줄 테니까."

"그만! 충분해요!"

나탈리가 손짓하자 다른 특수부대원들이 겁에 질린 메이나드의 신병을 억류한 다음 데려갔다.

곧 사무실에는 나탈리와 헬멧을 벗은 안금숙만이 남았다.

"고맙단 말을 해야겠군요. 당신이 리퍼들을 추적했던 기록을 모두 넘겨준 덕분에 여기까지 올 수 있었어요."

"제가 요구했던 것은?"

"이리로 오고 있습니다. 절차가 까다로웠어요. 블랙리스트의 사체를 협상카드로 사용했던 이력이 없었던지라."

"……사체란 말은 삼가 주세요. 제 남편의 몸입니다."

안금숙의 말에서 흘러나오는 냉기에 나탈리가 움찔했다.

"그의 '몸'을 가지고 어디로 갈 생각이죠?"

"아무도 모르는 곳. 누구도 못 찾는 곳."

"물어볼 것이 더 있습니다."

안금숙은 귀찮다는 기색을 표했지만 나탈리는 집요했다. 안금숙이 조국의 추적조를 피해 잠적을 시작하면 다시는 만나지 못하게 될 것이 분명했기에.

"당신이 살아 있을 거라 짐작하고 있었습니다."

"그런가요."

"선수촌이 완전 소각되고 난 뒤 추출된 현장 기록 중에서 발자국이 발견되었으니까요. 리퍼들의 슈트를 입은 채 헬기에서 뛰어내렸던 당신의 존재, 그리고 빙상장에 남아 있었던 리퍼들의 냉각 장치. 아마도 그것을 이용해서 탈출했던 거겠죠."

"훈련받은 생존법을 사용했을 뿐입니다."

"제 시선을 빼앗은 건 그 발자국 옆에 두 줄로 난 흔적이었습니다. 마치 뭔가를 힘겹게 끌고 간 듯한 자국이었죠. 이를테면 성인 남성의 두 발. 이것도 생존법이라 설명할 건가요."

"……."

"그리고 한 달 뒤 처음 우리에게 투항 의사를 밝혔을 때 당신의 흔적을 찾아봤습니다. 출국 기록이 대한민국이 아닌 일본이 더군요."

"그게 어쨌다는 거죠?"

나탈리가 심호흡을 했다.

"저는 메이나드를 체포하고 올림푸스의 음모를 저지하기 위해 생존자들에게 침묵을 부탁했습니다. 잔인한 강요였지만 어쩔 수 없었습니다. 메이나드가 생존자들에게서 완전히 관심을 꺼 버려야만 그들이 안전해지니까요."

"당신의 뜻대로 되지 않았나요."

"하지만 그들은 마치 신앙처럼 한 사내가 아직 살아 있을 거라고 믿고 있더군요. 누구도 살아 나올 수 없는 불바다에서 기적적으로 탈출해서 자신들의 품으로 돌아올 거라고."

안금숙의 눈동자가 잠시 오래전의 기억을 더듬는 기색을 보였다.

"여기서 묻겠습니다. 최후의 생존자는 양궁 선수 현승미라고 알려져 있지만 FBI는 그게 아닐지도 모른다는 가능성을 염두에 두고 있어요."

나탈리의 목소리가 점점 조급해진다.

"유도 선수 도락구. 혹시 그가 살아 있습니까."

안금숙의 입술이 천천히 열렸다.

천천히 감았던 눈을 뜬다. 그녀가 심호흡과 함께 경기에 나설 모든 준비를 마쳤다.

장소는 도쿄 올림픽의 여자 양궁 개인전 결승이 열리는 경기장의 통로. 승미는 컴파운드 보우를 한 손에 든 채 양궁 경기장으로 들어서고 있었다. 그녀가 승부에 집중하면 그 누구도 그 과정을 방해할 수 없다.

하지만 무시할 수 없는 사람이 통로의 벽에 등을 기대고 서 있었다.

"백록희 선수."

승미와 함께 가까스로 빙상장에서 빠져나왔던 생존자. 그리고 한 남자와 목숨의 은원으로 얽혀 있는 동지.

록희가 승미를 쳐다보지 않고 땅만 내려다보며 말했다.

"그날 그쪽이 저한테 그랬죠. 어떻게든 살아야 할 이유를 찾아보자고."

"그랬죠. 사실 난 록희 선수가 저처럼 올림픽에 나갈 거라고 생각해서 한 말이었어요. 국가대표 자격을 포기할 거라곤 생각 못 했어요."

"내가 복싱을 했던 건 오직 언니 때문이었으니까요. 본인이 하고 싶은 걸 찾으랬어요. 그게 우리 언니의 유언이었거든요."

경기장 안쪽에서 승미를 부르는 목소리가 들려왔다. 그러자 록희가 승미를 정면으로 쳐다보면서 본론을 꺼냈다.

"저, 아직 살아야 할 이유를 찾지 못했어요."

"어, 나는……."

"그러니까 납득할 만한 이유를 찾을 때까지 참아 볼게요. 적어도 우린 같은 남자한테 목숨을 빚졌으니까."

"잘 생각했어요. 제가 이런 말을 할 입장인지는 모르겠지만."

승미가 록희에게 목례를 하고 그녀를 지나쳐 갔다. 그때 등 뒤에서 록희의 물기 젖은 목소리가 승미의 발을 붙잡았다.

"여기서 바보같이 그 사람을 찾아다니고 있었어요. 만약 어딘가에 살아 있다면 그쪽을 만나러 오늘 나타날 거라고…… 그럴 거라고 믿었나 봐요. 순진하죠."

승미가 자신의 입술을 지그시 깨물었다.

록희가 방금 말한 것은 사실 그 무엇보다 승미의 심정을 읊은 거나 다름없었기 때문에.

●● ●

"아, 감격적입니다! 여기는 일본 도쿄 현지입니다! 결국 현승미 선수가 그 끔찍했던 사고를 이겨 내고 올림픽에 출전해 결승 무대까지 올라왔습니다. 자랑스러운 대한민국의 궁사 현승미! 이제 7점 이상만 쏘면 금메달이 확정되는 순간입니다."

쾌청한 날씨의 양궁 경기장 중계석에서 캐스터와 해설자가 상기된 얼굴로 멘트를 주고받는다.

흥분할 만도 하다. 대회 6일차, 대한민국에 또 하나의 금메달이 추가되기 직전의 순간이고, 게다가 그 주인공이 너무나도 상징적인 '재난 생존자' 중 한 명인 것이다.

"그렇지요. 중국의 왕징량 선수가 큰 실수를 하는 바람에 금메달이 바짝 다가왔습니다. 7점이면 현승미 선수가 연습시합 때도 좀처럼 기록하지 않는 아주 낮은 점수입니다. 이제 곧 현 선수가 대한민국의 위상을 높여 줄…… 어라? 왜 쏘질 않지요?"

"관중석 쪽을 쳐다보고 있는 것 같은데요."

승미가 활을 내렸다. 그리고 왼쪽을 쳐다봤다. 거기에는 완전히 만원을 이룬 관중석이 있었다. 사람들이 웅성대기 시작했다. 마지막 한 발을 남겨 둔 양궁 선수가 무엇 때문에 관중석을 빤히 보는 걸까.

"왜 저러는 걸까요? 이 상태로 시간이 흘러가면 제한시간 초과로 0점을 받게 됩니다!"

캐스터들은 물론 현장의 코치진, 위성중계를 통해 그녀를 지켜보는 모든 한국인들이 발을 동동 구르기 시작했다. 마지막 한 발을 두고 왜 망설이는 것인가.

승미는 뛰어난 시력으로 경기장의 관중석 전체를 훑고 있었다. 하지만 보이지 않는다. 그녀가 기다리고 있는 단 한 남자의 모습이.

'어디에 있는 거야. 내가 금메달을 따는 순간에 꼭 보러 오라고 했잖아.'

목울대에 뜨거운 것이 올라오다가 중간에서 멈추고 손가락 끝이 떨려 오기 시작한다.

"아아아! 이제 5초 내로 진입합니다. 현승미 선수가 경기를 포기하려는 걸까요?"

승미는 결국 관중석에서 시선을 돌리고 다시 활을 들었다.
언제 흔들렸냐는 듯이 강철과도 같은 얼굴로 돌아와선.

쐐애액!

숨죽이며 중계 화면을 지켜보던 국민들은 적중 순간 소스라
쳤다가 잠시 후에 환호성을 질렀다. 화살이 정면을 향해 날아
오다가 암전돼 버리는 영상.

화살촉이 카메라 렌즈를 뚫어 버리는 이른바 '퍼펙트골드'
였다.

모든 관중이 끓어오르듯 열광했지만, 영광의 한 발을 쏜 주
인공은 정작 고개를 푹 숙이고 있었다.

● ● •

나탈리의 음성은 초조하게 떨리고 있었다.

"당신의 말이 사실이라면, 도락구는 아무도 가 보지 못한 영
역에 다녀왔다는 말이군요."

"쉽지는 않았습니다. 의식을 되찾은 뒤에도 저를 알아보기까
지 너무 오랜 시간이 걸렸으니까요. 저는 암살자지, 의사가 아
닙니다."

"그렇다면 좀 더 일찍 절 찾아올 수도 있지 않았습니까. 미국
엔 세계에서 가장 뛰어난 전문 의료진이 있습니다."

"왜요. 그가 바이러스를 이겨 낸 유일무이의 샘플이라서요?
치료를 빙자한 가혹한 실험과 해부도 서슴지 않는 자들이 당신

들일 텐데요."

나탈리는 억울하다는 듯 얼굴을 붉혔다.

"아닙니다! 우리는 본인의 의사를 최대한 존중해서……."

"당신들 내부의 의사라도 통일시키고 그 말을 해야 할 텐데요."

말문이 막힌 나탈리는 잠시 후 반격의 꼬투리를 찾고 들이밀었다.

"그렇다면 어째서 그를 일본에 두고 온 거죠? 메이나드를 체포하기 직전까지는 그가 안전하지 못하다고 생각해서인가요?"

"그건 두 번째 이유입니다. 어떤 당돌한 친구에게 남편의 이름을 걸고 맹세를 하나 하는 바람에 말이죠."

"맹세요?"

나탈리가 그녀를 본 이래 처음으로 낯선 표정이 안금숙의 얼굴에 떠올랐다.

그것은 분명히 미소였다. 작열하는 태양이 바깥의 황무지에 일으키는 아지랑이처럼, 그 웃음은 신기루 같은 존재처럼 느껴졌다.

평생 사람을 죽여 오기만 했던 안금숙이다. 누군가를 살려 내는 것은 익숙하지 않은 일이었다.

몸은 그녀가 살려 냈다. 그러니 육체 안에 깊숙이 잠들어 있는 도락구의 영혼을 깨우는 것은 또 다른 누군가가 해야 할 몫일 것이다.

그걸로 내 빚은 갚은 거겠지.

"덕분에 팔자에도 없는 배달원 노릇을 하게 됐죠. 배달은 완료되었으니, 나머지는 수취인이 알아서 할 차례죠."

"여기는 도쿄 올림픽 스타디움 양궁 경기장입니다."

"대한민국의 현승미 선수가 경이로운 성적으로 금메달을 획득, 여자 양궁의 불패신화를 지켜 냈습니다."

"어디 불패신화뿐입니까. 온 국민을 슬픔에 잠기게 했던 참사의 한복판에 있으면서도 결국 극복해 내고야 만 드라마를 보십시오."

"네. 정말로 감동적이죠. 모든 국민에게 힘이 될 겁니다!"

"아아, 그녀가 가장 높은 금메달 시상대에 오르고 있습니다. 자랑스럽습니다!"

캐스터와 해설자가 요란하게 호들갑을 떠는 이유가 있었다. 바로 그들이 입이 마르도록 칭찬하고 있는 장본인이 정작 모든 생기가 빠져나간 얼굴로 넋을 놓고 있었기 때문이다.

보통 금메달을 딴 선수들의 반응은 둘 중 하나다. 세상의 모든 걱정을 다 씻은 듯이 상쾌하게 웃거나, 고되었던 지난 훈련들을 생각하며 오열하는 경우. 하지만 승미는 둘 중 어느 쪽에도 속하지 않았다.

동메달 수상자와 은메달 수상자의 목에 메달이 걸리는 와중에도 그녀는 외부와의 접속이 끊긴 로봇처럼 미동도 않고 있었다.

물론 줄곧 그 태도를 유지하고 있을 수만은 없었다. 관중석에서 일어나는 기이한 소란 때문이었다.

처음엔 그 주변에 있던 관중들이 이상함을 느꼈다. 다음엔 세계 각국에서 몰려든 카메라맨들이 하나둘 본능적으로 그것을 주목하기 시작했고, 시상대에서 손을 흔들어 주고 있던 은메달과 동메달 수상자도 다른 사람들의 시선을 따라 고개를 돌렸다. 그것이 마법처럼 승미의 시선을 다시 관중석으로 향하도록 만들었다.

영원 같은 찰나가 지나가고…….

승미의 눈에서 샘처럼 뜨거운 눈물이 차올랐다.

관중석에서 거대한 인형탈을 뒤집어쓴 누군가가 막춤을 추고 있었다. 흘러나오는 팡파르와는 전혀 어울리지 않는 박자와 리듬. 구제불능의 몸치. 게다가 입고 있는 인형탈은 도쿄 올림픽의 공식 마스코트도 아니었다. 낡아 빠진 갈색 곰돌이였다.

승미의 목에 걸어 주기 위해 금메달을 집어 든 IOC 위원이 조심스럽게 물었다.

"Hyun. Are You Okay?"

입을 꾸욱 다문 채 울고 있던 승미가 걱정됐기 때문이다. 평생 숱한 선수들의 목에 메달을 걸어 주었지만 지금 눈앞의 여자처럼 거대한 감정의 동요를 보이는 사람은 처음 보았기에. 하지만 놀라기는 아직 일렀다.

승미가 금메달을 하늘 위로 쳐 버린 다음 단상에서 뛰어내렸기 때문이다.

"아아악! 현승미 선수가! 갑자기 뛰어내렸습니다. 어디로 달려가는 거지요?"

"카메라가 못 잡는 모양입니다. 아! 찾았군요. 달려가는 방향이…… 과, 관중석 같은데요?"

"저 탈을 쓴 사람은 누군가요? 해외 중계진들도 지금 혼란에 빠져 있습니다. 누군지 전혀 모르는 눈치예요."

승미가 기어코 양궁 경기장의 바리케이드를 뛰어넘어 관중석 계단에 발을 들여놓았다. 그리고 무서운 속도로 달려 올라가기 시작했다. 그러는 와중에도 인형탈을 쓴 장본인은 꾸준히 괴이한 춤을 추고 있었다.

그 인형탈을 막기 위해 달려가던 덩치 큰 진행요원들은 어찌해야 할지 순간 혼란에 빠졌다. 관중이 경기장에 난입하는 걸 막는 교육만 받아 왔는데, 그 반대로 선수가 관중석으로 난입하려는 건 어떻게 해야 한단 말인가?

일단 저 인형탈부터 쓰러트리자! 그것이 그들이 내린 결론이었다. 하나 곧 그것조차 여의치 않다는 점이 드러났다.

관중석에서 튀어나온 두 여자가 그들의 앞을 막아섰기 때문이다.

한 여자는 송곳 같은 잽으로 진행요원의 턱을 툭 쳐서 기절시켰고, 다른 여자는 밭다리 후리기로 진행요원을 나동그라지게 만들었다.

록희가 손을 툭툭 털었다.

"미안해요. 그런데 지금 저 둘의 상봉을 방해하면 곤란하거든."

나래 역시 허리에 손을 얹고 호탕하게 웃었다.

"물론이죠! 아, 그런데 우리 선배 진짜 춤 못 춘다니까."

뒤늦게 헐레벌떡 달려온 브로콜리 머리의 사내는 두 여인의 발아래 뒹굴고 있는 진행요원들의 모습을 보고 머리를 부여잡았다.

"아아아아악! 이론 짓을 저질러 버리몬 줴가 뒤깜당을 해야 하자뇨! 너무한다입니다, 증말."

●. ·

황무지의 건조한 바람이 안금숙의 머리를 쓸어 넘기고 있었다.

그녀의 앞에는 검은 운구차가 세워져 있었는데 운전석은 비어 있었다. 단정히 잠긴 뒷문의 검은 유리에 안금숙의 얼굴이 반사되었다. 왼쪽 이마와 볼까지 이어지는 부분의 조직이 괴사돼 있는 것이 그대로 보였다.

나탈리가 품에서 의외의 물건을 꺼내 안금숙의 손에 쥐어 주었다.

빗이었다.

안금숙이 묻는 시선을 던지자 나탈리가 피식 웃었다.

"오랜만에 만나는 자리 아닌가요. 필요할 것 같아서."

그렇게 자신만의 작별인사를 나눈 나탈리는 자신을 기다리는 동료들에게로 돌아갔다.

제자리에 가만히 서 있던 안금숙이 빗을 들어 머리를 쓸어내렸다. 헬멧을 쓰느라 지저분해진 모양이 차분히 가라앉았고, 얼굴의 화상 부위도 제법 가려졌다.

운구차의 뒷문을 열자 장식 하나 없는 관이 안금숙의 눈가를 가득 메웠다.

"일없소? 내래 날래 왔어야 했는데 미안하오."

관 위에 얹어진 그녀의 손이 조용히 떨린다.

"기카니 앞으로 당신과 다시는 리별하지 아이하갔소."

● •　•

그가 춤을 멈추었다.

그리고 천천히 탈을 벗었고, 때마침 승미는 그 앞에 멈춰 섰다.

어깨가 위아래로 들썩이는 건 격한 호흡 때문일까, 가슴이 터질 것 같은 흥분 때문일까.

누가 시키지도 않았건만 자연스럽게 관중들이 둘을 이어 주는 길을 만들어 주었다.

승미가 펄쩍 뛰어 그 남자에게 안겼다. 남자는 대단한 근력을 가졌는지 조금의 흔들림도 없이 안정적으로 그녀의 허벅지를 받쳐 들었다.

그리고 그 둘은 오직 우주에 그들만 존재하는 것처럼 서로를 쳐다봤다.

뭔가 서로 대화를 나누는 것 같기도 했지만 안타깝게도 그들 주변에는 한국말을 알아들을 수 있는 사람이 한 명도 없었다.

그래도 모두가 그런 둘을 보고 있자니 괜히 기분이 좋아졌다.

짝짝짝짝.

어디선가 멈췄던 박수가 다시 터져 나왔다.

언어가 통하지 않아도 알 수 있었던 것이다.

반드시 만나야 할 사람들이,
지금 이 순간 만났다는 걸.

- 끝 -